活在人间的乡土情怀

中国西部经典诗文创作价值论

朱永明 ◎ 著

本书为兰州文理学院引进博士科研启动经费资助项目
（项目编号：201904）

中国戏剧出版社
CHINA THEATRE PRESS

图书在版编目（CIP）数据

活在人间的乡土情怀：中国西部经典诗文创作价值论 / 朱永明著. -- 北京：中国戏剧出版社，2025.3
ISBN 978-7-104-05505-1

Ⅰ. ①活… Ⅱ. ①朱… Ⅲ. ①中国文学－当代文学－文学评论－文集 Ⅳ. ①I206.7-53

中国国家版本馆CIP数据核字（2024）第107462号

活在人间的乡土情怀：中国西部经典诗文创作价值论

责任编辑：齐　钰
责任印制：冯志强

出版发行	中国戏剧出版社	
出 版 人	樊国宾	
社　　址	北京市西城区天宁寺前街2号国家音乐产业基地L座	
邮　　编	100055	
网　　址	www.theatrebook.cn	
电　　话	010-63385980（总编室）　010-63381560（发行部）	
传　　真	010-63381560	

读者服务：010-63381560
邮购地址：北京市西城区天宁寺前街2号国家音乐产业基地L座

印　　刷	廊坊市海翔印刷有限公司
开　　本	787mm×1092mm　1/16
印　　张	20
字　　数	307千字
版　　次	2025年3月　北京第1版第1次印刷
书　　号	ISBN 978-7-104-05505-1
定　　价	120.00元

版权专有，违者必究；如有质量问题，请与出版社联系调换。

序 一

前几天,永明打电话说他想出一本文学评论集,嘱我作序。本来我想推脱掉,但看他态度诚恳,只好作罢。我这个年龄、资历和学术水平,还不敢造次。我朴素地认为,作序的人一定是学界大佬,德高望重;或者是在这一研究领域有一定的建树,有着一定的影响力,睿智而深刻。我都不是,实在汗颜。

永明是我的博士生,也是我唯一指导过的中国现当代文学专业博士。他硕士读的是中国古代文学,这为他后来的文学研究打下了扎实的古代文学基础。他的研究面比较宽,古今打通,视域宏阔;他刻苦勤奋,读的多,写的也多。他不仅写研究文章,还写散文、诗歌和小说。记得他读博期间,有一次我无意之中看到了他写的散文,既欣喜又担忧。欣喜的是他的散文感情真挚、文笔畅达,在朴素的语言中透出了灵性,闪烁着思想者的光芒;担忧的是文学创作可能会影响他的博士论文写作,导致他不能够按时毕业。当时他在甘南州的一所畜牧学校任教,博士毕业需要重新找工作。永明读博的时候年龄偏大,害怕毕业晚了不好找工作。我专门把他叫到办公室,较为严厉地批评了他,让他以后不要写"乱七八糟"的东西了,一心一意写毕业论文。说实话,看着他老实又略显拘谨的样子,我的内心很不是滋味。可能文学创作的幼芽在蓬勃的生长中就被无情地扼杀了。我常常教导学生,要有文体感觉,要学会两套话语,一套文学创作话语,一套文学研究话语。有创作体验,才有更好的文体感觉,才能更容易走入作品丰富而复杂的文本世界。永明的文体感觉很好,写的评论文章是真切的阅读体验,其语言是诗性的,是流淌出来的文字。

在电脑上,我快速地浏览了一遍永明的这部评论集,我为他的勤奋、真诚和那种不懈的努力精神所感动。阅读之后,我有这么几点感想。

一是永明的阅读视野广阔,小说、散文、诗歌、电影均有涉猎。这本共6辑的评论集,其研究对象之广令人叹服。永明爱读书,属于沉浸式阅读。他读书很投入,能真正进入文本世界,和作品中的人物产生共鸣。他不讲究工作、读书的条件和环境,只要可以安静地读书,他就满足了。有一次,我到他刚工作的学校去做讲座,顺便看了看他的办公室。我说:"这条件有点差。"他马上说:"老师,好得很,办公室就我们两个人,看书很方便,没有干扰。"永明说,他的梦想就是当一名大学老师,可以自由地读书、写作。现在,永明的梦想实现了,且他永远走在读书、写作的路上。

二是永明是个有情怀的文学批评者。他的这个情怀既是民族的,也是地域的,更是信徒般的人生求索。永明是藏族人,他对藏族文学有着独特的感情。当代藏族文学一直是他关注的对象,他对一些藏族作家进行跟踪式研究,譬如完玛央金、曹有云、严英秀等。我们从他研究完玛央金的文字中,可以鲜明地感受到他那真挚的情感。他写他第一次到《格桑花》编辑部,到完玛央金办公室的情景,令人动容。他阅读和研究完玛央金文学,为完玛央金的文学坚守和对文学新人的加持表达最真诚的敬意。甘南是永明的出生地,也是他文学梦想开始的地方。他以文学的方式阅读甘南、书写甘南、表达甘南。他研究甘南文学,让甘南文学得以很好地诠释,绽放出独特的价值。甘南文学走向全国,永明是个不懈的推动者。

三是永明的文字永远是温暖、善良的,他的文学批评总是满怀善意。用"文如其人"来形容永明,是最恰当不过的了。永明为人真诚、厚道、善良,他为文亦如此。在他的批评文章中,我们很难发现尖刻严厉之词,和那些所谓的"酷评家"形成了鲜明的对比。文学批评不是要酷,不是挑刺,更不是讥讽和谩骂,而是帮助读者发现文本中的美好和诗意,帮助作家更上一层楼,使其写出更为优秀的文学作品。"温暖"的文学批评让人读来如沐春风,在愉悦的阅读体验中走入文本的意义世界。

最后,我还想提醒一下永明。建议他要多读一些文艺和哲学方面的论文和著作,提高自己的理论素养,提升评论文章的学术性和学理性。

永明是勤奋的,也是有文学理想之人,愿永明写出更好的文学作品和更有学术价值的文学评论文章,愿永明的文学创作和文学研究之树长青!

是为序。

韩 伟
2024 年 5 月 13 日

(韩伟,西安外国语大学中国语言文学学院院长,博士研究生导师)

序 二

乍一看,这本书的书名是《活在人间的乡土情怀——中国西部经典诗文创作价值论》,也许读者会问,中国西部有那么多优秀、宏大厚重的作品,你的书所指涉的中国西部经典诗文之经典的主要依据是什么?其经典在哪里?这里我要特意给读者解释一下,这本书中所指向的经典是来自地域的经典和来自中国少数民族中藏族作家创作的经典。本书收录的作品全是我自博士研究生毕业后撰写的对中国西部藏族作家的文学创作评述,其中包括文学作品的影视改编评论。书中80%的文章刊发于《文艺报》《中国民族报》《兰州学刊》《名作欣赏》《中国艺术报》等报纸和杂志。当然,在撰写文章时,我并没有严格按照时间规律和生活逻辑循规蹈矩,而是追着时潮,趁着学界的热议和奔着发表的目的去写,谁出了新著作就给谁写,一转眼五年,回头看已有二十多万字,内容涵纳了诗歌评论、散文评论、小说评论、书评及部分作品改编的影视评论。现在要结集出版,自然要按照规律形成这部书的整体思路,让其结构呈现出合理性和逻辑性。因此,第一辑"回到过去",便是用文化人类学视野解读李白的《静夜思》,品咂出其中的思乡主题和民族志意义。然后横跨到中国现代作家张爱玲文学创作的寻父意识,柳青创作的意义,贾平凹的《极花》重返圪梁村的思考和弋舟《空巢》的人道精神。这样编排的依据有两个:一是"乡土"主题的关联,二是创作的历史感、时代感及地域感。在地理空间上,从陕西到甘肃便引发出对西部藏族作家的思考。

中国西部涉及藏族版图容纳着西藏、云南、四川、青海、甘肃五省

（自治区）的广袤地域，就地理位置而言，西藏位于我国西南边陲，北有唐古拉山，南有喜马拉雅山，有世界屋脊之称的珠穆朗玛峰。西藏是中国领土的重要组成部分，这里有悠久的历史文化和得天独厚的自然景观，高山文明和江河文明在这里交相辉映。因此，西藏的文学创作中传递着一种神秘与神性，不断凸显着中国当代文学的"民族志"价值。自当代以来，在扎西达娃、格桑多杰、降边嘉措、央珍、次仁罗布等作家的影响下，尼玛潘多、沙冒智化等诗人、作家脱颖而出。因此，本书的第一辑关注了央珍、次仁罗布、尼玛潘多、沙冒智化四位作家的小说、诗歌创作，着重点出次仁罗布小说的神性特质和叙事创新，陈述出沙冒智化诗歌的双语思维、审美意象建构以及其诗歌对人类命运共同体的关怀，重在鉴赏出其诗跳跃的语言和博大情怀。尼玛潘多的小说中渗透的汉藏文化交融，建构了其小说人物之间的不同情分，让我们不时感受到其小说中的人性美。当然，我们也不能忽略央珍小说的"庄园"空间叙事，在她的长篇小说《无性别的神》中，我们不断回想着一个旧庄园在历史中陨落的惨烈，我们看到了中华民族从崛起走向强大的奋斗历程。

四川的康巴地区与嘉绒等地区受巴蜀文化和格萨尔文化影响，因此，对格萨尔的想象和书写成为康巴文学的一大特色。阿来创作过长篇小说《格萨尔王》，格绒追美创作过《格萨尔王出山记》和《格萨尔王》。在藏族作家中，阿来是一位颇具影响力的作家，他的长篇小说《尘埃落定》于20世纪90年代荣获过茅盾文学奖。受巴蜀文化的熏陶，阿来的文学创作中不仅有高度的生态情怀和家族情怀，也深深渗透着家国情怀。本书关注到了阿来短篇小说中的"物性"、短篇小说《三只虫草》的叙事特质及其影响下近几年崛起的康巴作家群中的尹向东、洼西彭措、格绒追美等作家，主要挖掘出他们文学创作中的生态关怀、人文思想及其英雄形象。

青海是一个因湖而得名的省，坐落于中国西北部，总面积约73万平方公里，在这片广袤的土地上生活着六百多万人。这是一片极其神秘而又原始的大地，东北有祁连山脉，西北有柴达木盆地。众多的山脉与湖泊组合出了多彩多样的画卷。伊斯兰文化、藏传佛教文化、格萨尔文化在这一方净土之上交相辉映，时刻彰显着青海的古老与神秘。这一片土地孕育了藏地电影导演万玛才旦、拉华加、才朗东主等,他们创作汉语小说的同时,用母语电影呈现这一方土地上人的生存现状与美好心灵。当然,这一片土地还孕育了才旦、端智嘉、江洋才让、梅卓、龙仁青、曹有云等影响力颇深的藏族作家、诗人。本书中主要分析梅卓小说里的藏族民间文化呈现和曹有云诗歌的美学思维设计,以及他们的这种书写方式对当代藏族作家汉语小说创作的启发。才朗东主既是一位作家,也是一个电影人。2019年《小说选刊》第10期头版刊登了他创作的短篇小说《石头糖》。小说以"物"为线索的叙事手法凸显了当代藏族作家汉语短篇小说创作的"博物"志意识。当然,青海的诸多小说被改编成电影,足以见证其小说对生命的呵护与尊重的这一主题应合了被改编的可能性。

  本书中评述甘肃藏族作家的文学创作主要聚焦于甘南。甘南藏族自治州位于青藏高原的东北部,地处青藏高原与黄土高原的结合地带,境内有高山、森林、黄河、洮河、大夏河、湖泊、草原、农田等多种地形与地貌特征。境内的藏族、回族、土族、汉族多个民族簇拥出甘南多姿多彩的文化样貌。这里藏族文化历史悠久,精神博大,而且甘南的洮州卫城、勒巴佛纪念馆、土司衙门等历史遗迹见证着甘南的神秘与传奇。新时期以来,在益希卓玛、尕藏才旦、丹真贡布、道吉坚赞、完玛央金等藏族作家的影响下,甘南藏族作家的汉语文学创作取得了长足的发展。严英秀、扎西才让、牧风、王小忠、花盛、唐雅琼、杜娟、诺布朗杰、薛贞、杨延平、羚城妩姆等一大批藏族作家集体亮相。当然,本书重点评述了甘南藏族作家的汉语文学创作。除此之外,李城、阿信、桑子、阿垅、李志勇、敏奇才、王朝霞、黑小白、禄晓凤、连金娟等甘南其他民族作家的文学创作也取得了颇为丰硕的成果,而且母语作家的文学创作也在这里生生不息。不同民族、不同身份、不同语言、不同体裁以及良好的文学生态等见证了甘南一方地域的灵性。这一灵性是作家的灵性,更是文学题材的灵性。藏族女作家完玛央金是甘南文学的一面旗帜,她坚守文学阵地《格桑花》的办刊工作,并以其为领地引领出许多甘南文学的新秀。严英秀21世纪初定居于兰州的一所高校,先后出版了短篇小说集《一直很安静》、长篇小说《狂流》、散文集《就连河流也不能带她回家》《走出巴颜喀拉》等多部著作。本书从家庭伦理书写以及她作品中呈现的藏文化气质等层面论析了她的创作特色。扎西才让是一位具有文学多面手特质的作家,他出色的文学才华在于他的诗歌创作。本书评述他的文学创作时,谈到了诗歌、散文诗、小说等,主要挖掘其诗歌对"桑多地域"中神秘文化的表达。其小说书写出"桑多地域"中新旧思想的冲突及人的教育与改造等,充满了社会学价值。牧风是地地道道的散文诗人,他用散文诗书写出祖国山河的辽阔与独特的甘肃自然景观,用散文诗建构起了一道风景美学。王小忠也是甘南文学的多面手,他潜心文学创作多年,始终用文学来呈现甘肃生态在新时代的邅变,同时他也是一位忠诚的乡土大地书写者,他用散文关注新时代乡土大地的巨变。近年来,他又沉迷于儿童文学,不断进行西部藏地儿童文学创作。在儿童文学创作中,他发掘出藏地儿童成长中的快乐之事,书写出藏地儿童的少年志向,同时也书写出走向世界的中国童年精神。

当然,在"情系甘肃"的这个章节里,还有何延华、吴莉、唐雅琼、羚城妩姆等,她们都是21世纪成长起来的女性作家。何延华用小说书写出人性的美好。吴莉用散文表达对自然生命的尊重,她用行走的文字不断书写着人所存活的意义。唐雅琼的诗歌写出"70后"女性的"伤春悲秋",很好地开拓出中国诗歌长于"抒情"的优良传统。羚城妩姆是一位值得期待的女性诗人,她敏锐的眼光、观察万物变化的能力都是令人惊奇的。很遗憾,因写作时间所限,本书未曾关注到李城、花盛、敏奇才、杜娟、诺布朗杰、薛贞、杨延平等一大批颇具影响力的甘肃甘南作家。

不积跬步,无以至千里;不积小流,无以成江海。本书的所有文章,只是一种长期阅读体会的结果,上述未列入本书中的作家作品将在后期加以阅读和撰写,在此深表歉意与敬意。

朱永明

目　录

☆ **第一辑　活在人间的乡土情怀** ☆

经典唐诗的思考与突破
　　——漫谈李白《静夜思》的文化人类学特征 / 003
柳青与中国当代文学 / 007
异类的回归情结
　　——《极花》中胡蝶为何还要回去？/ 012
父亲的意义
　　——儒学思想体系下张爱玲小说中的父亲形象研究 / 018
《空巢》
　　——中国老年人的另一重生存空间 / 028
行走在原乡的脚步
　　——北乔散文集《远道而来》的创作脉象观察 / 032

☆ **第二辑　神奇的西藏** ☆

"庄园"最后的挽歌
　　——央珍长篇小说《无性别的神》的美学艺术论 / 037
山重水复疑无路，柳暗花明又一村
　　——次仁罗布小说集《放生羊》的先锋意识及其超越 / 044

作为一种空间的叙事形体
　　——漫谈藏族作家次仁罗布的中短篇小说集《强盗酒馆》/ 049
生命光辉的歌吟
　　——尼玛潘多长篇小说《在高原》的主题艺术论 / 053
诗意的另一重呈现
　　——沙冒智化诗歌的审美意象研究 / 060
天然无句是推敲，诗到江门品绝高
　　——从石头意象看沙冒智化汉语诗集《光的纽扣》的"三钟"意蕴 / 066
新时代文学应承载一种使命
　　——从沙冒智化诗集《掉在碗里的月亮说》
　　　看21世纪汉语诗歌的文学使命 / 073

☆ 第三辑　巴蜀大地之星 ☆

文本的侧面
　　——阿来中短篇小说中有关"物"的文化意蕴及其表达 / 081
当代社会进程中的"新启蒙"
　　——阿来新作《三只虫草》背后的社会问题 / 091
死亡的告白书写
　　——洼西彭措小说集《乡城》的两重审美 / 101
《格萨尔王》的意义
　　——从格绒追美的短篇小说《格萨尔王》
　　　看康巴地区的格萨尔文化与人文精神 / 107
重视人文的文学书写
　　——从尹向东的创作看康巴文学的"新人文主义"取向 / 111

☆ 第四辑　青海作家的精神向度 ☆

梅卓小说的民间文化书写 / 119
回归"物"的隐喻
　　——才朗东主短篇小说《石头糖》的艺术解读 / 131
地域、时代、代际与新边塞诗的美学探求
　　——论曹有云诗歌的美学特质 / 136

在高原物象群落中言志咏怀
　　——曹有云诗集《心灵的织锦》之美学观察 / 146

☆ 第五辑　情系甘肃 ☆

活在人间的乡土情怀
　　——缅怀雷达老师 / 151

坚守文学的土壤
　　——从往事中回想完玛央金与甘南文学 / 156

文学的家庭使命
　　——论严英秀小说中的家庭伦理书写 / 163

一曲深沉的乡土悲歌
　　——评严英秀散文集《走出巴颜喀拉》 / 173

论严英秀小说的写实文风与悲剧多元化表现 / 176

论严英秀汉语文学创作的藏族文化气质 / 186

城市、乡土，生命与梦想
　　——论严英秀长篇小说《狂流》的主题意向 / 189

当代少数民族诗歌的非虚构意义
　　——寻求诗集《桑多镇》的考古思维与补史价值 / 200

藏在民间伦理中的污垢
　　——从《桑多镇故事集》的人物命运看新型乡镇的弊病 / 204

当代少数民族汉语诗歌创作中的另一盏明灯
　　——论扎西才让诗集《大夏河畔》的文化内涵 / 213

诗意的地域性表达
　　——读扎西才让小小说 / 221

甘南文学的多样化形式
　　——甘南的"札记"与牧风"散文诗" / 223

占有还是生存
　　——王小忠系列散文《小镇笔记》的启示意义 / 228

发现与能指
　　——漫谈王小忠《浮生九记》写作的三个向度 / 232

回望乡土大地的窗口
　　——王小忠长篇叙事散文集《兄弟记》的人物意义新探 / 239
美丽藏式的乌托邦建构
　　——何延华中篇小说集《寻找央金拉姆》的美学思维分析 / 242
大山深处的祖国情
　　——从中国报告文学长廊中看《最美的青春》的创作价值 / 252
随风潜入夜，润物细无声
　　——评吴莉长篇纪实散文集《哈尔腾之梦》 / 255
平淡背后的沉重
　　——略谈唐亚琼诗歌的多重主题与轻构 / 258
宝剑锋从磨砺出，梅花香自苦寒来
　　——从羚城妩姆的诗集《追雨的雪》看甘南诗歌的底层力量 / 265

☆ 第六辑　文学经典的影视改编 ☆

《雪豹》观后
　　——现代抗战剧作的古典风格 / 271
反叛与尴尬
　　——张艺谋电影《满江红》的艺术结构观察 / 277
气球之轻与生命之重 / 279
不知路途遥远，为何还要前行
　　——藏地电影《千里送鹤》的生命归途与亲情之路 / 281
生活叙事话语下的欲望叙事及其意义
　　——以万玛才旦电影《塔洛》为例 / 284
《撞死了一只羊》的亮丽风情 / 291

参考文献 / 293
后　记 / 297

第一辑

DI YI JI HUO ZAI REN JIAN DE XIANG TU QING HUAI

活在人间的乡土情怀

经典唐诗的思考与突破
——漫谈李白《静夜思》的文化人类学特征

所谓文化的"轴心时代"到来之时,在文学人类学、文化人类学的多面交融中,我们应该重新思考一些经典唐诗的人类学意义。从一些经典唐诗的诵读中,我们需要全新思考经典生成的当时情境和经典产生时作者的当下意识与文化重塑,更有必要重新探讨"文学"即"人学"的价值。"文学即人学",本身就突出了文学的人类学价值。我们关注文学与人类学之关系时,一定不能回避文学的文化人类学价值。因为文学本身就生成在文化人类学的理念之下。文化人类学家是在文化层面来关注文学与人类的密切关系的。这一点将成为正确理解文学经典的曲径通幽之道。我们不妨走进唐代经典之诗《静夜思》,看看它表达了怎样的人类学意义。

一、表达了人类对月的崇拜

月是自然宇宙的重要组成部分,是永恒的天体。月因为有光,所以古人称之为"月亮"。中国古代最明显的思想就是天人合一,即人成为天的一个组成部分,天也成为人的一个大的载体。因此,中国古人对天怀有崇敬之情。这种对天的崇敬,具体体现在对天体的崇拜,即对日月星辰的崇拜。这些崇拜的起源可以追溯到人类群居时代,因为在原始群体活动中,人类最怕黑暗,人们除了白天活动以外,晚上经常集聚在黑暗的夜空之下,所以只要月亮出来,他们就拥有光明。因此,他们对月亮怀着一种强烈的崇敬和渴望之情。

太阳具有光和热,太热的话不利于农作物的生长,而在夜间月亮升起后会有露水下降,可以滋润人畜,并使人畜得以行动,而露水也能滋养农作物。人们之所以崇拜月亮,是因为月亮能挽救农作物与牲畜的生命,救万民于水火之中。

《静夜思》的创作背景是夜晚。作者在诗中将月光写成"地上霜",霜只要见太阳,就会化成露水,滋润万物。可见,月不仅带来了光明,也带来了露水,滋润农作物。

二、表达了诗人对自由生活的向往

我们从《李白传》中查知,李白写《静夜思》时的年龄在二十六七岁,正值风华正茂、追求理想、激情奋发之时。

从月的地理学意义来看,月被称为月球,是一个非常大的天体,是人类向往的生存空间。中国古代的科技发展较缓慢,唐代的人们不会想到科学技术发展会达到现代如此领先的程度,更不会想到人类有能力登上月球。但他们知道,宇宙是一个巨大的天体,是人类向往又无法抵达的生存空间。因此,他们以诗书写这个天体,足以表达了他们胸怀的博大,以及对自由生活的向往和追寻。

从《李白传》中看,李白写这首诗的时候是很落魄的,他花完了身上的银子,"而且财福无双至,祸不单行,一场大病,更使他困倒在逆旅之中。和他郊游的人,见他一贫如洗,人也病了,十之八九便纷纷散去"。

杨义在《中国现代小说史》中说:"月,自古以来就是我国文学作品中象征心胸莹洁和人生盈缺的自然意象。"也许这种心胸是诗人的理想,人生盈缺可能是诗人写此诗时的失望。人的理想,就是人敢于超越自我,敢于挑战自我的勇气和克服困难的毅力。在这种勇气和毅力的促使下,人就会选择一种更大更自由的空间,去施展自己的才华。我们从《静夜思》选取的意象"月"中可以看出李白的心胸和他对自由生活的向往,也可以看出他敢于挑战自我的勇气。

三、由"月"引发了对女性的思念

中国文化人类学中有观点认为,最初日月同是人,月是兄日是妹,兄对妹求爱,妹误掌掴兄的脸颊因而逃走,兄便追去,两人走到了地的尽头,跳入空中,便成为日月,仍然奔跑不停。月的一边有时黑了,那便是他被打黑了的嘴巴转向地面,被人类看见。在中国人的观念中,太阳代表男性,月亮代表女性。就地理学意义而言,月亮在天上,是三大球之一。月中有嫦娥,因此月为嫦娥之家,嫦娥是月的主人,嫦娥以女性的代表住在月球上,她在月球里注视着人间的一切冷暖。

人在失意时容易念家,容易想起自己的亲人。这是中国人最容易被触动的思想情感,也是中国古人伤春悲秋的情感特征。李白有许多写月的诗,大多写的是秋天之月。比如《子夜四时歌》:"长安一片月,万户捣衣声。秋风吹不尽,总是玉关情。"又如《玉阶怨》:"玉阶生白露,夜久侵罗袜。却下水晶帘,玲珑望秋月。"秋天的季节里,草叶泛黄,风吹落叶,落叶归根。秋季最容易触动人的乡井之情。写这首诗时,诗人李白身处扬州,由秋季夜晚时分触动了诗人的思乡之情,月宫中的嫦娥更是勾起了诗人对家的思念,对心上人的思念,因此,我们可以看出李白此时的思念是深沉的、具体的。

四、表达了人类普遍的孤独感

孤独感的产生,大多是由失意、悔恨、痛苦等情绪引发。尤其是一个人的时候,这种情绪就更容易被周围空旷的环境激活。就整首诗而言,《静夜思》创作的环境是在一所简陋的客栈中,客栈四处无人,这就足以凸显其孤独。有时,孤独感大多由周围环境的宁静而产生。李白在诗中表达孤独的时候,时常选取一些具有概括性的意象,如"月""山""地""河",以自然物的博大,来衬托出作为个体人的渺小。作为个体的人,他处在巨大的空间时,容易产生寂寞与孤独之感。这是人类莫名其妙的、无法澄清的情丝,恰恰让李白点破。

在这首诗中，我们可以从三方面来阐述诗人的孤独之感。一是从"月"这个博大的自然客体中发现诗人内心的孤独。诗中的月光，照着的不仅仅是诗人的床具，更照亮了整个扬州大地。因此，由自然物之博大与个体人之渺小的对比产生了孤独。二是由诗人落魄感产生的孤独。诗人写这首诗的时候花完了身上的银子，朋友们个个不在他身边，他一人流落到客栈，孤零零思索着自己的人生。这的确有一种世态炎凉与穷人当街之感，由此产生了孤独。三是由于秋天这个季节产生的孤独之感。武汉大学的尚永亮说："秋具有一种导引生命的力量，所以，诗人对秋特别具有一种主动追求借以励志的心态，而饱含诗人主观色彩的秋景和秋的意象反转过来，又极力地催发了诗人的生命力，从而不仅使得人与秋在一个更深的层面达到了统一，而且使得诗人的秋作更突出了劲健感和深厚感。"这首诗的视角是自己，但作为个体的自己恰恰又是群体的组成部分，因此，此诗意在阐释群体所遭遇的孤独之感。

品读这首诗，不难发现李白的《静夜思》写于秋季，可以说是秋景之作。本诗中，将秋季自然万物的成熟与个体功名未遂形成巨大的心理反差后一气呵成，从而营造出一种更加感伤的失落和孤独，使得"诗人"与"秋"在一个更深的层面上达成一种落差，这足以让他透过金秋看到人失意的整个过程，自然导致了人的无奈与孤独之感。

总之，在经典不断被重读的时代，我们应该重新审视像《静夜思》这样家喻户晓的唐诗，回到诗人写作的时代与环境中，仔细咀嚼这些唐诗的时代精神。本人试图从文化人类学、文学人类学的角度改变对这类唐诗的传统解读，努力为经典诗歌的解读打开一个新的通道，从而让经典凸显其更广泛的时代意义。

柳青与中国当代文学

一、柳青为什么要写农业合作化运动

中国当代文学十七年中有"三红一创,保林青山"话语定位。《创业史》是一部描写中国农民生活故事的经典之作。柳青为什么要突出"合作化运动"？我想这源于作家的政治立场与职责：一方面作家是中国共产党的作家,另一方面作家身为陕西县委副书记,对形势政策关注,因此,宣传党的方针势必成为作家义不容辞的责任。

中华人民共和国成立初期,出现了高岗、饶漱石篡党夺权的阴谋活动,党内出现了分裂。为加强党的领导地位,实现对农业的社会主义改造,针对当时生产工具、资金不足的情况,党组织实行互助合作社。在合作道路中出现了急躁冒进倾向,不但出现了侵犯中农利益、强迫命令、违反自愿互利的原则问题,而且互助社开展以后农民自发地向着富农方向发展,更为严重的是,在互助中发生了组织涣散、侵犯中农利益、威胁恐吓农民等现象,许多地区出现了党群关系紧张的局面。党群关系、党内团结是党的生命,柳青以文学作品《创业史》折射了党内出现的种种弊病,从此意义上说,它有着"进谏"的时代意义。

从另一层面来讲,作家生命的意义在于艺术创造。而创作唯一可以依赖的只有作家自己的生活体验、生命体验和艺术体验。每个作家的那些体验的独特性,在胎衣里注定了各自作品的基本形态。(陈忠实《柳青

的警示》)

从这两个层面来看,作家写《创业史》成为一种自觉的生活体验,在当时有着深刻的启蒙意义。

二、为什么《创业史》成就了柳青在当代文学史上的地位

(一)《创业史》开启了当代文学的"乡土化的民间"书写

民间是作家曾经生活的土壤,也记载着乡土人生活的苦难史,"故园东望路漫漫,双袖龙钟泪不干",这是远离故乡的人在骨子里流淌的一种血脉,这种血缘似乎促成了作家对乡土的自觉抒写情怀。作家柳青也没有抛弃对乡土的依恋。1945年,他从北京来到陕西长安县(今西安市长安区)黄甫村落户,一住就是14年。在那里,他参加了正在进行的农业合作化运动,从黄土地中汲取养分,完成了长篇史诗巨著《创业史》一、二部。

在这部书里,他塑造了梁三老汉、梁生宝、改霞、素芳等一系列鲜活的农民形象,没有民间的切身体验是无法让这些形象逼真丰满的。柳青通过《创业史》写作经历隐喻地告诉后世作家,民间生活是文学创作最厚实的沃土,他为后辈作家打开了一条"民间道路",使后来的陈忠实、路遥、贾平凹等沿着他的创作道路,为当代文学界奉献了《白鹿原》《平凡的世界》《废都》等惊世骇俗的长篇巨著,可以说,这一代作家完成了他们的创作使命。

我们沿着柳青的创作道路看看当今急剧裂变的西部农村,"双联""合作社"的发展思路重新提出并落实,但当下的农民正进入一个向城市迁徙的时代,更多的人放弃了土地,走向繁华的都市,靠打工寄居城市。他们的身上既有着乡土气息,又有着对都市世俗生活的渴望和追求,那么,一个空巢的、寂静的乡村该如何走入文学抒写的新境界,面临瘫痪的"新型合作社"、不景气的"双联"作家们应在文学里说什么,怎么说,这应该是当下乡土文学面临的新挑战。我想只要作家们沿着柳青的创作道路扎根黄土地,深入新农村,走进民间,贴近现

代新型农民,一定会创作出类似于《创业史》的鸿篇巨制。

(二)《创业史》打开了西部"民俗文化"的抒写通道

近年来,民俗是当代文学关注和表现的话题,民俗在当代文学中表现了深刻的文化内涵。西部民俗的形成,与西部传统的文化底蕴有着深刻渊源关系,陕西现代民俗是西部民俗文化的主流。民俗文化与生产劳动不可分割,民俗充实了当代文学的表现内涵。如何让人物更形象逼真,贴近生活,柳青打开了民俗文化的书写通道。

他书写民俗时,大多用秦地方言表述出来,增强了它的真实性,并使作品带有浓郁的乡土气息。譬如,1942年创作的《喜事》中,他悉心写了陕北旧社会的婚姻民俗,小说中有乐鼓手,"引人的""送人的"和迎亲的场景,还写到了"定亲""送喜糕""回门"等习俗。在《铜墙铁壁》中,作者写了陕北民间婚俗,展现了革命战争年代农村社会对青年男女自由婚姻的宽容。在《创业史》中,柳青写了一出郭世富盖房的场面,其中突出了"立新居"民俗,文本中写到"中梁上挂着太极图、东梁上挂满了郭世富亲戚们送来的红绸子。中梁两边的梁柱上,贴着红腾腾的对联,写到'上梁恰逢紫微星,立柱正值黄道日',横楣是,'太公在此'"。这些细节描写,突出了富农郭世富在蛤蟆滩的势力,使人物的社会地位不用交代就跃然纸上了。在《创业史》第一部中,柳青写了一些生产民俗。农业生产是农民的生存方式,是农民在多年的生产劳动中积累起来的经验。柳青在《创业史》中对百日黄稻的栽培技术这样写:"一月缓苗,一月长,一月出穗,一月黄。"对其他稻子的栽培说"谷雨下种小满栽"等,显示出丰富的农业生产经验。

出于对人文的关怀,《创业史》中写得较多的是婚姻民俗和丧葬民俗。比如,他写到了寡妇再嫁的习俗,详细描绘了梁三娶寡妇时在河滩上举行订婚仪式的情节。这些描写,复活了民间的传统,展现了西北文化中对寡妇再嫁的种种禁忌,打破了旧时农村对寡妇婚姻的多种限制。

除结婚民俗外,柳青还描写了秦地的丧葬民俗,如第二部第五章专门对王二直杠去世后的哭丧、抬柩、贡品、纸人纸马、吊灵柩、封墓口、堆坟堆、标边界等丧葬习俗进行了详细的描绘,这些描写丰富了小说的内涵,影响了后来的陈忠实、莫言这些作家的创作思路。莫言在《红高粱家族》中写到了九儿的曲折婚姻,这何尝不是对柳青创作思路的余绪。

《创业史》从主旨上看政治性要浓厚一些,但就文学作品层面而言,它是一部文化的典籍,可以说《创业史》的文学意义要更胜一筹。

三、柳青的命运及其当代意义

柳青是一名理想主义作家,他对文学的执着专一精神体现了对现实主义创作原则的坚守。三年的农村生活锻炼,14年的长安县蹲点,他经历了生活的历练。生命中的多重坎坷,为他的文学写作积累了丰富的生活经验。不断书写,不断完善,不断追求艺术完美是柳青的写作目标,这就是从《草地风波》到《创业史》,中途多次删改,费时24年,完成了第二部,带着所剩书稿走完了他的人生。柳青的一生是写作的一生,也是悲剧的一生,时代毁灭了他的人生理想,《创业史》成就了他在当代文学史上的地位。他的一生是沿着政治和文学两条路线走下去,用文学表现政治立场,用政治主导文学思想。柳青笔下的人物都有各自的理想,梁三老汉的理想是过上幸福的生活,梁生宝的理想是壮大合作社走社会主义合作化道路,但这些理想都被埋没了。从奋斗到失败是人生的一个悲剧过程,柳青的一生是苦难的一生,柳青的可贵在于他用文学作品书写了人所经历的种种苦难,用文字记下了那个时代的悲剧故事。

柳青可以说是一个感伤主义作家,他在自己的成长历程中,不断思考着人所遭遇的种种坎坷,并将其写进文本,升华了文本的主题。柳青也是一个崇尚人内在性的作家,他对人经历的苦难在某种程度上给予肯定,他说:"一个人在小时候受过艰难的严格训练,比十个娇生惯养的人有用。"这些话对当下成长在温室里的青年一代是非常有启发意义的。

读完《创业史》不难发现,柳青的特点是把深含哲理的话语融入文本中,呈现出一种新的叙事范式。他对生活的体验、理解、感悟、不断总结都激发了他的创作灵感,他以《创业史》给当代文学开辟了"创业文学"之道与叙事议论兼容的表述典范,为后来《平凡的世界》等优秀作品的问世提供了一种模式。

总之,柳青以他的执着精神为当代文学开辟的"文学创业"之路,启发了后来的路遥、陈忠实、贾平凹等一大批陕西作家,他们共同奠定了陕西文学在当代文坛的主导地位。

异类的回归情结

——《极花》中胡蝶为何还要回去？

胡蝶是贾平凹2016年发表在《人民文学》上的小说《极花》中落笔最多的女主人公。这部小说发表之后引起了热烈的社会反响，《人民文学》刊出不久，《文艺报》《中国社会科学报》《当代作家评论》等众多报刊登载了当代文学界颇具建树的学者对其的评论、研究、追问的相关文章。可以感受到学界对《极花》的关注要超过《老生》《秦腔》《浮躁》等长篇。这部小说究竟暗含了怎样的社会意义？在2016年3月27日西北师范大学召开的《极花》研讨会上，北京大学的陈晓明说，这部小说是用文学来回答历史与现实的问题；《当代作家评论》主编韩春燕运用鲁迅"我是指出病苦，引起疗救的注意"创作旨意来评价；西北师范大学教授张明廉认为这是一部向现实提问的作品；评论家韩伟教授又指出了这部小说背后隐藏的伦理道德，揭示出了小说叙事上的独特化……在讨论的最后，学者们不谋而合地将讨论焦点聚集到"胡蝶为什么又要回去"的问题上。但将此问题提出来时，讨论会已接近尾声，评论家们将此疑问留给了讨论会上的列席者。至此，我以一个列席者的角度来探讨胡蝶为什么要回去的问题。

一、命运的认定与生存的挤压

在中国，关于天圆地方、天道左旋、阴阳变化、四季流转等永恒的规律在众人的心中形成一种强大的不可抗拒的自然力。永恒不变的"天"成为永恒不变的"道",永恒不变的"道"又生出永恒不变的"理",由"天道"生成的这个"理"表征了事物的合理性。

处在社会关系发展中的中国人,普遍讲究"命运",相信"命"由天定,"运"由己生,认定"命"是与生俱来的,而"运"是一个人一生的行程。所以说人们将生活中遭遇的无法摆脱的苦难和偶然获得的幸福认定为"天"的旨意,人是无能为力的。在小说《极花》中,胡蝶被拐卖到一个连白面馍馍都吃不上的地方,更为可怕的是,此地的男人没有办法讨到媳妇延续香火,他们对此惧怕至极,因此对女人的渴求几乎成为圪梁村的"众望所归"。为求得媳妇,他们想方设法、不择手段。胡蝶被拐卖其实是一种意外行程中的落难,她被卖到的这个村,没有像样的房子,人们住的窑洞里老鼠到处跑,窑外的树也很少,树上飞的几乎都是乌鸦,村里的女人少得可怜,更为奇怪的是黑亮的父亲刻石头女人,渴望着村里的男人能娶到媳妇。胡蝶没有向自己的遭遇妥协,她想要逃出虎口。小说中,黑亮给她讲了一些村子里的事情后,说:"别的我不给你说,你以后就全知道。"胡蝶大喊:"没有以后,这里不是我待的地方!"说明她还没有向命运妥协,后来她终于被解救出来。但她的户籍类别是农村,是处在当下这个被城市的血盆大口吸过后几乎颓废的农村。在这样的农村过日子,将来的命运无疑是悲惨的。胡蝶渴望自己成为城市人,但她无法跨越从农村人变成城市人的那条鸿沟,在与命运的抵抗中,她一次次窥视了、聆听了城市人的势利、虚伪及世俗。更为悲惨的是她被拐卖,已经丧失女人的尊严。这样,她会看着自己与城市人的距离越来越远了。即使她费尽九牛二虎之力逃出"虎穴",以后的生存根地还是被挤压到正在走向空壳、面临凋敝的农村,正是这一"认命",她从反抗到妥协最后无奈地接受了黑亮。

评论家房伟说:"胡蝶被拐卖的人生体验,也可以算是在哲学上进入异托邦的过程,从最初的排斥,愤怒,反抗,到麻木,听天由命到积极融入。"[①]因此从"命运"到"认命"其实是人生的一种无奈的面对,是人对一种无法摆脱、无法挽回的一种亵渎,也是一种新的自我慰藉的精神

---

① 房伟:《"乌托邦"反思下的现实言说限度》,《文艺报》2016年2月29日,第11版。

胜利法。"认命"是很多中国人挂在口头的话语,意味着对抗争、奋斗的放弃。但胡蝶的认命其实是一种挣扎后彻底的精神失败,这种失败迫使她又回到了被拐卖的圪梁村。

作家贾平凹特意安排胡蝶回去,其用意在于揭示人性中最容易向灾难、向困难妥协的一面,这恰恰是农村人在物化时代里暴露出的软弱性,这种软弱性限制了一个人向上的可能,导致某种低端的限度。小说中令人最难忘的一句"在中国哪儿都一样",似乎这境况是一个隐喻,隐喻着对现实的失望?隐喻着精神上的彻底失败?隐喻着对命运的完全认定?这一切都无从猜测。

二、伦理的赞美与道德的颂歌

我们知道,在中国维系社会秩序的主流思想是几千年延续下来的"儒教"风范,现已经形成一套规范的"伦理道德"来控制社会关系。几千年了,已经形成中国人自觉遵守的无形法则。儒家认为,社会关系是由君臣、父子、夫妇、兄弟、朋友五种伦常关系构成,又把君臣、父子、夫妇称为"三纲"①,再具体到"君为臣纲、父为子纲、夫为妻纲",然后将其与"仁、义、礼、智、信"结合起来,建构成衡量"道德标准"的"三纲五常",从而将其指定为人在自然发展中应当依循的道德规范。在这一规范之下,贞洁、自尊、恪守妇道又成为评判女人"人格"的最高标准。

《极花》中的胡蝶年纪轻轻,美丽聪颖,上学时作文写得班里拔尖,但为了照顾弟弟无奈辍学,后来随捡破烂的母亲进了城,第一次找工作时就被人拐卖,拐卖到一个女人匮乏的穷落乡村,之后又无奈随从了"第三者"黑亮。她就这样非正常地失去了女人的贞洁与尊严,走完了她生命中的少女时段。从此以后,即便她逃出魔爪,得到自由,也无法涤除被奸的污名。贞洁、自尊都丢失了,对胡蝶来说,唯一的救命稻草就是妇道,当然人们不会去悉心思考胡蝶被拐卖、被强暴、被凌辱后与黑亮发生性关系等背后的复杂因果,而是用伦理道德来评价,这时的评

---

① 葛兆光:《中国思想史》(中),复旦大学出版社2009年版,第91页。

价,她知道是不会有好结果的。因此,唯一能避免她不被世人唾骂与嫌弃的护身法则便是回去。从这一点上看,贾平凹写胡蝶回去的一幕不仅仅说她丢下了自己的骨肉,受到良心的谴责,更是给她送去了很多伦理和智慧的赞美。费孝通在《乡土中国 生育制度》中说:"人不能绝欲,人类不能无性生殖,所以就只能迁就一些吧,把性限制在夫妇关系里。"①贾平凹也在《极花》里对这种非正常的性关系给予了更多的理解和同情,他在小说中没有刻意去批评那些通过非正常手段得到女人的农村人。

在《极花》中我们可以看到贾平凹真诚的反省与掘进,深沉的思索与担忧,当那个叫胡蝶的乡村女孩,抱着被拐卖后生下的儿子"兔子",跌跌撞撞地奔回被黑暗遮蔽的村庄,又一对名副其实的夫妻组建在那个曾经稀缺女人到可怕极致的黄土地上,这是作家的一种包容,一种对"性"渴者的理解,对苦难者的同情。

三、"母性"的回归

费孝通在《乡土中国 生育制度》中说,女子的生命史和男子有很大的差别:她们一生有两个时期,一是从父时期,一是从夫时期。在结婚前,在父母身边度过她们的童年,一旦出嫁就得离开老家,加入丈夫的家里去。胡蝶被拐卖到圪梁村,跨越了女子出嫁的婚庆仪式,意外落难而变作他人妻子。聘礼、订婚、婚庆等婚嫁的仪规可以删减、可以省去、可以跨越、可以既往不咎,这都不会对女人的声誉造成太大的影响。当她生下了黑亮的儿子后,她已经不再是那个聪慧灵性的女孩子,而是一位母亲,这一切都成了无法改变的事实。生子,意味着女性身份由女人到母亲的巨大转变。以后她就在黑亮的家中刻上"母权"的烙印,恰恰是这一身份的转变,让她以一个母亲角色在圪梁村立足了。在她的世界里,孩子已经成了她无法舍弃的精神组成。孩子的吮乳、面容、哭闹等都会很容易触动女性内心最柔弱的情感,看着孩子这一切的时候,女性最深层的母爱也就跟随显现出来。就像胡蝶对她母亲吼的——

---

① 费孝通:《乡土中国 生育制度》,北京大学出版社1998年版,第141页。

"我有娘了,可兔子却没了娘,你有孩子了,我孩子却没了!"胡蝶的母性就是在与母亲相遇之时一下子迸发出来的。照顾家庭、抚养孩子就都成了她义不容辞的责任和义务,铸成她再次回去的坚定信念。真理是朴素的,贾平凹就是在小说中有意识地安排胡蝶回去,用意在于安排女性内心深处母性的回归情结,表面上看来是特意让文本以喜剧结局收场,其实质是揭示女性遭受精神折磨后的回归。胡蝶被拐卖、被囚禁、临产痛倒在地——这一切遭遇都是精神与肉体的折磨,这种折磨是城市人对乡村人的强权压制,是恶意行为;胡蝶被黑亮囚禁,是一种乡村人对乡村的强权压制,这是无奈的行为。作家对拐卖行为给予了更多的指责,拐卖行为打破了社会正常的伦理道德,也剥夺了女性婚姻自由,给女性造成了巨大的伤害。因此,作者写胡蝶一天复一天受苦,也就成了一个又一个麻子婶,成了一个又一个訾米姐。这一切的起因在于拐卖,因此"原定的《极花》,是胡蝶就要控诉",控诉把她卖出去的人贩子,控诉愚昧的黑亮买回了她,控诉她不幸的命运,控诉她还没有开始就似乎已经结束了的一生……这种行为必须受到法律的惩罚。

拐卖是一种罪恶,也是这个社会中的一种尚未完全驱除的"颓风",是这个社会遮蔽着的阴影。作者不是为了写胡蝶一人被拐卖,后被迫做了母亲,他是要为那些落难在社会阴影里被强夺自由的,理想绝灭后主动接受母亲使命的农村妇女唱出赞歌。要把拐卖的恶行与母性的光辉形成鲜明对比,使文本符合情理,驰誉千古。

四、回归与重建

贾平凹写这部小说不是为即将走向空壳现状的农村树立碑位,而是为世道人心的变化唱出了悲愤的挽歌。作为土地的儿子,在面对土地将要被丢弃、颓废、凋敝、荒芜时发出来自心灵最深沉的悲鸣。读完小说后我们不停地思索——我们究竟是去同情土地呢,还是去谴责物化时代世道人情的淡化?我们究竟是去同情那些找不到媳妇背负着"不孝有三,无后为大"的儒家孝悌精神,苟活在黄土地之上的一大批光棍儿汉,还是去同情那些被拐卖、强夺、囚禁、凌辱而失去爱情自由的农村妇女呢？我想，在这部书里，最值得同情的还是养育了我们祖祖辈辈而遭受着罹难的土地，和在这块土地上至今还坚守、挣扎着的一大批维持农耕文明的土地的儿子。人在本能欲望被掠夺的时候很容易失去理智，但将这一失去理智的行为施加在弱势群体身上时，无疑会导致一场悲剧。正如哲学家所言："生命的力量，尤其是心灵的威力，就在于它本身设立矛盾，忍受矛盾，克服矛盾。"① 相信贾平凹写这部小说的时候始终徘徊在深刻的矛盾交织中。

小说中胡蝶回去的情节，其实是作者回归乡井的隐喻。从人性及人的心理层面上说，这是人的一种基本需求，即归属的需求。"树高千丈，叶落归根"这是人们普遍的"乡井"观念，尤其是人过中年以后，这种"乡井回归意识"在人的思想中更为显著。人之所以需要归属，除了逃避孤独，更重要的还在于寻求安全，这是人类自我保护的本能。出于对伦理道德的坚守者的肯定，出于对"乡井意识"的隐喻表现，他在小说中选择了让胡蝶"回归"，这种情结并不一定是作者特意安排，在很大程度上可能是一种自觉行为。综观全书内容不难发现，文本中回归不仅仅是胡蝶，作者还写了一大批被新型城镇化丢弃的农民，他们怀着对土地的感情、对被城市快车抛后的无奈，最终会重返土地，重建家园。小说中胡蝶的回归促成了一个三角结构稳固的家庭，胡蝶的回归意味着那个孩子不会丧失母爱，意味着那个家庭不会破裂，恰恰隐含了重建家园的希望，对这一情节的布设更意味着农民又必须回到土地才有安居乐业的生活。

《极花》是贾平凹的力作，这部小说的社会反响胜过了《古炉》《秦腔》等，小说在沉重的讲述进展中，旁敲侧击地把透视与窥探、赞扬与批判、蒙昧与追求、落后与简陋、猥琐与荒诞、反抗与顺从、生存与绝望、毁灭与重建以及社会进程中倒退与超前的、合理与非合理的、粗暴与非粗暴的城市附庸下的乡村浓缩成一幅水墨画，悬挂在每一个读者面前，让你看到一个水墨绘制的现实世界。他以这些新的发现、新的笔法重新建构了当代乡土文学创作的新格局。

---

① ［德］黑格尔：《美学》（第一卷），朱光潜译，商务印书馆1983年版，第154页。

父亲的意义
——儒学思想体系下张爱玲小说中的父亲形象研究

儒家思想是中国传统思想体系之核心。其自形成以来,就在中国思想界占据了显赫的地位。儒家所建立的一套思想体系成为统治中国社会的主要规约。阅读儒学著作,不难发现儒家所有的思想出发点都是围绕"修人"这个核心展开。修身、齐家、治国、平天下环环相扣,重点是"修身"。"修身"是非常宽泛的概念,是儒家重点要强调的思想原则。

常言道:"文学是人学"。所有的文学作品,尤其是小说都是围绕"人"这个核心而创作的,即文学要表现人的成长史,表现人与自然、社会、他人之关系。深受儒学思想的影响,张爱玲的创作也自觉面向人的生存观照,以人为核心的创作理念,体现了中国现代作家对古典文学的继承与创新。

参照中国古典文学的创作成就,能明显看出中国古典文学大多是在儒学思想体系下建构而成的。可以说儒学思想是中国古典文学创作的影响源。比如,《三国演义》中的忠君、仁爱、孝道;《水浒传》中的长幼、妇道、孝悌;《红楼梦》中的"仕道""仁爱"等都是儒学思想的全面体现,由此可以看出儒学思想对中国文学影响之深远。

张爱玲是中国现代文学中最受读者喜爱的女性作家,也是研究现代女性文学同人无法绕开的作家之一。她的小说创作大多体现了儒家"修人"之思想观念与伦理教化。她通过文学作品审视了儒家伦理对人生存观念的摆布。在儒学提倡的生存圈套中,人同样遵循着修身、齐家、治国、平天下的老路,而并没有超越"达则兼济天下,穷则独善其身"的理想主义观念。张爱玲在她的生活圈中,发现了男人的生存悲剧,并把他锻造成"父亲"形象,以此为出发点,来审视儒家伦理在中国社会转型时代所产生的裂变。

一、纨绔的父亲形象及儒家伦理秩序之危机

郁达夫说过,文学作品是作家的自叙。张爱玲在作品中,始终努力寻找一个完美的、能够维系家庭秩序的父亲。纨绔的父亲形象建构完全来自张爱玲对行为失调父亲的一种批评和指责。张爱玲的父亲本身是纨绔子弟。"父亲是蓄妓吸毒的纨绔子弟,与母亲即西洋化的南京黄军门的小姐不和而离异,致使敏感的张爱玲自小在高门巨族中过着孤独而凄凉的生活。"[①] 此批判思想发端于儒家所提倡的"君君臣臣,父父子子",这是子女对父亲品德所需求的规范和标准。张爱玲的父亲可以说是一个纨绔之父。

现代文学史料记载:张爱玲20世纪20年代初出生于上海,20世纪40年代成名。张爱玲的祖父张佩纶在清末曾官至都察院左副都御史,后被李鸿章招为女婿,祖父去世时张爱玲的父亲年仅7岁。李鸿章死后,张佩纶自觉对不起恩师,"此后纵酒不辍,很快在1903年2月4日因肝疾病逝,享年55岁"[②]。张爱玲文集前言中编者也说:其父是典型的遗少,旧习气既深,性情又甚坏,母亲则颇受西方文化熏染,几度与小姑联袂赴法,伉俪二人不和,终至离异。不久其父又娶继母。可见张爱玲父亲是一个忠实的封建礼教的维护者,又是一个封建家长,他身上既镂刻着封建陈腐思想的印迹,又有着极强的男权中心主义观念。成长在这样家庭中的张爱玲,透过封建家庭的衰败、腐朽,较深地认知了中国封建社会的一些弊病。世态人情的悲凉,生存的艰难与历练,深深铭刻在她的心中,并且影响着她的人生观和创作道路。

---

① 杨义:《中国现代小说史》(三),人民文学出版社1986年版,第453页。
② 王羽:《张爱玲传》,上海文化出版社2009年版,第7页。

张爱玲中学毕业以后的人生中,几乎是没有父爱的。她在散文《私语》中回忆到她继母挑唆父亲打她的一个情节:"我父亲趿着拖鞋,啪嗒啪嗒冲下楼,揪住我,拳足交加,吼道:'你还打人!你打人我就打你!今天非打死你不可!'我觉得我的头偏到这一边,又偏到那一边,无数次,耳朵也震聋了。我坐在地上,躺在地下了,他还揪住我的头发一阵踢。终于被人拉开。"[①]这样一个暴力的父亲形象,给她留下了深刻的印象。在小说《半生缘》中,她要塑造一个纨绔的父亲形象来还原她早年生活中的父亲,这个人就是祝鸿才。细读小说,不难发现祝鸿才身上明显地镂刻着张爱玲父亲的影子。"在张爱玲的记忆中,父亲一辈子都在屋子里背诵古文。明知毫无用处,还是得一遍遍地吟咏嗟叹。时代早已转变,抑郁不得志的张志沂只得从鸦片、召妓、赌博里寻求安慰。"[②]这一点与小说中的祝鸿才有相似之处。小说中祝鸿才的投机事业破产后,不思进取,浪荡世俗阶层。在《半生缘》中,张爱玲对祝鸿才是怀有同情的,她笔下的曼桢千方百计地从祝府逃出来后,为了从病魔手中拯救她留在祝府的孩子,她怀着原始的恐怖和不洁感回到祝府与祝鸿才成婚。

《半生缘》中的祝鸿才,可以说是儒家伦理的践行者和维护者,他有钱、有社会地位,也深知儒家"不孝有三,无后为大"的孝悌观念。小说中,他不满足于前妻遗留的女儿,一心渴望男婴,为此他给女儿取名为"招弟",寄希望女儿招来儿子。恰巧他娶的顾曼璐曾因做舞女两次打胎失去生育能力,儿子对他来说已成梦寐之事。为此他与曼璐之间夫妻关系失和,经常在外面花天酒地,每次喝得酩酊大醉后迟迟回家,很多时候还对顾曼璐施予暴力,这些都是儒家伦理观念对其产生的影响和异化。从另一层面而言,顾曼璐无法生育的身体缺陷使他们不能延续祝家的香火,为此,要找到一个合适的、在血缘意义上能沾上边的"第三者"给他们生一子嗣,并使他践行"孝悌"之道。那么最可靠的人选也就只有顾曼璐的妹妹顾曼桢。在二人的共谋之下,顾曼桢以单纯的姐妹情意来到祝府照顾装病的姐姐曼璐,谁知却中了姐姐与祝鸿才设

---

① 张爱玲:《张爱玲典藏全集》,哈尔滨出版社2003年版,第58页。
② 牧来:《张爱玲:最是清醒落寞人》,北京时代华文书局2015年版,第32页。

计的圈套,被祝鸿才强暴后,单独囚禁在祝府的阁楼上,后因借难产之机逃脱了祝鸿才的魔掌。

囚禁的这个情节可以说是作者生活中的阴影。张爱玲在其散文《私语》中回忆她被父亲暴打之后锁在家里的那一刻,她写道:"我试着撒泼,叫闹踢门,企图引起铁门外岗警的注意,但是不行,撒泼不是容易的事。我回到家里来,我父亲又炸了,把一只大花瓶向我的头上掷来,稍微歪了歪,飞了一房的碎瓷。"① 小说《半生缘》中,祝鸿才的暴力行为,正是张爱玲父亲暴力的折射。祝鸿才以卑鄙的手段,变成了儿女双全的父亲后,事业上失败的他已然没有慈爱之心,经常喝醉回家后暴打孩子,祝鸿才所受的压抑正是张爱玲父亲不得志的折射。

小说后来发生了巨大情感纠结和人事变化:曼璐得了肠结核死了,女儿招弟也染病死去,祝鸿才视儿子荣宝成为其唯一的精神寄托。但他无力照顾荣宝,曼桢回到孩子身边后,虽然祝鸿才口头上虚情假意,悔过自新,对曾经的所作所为后悔莫及,但他还是无法改变骨子里腐朽的"公子气",照样不务正业,四处浪荡,回家后常对孩子施予暴力。上海沦陷期间,他大发国难财,并且有外遇,于是曼桢带孩子与祝鸿才离婚。小说中的祝鸿才就是一位悲剧的父亲形象。在这个纨绔的父亲身上,作者让其努力维系着儒家伦理秩序,并把这个伦理的践行者完全置于东西文化碰撞的时间坐标中。这样的形象书写隐喻着儒家伦理在转型社会中所面临的危机。

二、被弱化的父亲形象及其伦理秩序的颠覆

中国男子从单身走向父亲、爷爷的席地,其实标志着男人的成长历程及其在社会中所要承担的使命。人不能以个体的方式存活,必须进入群体组建家庭。按儒家伦理之道:呵护子女、赡养父母,是人的行为规范,体现着人的伦理价值观与道德品质。这是儒家对人"圈定"的礼仪规则。即所提倡的"儒者习礼"之说,这也是对人最基本的道德价值索求。

---

① 张爱玲:《张爱玲散文集》,北岳文艺出版社 2013 年版,第 86 页。

从纨绔的父亲到弱化的父亲,我们不难发现张爱玲的前期作品中,始终在寻找一个完美的父亲形象,这种寻求已经不是简单意义上的父爱索求,而是她给予民族的希望、给予中国的期望。她在作品中,始终寻求一个成功父亲的动机印证了她的人生观与世界观。通过其作品中不断弱化的父亲形象可以看出,传统的封建伦理已经在现代社会中无法找到立足之地,也意味着其将要被新的思想理念所取代,这股新的力量就是她所渴望的新的父亲形象。

张爱玲许多小说中塑造的被弱化了的父亲形象,同样在家庭中处于符号化的肉身替代品,其不能维系家规秩序,更不会给家庭带来幸福。实质上,弱化的父亲是儒家伦理制度逐步面临颠覆时的浮生品。这就是作者在小说、戏剧作品中塑造了扎堆的被弱化了的父亲形象的社会根由。这一系列形象仍以符号化的形式苟活于一些家中,其道德行为败坏,男权尊严受损。比如,《小团圆》中九莉的父亲不务正业,一天到晚吃喝嫖赌,靠着祖上留下的家底过日子。作品中说:"盛九莉的父亲乃德和母亲蕊秋,当年结婚时也是大家羡慕的一对金童玉女,但是乃德身上完全是封建遗少的做派,他颓废、没落、自私,为了钱不让儿子上学,他饱读诗书,英语水平也不错,但是也没有用武之地,他嫖娼吸毒为前妻蕊秋所不齿,终于离他而去。后妻也是吸大烟,不理家务。祖上给他留下的基业在他手上挥霍殆尽,唯一的儿子因为没有钱也没有娶媳妇。乃德真是家庭、事业、孩子教育一事无成。"[①]这样的父亲是社会的寄生虫,也是家庭伦理的破坏者。

小说《半生缘》中沈世钧的父亲形象也被作者加以弱化。他一出场,就是一个拖着病体的形象,在文本不多的情节交代中,这位父亲也是因病医治无效故去。沈世钧是小说《半生缘》中作者刻画的主要人物之一,在这个人物身上,也体现了父亲的意义。对沈世钧而言,这个被弱化了的父亲最终缺失了,随着父亲的离去,家里所维系的伦理秩序也逐步遭遇了解构。后来沈世钧不得不放弃了对顾曼桢的追寻和等待,而与他过去鄙视的"小城市大小姐"石翠芝草草成婚。在洞房之夜,他们才发现两人并无感情。成婚后的沈世钧,又是活活的另一个被

---

① 张爱玲:《小团圆》,北京十月文艺出版社2009年版,第47页。

弱化了的父亲。

弗洛伊德的潜意识论、本能理论、人格理论都认为父亲占有的功能是处于优先级的,父子关系是家庭关系最为关键的一个轴线;在拉康看来,父子关系不只是局限于家庭内的个体性关系,也是帮助个体实现其欲望人化的一种结构功能,是人类学意义上主体完成其象征性认同的场域。从文学创作的艺术层面而言,弱化父亲,体现了张爱玲对父权的一种想象,她将其想象挪移到戏剧与电影中。她在戏剧中也塑造了一些滑稽的、具有父亲身份的人物形象。她的散文《借银灯》中谈到了两部影片:《桃李争春》与《梅娘曲》。她用散文语言写道:"《梅娘曲》里的丈夫寻花问柳,上'台基'去玩弄'人家人'。'台基'的一般嫖客似乎都爱做某一噩梦,梦见他们自己的妻子或女儿在那里出现,姗姗地应召而至,和他们迎头撞上了。这种石破天惊的会晤当然是充满了戏剧性,我们的小说家抓到了这一点戏剧性。因此三十年的社会小说中常常可以发现这一类局面,可是在银幕上还是第一次看到。"①从她的散文里可以看出,她肯定自己小说中的一些滑稽形象化用了电影和戏剧中的男性角色。从不同的艺术作品中可以发现,父亲的弱化将是一个普遍的社会现象,将形成一种必然趋势。回到孔孟儒学范畴,代表男权的父亲是"三纲五常"之"纲",父亲的弱化是"纲"之权力的衰败,是一种旧文化面临覆灭的挽歌。那个时代,戏剧、电影中建构的弱质父亲形象,同样表征了代表儒家伦理的封建旧制度将面临被取代的危机。

我们可以从《金锁记》中得以例证。《金锁记》写于1943年至1945年抗战胜利前期。1944年学界发表的署名"迅雨"的《论张爱玲的小说》一文,首先从回顾当时文坛的缺席角度肯定了张爱玲的成就,称赞《金锁记》是我们文坛最美的收获之一。《金锁记》中姜公馆的二奶奶曹七巧是北方一家麻油店主的女儿,小家碧玉攀上了京城望族,使她难免于叔伯妯娌之间的鄙夷。她嫁的丈夫是一个患骨痨病的残疾人,陪着这堆"没有生命的肉体",她唯有以下层市民社会的放肆、尖刻和村俗来开辟自己的生命,到处煽风点火。情欲自然也是她生命的一部分,她与风流倜傥的三少爷季泽常打情骂俏,但是这位寻花问柳的纨

---

① 张爱玲:《张爱玲散文集》,北岳文艺出版社2013年版,第53页。

绔子弟,却对由姨太太扶正的嫂子严守礼数,不做染指。作品对京城望族的起居作了经典化的描写,便在沉重的悲剧气氛中,凸显了一个来自下层社会火辣辣的生命,如何在错配门户的机缘中,以尊严和情欲为代价,用十年的时间熬死了婆婆和丈夫,终于在姜公馆的望族中赢得了新的生存地位。后来她在分家大典撒泼耍横,虽然仍是"被欺负"的孤儿寡母,无法推翻既定的分家方案,但还是分得了大桩的财富。守着这些钱,她成为金钱的奴隶。当她另门别居不久,三少爷登门请求重叙旧情,她也感到嫁到姜家十余年,命中注定要和季泽相爱,因而心旌摇荡。后来在利益的交易场中,她又重新认识了三少爷登门的目的,将其赶出家门。倘若截断后来情感叙述,我们从姜公馆的伦理关系层面而言,七巧的丈夫仲泽就是一个典型的被弱化的父亲形象,他整天吃药,行动都离不了人搀扶。这个完全被弱化的两个孩子的父亲离世后,七巧很快就取得了姜公馆中的生存地位。七巧的掌权隐喻着一种想象化、女性化的父亲形象重新在姜公馆扎根。这意味着新旧交替的时代,陈腐的儒家伦理思想被颠覆和取代的结果。七巧代表着一种底层力量,成为一个新的人类哲学和人生境界的追求者。诚如杨义所说:"她是末期洋场社会仁厚的、悲郁的而又慧心独具的体验者。徘徊于来势汹汹的西洋文化冲击下的文化困境之中,吟咏于东洋铁蹄践踏时无所作为、莫辨前程的人群之内,她所体验的世界是阴沉、迷惘而悲凉的。"[1]可以看出,以男性为主体的"纲"的儒家文化,已经在现代动荡转型的社会中完全被颠覆,女权作为一种新的文化观念,试图扎根于战火年代新旧文化交替的社会中。

小说《金锁记》中,情欲得到了深深地勾勒,其作用也显得异常重要,曹七巧的命运悲剧令人悯怅、悲哀。七巧是被家庭彻底抛弃的女性,在失去父母关爱的生命时光中,又可怜巴巴地寄居在哥嫂家中,哥嫂对她抱怨、责骂、冷漠,根本不念及手足之情,而以自私、毒辣的手段剥夺了她的人身自由,如同出卖牲畜一样将她卖给了京城的钱大户姜公馆,她是通过个人的努力在望族中取得了一席之地后成为一个浪荡

---

[1] 杨义:《中国现代小说史》(三),人民文学出版社1986年版,第469页。

的、彻底颓废了的家庭掌权者,最后悲惨死去。从曹七巧的家庭背景看,哥是一家之主。作为七巧的哥,血缘关系成了他施加"权力"的政治基础。他以"父"之权把七巧卖出去。张爱玲以七巧这个人物为原点,通过她的家庭出生、挣扎、成功、悲剧及与"父权"关联的命运变化,深沉地再现了儒家伦理在20世纪30年代所遭遇的悲剧。

三、缺席的父亲形象及其封建伦理之挽歌

综观张爱玲大部分小说,不难发现,父亲这一形象大多是缺席的。比如,《半生缘》中顾家的父亲,《金锁记》中姜公馆的老爷、曹家的父亲等。从儒家思想的运行规则而言,父亲的缺席,隐喻着封建思想体系秩序运作的断裂。儒学思想建立在一个完整的社会秩序之下,运行于一套完整的群体之中,在这个完整的群体内部形成了一套"君君臣臣,父父子子"[①]井然有序的差序结构。这一套制度体系的运作大到一个国家小到一个家庭,自觉形成一套规范的礼仪制度,也就是孟子所主张的伦理思想范畴,"是处理'五伦'(君臣、父子、兄弟、夫妇、朋友)关系的规范"[②]。按照这个制度推衍下去,一个家庭中,父子关系也可以构成"君臣"关系。由此看来,一个家庭中就形成了父子关系、兄弟关系、夫妇关系等类似于儒家观念的伦理关系圈,父亲是整个关系得以维持的酵母。张爱玲小说中父亲的缺席表征着上海孤岛沦陷后,儒家伦理秩序所面临的危机,以及给"家"这个生活圈中人物带来的命运悲剧。

小说《半生缘》中,一出场就交代了来自安徽六安州一个缺席父亲的家庭。主人公曼桢向世钧说:"'我父亲下葬的那年,去过一次。'世钧道:'哦,你父亲已经不在了。'曼桢道:'我十四岁的时候,他就死了。'"[③]曼桢家中一共六个姊妹,母亲顾太太在这个家里兼替着父亲的地位,艰难地维系着家庭中的伦理秩序。小说《金锁记》中曹七巧出场时,就寄居在哥哥曹大年家,长大后被贪财的哥哥卖给了城里的大户姜公馆。

---

① 葛兆光:《中国思想史》(中),复旦大学出版社2009年版,第93页。
② 张岂之主编:《中国思想史》,西北大学出版社1993年版,第4页。
③ 张爱玲:《半生缘》,北京十月文艺出版社2009年版,第14页。

从主人公顾曼桢、曹七巧这些女子的生活悲剧来看,没有父亲的家庭中,礼仪秩序是混乱的,谁掌控钱财谁就有社会、家庭地位。这也隐喻着儒家伦理道德教化秩序已经从内部开始解体。儒家所讲究的"君为臣纲、父为子纲、夫为妻纲",以及"仁、义、礼、智、信"的思想教化完全被欲望、世俗、金钱解构。这样的解构并不是从思想制度本身开始,而是从儒学思想结构内部开始分化。可以看出,20世纪30年代的转型社会中,没有父亲的家庭仍然忍受着权势家庭的摆布和掌控,这体现了社会等级之风对儒家伦理教条的逐步解构。处在夹缝中缺席父亲的家庭也将要面临"大鱼吃小鱼"的悲惨局面。

《半生缘》中顾家对祝鸿才卑躬屈膝、忍气吞声;《金锁记》中曹大年对姜公馆的人毕恭毕敬,逆来顺受等。在《半生缘》中,曼璐为了稳住她在祝家的地位,不念及手足之情与祝鸿才设计将自己的二妹陷害后囚禁于祝府,并强行将自己的母亲与弟弟送到苏州乡下,从这些行为中可以见证,儒家的"孝悌"观念在缺席父亲的顾家被彻底解构。张爱玲从发掘人性与洋场社会情调的基本层面呈现了这一现象。

曼璐设计陷害妹妹完全出于私心,小说中说:"她这次是抱定宗旨,要利用她妹妹来吊住他的心,仿佛就像从前有些老太太们,因为怕儿子在外面游荡,难以约束,竟故意地叫他抽上鸦片,使他沉溺其中,就不怕他不恋家了。"[①] 这是完全归因于人性的复杂。另外,她设计陷害妹妹是因为心里不平衡所致。没有父亲的顾家,曼璐无疑是家里的老大,一大家人的生计要靠她一人支撑,为此,她做了舞女,毁灭了她的美好青春,造成了现在的境遇。她把讨回"家庭债"的目标对准了自己的妹妹曼桢。曼桢落难于祝府后,她将自己的母亲送到了苏州乡下。从顾家所发生的家庭裂变可以印证,父亲缺席的家庭中"孝"的秩序完全破坏,家庭伦理也将跟随解构。

张爱玲书写父亲缺席的家庭,源于她对历史和人性的思考。张爱玲被称为沦陷区作家。她的很多作品都写于上海沦陷后。杨义说过:"张爱玲崛起于上海文坛的黄金时代,正是中华民族呻吟于铁血之中

---

① 张爱玲:《半生缘》,北京十月文艺出版社2009年版,第200页。

的时代。"① 她用作品深沉思考上海、北平、广州、香港等地沦陷后,"西方文化""人权""进化"和"社会主义"等多种思想理念在中国土地上交织并存,在"家庭"这个狭小的空间中儒家的孔教伦理已经走向最后的归宿。从小家到大家,苟延残喘的封建孔家儒教完全被等级观念、金钱、世俗颠覆。作者以"家"作为叙述场景,通过家中父亲的残缺勾勒出传统儒家伦理被颠覆的事实。

缺席的父亲在张爱玲小说中有两方面的意义:一方面是女儿对父爱发出的呼唤和期待;另一方面是现代社会给宗法封建社会基础之上的孔学儒家唱出的挽歌。张爱玲笔下纨绔、弱化、空缺的父亲形象写真,恰恰折射出中国社会从民国到当代转型时期所暴露的多种症候,以及在国力极其衰微下青年男子个体挣扎与失败后在各自命运逆流中走向毁灭的结局。比如,像祝鸿才、姜季泽这些人,他们既是儒家伦理秩序的维护者,又是这一秩序的破坏者,作者对他们给予了高度的关照。当然张爱玲笔下也有众多女性,其中大多是柔弱善良的,而这种柔弱最终导致了女性被欺侮、被踩躏。女性的这种柔弱恰恰见证着民国时期民族的柔弱和所忍受的欺凌。

总之,张爱玲的部分小说从家的层面对纨绔、弱化、缺席三种父亲进行了深沉的书写。纨绔的父亲是她童年生活中整天在屋子里背诵古文抑郁不得志,只得从鸦片、召妓、赌博里寻求安慰的父亲形象。弱化的父亲恰恰是纨绔父亲形象的进一步深化。在这两种父亲身上,呈现出建立在封建宗法社会基础之上的儒家伦理在中国走向现代社会过程中被新思想、西洋文化等践踏与颠覆的事实。而缺席的父亲印证了她对转型社会中一种"新父权"的想象,也是张爱玲对面临解体的儒家传统唱响的挽歌。

---

① 杨义:《中国现代小说史》(三),人民文学出版社1986年版,第460页。

《空巢》

——中国老年人的另一重生存空间

在网络媒体覆盖全球的时代,中国当代汉语文学写作几乎上升到一个全民化的时代:爱好写作者难以胜数,诗歌、小说等文学体裁浩如烟海,在琳琅满目的文本堆里,能够书写时代特征,描摹真实生活,用文学呈现人性美,彰显中国人精神毅力的作品理应受到读书界的欢迎。"70后"作家弋舟是一名有爱心的写作者,近几年他的创作聚焦于社会底层,关怀被现代年轻人漠视和忽略的老人群体,在书写这群老年人抵御困难、抗拒寂寞与孤独的同时,试图以文学唤醒伦理,将众多读者的目光拉回到"孝"与"礼"的传统美德中进行思索,以文学重建新时代的"孝道",倡议年轻人关注内在美及其精神价值。这样的写作无疑充满着人道情怀,开发着文学的巨大价值。

《空巢》是弋舟小说《出警》获"鲁奖"之后的又一部非虚构力作集纳,由上海文艺出版社 2020 年 4 月出版。2020 年 7 月在兰州与读者的见面会上,许多老人聆听了作家的讲解之后潸然泪下,会后一些老人对在场者说,弋舟写出了他们的精神,也写出了他们的真实心理。面对老人们的赞誉,弋舟很平静,因为他已经在《空巢》这部作品集的写作中保持了镇定,发现了中国老人抗拒空巢、抵御孤独的生存精神。很显然弋舟不是书写"空巢",而是呈现"空巢"背后的人道精神。

一、在农业文明向工业文明的过渡中抗拒孤独

从《我在这个世界上很孤单》《平行》等短篇小说来看,弋舟在"乡间"与"城市"这两重老人的生存境域中亲临现场,与"空巢"老人推心置腹地交谈,然后如实地写出了中国老年人遭遇的孤独和困惑,并书写他们在孤独与寂寞中的挣扎,这一书写非常具有现实性。孤独、寂寞、焦虑这是现代大多数人的未来。弋舟说:"空巢,衰老,对于我们还是未来之事,那么,孤独,此刻便潜藏在我们每一个人的内心,它柔韧地蛰伏着,伺机荼毒我们的灵魂。"不难发现我们对空巢群体的关怀,意在关怀我们自己的将来,我们从每一位空巢个体遭遇的孤独和困惑中学会抗拒,也有利于我们应对不久的将来。

在现实中,我们经常嫌年迈父母啰唆,拒听他们讲述过去的生活。弋舟认为:当人老去时,其社会关系圈在不断地缩减,缩减到一无所有,就只剩下从小到大的成长记忆,这就是他们全部的精神财富了。《空巢》就写出了老人们的这一笔精神财富,并将其呈现给读者。

这部作品集在"乡间"和"城市"两个场域中讲述老人的心酸史,作者反思人伦,关注时代,不断彰显着中国老人们的精神品格与爱子情深。在"乡间"这一序列里,作者亲临现场,与孤寡老人攀谈,并品咂出一行行感人肺腑的文字。

在"乡间"的系列篇章中,作者寻访的是六十五岁以上的孤寡老人,发现他们遵守了计划生育政策,苦苦为儿女的生活出路尽心尽力,当儿女成人后,他们因失去老伴成了孤寡老人。"采得百花成蜜后,为谁辛苦为谁甜"——这是中国老年人的精神光环。比如,种药材供儿子成才的老原,照顾儿子拉扯孙子的韩婆婆,为照顾智障儿子给城里人做保姆而丝毫没有怨言的原大妈,失去老伴但面对离家打工杳无音信的三个儿子依然很包容的郭奶奶,为医治儿子绝不放弃的老陆等。从他们的精神品格中我们能够感受到"慈母手中线,游子身上衣"的温暖人性。

"乡间"是传统农耕文明的缩影,而城市是现代工业文明的标志,空

巢群体的出现是工业文明对农耕文明冲撞与盘剥的结果,是乡土文明向工业文明过渡中遗留的印记,是被新型工业文明丢弃在古老的乡土之上的最后坚守者,他们生活拮据,行动不便,并以颓废维持生命、坚守土地,努力恪守"原乡"之家。这无疑凸显了中国老人的"乡井"精神。

二、失理与不幸中存活的生命精神

在《空巢》中,作家弋舟通过访谈,发现除了老伴不幸离世造成的孤独之外,伦理道德的背弃也让一部分老人遭遇子女的冷落,变得孤独与困苦不堪。但他们默默忍受,从不责怪子女,这也体现了中国长辈的风范。

从《空巢》中郭婶的遭遇可以看出:即使不去工业城市,留在农村的年轻人,大多不照顾老人,过着自己的逍遥日子。郭婶是被农村的两个儿子大年三十赶出家门的,这是为何呢?这些纪实文字背后,我们能看到两个层面的问题:一是家庭主权地位的更替。男主外、女主内的家庭生活模式发生了变更,妻子成为家庭主事者,当然,没有血缘关系的公婆遭遇冷落和被撵就成为常事。二是家庭教育的淡化。儒家所说的"父母在,不远游"的孝道传统缺失,老人就遭遇被遗弃的悲惨结局。比如,《吴婆》《杨奶奶》等篇中的老人,她们对儿女的囚禁行为无怨无悔,她们甚至认为,她们离开子女就是给子女们减负,这样的爱真的很伟大。

生命的无常与不幸的生活完全地扭曲了一部分空巢老人。在《老何》篇中,作者说:每一个老人都是一个"炸药包"。在"城市"这个篇目的文章中,作者采访了一部分故意犯法寻求养老的老人,这也是农村空巢老人的选择,这是老人思想扭曲的结果所致,对这类老人理应加以拯救,否则这部分空巢群体会成为社会的不稳定因素。《老何》篇中,老何提刀杀了自己的老伴和闺女,这是性格变态的征兆,也是思想扭曲的恶果,是他们抗拒孤独的非理性方式。

不幸的遭遇往往会扭曲人的性格。在"城市"这个篇目的叙述中,曹姐等不幸者是性格被扭曲的空巢老人,这些老人几乎与世隔绝,变得孤陋寡闻。城市境域中的老杜因孤独得了抑郁症,试图喝安眠药自杀,老杜的行为是空巢老人中的典型。我们对这类老人应给予高度关照。

总之,在《空巢》这个非虚构集中,作者给人们呈现了底层"老年人"的生活境域,从他们的"空巢"生活中,我们看到了中国老年人孤独与寡居的挣扎史,同时我们也发现了中国老年人理解子女,自觉抗拒孤独与不幸遭遇的精神品格,这无疑体现了中国人的正能量。

行走在原乡的脚步

——北乔散文集《远道而来》的创作脉象观察

北乔在临潭挂职投身当地脱贫攻坚战时,身行于自然山水,心思于历史文化,用一个文学家的情怀思考如何书写一个多种文化交汇的地方,如何表达临潭这一偏远地域中的现代文明走向,思考如何凸显走向全球化时代临潭的自身优势。他在纪实散文集《远道而来》中建构了清晰的写作脉象。

被称为"古洮州"的临潭历史悠久,民族多维文化底蕴深厚,高山文明、游牧文明、江淮遗风等相映生辉,堆垒出一个既古朴典雅又不失纤细的临潭。临潭其字面意义上是临潭而立,注视于潭。从远古时代一路走到现代的临潭,保存了江河源文明与农耕文明的优秀传统,也延续了高山文明崇拜神山圣湖、颂扬弓马勇武与农耕文明勤劳朴实、自强不息的精神谱系。

北乔从军25年,有着十多年的摄影和新闻报道经历,从事文学创作近30年,在散文、小说、诗歌、文学评论等方面都有建树,是典型的多栖作家,获得过多个文学奖项。如此丰富的阅历和文学实践,使北乔在体察和状写西部时,有了更为辽阔的视野、更为丰厚密实的书写之道。2016年9月,他到甘肃省甘南藏族自治州临潭县挂职,三年的时间里,创作出版了诗集《临潭的潭》,主编了近200万字的《洮州温度》(上中下)和《临潭有道》,把临潭的过往与当下以文学的方式进行总结。新近出版的《远道而来》更是以文学的形式在为临潭立传,在共时空的视野中书写高原之上的文化与精神,记录当下西部山乡的实时生活与人文风情。

"远道而来"是临潭历史的远道而来。临潭的历史悠久漫长,如何捕捉历史转折的关键节点,凸显临潭文明的精华,在文化和文学上都具有非凡意义。"重逢"是散文集《远道而来》的核心要义,"重逢"既是历史的重逢又是文化的重逢,更是貌似故乡的重逢。在这个篇章中,北乔聚焦于冶力关、冶海、古城墙、洮州卫城四个关键性的历史遗迹,查阅历史资料,澄清了临潭的历史走向。冶力关见证了临潭魏晋南北朝、明代的历史,引出了天池冶海后,用散文手法讲述了一段明代英雄常遇春在临潭的历史传奇。这一段历史的佐证是古城墙,北乔说:"处于偏远的临潭,有众多的古城、堡子和寨子均筑土墙防卫,其他的建筑,都随岁月而逝,倒是土墙依然屹立。"沿着土墙自然也就引出了"牛头城"和"洮州卫城"遗址,这里聚焦了汉、藏民族的古代现代,这些历史遗留的民族多维度文化,形成了临潭的过去和现在。

"远道而来"是临潭文化的远道而来。与青藏高原上的合作,与卓尼、四川边远地区相比,临潭的文化是从天而降的文化,四面高山环抱的县城和与卓尼一步之隔的村落,注定了临潭文化的封闭。典型的江淮文化,汉、回、藏多民族相依相生的文化,生态文化,民俗文化,民风文化等多元文化并存互生,在这里凝结成厚重的风土人情。如何书写临潭文化的精华,表现临潭当下的变与不变,北乔以社会学的视野,聚焦了临潭的生态、民俗、遗迹、人情、人事等,并在"水之册页"之篇中加以刻画。

如果说远道而来的远是时空之美的话,道便体现了文化与艺术之美。北乔在"花儿"中发现了人们艺术化的交流与相亲方式,书写了花儿组成的临潭美学,在"花儿"篇章中书写了花儿唱出的域内外人情和临潭人的"祖国情"。从万人拔河中北乔观察了临潭人新年的狂欢,并以历史为依据艺术化地隐喻出万人拔河象征着临潭人不怕困难、祈福纳祥的精神传承和对风调雨顺、人事平安的美好祝愿。

远道而来的道也是一种新时代临潭的民俗文化之道,其可以具体化到闲适生活中的茶道、酒道、肉道。《远道而来》观照了临潭江淮文化的遗风,在细腻描摹临潭的新式建筑与江淮建筑文化两极分化的同时,又观察到江淮文化在小康村浮雕、砖石、戏台上附着的比重。在北乔的笔墨下,江淮文化遗风与临潭新式的瓷砖、铝合金、水路、电路、网络相得益彰,垒叠出临潭建筑的古朴与新式。北乔书写喝酒与吃肉,意在凸显这一地域中互渗的多元文化与民生富裕,他从临潭人的普通生活中感受到新时代里临潭的文化之道与精神之道。

"远道而来"是作家本人的远道而来。作家北乔从江苏来到临潭,并不是旅游式的短暂路过,他在这里挂职扶贫,驻足三年。可见作为一个外乡工作者,应该进入本土生活、书写本土生活。三年的工作生活中,适应高海拔生活艰辛和多丘陵路途困顿等都成为扶贫工作的乐趣。这里厚重的人情、淳朴的民风,保持了共性与个性多元互渗的文化。新时代中的变与不变,使北乔在这里仿佛找到了精神原乡,他说"我感到我和故乡的重逢"。不难发现,《远道而来》是一部重新发现精神家园、书写乡愁的"远道而来",更是一部奉还给临潭文学的"远道而来"。

总之,北乔散文集《远道而来》在融合传统散文的写作套路中又反套路而行,回到大散文的本真中,从历史、生态、文化、人情、民俗等多层面、多方位建构了一种"发散式"的散文写作路径。《远道而来》中北乔十分清晰地梳理了"临潭"一路走来的历史,也清晰地检视出了"临潭"这方地域上蕴藏的独特文化和厚实民风,这既是脱贫攻坚的新成果,又是文化扶贫的新举措,它为新乡土散文提供了书写地域文化、凸显风土人情的写作范式。

第二辑
DI ER JI SEHN QI DE XI ZANG

神奇的西藏

"庄园"最后的挽歌
——央珍长篇小说《无性别的神》的美学艺术论

在中国西藏这一神奇的高原上,始终闪烁着独特的文学光辉。西藏有神圣的布达拉宫、有念青唐古拉山峰和冈底斯山脉,有长年诵经声不断的扎什龙布寺、大昭寺、热振寺等著名的佛教寺院;有纳木错湖、拉萨河等水系。而今的西藏已成为四面八方游客向往的地方。高山文明、江河文明、佛教文化等多元文化在这里交相辉映,堆垒出一个奇特的雪域藏地。新时期以来,马原和扎西达娃等作家在西藏这一片净土之上创作了《岗底的诱惑》《拉萨河的女神》《西藏,隐秘的岁月》《西藏,系在皮绳扣上的魂》等优秀作品,引起了中外读者的关注。央珍是继扎西达娃之后西藏脱颖而出的优秀女作家,她1963年生于拉萨,1985年毕业于北大中文系;曾任《西藏文学》的主编。21世纪以来,她创作了《拉萨的时间》《无性别的神》等作品。她的长篇小说《无性别的神》是西藏21世纪初比较有影响力的作品,作品获得全国少数民族文学创作"骏马奖"。2002年这部作品被改编成20集电视连续剧《拉萨往事》,2017年10月,央珍在北京去世,她的去世是西藏文学界的一大损失。

长篇小说《无性别的神》是以西藏旧社会农奴主庄园和府邸兴衰为背景的小说,被称为"当代西藏文学的里程碑"。小说以贵族小女孩央吉卓玛的视角为叙述线索,深入讲述了藏族贵族大家庭中大小人物的命运沉沦,它成为旧西藏的真实写照。这部小说的艺术魅力来源于央珍对藏族文化的熟知和廓清,来源于她扎实的汉语言功底,更来源于她的美学思维。

一、"红楼"式的空间诗学艺术

《无性别的神》与古典小说《红楼梦》有着异曲同工之妙。小说被称为"一部西藏的《红楼梦》"。与《红楼梦》不同的是,小说以儿童视角为主要叙述视角,来真实披露西藏贵族庄园的兴衰。常言道,童言无忌。儿童不知天高地厚,也不管三纲五常,更不明白成人之间各种利害关系,因此说话毫无顾忌,也不避讳,口无遮拦。以儿童语言的叙述姿态,最有利于展现出一种与成人视角截然不同的叙事风貌。让读者体会到,儿童语言非常真实,这种真实的语言背后隐藏着大人。央珍的小说《无性别的神》从一个缺席父亲的大家庭德康府邸开始讲述,从小女孩央吉卓玛梦见已缺失的父亲形象揭开故事的序幕,并为读者留下许多思考的余地,为读者产生诸多的设想,央吉卓玛为什么缺失父亲,这个缺失父亲的家庭怎么维系,德康家族的庄园怎么保住等。小说的叙事视角毫无疑问地聚焦到一个家庭空间。

法国哲学家加斯东·巴什拉指出:"家是人在世界的角落,庇护白日梦,也保护做梦者。家的意象反映了亲密、孤独、热情的意象。我们在家屋之中,家屋也在我们之内。我们诗意地建构家屋,家屋也灵性地建构我们。"①自然,人是家庭组织结构的主要组成部分,因此,中国以家庭为叙述空间的小说,最终讲述的是人的命运变迁。《无性别的神》中塑造的主要人物是小女孩央吉卓玛,她是德康府的二小姐。小说主要通过小孩子颠沛流离的一生来写德康家族的命运变迁。小说中的央吉卓玛,虽然出身高贵,她的亲生父亲是噶厦地方政府的四品官员,使她处处受人尊敬和疼爱,但她的亲生父亲去世了,哥哥也夭折了,她的家庭瞬间出现了"门前冷落鞍马稀"的冷寂。为了延续家族的"旺火",她的母亲别无选择地与继父贡觉老爷结婚,婚后又生下一个男孩,从此,央

---

① [法]加斯东·巴什拉:《空间诗学》,龚卓军、王静慧译,世界图书出版公司2017年版,第11—12页。

吉卓玛就过上了颠沛流离的生活。

小说的叙事与《红楼梦》塑造人物命运有着相似之处。《红楼梦》中，林黛玉的母亲去世以后黛玉的命运也发生了改变。黛玉的父亲林如海说："汝父年将半百，再无续室之意；且汝多病，年又极小，上无亲母教养，下无姊妹兄弟扶持，今依傍外祖母及舅氏姊妹去，正好减我顾盼之忧，何反云不往？"[1]林黛玉来到贾府，最后忧愤而死。与《红楼梦》不同的是，在小说《无性别的神》中，央吉卓玛有了继父之后，也有了同母异父的弟弟，央吉卓玛的命运自然就要发生改变。小说中她的母亲对央吉卓玛和她的姐姐说："我和你们的继父下个礼拜带上弟弟要去昌都。你们俩我已经安排好了，德吉，你住在外祖母家，央吉要到日喀则帕鲁庄园的阿叔那儿去住。"[2]这一情节与《红楼梦》中林黛玉被送到贾府有着相同之处。林黛玉的童年生活中，缺失了亲人的陪伴。没有亲情陪伴的林黛玉自然在贾府中生成了自卑、自谦、多愁善感的性格。央吉卓玛的成长中也缺失了父爱，生活中，跟她形影不离的是奶妈巴桑。央吉卓玛在奶妈巴桑的陪同下，逐步养成了她天真、善良、同情下人、热爱生命的秉性。她们在帕鲁庄园遇到了一个出身卑微的侍女拉姆，因为没有给老爷及时上茶，老爷将牛粪火倒入了她的脖子。从这些细节中可以看出西藏旧社会中农奴地位的低贱。她们长年干着粗活，吃的是粗茶淡饭，过着没有尊严的生活，帕鲁庄园、贝西庄园等都如同《红楼梦》中的荣国府、宁国府一样，阶级等级分化明显、亲属之间矛盾尖锐、妯娌奴仆间隙频频。央吉卓玛在这里成长过，体验过。离开帕鲁庄园之后，她变得更加理智、更加善良，以至于后来，她别无选择地出家为尼。

小说的最后，解放军进藏，如同人间地狱的帕鲁庄园被彻底颠覆，曾经备受折磨的下层奴仆拉姆，成为解放军大家庭的一员，解放军教她识文断字，送她上学，她的人生获得了新生。从拉姆这个小女孩的命运转机中，我们可以看到西藏人民幸福生活的到来。

---

[1] （清）曹雪芹：《红楼梦》，华夏出版社2007年版，第21页。
[2] 央珍：《无性别的神》，浙江文艺出版社2018年版，第42页。

二、神圣风景的美学建构

在小说的艺术构成中,典型的环境是其主要的艺术构思之一。典型的环境也是作者发生语言的地方。雪莉·艾利斯说过:"作者走进某个地点,这个地点激起了对过去的回忆或创作的灵感,作者突然转向,回到出发点,然后离开这个地点。"[①]长篇小说《无性别的神》是西藏作家创作的作品,作品产生的主要地域是西藏这一片充满神奇的土地,且作品主要内容回忆的是西藏解放前的事,因此,作品中的风景必然刻上了原始、古朴、典雅的原汁原味的藏文化印记。

作为世界屋脊的中国西藏,有最灿烂的阳光、最透明的空气、最清洁的水源、最纯净的土壤。因此,我们从西藏作家的作品中可以看到奇特的自然景观。从扎西达娃、降边嘉措、次仁罗布等作家的作品中,我们经常可以看到神圣的风景图谱。西藏作家们正是通过奇特的风景,给我们展示西藏人独特的生活方式与生存观念。我们知道风景来源于大自然,来源于楼阁庙宇……自然风景给人类呈现的是自然美,社会风景给人们呈现的是社会美。在长篇小说《无性别的神》中,女作家央珍是通过央吉卓玛的视野为我们建构了奇特的风景美学。

颜水生说过:"风景被看作是意识形态的表征,在思想和艺术史上由来已久。无论是达比和沙玛,还是克朗与巴什拉,他们都把艺术作品中'风景'看作是意识形态的表征。"[②]科斯格罗夫甚至强调:"风景是一个意识形态的概念。"[③]毋庸讳言,西藏是苯教、藏传佛教文化氛围最浓郁的地方。可以说"神圣的风景"是藏传佛教意识形成的再现。从"神圣的风景"中,我们容易想象神灵的模样,想象天堂,想象极乐世界。在中国西藏,信仰苯教和藏传佛教的人都把"西藏"当作心目中的"圣

[①] [美]雪莉·艾利斯编:《开始写吧!非虚构文学创作》,刁克利译注,中国人民大学出版社2011年版,第151页。

[②] 颜水生:《论扎西达娃小说的风景叙事类型及意义》,《中国现代文学研究丛刊》2015年第12期。

[③] [美]丹尼斯·科斯格罗夫:《社会形构》,载[美]米切尔编《风景与权力》,杨丽、万信琼译,译林出版社2014年版,第70页。

地"。央珍在长篇小说《无性别的神》中大量描写了西藏迷人的自然风景与"典雅古朴"的社会风景。与扎西达娃、次仁罗布等其他藏族作家不同的是,她是用儿童的视角描写自然风景与社会风景,这使她小说中的自然风景充满着无限的奇幻色彩。比如,小说中写央吉卓玛送往帕鲁庄园时看到的风景:"蒙蒙乌云中,山顶的圆锥形的玛尼石堆,还有飘挂在石堆上风吹日晒破碎的经幡和还愿的衣服的碎片。傍晚,山脚村落上空一缕缕袅袅上升的炊烟。正午,湖面上悠然嬉水的黑头鸭和湖边扣晒的牛皮船。黄昏中,孤傲地耸立在荒凉山崖上的褐色城堡。绵绵细雨中,英国商社的尖顶红木屋。清晨,阳光下金灿灿的粘满牛粪饼的小石房。风沙中,乱石缝里猛然蹿出的老山羊……也不知这样跑了几天骡马行程。迷迷糊糊里,这一切在央吉卓玛的视线里拖着一条长长的蓝色烟雾,影影绰绰地飘来荡去。"①

这一段绘制的是典型的藏地风景,从这一段描写中我们可以看出经幡、玛尼石等藏地独有的文化元素。这段描写不断提示人们去想象,央吉卓玛他们跨越山山水水,颠簸着去帕鲁庄园的艰难,同时也暗示出央吉卓玛人生道路的坎坷和曲折。小说中大量的迷人风景描写都是出现在央吉卓玛在帕鲁叔伯家居住的时期内。当然,小说多处描写西藏迷人风景的同时,突出了一个小孩子对周围自然环境的好奇,表现出了她善于追求新鲜事物的审美观。

在西藏高原上,群山是世界的核心,群山是人类永恒的记忆,群山是时刻展露自然美中崇高的美学范畴,是人类不屈不挠地征服困难的雄心的象征,这也就是康德所认为的人类产生崇高观念的直接来源。央珍小说中,不少地方写到了小女孩央吉卓玛视野中的群山:

马蹄下小径蜿蜒,渐渐通向倾斜向上的大山。山上到处是开满黄花的野石榴和爬地松。山边一条潺潺向下的溪流,仿佛飘垂的哈达。山腰中寺院的红墙金顶在阳光下闪闪烁烁,在袅袅升腾的圣火香烟中隐隐幻幻,散发出一种隐僻、静谧仿佛来自天界的神秘之光。空气里洋溢着一股飘忽不定的奇异的幽香。②

---

① 央珍:《无性别的神》,浙江文艺出版社2018年版,第43页。
② 同上书,第250页。

这一段描写绘制出一个小孩子眼中充满神奇的群山。这时的央吉卓玛已经皈依佛门,成为尼姑,尘世的繁杂已经渐渐地离她远去。崇高的高原,圣洁清静的古刹"神地"终将成为她以后的生活环境。

如果说迷人的自然风景展现的是自然美的话,那么庄园古宅则展现的是社会美,因为其蕴含着人类最早的美学思维。这两种美都可以不同程度地衬托出人们对生活的迷茫和无可奈何的人生选择。央珍小说中的庄园古宅是西藏封建特权的政治产物,也是封建政治制度和阶级关系的象征。拥有庄园古宅的人,手里大多拥有统治整个村庄的权力。庄园古宅是统治者权力的象征,它成为统治者统治他人的工具。

《无性别的神》中作者通过孩子的眼光去写庄园古宅的建筑。从孩子看到的高大典雅的建筑中,表现了封建农奴主与平民之间地位的差距和等级的差别,这是西藏旧社会奴隶主与奴隶之间不平等的象征。小说正是以"风景"为典型环境,逐步呈现贵族庄园走向覆灭的非戏剧性情节。

三、人物命运与佛教文化的美学建构

从文化层面看,长篇小说《无性别的神》几乎就是藏传佛教文化的呈现。小说中写到央吉卓玛的阿叔去世之后,央吉卓玛很伤心,奶妈巴桑轻声劝慰她说:"央吉,你的阿叔并没有死,知道吗,他只是换了个躯体……这就像你丢掉旧衣服,换上一件新衣服一样,你还是你,一点也没有变,发生变化的仅仅是外衣。……你快到十岁了,你能听懂我的话对吗?"[①]

经过奶妈巴桑的开导,央吉卓玛的痛苦渐渐沉静到奶妈巴桑的抚慰中,她的心情恢复了平静。与其说这里是一个开导,不如说这是藏传佛教这一独特文化的展示。从奶妈巴桑的劝慰中可以看出,她是将阿叔看成一个德高望重之人,认为他并没有死,他的死是新生命的开始。这样的书写进一步提高了阿叔的人生价值,也"轻构"小女孩央吉卓玛

---

① 央珍:《无性别的神》,浙江文艺出版社2018年版,第250页。

的悲痛心情。

在小说的后半部分,自从央吉卓玛进入"佛界"做了僧尼并取名为赤列曲珍之后,小说倾向于对佛教文化的书写,其包括她的剃度、尊听戒律、筹办加入法会仪式、布置僧房等,将一个曾经向往自由的天真女孩一步步推向了另一个世界"佛界"。在这个世界里,她念经、布施、遵守戒律、恪守上师的教诲,这也许是她个人的命运归宿。进入"佛界"后,她看到的是供奉着释迦牟尼铜像的神龛,看到的是披着金黄色大氅的活佛,看到的是忙着筹备藏历年的僧人们;她听到的是嗡嗡喔喔的诵经声;她也学会了"菩提心""正法",学会了背诵《般若经》。小说中写她双手合十:

> 向慈善的诸天菩萨,
> 向功德无量的佛法,
> 向智慧的本尊活佛……①

进入佛界之后,她渐渐远离了等级森严的帕鲁庄园、康嘎庄园、贝西庄园和没有亲生父亲的德康府。一直到解放军进藏后,她的母亲去佛国印度,曲珍告假回家,一直到两个月之后再重回寺院。

小说中借师父吉尊的言语写道:

> "对一个佛教徒来说,离别不过是重新相见的借口而已,因为冥冥中咱俩师徒的缘分已经定下,有众神作证。"②

央吉卓玛母亲对佛的虔诚之心,感化和影响着央吉卓玛,因此不难发现,央吉卓玛将又是一个虔诚的"吉尊"。

综观整部小说,不难发现小说后半部分,既是藏传佛教文化的表达,又是人物结局的交代,这样的结尾无疑充满着无限的浪漫色彩。正如藏族学者胡沛萍教授所说:"央珍是一位很有艺术才气的作家。"③央珍的才气就在于她扎实的语言文学功底,在于她对佛教文化、藏族文化、西藏本土文化、西藏过去历史的熟知和廓清,更在于对中国人民解放军、对祖国的热爱。

---

① 央珍:《无性别的神》,浙江文艺出版社2018年版,第312页。
② 同上。
③ 胡沛萍:《央珍小说的修辞艺术》,《西藏当代文学研究》2020年第1辑。

山重水复疑无路，柳暗花明又一村
——次仁罗布小说集《放生羊》的先锋意识及其超越

《放生羊》是由藏族作家次仁罗布著、中国出版集团2015年8月出版的中短篇小说集，共收录了《阿米日嘎》《界》《放生羊》等十七篇小说。其中，小说《放生羊》获得了第五届鲁迅文学奖，《界》获得第五届西藏新世纪文学奖，《神授》获2011《民族文学》奖，《杀手》获西藏第五届珠穆朗玛文学金奖，《阿米日嘎》获2009年度中国小说排行榜和2009年"茅台杯"《小说选刊》排行榜奖，《八廓街》获2011年至2012年《黄河文学》"双年奖"二等奖，《兽医罗布》获《时代文学》2014年度中篇小说奖。

毋庸置疑，这些小说一度摘得了多项桂冠，定有其可圈可点之处。细细品味次仁罗布的创作，不难发现他的作品能直面批驳充满欲望的现实，更以葆有人的存在维度，启示着我们。读完《放生羊》，可以感受到小说在"先锋性"渊薮上的良苦用心。

一、以特殊的叙述群体来反观现实

在内陆文学的先锋写作余绪即将飘散之际，当代先锋作家们遭遇了最困惑的时代侵袭，次仁罗布却从藏地破土而出，他把带着特殊的身份的叙事主人公引入小说文本，为藏族汉语小说先锋书写拓展了一片园地。

叙述作为小说文本展开的一种艺术,牵涉到文本故事的讲述方式与叙述者身份的认同。在这一手法上,次仁罗布有异乎寻常的"时空"技巧,他能从过去跨越到现实,也能从现实回归到过去。他小说中的叙述者有剃度僧人、单身的朗生、年扎、身体伤残者、陌生人、自由民、说唱艺人、司机等多重身份的社会群体。在文本中作者让他们成为生活的见证者,让他们来比画物化时代的世俗生活,无疑具有了反观现实的复杂性与见证意义,有时他带着自己的声音走进文本后又只字不言地退至场外,保持了一种深度的思索和沉默。

比如,在小说《阿米日嘎》中,他开创了"案件调查"的进展式叙述方式,让文本中的主人公成为叙述者与案件嫌疑人,先进行如实的交代事件,从而将文本的现实意义进一步提升。这种手法打破了常规写作中第一人称"全知"的叙述方式,也突破了第三人称"他知"式书写,以这种新的叙述视角,增强了文本的故事性。读《阿米日嘎》时,总感觉到主人公一直在断案,更为奇特之处是,里面也有备案与调查案件式的详细备录,这就吸引读者不轻易抛下文本,一路读下去,最后真相大白。

《阿米日嘎》从一个村庄写起,贫穷的然堆村多少年来都没有种牛(配种的公牛),贡布东借西凑费尽心思买来了一头种牛,全村子里的人都前来商约配种之事,一一遭到了贡布的拒绝,不久这头牛便死在了山上,贡布一口咬定是嘎玛多吉下的毒,因而由主人公"我"以一名公安人员的身份来调查这一案件。调查的过程中发现贡布以前与嘎玛多吉发生过摩擦,双方的恩怨一直没有消散。但是经过文中的"我"采集证据、细心断案后,澄清了被告人嘎玛多吉,贡布当时无法接受这一事实,最终在铁证面前折服。面对损失惨重的贡布,"我"用买牛肉的方式平息了这场风波,也挽救了贡布一家。

次仁罗布用先锋性抒写直指现实中的这一症结,提倡用法律的方式解决问题,这就打破了人与人之间因丧失法律意识、颠倒人性所产生的误解,仇恨、埋怨以及由此带来的不和谐。他也试图用法律的方式维护人的基本尊严,消除了人与人之间各种误解,重新建构了人间友善。

《绿度母》这篇小说中,先由作者个人出场,在事件自然发展中,又悄悄退出舞台,让一个死者来叙述下去,这一切都是在还原,正如他自己所说,还原西藏的过去、还原藏人的内心世界。这就是次仁罗布建构的"圆融"叙事手法,这种手法把作者笔下的西藏,全面铺展在读者的视野中,让读者去感受传统与现代碰撞的藏人世界。不加讽刺,不妄加批判,就让你亲身去感悟彷徨在物化时代的所有藏人的内心世界。

二、以救赎的思想建构信仰社会

佛教认为,人有善恶两种本性,善是佛教所宣扬的教义,佛教对人的最大感化是让人弃恶从善。藏传佛教信奉多做善事是为自己修路,善事做得越多,前面的路就越宽广。"善"的核心是"不杀生,救众生"。

葛兆光在《中国思想史》中说:"真正在中国信仰者的思想世界中发生影响的还是佛教在世俗社会信仰中实行的各种救赎活动,而这些活动的内容以及意味,其去向竟都是社会性的,佛教救赎的关键渐渐转为人们自身符合社会道德的思想与行为,以及这种思想与行为所获得的社会认同与神鬼护佑。"①

救赎的最明显意义就是拯救生命、拯救灵魂与拯救自我。拯救生命其实也就是拯救自我的潜在行为。

在小说《放生羊》中,作者以年扎的叙述视角深入进去,他努力帮助死者超度。有一次,在拜神回来的巷子里,他遇上将要宰杀的四只羊,以仅有的330元买下其中一只,牵回来后他仿佛找到了灵魂依靠的彼岸。有了这只羊,他的生活也充满了乐趣,他常带着那只羊转经拜佛,给死者超度。当年扎完全被"心诚则灵、心善则明"的宗教理念感化,变成一个"敬佛"的坚守者时,求佛就完全成了他的精神世界。藏传佛教中有"立地成佛"的核心理念,这个"佛"就成为叙述者心灵的依托,有了心灵的依托,才有了精神的追求。

源于藏地的作者坚守着以"信仰"为中心的创作理念,始终提倡着藏人生活不被世俗打乱,不被时代侵染的民族化抒写。

---

① 葛兆光:《中国思想史》,复旦大学出版社2009年版,第390页。

三、以书写神话传奇再现创作的新超越

以小说文本再现英雄人物的传奇故事,源于作者强烈的"文化寻根"。江河说过"任何民族都有自己的神话,自己心理建构的原型"。塑造英雄人物暗示出作家对人内在精神的崇尚,在不断地抒写人在社会中遭遇的种种坎坷,并在自强不息的奋斗中彰显了人的本质能力,这无形中与崇尚世俗生活理念的社会群体形成一种对峙。这也是作家次仁罗布创作中找到的新契机,这并不是艺术形式上的因循守旧,而是对文学与文化人类学的"神启"。

民族文化中"丑恶"和"美善"从来都是结构性地生长在一起,小说《言述之惑》作者把思维回归到1957年的藏地,他以一个记者的身份出场,再一次考察民族英雄加布的光辉事迹。小说中的加布既是一个小说人物,又是一位历史人物,作者意在通过这个人物的英雄事迹,追溯到20世纪50年代末西藏社会黎明前最黑暗的时代。在这个时代里凸显了一个善恶相生的民族英雄,生活中的他是一个无法确定父亲的私生子,在成长过程中调皮贪玩、爱跟同伴打架,年轻时又风流倜傥,乱搞女人,成为一个有损于牧民道德的人,这是他晦涩的一面。但是这位有着天生放牧秉性的加布又是一名临危不惧的民族英雄,他十一岁就被牧场主驱赶出庄园,离开母亲来到广漠的大草原。在艰难困苦的日子里长大后,他认识到了农奴制度的腐朽,组织受压迫的牧民阶层与农奴主斗智斗勇,多次帮助剿匪的菩萨兵清剿叛匪,后来全家被叛匪俘获,他宁死不屈。母亲被叛匪杀害,他被砍掉双腿后又死里逃生。最终党的队伍来到了草原,叛匪被解放军清剿后,英雄加布也享受到了党的阳光。

在加布的身上,作者倾注了更多的神话意义,成就了小说创作的另一新起点,完成了藏族汉语小说的"先锋性"超越。

总之,次仁罗布是近几年来西藏文坛上崛起的新锐,单纯地用现实主义或现代性来界定他的小说,无疑过于褊狭,正如《小说选刊》的主编其其格所说"次仁罗布拉开了西藏日常性和世俗性的生活帷幕,展示

芸芸众生追求'进步'的激情与困境,他的小说不但直面欲望的现实,更葆有神性的存在维度,为信仰和救赎见证了人的精神所具有的上升能力"。

次仁罗布小说建构了他独特的叙述主体,他自觉站在叙述者的立场上,聆听了众多叙述者的感悟和批判的声音,揭露了深藏在历史褶皱中的世俗观念。他也本着建构"乌托邦式的信仰社会"的意图来肯定人的"神性"层面,真正做到了一次跨越历史、立足当代、烛照未来的新超越,为汉语先锋文学创作带来强劲的春风。我们可以从他的《放生羊》中看到当代先锋文学的美好未来。

作为一种空间的叙事形体

——漫谈藏族作家次仁罗布的中短篇小说集《强盗酒馆》

《强盗酒馆》是 2020 年 11 月由译林出版社出版的一部小说集,是属于中华多民族文学共同体系列小说的汇展成果。这部小说集是少数民族作家次仁罗布继《放生羊》之后问世的又一部魔幻与现实主义手法相结合的全新力作,著作的命名有极强的空间诗学韵味,这样传奇的命名如同文学界散发异样香味的玫瑰,这样的命名也能让读者更容易产生猎奇心理。

当然这部著作的内容与书名互相匹配,阅读其内容,我们发现作家是在尽心做着各种人与事的呈现,读之令人感慨惊叹,悲鸣情怀油然而生。

《强盗酒馆》是集纳的开篇之作,这个小说中作家以"酒馆"为叙述场域,聚焦了城镇夹缝中商业衰退的缩影,显然作者是要呈现新时代中逐步走向解构的传统经商模式。"强盗"的命名源于酒客的心态,并非酒店的本意,这是传统经商者智商运作的结果。小说中的"强盗"自有它的来头,如贵重东西的不翼而飞,睡觉场所的神秘置换,建筑的古朴,音乐的舒缓,罗曼蒂克式的爱情表达,都致力于缓解城市中闲散生存者的焦虑与孤寂,类似于今天的酒馆棋牌室等娱乐场合成为城市闲适群体的精神家园,他们在这里"暂坐"时不经意之间留下的笑语,就是一种现代市民生活的折射,这不仅是一代人的生活世界,更是时潮中商业运作、经济萧条与兴旺的如实布景。如果说老舍的话剧《茶馆》中

"茶馆"浓缩了晚清三个历史框定的话,"强盗酒馆"所折射的是新时代中人们快意与豁达的消费模式,这当中不能排除消费群体的品德素养。很显然这个短篇力作是要以文学形式讲述新时代里大众消费现状及其背后制约经济发展的瓶颈所在,这是新时代经商者最值得深思的秘籍。

《红尘慈悲》既是一篇苦难主题的叙述,更是一曲令人扼腕的爱情挽歌。作者以富有传统农业文明气息之地的"觉如"为叙事场景,讲述了叙述主人公的命运转折。在起伏变化的困苦生活中,作者在反思传统与现代、过去与未来、文明与守旧等观念交错中引发的诸多矛盾,由此构成了小说的偶然性与真实性。这个小说中叙述主人公"我"曾因打架逃学到拉萨学画唐卡,这本是出于意外,但失去学业和漠视真情却成为叙述者的人生缺憾,这样的写法非常具有共识性。读完整篇后,我们仿佛感到那是在书写我们的人生缺憾。小说中对其救赎的唯一途径便是"慈悲为怀",也由此说明只有在慈悲中才能见证人性的真实、人对苦难生活的承受度。同时在慈悲中叙述主人公体会到了真情,也承受了对爱漠视的自我谴责。通过这个小说,作者影射了不屈的人性、变化的观念和与时俱进的时代气息,其最终彰显出的是我们民族的个性、厚爱与敢于自我忏悔的道德品质。

这个作品集中的《兽医罗布》是讲述我们民族"初心"的一个经典。小说在讲述一位平凡的草原"苏迪曼巴"的献身精神时,一再强调"没有调查就没有发言权"这样一个实践性真理。小说给我们呈现曼巴精神时,重在突出曼巴扛着舆论为牲畜疗救疟疾的美德,这正是受新时代"不忘初心,牢记使命"的正能量鼓舞的结果。

猎奇是次仁罗布短篇小说的力求,因此,他的小说有很大的可读性。《奔丧》是这个集纳中最宏大的一篇,因为他用另一种方式在讲述苦难历史的记忆,讲述我们民族的爱国意识与家园情怀,故事的线索具有莫言《红高粱》那样的原产地性。猎奇之处就在于整个故事在不多的文字里,让一个献身的民族英雄来讲述一个人的战争史,一个家族的血性史,而且让灵魂讲述战斗精神,这使战争更富有渲染力和真实性。

在藏族作家的文学作品中,最有力度的叙述是要凸显人与自然关系方面的紧张话题。很早以前，人类与大自然就处于压迫与抗争、毁灭与重建、挤轧与共生的紧张状态之中。

《长满虫草的心》书写了人与自然由间接冲突上升到直接冲突的惨痛事件。在这个小说的叙述手法上，次仁罗布运用了笛卡儿身心"二元论"的叙述方式。笛卡儿认为意识和肉体是两种完全不同且相互独立的基本存在。在这个小说中，作者是借一个"亡灵"来倾诉死亡的详细过程，这是以"灵魂"这一特殊视角来讲述着人与自然、人与人、个人与家庭伦理关系，让读者见证了人伦关系走向世俗化的困局。小说的主旨在于提出如何理性地保护生态，如何惩罚以保护生态为"幌子"草菅人命的违法者，如何更好地以法律手段来维系生态秩序，如何合理开发和利用生态资源等诸多矛盾问题。

在当代少数民族短篇小说的创作队伍中，次仁罗布是最擅长叙述视角的一位作家。这篇小说中的叙述者是一个脱离了肉身又无法回归肉身的灵魂在讲述着自己的哀怨与悲鸣。他的肉身是现实世界的缩影，他的灵魂是精神世界的写真，因此，这个短篇的艺术表现力几乎接近于《窦娥冤》尾声的荒诞与传奇，更显现出神魔的韵味。不过小说中精神世界里的灵魂是孤独的，"肉体"世界里的秩序是混乱的，虽然这里的精神无法战胜"肉体"，但却还原了一个存在的能讲述故事的肉体。这样的书写无疑引发了人类对合理占有资源与依法保护生态的沉思，也回击了金钱物欲与血缘关系的矛盾冲突，具有很强的震撼力。

《叹息灵魂》是这个集纳的最后一个短篇小说，这可以说是一部苦难中的挣扎史。这个小说中，作者有意虚设了一个类似羁旅行役之人作为叙述者，讲述着父亲的不明离世，讲述着母亲和"我"（叙述人）所受的伤害。在虔诚的超度中，叙述主人公见证了哥嫂的不孝后，绝望地离开了那个家，这是讲述者"我"离开世俗圈子的写真。"我"辗转流落成为朝圣群体中的一员，这完全是"我"努力寻求信仰的结果，后来"我"驿寄在拉萨经商、成家，找到了精神的归宿，因而"我"对那个无情的血缘之家，并没有产生强烈的回归意识。在拉萨艰难的生活中，病魔夺走了妻子和她肚子里的小生命。尽管命运是如此不公，但信仰、信念支撑着"我"艰难地活了下来。文中主人公说："死亡，让我看到了以往我执着的那些个事情是多么的细小、无聊。"这是叙述者的觉醒,感悟到"宽容"的博大。最后,主人公答应愿意当天葬师。这便是其对仇恨、世俗、无情等尘世间一切杂念的超越,同时也超越了对死亡的恐惧。天葬师的工作是主人公对人性本质的理解,也是对生命的有限同情,而唯一悲鸣和祝福的就是生命的短暂与灵魂的永生。

我们始终相信好的作品是歌颂好人的这样一个真理。综观次仁罗布的中短篇小说,不难发现,他的中短篇小说大多书写的是好人,弘扬的是我们民族的正能量,表现的是人间正义战胜邪恶的大主题。

《强盗酒馆》是次仁罗布通过局部人的现实生活空间来书写他们精神世界的一部短篇力作集,其给我们呈现的是两重世界里的人与事。次仁罗布所营造的空间世界依旧是渺小的、孤独的,他所呈现的现实世界是博大的、真实的。可见这部短篇小说集意在提醒我们回到现实生活中去珍爱一切,深刻体会人活着的意义。

生命光辉的歌吟

——尼玛潘多长篇小说《在高原》的主题艺术论

在中国西藏的作家中,尼玛潘多是比较"异类"的作家,她是继次仁罗布之后西藏脱颖而出的"70后"女性作家,出生于西藏日喀则。1992年尼玛潘多毕业于西藏民族学院语文系,先后从事过编辑、记者工作。20世纪90年代开始文学创作,作品主要发表于《长篇小说选刊》《作品》《长江文艺·好小说》等刊物。代表性作品有短篇小说《羊倌玛尔琼》《琼珠的心事》和中篇小说《城市的门》,出版了最有影响力的长篇小说《紫青稞》。她是中国作协会员,西藏作家协会副主席。相比西藏作家而言,尼玛潘多是一位异类的作家,也是一位熟知中国传统文化的作家。

事实上,优秀的作家往往是能把人写透的作家,她的作品能写出人情美与人性美,能突出人的本质力量的伟大,能写出外地人进入西藏高原后那种不屈不挠的奋斗精神,能写出人与残酷的自然环境相抗衡的毅力,能突出人与艰苦生活的斗志。优秀作家创作的故事情节可以使人忘却,但他们塑造的人物形象永远活在读者的心中,如张飞、武松、孙悟空等这些人物。

尼玛潘多是最善于发掘人性美的作家,她的作品有一种大的情怀弥漫其中,她写不同民族之间人与人的交往,能彼此接纳各自民族的风俗习惯,能相互体谅,彼此包容。与其他西藏本土作家不同的是,她拒绝对西藏神秘化的表达。她说过:"我只是想讲一个故事,一个普通藏族人家的故事,一个和其他地方一样面临生活、生存问题的故事。在很多媒介中,西藏已经被符号化了,或是神秘的,或是艰险的。我想做的就是剥去西藏的神秘与玄奥的外衣,以普通藏族人的真实生活展现跨越民族界限的、人类共通的真实情感。"① 她的长篇小说《在高原》是继长篇小说《紫青稞》之后的又一力作。小说讲的就是一群年轻人在西藏高原上插队、创业、发展,最后落脚在西藏的故事。从她细腻的文字叙述中可以看出,尼玛潘多是一个很注重生活,尊重生活,善于思考人的成长与人个性发展的作家。她的长篇小说《在高原》书写的是汉族人在西藏扎根创业的故事,在漫长的故事讲述中,她通过歌颂人性的光辉,赞扬不屈不挠的意志的同时贯穿了民族融合的大主题,散发着人性的光辉,彰显着一种人格魅力。

一、逆境中成功者的歌吟

和陕西作家路遥一样,尼玛潘多擅长表述逆境中的奋斗者与成功者,她创作的长篇小说《在高原》可以说是一部"励志类"题材的教科书。小说写的是汉族人张天禄家族在西藏近百年的奋斗史与创业史。在讲述这个故事时,作者采用了倒叙的手法,故事从他的后裔朗杰多吉十九岁的知青生活开始写起,他们到塔金插队途中,车子陷进淤泥不能前行,朗杰多吉去找人救助时,与队长旦木拉的女儿梅朵曲珍一见钟情,之后阴差阳错地分配到帕当区塔玛公社第一生产队后又与旦木拉队长相识。小说中通过他与旦木拉队长的日常对话,粗略地交代了他的祖籍与家庭出身。在插队的知青生活中,朗杰多吉的性格、才华和人品逐步赢得了旦木拉女儿梅朵曲珍的芳心,之后与他结婚……一直到第八章结尾写了朗杰多吉人生中充满绝望和希望的一年,让他绝望的是,年初他的父亲旦增去世了;让他充满希望的是,年末他的女儿白玛措吉出生了。因此第九章自然要交代旦增的一生,小说用插叙回忆旦增的故事时,交代了旦增的父亲,那个曾经躲过被驱赶的劫难在西藏打拼的汉族人张天禄,他的故事就是一个"励志类"的故事。

---

① 刘峥:《尼玛潘多:〈紫青稞〉是一种精神》,《西藏商报》2010年3月15日。

张天禄是一个受到儒家思想严重熏陶的人,是一个"大丈夫"形象。他的形象类似于孟子所认为的大丈夫概念:"居天下之广居,立天下之正位,行天下之大道,得志,与民由之;不得志,独行其道。富贵不能淫,贫贱不能移,威武不能屈,此之谓大丈夫。"①孟子进一步描述大丈夫形象,认为大丈夫最为可贵的是胸中具有浩然之气。中国美学认为,孟子所说的"气"兼有物质性与精神性两方面的含义。在中国哲学中,"气"重在生命性,"它是生命的一种发展、进取的状态,这种状态兼有肉体生命与精神生命两面,而在中国哲学中,重要的是精神性"②。小说在讲述旦增去世时自然就引出了汉族人张天禄的故事,旦增的去世对于这个老年丧子的张天禄来说,是一种悲剧。可以说张天禄的一生是悲剧的一生、不屈不挠的一生、不断奋斗的一生。他原本是个汉人,是个只会说一口藏语的汉人。从说藏语可以看出他的语言天赋和个人努力。

20世纪初拉萨发生了乱情,清朝驻藏官兵在动乱中遭到驱逐,在驻藏大臣衙门任低等文官秘书的张天禄,虽不舍拉萨,也只能随众前往印度,取道印度回家。小说中写道:

> 张天禄是一个苦命人,幼时双亲早逝,家境贫寒,寄居叔伯家吃尽苦头。还好在这有慧根,读书胜人一筹,谋得低等文官一职。入藏几年,学会了一口不太流利的藏语,生活习俗融通无碍。加上他来自汉藏交界的雅安,生性乐观豪放,与当地人交情甚好。③

从这段描写中可以看出张天禄是一个逆境中长大的孩子,他有着坚强的意力,并且有超常的智慧,他完全凭个人的毅力谋得了文官秘书一职。而且,他懂事有诚信,为此赢得了索朗次仁的信任,两人成为忘年之交。当驻藏官兵遭到驱赶后,他并没弃职归家种田,而是死里逃生,在朋友索朗次仁的帮助下进入东孜留宿到亚瓦的村庄。他经历了一路的寒冷与饥饿,颠沛流离来到东孜后,在一家商铺里做伙计。他在店铺里跟人砍价,想记账又不认识藏文;他在店里学藏文,悄悄存了钱,

---

① 钟书主编:《孟子》,上海大学出版社2018年版,第81页。
② 陈望衡:《中国美学史》,人民出版社2005年版,第32页。
③ 尼玛潘多:《在高原》,安徽文艺出版社2022年版,第209页。

买下了茹玛家的老宅,后来又买下林子,把院子与林子连在一起,可以看出他的眼光,他的创业精神。他在这里娶妻生子,创下了茹玛家族最初的家业。扎西次仁(张天禄)的成功,就在于他的眼光,也在于他的社会经验与人生历练。正如孟子所说的:"故天将降大任于斯人也,必先苦其心志,劳其筋骨,饿其体肤,空乏其身,行拂乱其所为,所以动心忍性,增益其所不能。"① 有了丰富的人生阅历就有了眼光,他的成功就在于他看上当地人非常忌讳入手的茹玛家族的老宅,并娶到了曾经结过婚的尺普,生下了儿子旦增。扎西次仁的儿子旦增受父亲基因的遗传,成为敢闯四方的好男儿。他经商创业,发家致富,进一步壮大了父亲创下的家业。

二、人情美消解"伤痕"隐痛

长篇小说《在高原》被很多读者认为是成长小说,从美学层面而言,小说很好地展现了人际交往之美。小说建构的是社会美的图谱,一部人情美、人性美的表达。小说的很多地方都写出了人性的温暖,回应了人与人之间的互爱与互助。正如西藏大学的学者卢顽梅所说:"即使在'文化大革命'中,尼玛潘多也不愿描写人性的阴暗面。……小说中多处描写人与人的相处,总有一个生疏、芥蒂到熟悉,最终相互接纳的过程。这也是《在高原》的一个突出特点,尼玛潘多对人性的美好与良善充满了期待与向往。"② 可以说她是一个秉承人道情怀的作家。据了解,尼玛潘多并不属于知青作家,但她的长篇小说以知青为题材展开故事叙事,无非要表达朗杰多吉这一代青年人所经受的心理创伤。

知青的生活,对作家本身而言是一种生活的体验和书写,给读者呈现了一个时代的缩影。小说中的知青们到了陌生偏远的村庄里,怀着孤独和惆怅,在迷茫的人生之路上看不到希望和光明,但很多知青在上山下乡的艰苦劳作中,体悟到了来自底层人的温暖,感受着现代城市

---

① 钟书主编:《孟子》,上海大学出版社2018年版,第182页。
② 卢顽梅:《论尼玛潘多长篇小说〈在高原〉》,《西藏当代文学研究》2022年第2期,第77页。

人不能给予他们的那种淳朴人情。尼玛潘多之所以回避中国西藏神性的一面,而选取以知青为题材讲述茹玛家族的历史,很大的可能性就在于她要书写西藏这一地域中藏族人民朴实的人情美与人性美。在小说的开头,她用一种浪漫的手法书写美好的人情:一群知青去往塔金的途中,他们乘坐的车子栽进了路边的水沟,车上的人使出了吃奶的力气,也未能推动车子,于是负责护送的两个领队决定让朗杰多吉等人到附近村庄求助,他们的首选求助对象是遇到的一群孩子,孩子们把求助的人领到队长家里,队长上到房上去告知村民后,说:"走吧,天黑就不好弄了。"①队长没等他人,驾上自己的车,载着前来求助的知青,赶赴陷车的现场,很快,几辆马车、驴车也跟了上来。人多力量大,陷在水沟里的车子很快被推到沙石公路上。

文中知青路途陷车的遭遇暗示着这群知青人生之路的坎坷,但在坎坷不平的人生之路上,时刻都会有暖暖的人。车子被无偿推出水沟,更为可贵的是队长的女儿、善解人意的梅朵曲珍送来一锅热腾腾的羊肉萝卜丝面疙瘩。作者把这样一个陷车的故事放在开篇讲,意义在于为文本铺开一条人情美的通道。不难想象,这一伙知青进入的并不是蛮荒偏僻冷冰冰的乡土世界,而有意告知读者,他们将要去拼搏、去工作的塔金是一个充满人情的"乌托邦"之地。小说没有淡化对人情美的书写,在讲述茹玛家族的创业者,扎西次仁受冻挨饿时总会有人伸出温暖之手;在讲述每一个人去世后置办丧事时,总会有那么多不请自来的人前来帮忙;在讲朗杰多吉父亲去世的头七诵经日中汉、藏习俗的供品琳琅满目,前来慰问扎西次仁的人、为亡人点灯的人络绎不绝,等等。这一切都让人感受到人情的炽热。

诚然,我们不能否认知青的历史,对社会整体发展和进步而言,知青代表着一种先进的文化,他们带给中国乡村社会的是一种文明,是一种现代化到来的预示,更是一种精神的启蒙。我们不能否定张贤亮小说《绿花树》中,读《资本论》的章永璘,他让马缨花、海喜喜等产生了对文化的无限向往。塔金村的人们之所以对知青那么热情,是因为他们很大程度上对知青寄托着无限的希望,期待着知青带给他们新知和

---

① 尼玛潘多:《在高原》,安徽文艺出版社2022年版,第18页。

文明。本书前八章的故事推进中始终没有回避对人情美的书写，无论是在白玛措吉与多扎的婚姻上，还是朗杰多吉因病住院期间，都得到了来自多方面的关照。卢顽梅在分析这部小说时也指出："长期浸淫于藏族文化中，尼玛潘多受影响甚深，她更倾向于在文本中表现人性温暖、善良、慈悲的一面。"尼玛潘多在知青这样一个大的历史题材中去表现人情，是对国家民族的历史与个人命运的一个关联性思考，真情见于苦难，但人性的温暖往往会消解个人的苦难遭遇。

三、以主要人物的离世呈现悲剧

从美学范畴的角度观照长篇小说《在高原》，不难发现这是一部充满着浪漫主义的悲剧性著作。读长篇小说《在高原》时，让人产生无限的悲悯与恐惧，悲悯的是茹玛家族家业的滑坡，恐惧的便是通常人所说的"明天和意外，哪一个提前到来"。就像文本中的朗杰多吉一样，正当他的人生风生水起之时，却被疾病的恶魔卷走了生命那样的意外。亚里士多德认为，悲剧艺术的目的在于引起怜悯与恐惧之情，达到惊心动魄的效果。当然，在小说艺术中，要达到这种效果主要靠故事情节的组织，"艺术家"经常实现这种效果的手段是靠"突转"与"发现"来完成的。"所谓的突转，是指要安排一情节，使主人公突然由顺境转为逆境；所谓的发现，是指让行动揭示主人公由顺境转为逆境的潜在秘密的原因，这样才能使观众惊奇，形成怜悯与恐惧心理，达到悲剧的效果。"① 所以，亚里士多德认为悲剧作家和悲剧诗人，能否成功地驾驭"突转"和"发现"也是他能否创作出悲剧艺术作品的关键。

长篇小说《在高原》很好地实现了故事的突转。小说前八章，用前"果"后"因"的手法讲述茹玛家族后裔朗杰多吉到塔金插队下乡的故事，他先到广播站工作，后来转到学校当小学老师。当他调到县广播站与梅朵曲珍结为夫妻时，朗杰多吉的命运却发生了"突转"，年初他的父亲旦增意外去世，年末他们的女儿白玛措吉出生。旦增去世之后文本的故事情节转为了"发现"，可以说是一个揭秘的叙述。小说讲述完茹

---

① 姚文振、魏军梅主编：《中西方悲剧文学比较》，甘肃民族出版社2010年版，第6页。

玛家族漫长的发家史之后，情节再次突转，让人意想不到的是朗杰多吉意外被诊断出肝癌晚期，无法逃脱的病魔已经给他判了死刑，这也是无法改变的现实。朗杰多吉去世后，他的家庭发生了巨大变故，女儿白玛措吉与多扎离婚后，她们母女进入了20世纪80年代中期，她们未见现钱仓促卖掉了县城的房子，女儿带着母亲逃到拉萨，无处安身，租住在甲仓大院，过着随风飘零的日子。

回看黑格尔悲剧理论时，可以发现黑格尔的悲剧概念是和"命运"观念联系在一起的，他认为，人的悲剧通常总是表现为人志命运的冲突，表现为命运的干预。《在高原》中旦增、朗杰多吉相继去世，多扎离开等，最后茹玛家族家道中落，这对于梅朵曲珍与白玛措吉来说，都是命运的悲剧。加上女儿白玛措吉不可满足的欲求与永不消停的折腾，她们离开了塔金，寄居在拉萨。小说写到她们居住在甲仓大院时，照顾着那些被遗弃的流浪狗，从某种层面说，她们就如同那样无家可归的流浪狗一样。为了突出人物的善良，小说最后回到人与狗的相处上，这对悲剧主人公来说，也是自我救赎的一种方式。毋庸置疑，尼玛潘多在小说创作中自觉浸入了藏文化的基因，回到拉萨的白玛措吉与唐卡艺人相遇相识，她被吸收到项目组后正当人生出现转机之时，酒后踩空台阶，脚腕骨裂，机会就这样与她擦肩而过，这一切也许就是她的命运。小说中不断出现的转经者、朝佛者的形象，无疑是对茹玛家族命运悲剧的救赎，这都是作者给予文本的宗教式关怀。

总之，长篇小说《在高原》是通过讲述一个家族命运变迁来呈现中国社会的发展进步，把国家民族的历史与个人的历史有机结合在一起，代表旧传统的茹玛家族倒塌了，取而代之的是年轻人白玛措吉的希望，是摊摆在白玛措吉眼前的高楼豪宅，是现代人养宠物，用手机拨打电话，发视频聊天的一个新时代的到来。从这部小说中，我们看出在中国西藏发展进步的同时，始终不变的是人性最初的善良，可以说，《在高原》是中国社会发展进步的一面明镜。尼玛潘多所建构的前"果"后"因"的揭秘式叙事手法，无疑又是对藏族汉语小说的创新。

诗意的另一重呈现

——沙冒智化诗歌的审美意象研究

中国诗歌的神奇魅力就在于对生活物象的打磨和书写。放大物的能量,并把自己的情感寄托于物,这是当代部分少数民族诗人开辟的又一路径。对于这些诗,我们若不加以细读,就无法领悟其所呈现的艺术魅力。纵览21世纪的中国当代诗坛,不难发现,当代诗歌创作的确达到了一种巅峰状态。诗人们秉持先锋精神,并不断超越自己,同时又坚守都市化、民族化的创作立场,推陈出新,尤其是在表现青年人思想情感方面更趋向于艺术化,他们通过审美意象的建构,彰显诗歌文本应有的亮丽与豁达。这一点,年轻的藏族诗人沙冒智化以多重审美意象为铺垫,注重表现审美意象所蕴含的现实意义和文化价值,创作出一种既坚硬质朴又浪漫飘逸的抒情诗,呈现了当代抒情诗歌的另一种美。

从沙冒智化的诗集《光的纽扣》(作家出版社,2019年版)中发现,建构独特意象是其所有诗歌呈现的最大亮点。从其诗的结构层面而言,审美意象是其诗歌的精神所在,这些意象都体现着中国美学的无限魅力。中国美学认为:意象是中国美学的基本范畴。整个中国美学体系可以说是以此为中心而展开的,举凡比兴、兴象、意境、境界、形神、情景、虚实、隐秀、文质等范畴都从不同层面、不同角度说明意象。而沙冒智化的诗正是通过多重意象来言说他的情感世界与生活哲理。

一、石头——从他者到本我的书写

石头是人类社会进入文明代际的标志,从旧石器时代到新石器时代,标志着人类智慧的飞越。中国文学对石头的书写历久而弥新,《红楼梦》从"石头记"拉开序幕,讲述中国封建社会中悲欢离合的故事。回归大自然,无处不在的石头是最普遍的构成元素:筑成路的石头,人们看着它的奉献精神;商柜中的石头,人们感受着它的艺术之美;刻上六字箴言的石头,人们感受其散发的信仰光圈;沉在河底的石头,人们看到其助水溅起的浪花等。对石头多层面的书写,呈现了诗人沙冒智化的智慧与敏锐,这是心对物的感知。中国美学认为,物成为审美对象,进而成为艺术创作题材之物;心是进入审美,成为进入艺术思维的艺术家的心。

沙冒智化的诗基本上都涉及石头或与石头有关的建筑,题目中直接出现石头的有七首。

在《到了尽头不要回来》中,他写道:"吃着一口泥土／心化为石头／你可以种进花里／自称是石头。"这是对自然的一种亲和,心化为石头隐喻其坚硬与不屈的人格。在这里,石头的精神价值就是诗人的精神所在,很显然诗人是赞赏石头的。万玛才旦的小说《嘛呢石,静静地敲》中体现了藏族人对石头的崇拜。对石头崇拜及多重吟咏,都是受原始人类智慧的启发,古代希腊、罗马、犹太、墨西哥及其他许多民族的历史中都记载着对石头的信仰。他们心中的石头,并不是一个简单的自然组成元素,而是一个活的、有无限魔力的生命个体,这一方面,沙冒智化似乎也有所感触。在其诗歌《我的妈妈是一位人类学家》中,诗人以石头感悟人生、品味生活哲理。在《写给父亲的诗》《你是一颗会说话的石头》《八廓街的步声》《我是生在西藏的一块石头》等诗中,诗人说"人生就像一块石头流着眼泪""石头有石头的语言"等。这里的石头是从一个他者的身份向本我转变,诗人完全以石头的方式怀念父亲,这种拟人的艺术修辞源于诗人的自然情怀与信仰本真,诗的灵性则源于诗人对原始文化的体悟和洞察。林惠祥的《文化人类学》中有人类以信石为活物的记载,《圣经·约书亚记》中有石头与上帝对话的记载,这些都给诗人以启迪。总之,石头是诗人,诗人是石头,石头铸成了诗人的一种生活方式,一种坚硬的人格魅力。对石头的拟人化书写,完全体现了沙冒智化的自然情怀和抒情方式,这是中国当代诗歌值得借鉴的。

二、月——永恒自然意象的三重隐喻生成

在中国文化中,月也充满了人类学的意义。中国古典诗歌中留下了许多咏月的诗词,如杜甫的《望月》、苏轼的《水调歌头·明月几时有》等。中国古人的咏月诗常以借月抒怀或借月忆情为书写方式,传达着对月的不同情怀。

自古以来,月以它的永恒性穿越历史云烟,散发着诗意的光环,成为古今诗人不断歌咏的对象。除石头外,月也是沙冒智化诗中频频出现的意象。月的永恒存在、月对黑暗的照亮、月下情话、月夜怀乡、月圆团圆的想象等这些由月产生的不同情思,经常会勾起古今文人的感伤情怀与美好记忆。在生活中,月最容易触动人的情感。

月在沙冒智化的诗中是以三重情感言说的:一是以月比喻个人身世的孤独。以月书写孤独是对中国古典诗歌经验的继承,李白《静夜思》是以月表现孤独与凄凉,这一经验化创作我们能够从沙冒智化的《世外诗行》中得以体会。这首诗中诗人说"摆在夜空流星花园里/孤单度过一夜/月光的碎片上沾满/未写完的一首诗"。

诗人是写自己夜晚的孤独,这种孤情也熔铸成了他的才气。丹纳在《艺术哲学》中说:用艺术形式表现情感的主要途径便是寻找一个与此情感相吻合的客观对立物,借以传达出主体的情感指向。这些客观对应物亦即艺术意象,大都具有明显的特征,沙冒智化正是以孤月抒发孤情的。

二是以月喻爱。这层写意可以从短诗《白色梦》中得以佐证。这首诗仅仅六句,就生出了一个浪漫的爱情故事,诗人说"水中有一个月亮,弯弯曲曲, /一条小鱼抓着她的辫子, /把她拉进屋里"。月在这

里已经是一个美貌女子的形象,没有丰富的想象,就很难吐出这样类似于动漫的爱情诗句。月在中国古代本身包含着多重爱情悲剧,"嫦娥奔月"成为后世吟诵的爱情悲剧佳话,因此,以月喻爱的手法在沙冒智化这里并不是东施效颦,而是一种经验的借鉴。

诗真的是要有情感,否则就不会写得如此浪漫。沙冒智化的诗中,人们能够明显地感受到一种自由与浪漫,因此,在《世外诗行》中诗人最后说"把心关进笼子,闭目诵经",这又是另一重人生境界。

三是对月的崇拜。中国古代的神话中,留下了关于日神和月神崇拜的记载。月亮的出现让黑暗暴露光明,月的圆缺,使中国早期人类掌握了准确的时间。古非洲、南美洲的土人也崇拜月神并供祭,以为唯有月能使动植物生长。不难发现,沙冒智化借用月的文化内涵与独特的意义,写下了许多关于月亮崇拜的诗,体现着他的自然情怀。我们可以从《圆脸》《古音》《我不相信夜是黑色的》等诗中感受到。

三、纽扣——尘世焦虑与心灵世界的完美对接

沙冒智化将他的诗集起名为《光的纽扣》,这就不得不让我们去思考"纽扣"这个神秘意象背后生成的意义。在这部诗集中,出现纽扣的诗不足十首,但诗集命名为《光的纽扣》,可见纽扣在诗人心中的分量。

纽扣的普遍意义是帮人扣紧衣衫,显不出不修边幅、没有规则。细心思虑,纽扣何尝不是人生的起点?扣好第一枚纽扣是走好人生第一步的关键;纽扣也可以是人生事业开始的铃音,是环环相扣的业绩链条。这个意象的建构可以说是凸显了诗歌的当代性价值,不免成为人们生活的重要启示。生活中,人出门做事之前必须先扣好第一枚纽扣,这是人品德修养的见证,因此儒家说"出门如见大宾,使民如承大祭",这便是仁德修养的又一方面。一个人若要把第一枚纽扣扣好,其他的纽扣必然不出错误。

诗集《光的纽扣》中,纽扣这个意象释放的文化能量被诗人完全诗意化了。诗人在《等待》中写道:"盯着一个纽扣的时间 / 我穿一身你最喜欢的衣服 / 等待着快要照亮的绿灯……"纽扣在这里又是

一个时间节点,是人生启航的等待,更是细致入微的生活品行。而在《朝圣的缝隙》中诗人又写道:"胸口缺个纽扣,心便由此飞去",纽扣在这里可以被认为是一种戒律的秉持。而在《我在拉萨,你是我的拉萨》中,纽扣又象征着农耕文明,"拉萨是一位母亲的农田/那位母亲的手心间种了一片田地/……她是在我身骨的缝隙间晒干的奶水/是我胸口的纽扣"。

在《光的纽扣》《我是你的尘埃》中,纽扣隐喻着人生的封闭,面对苍茫尘世,诗人仍然保持了应有的沉默和期待,然后将纽扣化作星星来消解人对尘世生活的迷茫,最后用星星的明亮来砥砺前行,因而才有勇气面对生活。纽扣带给诗人的是一种自信和希望。这里的纽扣就是丹纳在《艺术哲学》中说的情感的吻合物,其深刻地体现着情感的指向,这一客观对应物亦即艺术意象,大多具有明显的特征。

沙冒智化选取纽扣作为叙述窗口,时刻散发着艺术哲学的韵味。而在《遇见》中,诗人将自己的丰富想象展示出来,说:"群山之间的马鞍/缺了一个纽扣或者一条绳子/绑我上马/你的故事在我的身骨里滋长/又开始老去。"此事古难全,但愿人长久,世间美好的事物总有它的缺憾,这是一种哲理化的思维,没有丰富的想象力是难以言说的。马鞍缺了纽扣,意味着要时刻提防跌落,生活何尝不是这样,即使稳坐马鞍,也得居安思危。

洪治纲说过:"想象是艺术的生命。文学从它诞生的那一刻起,从某种程度上说,就是人类为了自身梦想的需要,通过这种梦想,解除内心深处的现实焦虑,借助这种梦,寻找苦难生命拯救的勇气,怀抱这种梦想,踏上充满自由的未来之路。"沙冒智化正是用他丰富的想象来消解生活中的焦虑,催生出拯救尘世焦虑的勇气。"纽扣"这个意象就是想象力最突出的见证。《光的纽扣》中,沙冒智化以他丰富的想象力穿透尘世云烟,进行了与心灵世界的完美对接,以此抗拒着现实生活带给年轻人的焦虑。

总之,他的诗是想象力的展示、是人间正义。他建构的纽扣意象对读者的启发是:保持你坚强的秉性,树立你坚定的信念,走好人生的第一步,做好自己的第一件事,同时你要有柔情,有大爱和救赎之心、有担当的勇气,你才算扣好了纽扣。沙冒智化诗中还有鸽子、花、水、露、山等许多值得研究的审美意象,可以说他是物的文化能量的发现者,同时也是物的文化内涵的书写者,他诗中的每一个意象,都散发着文学人类学、文化人类学的光环。他诗中审美意象的建构,为边疆诗人、民族诗人树立了一种典范,为读者输送了浪漫抒情诗的参照坐标。

天然无句是推敲,诗到江门品绝高

——从石头意象看沙冒智化汉语诗集《光的纽扣》的"三钟"意蕴

《光的纽扣》是当代少数民族诗人沙冒智化的汉语诗集,这部诗集在意象开掘和意境营造上有着独特的韵味,运用中国古代哲学的相关理论展现诗人重自然、重自我、重意境的创作笔法,试图阐述其所呈现的别一性。

沙冒智化是"80后"藏汉双语作家,甘肃甘南人,长居拉萨,习惯上将其称为西藏作家。他是中国作协会员,中国少数民族作家协会会员,西藏自治区作家协会会员。他是当代较有灵性的一位藏族诗人,汉、藏两种语言思维锻造出他创作诗歌的敏锐和独特的语言表达方式,自己的勤奋,对诗的用心、感知,成就了他诗歌的"轻绝"。

近几年来,他的诗作刊登于《诗刊》《诗潮》《散文诗》《中国作家》《民族文学》《西藏文学》《扬子江》等多家文学期刊,并以"青年诗人"的称号获得过多种文学奖项,部分诗歌已被译为英、德、日、韩等多种文字发表。作家出版社2019年出版了他的汉语诗集《光的纽扣》,这部诗集已在少数民族诗坛上获得不错的口碑,细心研读这部汉语诗集,不难发现诗人用心之良苦。可以说这是诗人心灵与自然契合相生后的美学语言。

沙冒智化对诗歌"独体"意象的琢磨和构想及呈现方式为当代汉语诗歌写作者提供了一种经验。《光的纽扣》中,诗人引入自然意象和生活意象时,将主要精力倾注在对"石头"这一平凡意象的打磨上,并以这一意象为中心,建构诗集的主流意象群。《光的纽扣》中"石头"意象直接出现在题目中的诗有6首,全集收录的188首诗中,石头意象出现了120次之多,并且无一处蕴意重复,足见诗人创作之用心。诗人为何如此注重石头意象的塑造,通过石头意象究竟要表达什么,这些石头意象的不同塑造,见证了诗人怎样的创作自觉,这是我们读诗集《光的纽扣》时最值得反思和借鉴的话题。

一、钟自然形成思维的自觉

中国文学中的资深者历来对自然万物情有独钟。中国古代哲学思想的核心是"天人合一",因此,他们审美创造的最高境界也是以"无心"应物,使心与物自然契合。庄子在其著作《庄子》中论述了"齐物"的观点,也论述了"齐言"的理念。他认为世间万事万物包括人在内,都是一体的。"天地与我并生,而万物与我为一",庄子认为:"人之初都有本真之心,但由于外界(即社会活动)的影响及耳目等五官的后天局限,逐渐有了一己之情、一己之私、一己之成见。"从这一观点中可以看出人与自然万物同处于一个宇宙整体。在人的视野中,物不再是单独的物,而是成为人对自然的一种认知,由此形成一种表达的自觉。中国当代的许多诗人不是先学古代哲学或者西方哲学再去创作诗歌,而是将自己置身于自然万物中,自然万物对其产生触动之后,产生灵感,用文学造诣写下精美的诗作,这要求你首先重情于自然,不然不会悟出自然之道与创作之道,只有重情于自然界,才能被自然万物触动。

从沙冒智化诗歌的整体层面而言,可以看出其重情于自然之深沉。诗集《光的纽扣》完全是诗人以自然万物为背景建构的诗群,诗集中诗人笔涉了云、蓝天、月亮、星空、大气等天体物,也笔涉了河流、花朵、甘露、果树、雨滴、雪花、山川等自然物,通过对这些物的轻描表现了对时光的感悟和对亲人、故土的依恋。诗集最突出的亮点是对"石头"这一意象的深刻书写,对"石头"的不同理解与表达体现了诗人的匠心独运和对自然的深刻感知。

刘勰在《文心雕龙》中说:"岁有其物,物有齐容;情以物迁,辞以情发,一叶且或迎意,虫声有足引心,况清风与明月同夜,白日与春林共朝哉!"石头是自然界必不可少的组成物,它进入文学的历史理当是非常久远的,在《光的纽扣》中依然保持了其自然性的一面。诗人在《红尘之歌》中说:"岩石化为一朵花/那朵花化成一位姑娘/那姑娘化为天空/天空化为人间。"不难看出,从岩石到花,从花到个体的人,从个体的人再到群体的人,是人与物融为一体的创作思维所致。在《吉祥之日》中他说:"你把石头搬到家里/供在佛前/它会变成佛的成员。"这又表达了对石头的另一重感知,这种感知来自高山文明中对自然的崇拜。而在《窗外风景》中他写道:"捡着石头,让石头守着心/关闭耳门,吃着石头/堆在眼里的冬天/融化着石头。"这里的石头是进入诗人体内的自物之物,它将与天体融为一体,这样的书写,全面体现了诗人重自然的创作思维。

石头意象在《光的纽扣》中无一处蕴意重复,恰恰体现了诗人对自然万物的感知,正是由这种感知形成了万物与我为一的创作技艺,这一自觉的书写意识与"重自然"的中国哲学思维是分不开的。

二、钟性情形成的人格精神

《阴符经解》中说:天机者,天性也;天性者,人心也。这就是说,天机、人心、天性、情都出于同一个本体,即人生而有之的天性。郭英德认为:"性是人性的必然,无善无恶;情是人性的可能,随物而动,乃分善恶,善恶皆为情之所固有。"这是说诗人、作家们面对自然事物时,如何彰显人的本能,如何抒发随物而生的情感,以及如何确证自己的创作观。

回望当今诗坛,不难发现中国西部的很多诗人在创作诗歌时,难以摆脱世俗风气对其产生的影响,面对自然界时,他们常借助自然景物来表达个人心境的凄凉与生存的压抑感,甚至有些诗人站在自己劳作过的土地上,不去抒发人本身的创造力与拼搏精神,不去张扬人性的积极面;尤其是一些诗人面对养育过自己的土地忘记了感恩而大发牢骚,肆喧土地的颓废和自己收获甚少的愤怒,严重扭曲了诗歌创作倾向,更为过分的是一些在西部生活多年的异乡诗人,没有体悟到西部博大境域带给他们广阔的生活视野与博大襟怀,不去正确感发西部的历史风云,而偏偏抒发西部旷野与个人的寂寞难耐、对西部的厌倦之情等,这足以见证他们的诗作思路今天依然没有摆脱个人主义的自私和抒发个人消极情感的窠臼。

中国上古书籍《尚书·尧典》提出"诗言志,歌咏言,声依永,律和声"的严谨创作技法和正确的诗观倾向,努力把诗歌这种文体的创作向古人精神层面引导,于是有了李白失意之后的"天生我材必有用"的自信和"千金散尽还复来"的慷慨;有了苏东坡的"雄姿英发,羽扇纶巾,谈笑间樯橹灰飞烟灭"的人生智慧颂扬;有了毛泽东的"问苍茫大地,谁主沉浮"的使命感和担当意识。

中国当代也有很多诗歌表现了人的无限智慧与战胜苦难的毅力和决心,当代尤其是西部少数诗人本着"诗言志""诗缘情"的创作宗旨走到了今天。他们坚守古人路径作诗,以古人人格精神匡正当代观念中的某些激情下沉趋向。年轻诗人沙冒智化就是这样一位诗人,他把自己的人格精神,年轻人的毅力,人性的坚韧,对生命的尊重都倾注于石头这一意象上。他说:"我从未阅读过石头的历史文化,也从未那么迷恋过一块石头的相貌,我开始懂得石头有种寂寞的能耐和承受孤独的能力之后,我把自己当作一块石头,日复一日,年复一年,到今为止和那些站在山上的石头一样,站在人群中,我死后会不会成为石头的名字,或者埋在一块石头的宁静里。"正是因为诗人领悟了石头的坚韧和石头独有的品格,才重情于石头,以石头抵御严寒、无私奉献的精神品格展开了自我精神价值的塑造,于是,石头在他的笔下充满力量,印证着不屈的人格精神。比如在《拉萨河畔的诗篇》中诗人说:"我把影子种在石头里/把自己弄走,那里有我的眼睛/偷看我所做的事/写一篇诗,活在河边/看到一对情人/对我唱歌。"诗人长期在拉萨居住,拉萨河所代表的江河文明在他的心中刻下烙印,诗中的影子是诗人的精神,而自己是肉体,于是说他只有把精神寄托于石头,心灵才得以安定,那么眼前的一切自然美如一对情人。江河文明代表的是一种水的文明,在江河文明的滋养下万物得以盛生,生命得以延续,这就是生命之道。

　　走进中国古代的哲学,不难发现道家之道培养了文人齐物我、反认知、重解悟、亲自然、乐于寻求超脱的人格精神。诗人难免会抒发人生的失意与不快,但沙冒智化很少用诗歌抒发某种不快的境遇,而是借用石头展开多重想象,以石头所承载的坚实来影射人生的不适。比如,在《寒酸》这首诗里他写道:"在爱和被爱的丛林里,你是一块石头/藏在我的心里,哭泣/我活着/我爱自己。"诗人把自己的情怀进一步扩充到自然界中,开笔书写自我存在的乐观状态。

　　石头既是自然界的组成物,更是人的精神,人应以石头的姿态珍爱生命。在《体内的明天》这首诗里,诗人说:"钢筋的骨灰磨成细沙/每一粒尘埃窜入石头的毛孔/把生命交给明天/把手伸到明天/这无法交代的满脸胡子/脚趾尖上的伤疤/鞋子的号码/都被钢筋的骨灰掩埋。"诗人依然将存活的力量倾注于石头,以石头存活的姿态面对人生的失意。

　　叔本华说过:"人最直接理解的是自己的观念、感觉以及意志,外部世界只能够在与生活有关的那些方面对人们产生影响,人们是按照自己所看到的方式于其中的世界来塑造生活的。"我们倘若说诗人重情于自然,不如说诗人更重情于自我,是因为诗人从石头这一自然物中得到了反认知、重解悟、亲自然、重生命的人生哲理。因此可以看出,他认知了石头的坚硬与永恒,也顿悟了快意人生的生命哲理。

三、钟意境营造的石头意象

　　石头不但是自然界的主要组成部分,而且是中国文化中高山文明的象征。很早以前石头成为记载和传播中国文学的主要媒介,中国文学对石头书写最经典的要从《红楼梦》说起,一部伟大的《红楼梦》就是从石头的历史开启。由石头打磨雕琢而出的玉代表着五千多年的中华文明,同时玉所代表的价值观在中国古代是非常惊人的,当年秦昭王拿十五座城换取一块和氏璧足以见证中国古人对玉的崇尚。在中国古代,玉还是一种皇权的象征。《红楼梦》中贾宝玉、林黛玉、妙玉等以玉命名的人物演绎了悲欢离合的故事。《三国演义》中也因玉玺孙坚与刘表反目成仇大动干戈，足见作家们对石头文化的超凡想象。

而现代石头也承载着不同工匠的技艺，陈列在工艺品的橱柜中，命名为"洮砚""松耳石""绿松石""嘛呢石"等，吸引着不同喜好者的眼球。而今石头不断进入中国当代诗人的创作视域，成为经典诗词中的主流意象，海子游历青海湖之后写下"松耳石""绿松石"等诗，古马说"石头换金"。

在人类历史上，石头代表着文明历史的进程，人类从旧石器时代进入新石器时代，标志着人类智力的飞跃；人类对石头的加工改造，标志着人类生存能力的一大提升，现在人们对石头的不同认知也见证着一种智慧的再度超越。在《光的纽扣》中，诗人凭着自己的灵感、诗作的经验，对石头在自然界的文化内涵展开了丰富的联想和超凡的想象，营造了石头世界意境。

从这部诗集中我们看到的石头不再是自然界的石头，而是诗人独立的人格精神，是世间的爱，是无私的奉献，是世间美丽的花朵转瞬幻化而出的姑娘，是创造人类的女娲，是对生命幸福的祈祷，是诗人创作的灵感，是爱情的信使，是信仰的见证，是未来的生命，同时又是拉萨城市，等等。总之，诗中出现的120多种石头意象无一处意蕴重复，这是诗人对独特意象深刻挖掘与自我存在价值的深入思考的结果，也是当代诗歌意象营造的一种方法。诗人说："每一块石头，是我所面对的一次次生命的感悟，所以变化多了，也没有特大的重复感了。"而这种生命的感悟，何尝不是以石头为中心的生活思索，由此也思索出更为丰富的诗歌意义。

"意象是中国美学的基本范畴。整个中国美学体系可以说是以此为中心而展开的，举凡比兴、兴象、境、意境、境界、形神、情景虚实、隐秀、文质等范畴都从不同层面、不同角度说明了意象。"诗人不会说他对中国美学情有独钟，也不会说他对中国美学融会贯通，可他的诗作恰恰体现了中国美学所言说的诗意标准。中国美学肯定了王昌龄的"三境说"，即"'物境'侧重于为山水传神写真，是为山水诗；'情境'侧重于抒发感情，是为抒情诗；'意境'侧重于表达思想，是为言志诗。"

从石头丰富意象挖掘和营造方面看,沙冒智化的诗完全具备了"三境"之美,而这"三境"的开拓并不是有意的,而是自觉的,无意识的,这就是他诗歌的奥妙之处,也是中国当代部分年轻诗人所表现出的一种历练与自觉。总之,沙冒智化以他重自然的自觉形成了意象的自由捕捉,重自我性情形成对人之精神的"坚韧性"书写,重意象营造形成了其诗歌的丰富内蕴。

《光的纽扣》这部诗集无疑是中国当代少数民族诗歌的典范之作、经验之作、自觉之作,它所呈现的汉语诗歌的神秘奥妙是不必言说的。中国古代诗人一贯恪守温柔敦厚的诗教传统在沙冒智化笔下有所突破。沙冒智化生活在雪域高原的西藏地域,这里被称为世界屋脊,是藏传佛教的圣地,这里有石头历史的文明传承,因此他所接受的是高山文明对他的熏陶,高山文明在他的诗中品咂出的大气、粗犷、宏阔的诗境呈现了其诗的别一性。

西藏有着非常悠久的文学传统,是中国当代先锋文学的发源地,20世纪80年代以后《格桑梅朵》《迷茫的大地》等开创了讴歌新中国的长篇小说的先河。21世纪以来次仁罗布的短篇小说《放生羊》获得了"鲁奖",这激励着年轻作家的创作热情。次仁罗布说过:"沙冒智化就是一个奇迹",这句话今天看来就是应验,《光的纽扣》在西藏的出炉也是一个奇迹,我想作家次仁罗布很早就发现了沙冒智化的勤奋、悟性、聪慧和石头一般的坚韧品质。沙冒智化就是从母语语境中脱颖而出的灵性诗人,在很短的时间内他把《光的纽扣》这部新诗集奉给读者,这就是奇迹所在。

汉语诗集《光的纽扣》是高山文明孕育出的最具灵性的语言,是西藏地域中出现的不可多得的诗歌佳作,它不但填补了21世纪西藏汉语诗集的空白,而且代表了当代中国少数民族作家汉语诗歌创作发展的高度,相信在这部诗集的影响下,还会有许多优秀的少数民族诗人亮相于雪域高原。

新时代文学应承载一种使命

——从沙冒智化诗集《掉在碗里的月亮说》看 21 世纪汉语诗歌的文学使命

沙冒智化是"80后"藏汉双语诗人,甘肃甘南人,现居拉萨,大家习惯将其称为西藏诗人。他是中国作家协会会员,鲁迅文学院"培根工程"首批入选作家。21 世纪以来出版了三本藏语诗集,一部汉语诗集。他的汉语诗曾刊登于《人民文学》《诗刊》《十月》《中国作家》《民族文学》《西藏文学》。母语诗歌刊登于《憧恰尔》《岗尖尔》《岗尖梅朵》《达赛尔》等,部分诗歌被译为英、德、韩等多国文字,2020 年获意大利金笔国际文学奖。2021 年 11 月,作家出版社出版的汉语诗集《掉在碗里的月亮说》是其继汉语诗集《光的纽扣》之后的又一部力作。在这部诗集中,诗人将新时代的幸福生活与美好人性作为呈现层,把人类命运共同体作为全集的核心旨归,努力实现了新时代诗歌应有的使命。这部诗集中,诗人以农耕文明、高山文明、江河文明等中华文明为背景,书写了新时代中国人民的美好生活,以朴素的诗歌语言回归到"诗歌即生活"的文学本性中。集纳从"菜单上的光辉写在一幅唐卡上""他有一座山的拐杖""我捡到了他丢失的家""大海是我用藏文写的加措""没有落完的太阳里有一只羊"五个方面集中呈现了这一主题。

一、中华文明熏陶下的人类生存观照

中华民族是世界上独一无二的大民族,中华文明源远流长。沙冒智化的诗集《掉在碗里的月亮说》以农耕文明的核心意象"月亮"命名,说起农耕文明,不得不说起月亮下的劳作。月亮是中国诗歌的主要审美意象,中国古典诗歌的长河中沉淀下了许多"咏月"的经典诗词,如《春江花月夜》《静夜思》《水调歌头·明月几时有》等。中国文学记载着月下劳作的审美愉悦,月下的思乡,月下的抒怀言志,月下的话别等。

月亮映照着中华民族勤劳致富的身影,诗人将诗集命名为《掉在碗里的月亮说》,就有着农耕文明的浓郁气息。农耕文明孕育着中华民族勤劳、奉献、坚韧、宽容、好客、淳朴、厚实等优秀品质。《掉在碗里的月亮说》既是集名,又是诗名。在这首诗里,诗人表达的农耕文明养育下的幸福生活,间或有一种丰年的清静和浪漫。

文学心理学认为,文学有三个空间。第一空间,是指客观存在的自然空间和人文地理空间。第二空间,是指文学家在自己作品中建构的空间,是以客观存在的自然和人文地理空间为基础,同时融入了自己的想象,联想与创造的文学地理空间。第三空间,是读者根据文学家所创造的文学地理空间,这是联系自己的生活与审美感受再创造的文学审美空间。在第一辑中,诗人开创的一个审美空间便是"厨房"。在这一空间中,诗人铺展开了一张巨大的美食食谱,意在呈现新时代里的富裕生活。比如在《厨房经》中,诗人将荤、素搭配,列举了几十种素材制作的美食,意在展示新时代里人们的小康生活水准。而这种高质量的生活恰恰是我们传承农耕文明优秀品质的辛勤劳动的结果,就像诗人一样,自己走进厨房空间根据口味搭配美食,开启了美好生活。

如果说农耕文明最终赐予中国人的是美好生活的话,那么高山文明赐予中国人的便是精神品质。中国以"山"为书写对象的文学,恰恰体现了中华民族永不放弃、执着进取、坚持到底的精神品质,如《愚公移山》《共工触山》《蜀道难》等诗歌。

本集的第二辑"他有一座山的拐杖",体现的是高山文明依托下的宽容情怀。这种文明的特征便是崇拜神山圣湖,颂扬弓马勇武,具有世界屋脊的崇高感和神秘感及原始性。高山文明赋予中华民族的便是敬畏、生命、信仰、慈善、宽容、坚韧不拔的男性刚毅的性格特征。"他有一座山的拐杖"隐喻的是一种宽厚博大的人间情怀，这种情怀更多地来自诗人生存的空间，那里高山峡谷、怪石林立，如同人生成长中的风雨历程，需要人以不同的毅力去战胜，因此，本辑中诗人回归到了精神原乡"沙冒村"，深沉书写了父亲的博大胸怀。

诗人凸显的父亲是一座高山，父亲是一种生活，是一个时代印记。

江河文明是母亲的意蕴，因为水在中华文化中代表着女性，代表着财富，因为江河文明赐予中国人的善与爱，中国人的纪行大多选择去有水的江域，如大海边，或是山清水秀的美景胜地。《管子·水地篇》中说："地者，万物之本原，诸生之根菀也。……人，水也。……水者，何也？万物之本源也，诸生之宗室也。"在中国文化中，如果说山代表男性的刚毅的话，水则代表了女性的柔情。

集纳第四辑"大海是我用藏文写的加措"就有更深沉的寓意。加措的汉译有大海的韵味，其实指的是人格的境界，意味着一种如同大海一样宽阔的胸襟和蒸蒸日上的美好人生。显然诗人以石头、大山、大海等为依托书写出新时代平静富裕的小康生活。

二、中华文化滋养下的人类命运共同体的关照

中华民族有着悠久的历史文明，历史的文明其实就是一种文化的荟萃。中国的江河湖海、高山大川堆垒出了典型的中国形象和善于劳作、勤于思考的中华民族。《周易大传》论有："天行健，君子以自强不息；地势坤，君子以厚德载物。""自强不息""厚德载物"八个字，体现了如严家炎所说的"具有坚韧顽强、绵延不绝的活力和包容万物、融会更新的品格。既有乐天知足的豁达，又有居安思危的清醒"[①]。

在一个挑战层出不穷、风险日益增多的时代，我们清楚地看到，宇宙只有一个地球，人类共有一个家园。过去百年的历史呼唤着全人类

---

① 严家炎：《中国文化精神出路》《现代中文学刊》2020年第6期，第69页。

和平与发展的共同愿望。自古以来,中国文学绵延不绝地书写了几千年的中华文明,记录着中华民族的勤劳和智慧。中华文化的博大精深,中华民族自强不息的精神品质,中华文明融合包容的特质,完全符合"人类命运同共体"的构建要求。

中国诗歌是诗人思想情感的集中表达,这种不媚俗的诗体语言不是"作"出来的,而是思出来、想出来的,是匠心独运、点铁成金的产物,是苦心推敲、苦心经营的产物。中国自古以来提倡的"民以食为天",其实是一种大情怀的观照。先秦时期孟子所说的"鸡豚狗彘之畜,勿失其时,八口之家可以无饥矣,乐岁终身饱,凶年免于死亡",不但是"王道"思想的实施方案,更是一种生命的情怀、人性的观照。若中国诗歌仅仅是抒发感情,表达诗人思想,抑或赞美自然,那将会显得传统,丧失底气,缺乏大气。新时代,诗歌应与时俱进,肩负起其应承载的文学使命。

沙冒智化的诗集《掉在碗里的月亮说》中,"碗"和"月亮"这两个圆润的意象,隐喻着"地球"和人类共同的家园。在这部诗集里,诗人描绘了人、猪、鸡、蛇、猴子、羊等众多的生命意象,并将其赋予"生命平等观"这一民族情怀,又将其核心意象聚焦于富有中华文化意蕴的"羊"和"石头"这两组高频意象上。羊在中华文化中有着丰富的意蕴,诗人以这一鲜活的生命意象视角展开了对牧人、新娘、藏獒、马、等诸多的生命意象的关注。石头记载着中华民族悠久的历史文化,人类对石头的发现和利用标志着人类智力的飞跃,表征着人类征服自然的能力发生了巨大的改变。而诗人以"石头"为视角引发出了太阳、大海、村庄、羌塘、茶馆、烧烤店、机器、器具、星空、草原等人类命运共同体的公共资源,并对它们同样赋予了鲜活的生命意义。然后将这两组生命物与自然物组合在一起共生发展的"地球村"。正如他所写的:"生活跟着烟囱长/电线跟着空气长/红旗跟着天空长/水跟着土地长。"这一片和谐的"地球村"时刻启示着我们"人类只有一个地球,失去地球,人类将无法立足生存"。

总之,"80 后"诗人沙冒智化曾纪行于青藏高原的腹地,他把传统诗歌的养分与自然天成的母语思维有机结合在一起,锻造出源于生活又高于生活的汉语诗歌,他以新的思维和角度完成了西藏21世纪汉语诗歌的创新与突破。从他的诗中我们见证了时代的进步、社会的发展和生活的富裕,同时读这部诗集让我们萌生出的那种"居安思危"的警示将是其他诗集很难超越的。这部诗集的深沉意蕴就像掉在碗里的月亮一样,近在眼前,远在天边。

第三辑

巴蜀大地之星

文本的侧面
——阿来中短篇小说中有关"物"的文化意蕴及其表达

21世纪以来,阿来检视了自然界中的一些生态物,并将其挪移到中短篇小说创作中,展开了一个有关"物"的隐喻叙事。通过对这些"物"隐含的文化意蕴的书写,深沉表现了他的人道关怀、生态忧思和文化情怀。这样的发现、这样的书写不但对进一步加强人与自然的和谐共生有着非常重要的启示性意义,而且为中国当代西部生态文学创作提供了一条新的路径。

张进在物质性的诗学内涵中有如此论述:"'物质',哲学上指独立存在于人类的意识之外的客观实在,运动是其根本属性,客观实在性是其唯一特征。因此传统上的'物质性'让人联想到具体的、实在的'事物'以及真实的历史进程,也通常设定这个术语在语言学的范围内先于喻说体系。"[1] 这里的"物质"还是指独立存在于人类意识之外的客观之物,运动是其客观实在性。这些自然界活着的生命物在阿来小说中有着丰富的文化内涵与人类学意义,这是文学界对阿来文学文本的新发现。21世纪以来,阿来的多部小说都是以"物"为叙述焦点构建故事,小说在很大程度上聚焦了"物"的文化意蕴,以此来进一步凸显小说的生态文学意义及其价值。

---

[1] 张进:《活态文化与物性的诗学》,人民出版社2014年版,第146页。

一、以植物为隐喻的人道关怀

童庆炳在《文学理论教程》中说:"社会生活是文学创造的客体,换句话说,在文学创作中,无论是侧重于社会物质生活的反映,还是侧重于社会精神生活的揭示;无论是侧重于作家内心生活的抒写,还是侧重于外部生活的描绘,归根到底都是社会生活的反映。"蘑菇、虫草、槐花等都是源自青藏高原的植物类,在阿来的短篇小说中,他将这些"物"进行了精准的表达和深刻的诠释。

在短篇小说《蘑菇》中,阿来写了嘉绒的部族栖居的一个地方,这个地方以出产蘑菇而闻名。作者对"此物"进行了一段细致的描摹:"就在十步之外,嘉措采到了三朵刚刚破土而出的蘑菇。同时,他还看见另外一些地方薄薄的,潮湿松软的苔藓下有东西拱动,慢慢地小小的蘑菇就露出黝黑的稚嫩的面孔,一股幽香立即弥漫在静谧的林间。"① 高原人对蘑菇的吃法有两种,一种是阿来所说的切成片,撒上盐,在火上烤熟,鲜嫩无比,芬芳无比。另一种是用羊奶煮吃,味道更是别具一格。在消费时代的今天,人们的口味从山珍海味到飞禽走兽,最后回归到纯天然的绿色食品,因而,以蘑菇为物的真菌类食物自然又成为人们餐桌上的佳肴,以珍菌为特色的食品更体现了生活的富裕,表征着对客人的厚待。因此,蘑菇就被自觉地打上了消费时代的文化烙印,辅以精美奇特的包装和独特产地的命名,陈列在商铺的货柜中,被誉为上好礼品。

宋诗有"遍身罗绮者,不是养蚕人"之句。蘑菇产于青藏高原,它给高原人带来经济实惠。采蘑菇的季节就是高原人赚钱的良机。阿来以蘑菇作为突破口来洞察草原人的生存现状。在小说中,阿来这样写:"蘑菇季节到来了。一朵朵幽香连绵的蘑菇像超现实主义的花朵一样从青冈树根的旁边、林间空地的青草底下生长出来,黝黑、光滑、细腻无比。"在短篇小说《蘑菇》中,阿来将叙述视角聚焦在"蘑菇"上,通过对这一高原的自然产物的叙述,揭露了人性的复杂,并诠释了人类文明不断进步和世俗生活对美好人性的异化。当然,作为叙述的焦点之物的

---

① 阿来:《月光下的银匠》,上海文艺出版社 2013 年版,第 208 页。

蘑菇,在阿来的笔下并没有轻易地结束,阿来试图通过这一"物性",诠释更深刻的文化内涵。这就是他在中篇小说《蘑菇圈》中再次澄清蘑菇背后的世故人情的原因。中篇小说《蘑菇圈》中的藏族姑娘斯炯刚出场时既憨厚又可爱,她始终以自己单纯的心去面对周边的生活。她成为那个村子里最早去革命队伍里的人,最后她离开了队伍,回到了自己的村庄。回来后的斯炯并没有被苦难生活压倒,她有一个宝贝——蘑菇圈。这个蘑菇圈既是一个文化生态圈,又是一个自然生态圈。阿来通过斯炯的经历提醒人们,任何一种强势的东西都会对人和文化进行强势的改造,这种改造将由过去的政治改造变成而今的经济改造、人心改造。沈阳大学贺绍俊在论述这一问题时说:"这种经济的强势把斯炯最亲的人都收买过去了,所以斯炯无奈地对儿子说:'我老了我不心伤,只是我的蘑菇圈没有了。'这个结尾颇有深意,它让我们联想到当今社会的某些社会现象,是否正在破坏属于个人或民族的'蘑菇圈'。"①从短篇小说《蘑菇》到中篇小说《蘑菇圈》,足以发现阿来的叙述由个体的蘑菇上升到群体的蘑菇圈,体现了他从对个体的生存关怀到群体的生命关爱。

  短篇小说《槐花》收录在小说集《月光下的银匠》中。虽然小说命名为"槐花",但并没有过多地着墨于对槐花的描写上,而将槐花作为一种隐喻,先让其成为围绕在主人公身边的看不见的"物"之后,才将"花"安置在主人公的精神之中,构成一种"物"的话语。小说的开头写到一个被儿子"囚禁"在玻璃岗亭里的看守停车场的老人谢拉班,他成为笼中之鸟,完全失去了自由,他非常渴望回到外面的世界,可是面对外面的世界,他只能闻到槐花的香味。花香一次次袭来,不断唤起他的思乡之情,他的眼前只有看守的停车场,他向往着曾经打猎的生活,向往着身边破土而出的蘑菇,向往着五月槐花的香味。但是他这个曾经远近闻名的猎手成了停车场的守夜人,每天只有3元的工资,5角的夜餐补助。玻璃亭里几年囚禁式的生活,使老人失去了乡土人的本分,也失去了人的尊严。他的生活秩序是白天睡觉,晚上守护着谁也搬不动的卡车,显得异常孤独。阿来借槐花的香味,隐喻了在城市中寄居的乡

---

① 贺绍俊:《品相和能指——2015年中篇小说评述》,《小说评论》2016年第1期。

村老人难言的苦衷:他们渴望回乡,但又身不由己地挣扎在城市的空间里,过着寂寞孤独的日子。

阿来只是将"槐花"安置在小说的另一空间,展露出浓烈的乡愁意味,将此"物"拓展为乡井之情,表达出作者深刻的人道关怀。诚然,文中出现的月光、香气是最容易触动人思乡之情的事物,通过这些事物,作者关注到的是现代化的生活节奏带给一大批乡村老人的精神困惑。

张莉在论述短篇小说时曾说:"短篇小说以对人类内心复杂生活的探究,对人类精神生活的抵达是那些属于飞短流长的故事所不能比拟的。写一个戛然而止的莫泊桑式的小说,早已对读者没有吸引力,在有限的篇幅里,尽可能书写复杂斑驳的精神能量、精神苦难、精神欢愉才是短篇小说的魅力所在。"[①] 阿来的这部短篇小说正是以"物"为表达对象,书写了寄居在城市中老一代农村人的精神困境。

在中篇小说《三只虫草》中,阿来把目光聚焦点对准到"虫草"这一物性上,通过虫草这一奇特之物,凸显了人类早期采集文化的印迹:挖虫草前的占卜、抽签、开挖仪式等,恰恰是原始采集文化中的循规蹈矩。虫草因具备补肾、益肺、克虚、消喘等功能,而独占商品柜台。可虫草又把牧人单纯平静的生活跃迁到了喧嚣、芜杂的角力场的现实生活和智力角逐中。在幼稚的孩童桑吉的眼中,虫草成为还没有足够劳动力的孩子也能挣来钱的奇迹,虫草成熟季节即成为全民挣钱的时机。有了钱,看病就有希望、上学的费用也不愁,也能穿得起城里人的衣服,但是大规模的集体采挖,致使草根断绝,草势衰减,草场退化,导致放牧范围压缩,牧业收入逐年递减。这些都是牧人轻易看不到的,牧人和外来者们看到虫草就看到了钱。因此,在阿来的小说中,虫草不再是本质意义上的天然植物,而是金钱的真实替代品,虫草还释放出无限的"物"能量:它一半是虫、一半是草的奇特生命和经济价值,可以成为摆平官场升迁贿赂之物,这一切都是虫草的魅力。更令人吃惊的是,掘走虫草的背后还隐藏着对"生物链"釜底抽薪般的损害。不难发现,阿来在《三只虫草》中将人与自然、人与社会、人与人以及人与自我普遍联系起

---

① 张莉:《书写有精神品质的人——读第六届"鲁奖"短篇小说获奖作品札记》,《中国现代文学研究丛刊》2015年第8期。

来,用当前生态美学的方法论建构了"物"的叙事原理,在物与人的紧张关系中凸显了文本价值。

二、以蛇为隐喻的生态忧思

说起生态情怀,阿来不仅寻求着人与自然的和谐相处,而且寻求着人与微生物的和谐相处。对此创意,我们以其对银环蛇的叙述为代表。小说《银环蛇》发表于《四川文学》1991年第3期。小说写到"我们"一行七人中三个人来自同一座大城市,两女一男,一对夫妻,还有另外两个男人,一个来自江边,一个来自另一座雪山脚下。五人组成旅行团,银环蛇又成为五人行踪的路线图。在自然界中,蛇因它的口齿剧毒,加上民间传言,而成为人类文明观中恶的化身与人类所憎恶的对象,因此,人类一进入有蛇的地带,就会精神紧张,甚至因怕而不敢前行。

小说先写由众人口头说起的符号化的蛇,到作为实物的蛇的出现,再到打蛇事件,就构成了一个完整的故事。小说开头,阿来对蛇进行了详细的描绘:"蛇就从山里人跨出草丛的地方尾随而出。它的三角形的翠绿的头开始抬起来,搭到一枝横斜的牛蒡上。这时,仿佛有一台空调机开动了,我们都感到了飕飕作响的冷气。大家惊呼蛇的时候,山里人明知是蛇,但脸上依然保持着给女士献上叶子时的勇敢庄重的样子,淡淡地说:'那是蜂鸟。'……蛇就在那里,它把头从草棵上挪下,慢慢爬到路的中央,就停了下来。它的身子也是翠绿色的,上面有一道道银环,像一条丢弃的绕着银丝的绿色绸带,年轻女人们用来束发的那种绸带。"[①]蛇是正常出现的,并非来侵犯人类,而人类将其视为敌人,于是三个男人捡起了石头,不断砸向蛇,蛇丧命于人不放弃的攻击中。蛇死后,"行凶者"们听到蛇伤害人的传言,进而自以为是,沾沾自喜。于是蛇的肉身转眼又成为男人们挂在树上娱乐的玩物。阿来对这一过程的描写暗含了人的愚昧和凶残,这些人性恶的爆发,正是来自无知和愚昧。人是最容易相信谎言、最容易为谣言所蒙蔽的生物。对蛇的叙述

---

① 阿来:《银环蛇》,《四川文学》1991年第3期。

并没有结束,接下来,行人又愚昧地听信群蛇报仇的传言,更是助长了行凶者的警惕和凶残。当第二条蛇出现的时候,大家不约而同地将其视为前来复仇之蛇,三个男人扑上去,用石头、木棍疯狂地击打它,"蛇已经不复蛇的形状而变成一团肉酱了"①。当第三条蛇出现的时候,蛇以它群体的力量再次向行凶者发出了警告,蛇的家族是杀不完的,蛇也并不是来复仇的。于是行人才想到了:"威胁、抗议、险恶的杀机,或者是悲哀、绝望、等待死亡。"②于是五人摆手,第三条蛇安然逃生。

阿来通过对杀蛇的表达,对目光短浅的人类进行批评和指责,这就是叙述人所说:"我们也立即止住了渲染恐怖的话题,转而用打死一条其实并未向人主动攻击的蛇是否符合人道主义,是否有违绅士风度,是否违反动物保护法来自我调侃,来掩饰刚才的失态。"③这是叙述人的自我谴责和反省,也是阿来对杀蛇者的批评。

小说中的"我们"对自己的行为有一个不断认知的过程:先是无知地打死第一条蛇,当第二条蛇出现的时候,三个男人还是再起杀心,让蛇丧命。等第三条蛇出现的时候,三个男人才深感行为的过激而就此罢手。

可见,阿来以蛇为物的叙述,关注到了自然界中生物链的平衡问题。同狼一样,蛇也是自然界中重要的生命物,很多人不会认识到蛇对自然界中鼠、青蛙、蜥蜴等小生物的调控。大量地杀蛇,会使鼠、蜥泛滥,生物链受到破坏,造成生态失衡,最终就会危及人类的生存圈。

张晓琴在《中国当代生态文学研究》中指出:"在这种原始自然美包围的世界里,一切生物的存在都遵循着物竞天择的自然法则,自然界中的生态链在这里也是原始的而平衡的。"④这其实指出了原始意义上的平衡。可以说,小说《银环蛇》很细微地关注到了人类生存的事实。

相传,蛇在人类早期文明中创造了人类祖先女娲和伏羲真身。《山海经·大荒西经·郭璞注》中记载:女娲,古神女而帝者,人面蛇身,一日中七变。古书《帝王世纪》中有:燧人之世……生伏羲……人首蛇身。

---

① 阿来:《银环蛇》,《四川文学》1991年第3期。
②③ 同上。
④ 张晓琴:《中国当代生态文学研究》,中国社会科学出版社2013年版,第140页。

女娲氏……承庖羲制度……亦蛇身人首。中国远古传说中的神人或英雄,大抵是人首蛇身。包括很晚的所谓开天辟地的盘古,也依然是沿袭这种人首蛇身说。

《山海经·北山经》中有:凡北山经之首,自单狐之山至于隄山,凡二十五山,五千四百九十里,其神皆人面蛇身。这里所谓"其神皆人面蛇身",实指这些众多的远古氏族的图腾。章学诚说《易》时曾提出"人心营构之象"。这条巨大的龙蛇也许就是我们的原始祖先最早的"人心营构之象"吧。从烛龙到女娲,这条人面蛇身的巨爬虫,也许就是经时久远悠长、笼罩中国大地上许多氏族、部落和部族联盟的一个共同的观念体系的标志。闻一多曾指出,作为中国民族象征的"龙"的形象,是以蛇身为原型,"接受了兽类的四脚,马的毛,鬣的尾,鹿的脚,狗的爪,鱼的鳞和须"。(《伏羲考》)而从新石器时代的文化遗址中发现的人首蛇身的陶器盖上可以看出,蛇在早期人类中是一种重要的图腾,成为人类崇拜的主要对象。

文中杀蛇的行为,其实触犯了人类早期的文明,与人类的祖先崇拜形成一种对立。这是阿来站在文化人类学的视野下,写出了人类早期崇拜的印记,而在世俗化的时代中,人类大多是站在自我的立场上,来违反和逾越祖先的规矩。但以"我"为首的五人,最后还是有所反省和领悟,放掉了第三条银环蛇,这说明人只要投入自然界,就总会有新的认知。

三、以鱼为隐喻的文化情怀

《鱼》是阿来 2000 年发表于《花城》第 6 期上的短篇小说。阿来以鱼作为叙述视点,是因为鱼这一生态物所包含着丰富的文化意韵。中国古人观察到鱼有极强的繁殖力、生命力,于是对鱼产生了崇拜。在西安出土的新石器器物上,刻有鱼的图案,逢年过节时各种鱼形的贴画足以说明人们对鱼的喜爱。远古的先民们认为鱼是通天的神灵,是能够引导死者的灵魂进入永生世界的"使者",从远古时代发展而来的鱼崇拜,形成了传统中国的鱼文化形象。在长期的生活中人们视鱼为两种

"祥瑞物"的代表,一是代表了吉祥富贵,二是象征了家族的人丁兴旺、多子多孙。

生殖崇拜和生命意识是传统文化的重要内容。古人因为鱼繁殖力强、成活率高、生长迅速的特点,用鱼组成各种图案,成为中国民间传统造型艺术中永恒的主题之一。此造型表达对生殖的崇拜和对生命的渴望。从语言的层面看,"鱼"与"余"字构成谐音,汉字"余"代表着"年年有余""家余富饶"等与幸福有关的意义。人们认为的有余,就必须吃鱼,吃鱼就是期盼年年有余。因此除夕的年夜饭中,鱼就成了必不可少的美食。有时因为审美愉悦的需求,鱼被养在鱼缸里,摆放在厅廊里,以期带动财源,或者成为观赏的一道风景。

阿来的这个短篇小说,正是借助于鱼这种文化意蕴丰富的生态之物,建构故事叙述。小说中的钓鱼事件不仅是汉文化中的"自我"与藏文化中"本我"的交战场所,更是藏汉两种文化深层的心理碰撞。小说《鱼》中,阿来首先对鱼做了描述:"水里的鱼背梁乌黑,肚腹浅黄。鱼哑默无声,漂在平静的水里,像梦中的影子一样。这鱼身上没鳞甲,因此学名叫作裸鲤。"[1]写这篇小说的时候,阿来有着复杂的内心矛盾,他说:"总而言之,藏族人不捕鱼食鱼的传统已经很久很久了。但在二十世纪的后五十年,我们已经开始食鱼了。包括我自己也是一个食鱼的藏族人了。虽然鱼肉据称鲜嫩可口,在我口里总有种腐败的味道。"[2]食鱼是民族文化的解构的象征。文化的解构,必然会造成信仰的丧失,导致各种行为的丧失,导致各种行为的放肆。"得鱼必失饵"这也是祖先们留下的捕鱼经验。小说中写捕鱼时接下来的"往鱼钩上穿饵"的这一过程是"让人心里起腻"的过程。当完成了这一过程后,"我长舒了一口气,额头上沁出了细密的汗珠"[3]捕鱼事件也可以说是阿来对早期渔猎文化的一种重新体验。这就是他穿在钩上的饵不断被水掠走,他忍着断体蚯蚓带来的恶心一次次补上去。在他看着出于好奇的三个人捕猎旱獭的行动中,偶然间钓到了一条鱼,此时作者说:"鱼!我听到自己惊诧多于快乐的声音:鱼!"此时的鱼,已经

---

[1] 阿来:《鱼》,《花城》2000年第6期。
[2][3] 同上。

成为一个离开了水源的生命个体,成为被杀死的对象,作者顺着经验下放诱饵,一条条鱼前来受死。

钓鱼并不是出于好奇,而是对通过鱼这一生命个体,重新阐释远古渔猎文化。这其中包括穿饵、选水源、鱼吃饵时的镇静、鱼上岸时的解钩、观水源、食鱼等一系列经验。钓鱼并不是简单的事,在古人的心中,鱼死不闭眼,钓鱼还得开脱罪责,因此古语有"姜太公钓鱼,愿来者上钩"。作者用了大量与痛和恐怖有关的词语,"流血""惨白""恶心""毛骨悚然""压抑的黑暗""很低沉的声音""横七竖八""清晰的痛楚""黄疸病的土黄色"等一系列由钓鱼事件引发的词语,营造出"本我犯禁"与"赎罪"的紧张和恐怖。作者写道:"今天的钓鱼为了战胜自己。在这个世界,我们时常受到种种鼓动,其中的一种,就是人要战胜自己,战胜性情中的软弱,战胜面对陌生时的紧张与羞怯,战胜文化与个性中禁忌性的东西。"①作者要战胜的是心理上和血缘上所属的犯禁带来的痛和自责。作为鱼存活的河水,又成为一个既能消融祖辈遗体,成为个体与自然对峙的文化空间。作者为自己的行为进行赎罪。他说:"因为不是我想钓鱼,而是很多的鱼排着队来等死。原来只知道世界上有很多不想活的人,想不到居然还有这么多不想活的鱼。这些鱼从神情上看,也像是些崇信了某种邪恶教义的信徒,想死,却还要把剥夺生命的罪孽加诸别人。"当鱼作为生命的个体之物,它永远不会想到会遭到人的捕杀,而是以集体无意识的行为寻食,结果遭到捕杀。作者在这里用鱼的行为来给自己开脱罪责,这才是心灵最深沉的忏悔。

没有爱心的人是永远不会忏悔的,鱼在这里代表一种生物个体,而且成为承载丰富文化内涵的一个"能量物性"。阿来要通过此物思考文化在现时代的裂变,发起了灵魂深处的忏悔。

阿来从三十岁起,选择了漫游的方式来进行自我确认,"我很自然地选择了距离生活的阿坝州最近的若尔盖大草原漫游。"②之后他在长诗《三十岁时漫游若尔盖大草原》中说:"我的双脚沾满露水/我的

---

① 阿来:《鱼》,《花城》2000年第6期。
② 阿来、陈祖君:《文学应如何寻求"大声音"》,《现代中国文化与文学》2005年第2期。

情思去了天上，/在若尔盖草原，所有鲜花未有名字之前。"[①]从此开始的漫游让阿来对生态物产生了泛爱，三十岁以后他相继创作了《蘑菇》《银环蛇》《狩猎》《已经消失的森林》《天火》《红狐》《三只虫草》等以自然物为焦点的小说谱系。通过这些物的能量叙事，多层次、多角度地思考了历史进程中，与自然宇宙的诗意空间，形成了文学创作中的文化人类学、宗教人类学、文学人类学的核心价值取向。

---

① 阿来：《阿来的诗》，四川文艺出版社2016年版，第111页。

当代社会进程中的"新启蒙"

——阿来新作《三只虫草》背后的社会问题

试图观察社会并探究社会问题是阿来近期创作的主旨,也许受沈从文的影响,阿来有着丰富的乡土写作经验,他笔下的乡土常常是得天独厚的草原世界。《三只虫草》是阿来发表于 2015 年《小说选刊》第 3 期的长篇小说,后与《蘑菇圈》一同合编成小说集,命名为《蘑菇圈》,2015 年 7 月由长江文艺出版社出版。

《三只虫草》中阿来再一次把笔触深入草原深处,通过对几个孩子逃学挖虫草的细事叙述,反映出草原在市场经济影响下发生的季节性骚动,这一骚动打破了草原人宁静有序的生活,把草原人卷进了"挖虫草,赚大钱"的世俗理念中。文本中阿来主要通过对桑吉这个聪明的寄宿学生逃课的叙述,揭示了草原在现代市场经济干预下所面临的种种危机,用一个聪明孩子的视角批判了世俗理念影响下当代人们思想观念的转变,表达出对当下少数民族生存现状及社会问题的深沉思考。

一、市场经济牵涉下的生态践踏问题

草原是游牧民族的栖身之地,虫草是草原深处最宝贵的药材,被称为草原上的"黄金"。采集虫草的最佳时间是 4 月中旬到 5 月下旬。虫草生长地一般在海拔 3000 米以上植被丰盛的草坛中。4 月开始稀疏地破土而出。叶茎如香头,根系类似毛毛虫,色泽灰褐,最佳采集时为露出地面3至5厘米。

阿来在小说中没有描写虫草的形体,而是用文学表现手法形象地告诉我们"一半是虫,一半是草"。虫草的采集,虽然给草原人带来巨大的经济实惠,但结果是草原植被被破坏,生态严重失衡。挖一根虫草,草地就会露出一个小坑,给旱獭(旱獭是草原上的一种动物,打洞居住在草原,破坏草原环境,食草)留下可乘之机。自然界的事物是一个不可分割的食物链。吉尔伯特·怀特在《塞尔伯恩自然史》中指出,即使最微小的生物,对整个自然经济体系来说都是重要的。蚯蚓,尽管从表面上看是自然之链上的微小和不起眼的环节,然而若失去它就会导致食物可悲的断裂。而当下无限制地索取虫草、藏雪莲,超负荷地放牧等这些人为的破坏,加速了草原的退化。

草原生态危机问题一直是阿来等民族作家们思考的深刻主题。他们借助于文学文本揭示这一现象,以便引起更多的关注。比如,阿来在小说《野人》中也借一个小孩的口吻写道:"表哥死了,我们的村子也完了,你知道先是树子被砍光了,泥石流下来把村子和许多人埋了。"①

《三只虫草》中,阿来对虫草采集过后的隐患发出了深深的思索。草原人既想保护虫草,但又无法舍弃虫草带给他们的经济实惠,因而把采集虫草的赚钱行为掩盖得那么神圣,并把这一举动与民族习俗、宗教联系在一起,对采集虫草的理由作出一种合理的隐喻。他在文本中这样写道:"虫草季结束的时候,喇嘛会来,从每户人家收一些虫草,作为他们虫草季节开山仪式诵经作法的报酬。"可见挖虫草成为一种不可阻挡的集体行为,这一行为带来的负面影响是草原植被破坏、生态失衡,从而导致退化。

小说中,喇嘛索取虫草的细节描述,表现了喇嘛对大规模挖虫草行为的痛恶。他既不愿意失去分享草原资源的权利,也可以说这是他对采集虫草者们执行的经济责罚。喇嘛是草原上的圣者,他的身份是僧人,是现实中学问较高的僧众的老师。"阿来笔下的僧人大多是身处尘世,精神皈依佛门的人物形象。"② 喇嘛是汉语文本中出现较多的文学形

---

① 阿来:《月光下的银匠》,上海文艺出版社2013年版,第8页。
② 杨玉梅:《民族文学的坚守与超越》,作家出版社2013年版,第65页。

象。文本中的喇嘛们,经常行走在草原遍野,成为洞察草原状况的神秘人物,作者常通过他的话语深刻思考草原生态的退化问题。小说关于喇嘛的举动有这样一句话:

> 喇嘛脸上的笑容消失了,山中的宝物眼见得越来越少,山神一年年越发的不高兴了,我们要比往年会多好多倍的精力,才能安抚他老人家不要动怒。

这位喇嘛是想借神的力量阻挡人们挖虫草,但此神力对充满经济欲望的外乡人来说是无济于事的。因为支配这一行为的力量是巨大的市场经济、人们世俗观念的变化、金钱的诱惑等。即使那些神圣的信教徒,草原教育者也都无法阻挡经济运行与私欲膨胀的势头。

阿来是善于讲故事的作家,他常在文本中讲完故事之后,让读者去领悟故事背后的巨大意义。"文章合为时而著,歌诗合为事而做",重写实是唐代新乐府诗人大力倡导的主题,阿来也以写实之笔揭示社会发展中袒露的矛盾,挖掘出当下社会里人性灰暗的一面,试图引导人们去关爱自然,尊重自然,与自然和谐相处。

正如徐琴所说:"阿来对藏区被'闯入'被'现代化'在一定程度上的认同,以及对本民族文化和宗教的"祛魅"处理方式,恰恰体现出他对本民族关怀之切的责任感。"[1]当下的草原也面临着经济时代的巨大挑战。是放弃牧业,把草原变成经济软实力去开发,还是保持草原的原始面貌,让草原人去过平静的游牧生活,这是近期汉语作家们试图用文学解决的话题。甘肃藏族作家王小忠的散文《我在欧拉秀玛等你》《遥远的草原》中都对这一问题提出了尖锐的思考,揭示出金钱对人性和民族性的严重考验。阿来就是这样,以现实主义的叙述方式,关注民族的生存,在人与自然的共处中寻找人与自然关系紧张的话题。

二、世俗观念介入后的民族教育问题

牧民们认为虫草是草原给予他们的一种恩赐,马背上的民族,视草原为生活屏障。草原地带物产丰富、自然风景优美,但远离现代都市的

---

[1] 李雪:《考古与论今》,载陈思广主编《阿来研究》(一),四川大学出版社2014年版,第52页。

便利，信息闭塞。草原教育在当下社会发展中呈现出一种"畸形"。

《三只虫草》这篇小说就是从教育着笔，叙述在一所安静的寄宿制学校，挖虫草引起的风波打破了正常的教学秩序，虫草带来的现代经济利益蔓延到了草原，打破了草原人的生活节奏。原本有序的教学进程，面临的选择就是要被迫放假。桑吉作为草原的成长之辈，起初也没有逃脱世俗的干扰，逃学去挖虫草，目的是赚了钱给姐姐买时髦裙子、裤子、鞋。桑吉的计划是在挖虫草的季节挣2000元，1000元给姐姐买衣服，1000元给奶奶看病。他的这一计划，家人给予了支持。文中这样写道：

> 桑吉迎面碰上了母亲。母亲没有给他好眼色看，伸手就把他的耳朵揪住："你逃学了！"他把皮袍的大襟拉开："闻闻味道！"母亲不理："校长把电话打到村长那里，你逃学了！"桑吉把皮袍的大襟再拉开一点，小声提醒母亲："虫草，虫草！"母亲听而不闻，直到远离了那些过来围观的妇人们，直到把他拉进自己的家里："虫草、虫草，生怕别人听不见！"

人的教育既离不开学校更离不开家庭。父母是孩子的第一任老师。桑吉是因为逃学遭到了来自家庭严厉的指责，但是母亲看到虫草，得知桑吉逃学的原因之后，立刻又转变态度，对他进行了保护。"母不母，则子不子"，面对经济实惠，他的母亲也没有正确引导，而是对其祖护、怂恿。生养教育子女是家庭的基本社会职能。"家庭能否发挥教育职能，不仅关系到子女成长，家庭兴衰，而且也影响到社会的安定，民族的发展。"[①]文本中桑吉的父母没有完全舍弃金钱带来的实惠，在孩子教育与世俗的碰撞中，更偏重于世俗。

当然，草原有用之不尽、取之不竭的奇珍异宝，如"虫草""藏红花""雪莲"等，这些都是天然财富。草原上放牧是草原民族已有的生存方式，可是要保护草原，走出草原成为社会需要者，那要通过良好的教育才能实现。民族作家王小忠在散文《我在欧拉秀玛等你》中对这一问题也提出了严峻的思考，在文章中他借一个熟知草原的阿克（草原上寺院的僧人）说出了草原人当下的教育现状，就是"他们来一个走一

---

① 王道俊、王汉澜：《教育学·新编本》，人民教育出版社1999年版，第496页。

个,也不知道是啥原因"①。

　　文中的草原的确因缺乏传道授业解惑者,教育发展严重滞后,加上草原远离都市,经济落后、思想观念守旧等原因,脱离教育的一些草原人在消除寂寞打发无聊时间时,不知不觉地沾染上了坏习气,比如过度饮酒、不同形式的赌博和偷盗等。文中桑吉的哥哥就是这样。文本有一段说他是桑吉十六岁的表哥。上到小学三年级就不上了,长到十四五岁,就开始偷东西,只为换一点钱到乡政府所在的镇上或县里打台球。他偷过一头牛,还和一个混混偷偷卸掉停在旅馆的卡车备用轮胎,卖到修车铺。也不远走,就在修车铺门口的露天台球桌上打台球,台球桌边放着一打啤酒,边打边喝。打到第三天,就被抓到派出所去关了一个星期。

　　阿来是一个善于关注社会动态的人,"阿来不仅是一个文学家、写作者,更是一个审视者、发现者,他关注着当下藏区的一切——其社会生活、文化生态,以及在时代风气之下那些习以为常、见怪不怪的东西"②。文中的草原由于长期的封闭,教育发展严重滞后,加上多年的陋习无法消除,从而潜移默化地影响着成长的后代。像桑吉这些新的成长之辈也会受到不良行为的浸染。

　　阿来认为草原教育滞后的深刻原因不是草原缺乏教育者,而是草原人自我反省的意识还不够,多少年保持的传统风俗无法打破,世俗的、功利的、顽固的、传统的思想观念根深蒂固。桑吉的哥哥、那个随时都来索取虫草的喇嘛、在草原上任教的所谓调研员的老师,这些人当中,只有喇嘛能够见识到外面的世界,他说:"学校是好,上大学,进城,一个人享受现实好福报。如果出家,修行有成,自渡渡人,那就是全家人的福报,还不只是现实呢。"喇嘛作为草原僧众的老师,他肯定了大学教育对人生的改变,但他毕竟步入佛门,思想保守,他是以他的人生理念教育年轻一代。文中的喇嘛三番五次地拉桑吉皈依佛门修行,但桑吉坚持了自己的立场,摆脱了世俗,重新回到学校。

---

① 王小忠:《我在欧拉秀玛等你》,《岁月》(上)2014年第6期,第72页。
② 梁鸿鹰:《〈瞻对〉六人谈》,载陈思广主编《阿来研究》,四川大学出版社2014年版,第37页。

小说以一个小小年纪的桑吉为新生代力量,发起了反传统的号召。这个传统是潜藏在民族最深处的病根。民族的教育问题,需要民族自身的觉醒与认知。正如这篇小说的一位评论者所说:"在桑吉的身上我们看到不同文化的相互作用,桑吉如同一个行者,放弃了世俗眼光中的神秘光环,选择在'尘垢'中修行,最后以他小小的年纪获得了极可贵的包容心理,让精神的雪莲得以在尘世中生根生长。"①桑吉有他自己的坚定信念,他的确代表了草原教育的新希望。

三、现代化进程中的民族同化问题

民族同化问题关系到一个民族传统文化的保存与遗失。与沈从文的《边城》一样,阿来在小说中也对都市生活给予了强烈的批判。小说塑造了两个世界:一个是自然条件得天独厚的草原世界,另一个是充满世俗欲望的现代城市。沈从文的《边城》中,"船"成为运载外界人物进入乡村的载体。《三只虫草》中,"虫草"成为都市人进入草原的枢机。小说以虫草作为引线,以桑吉的眼为观察窗口,将两种地域中人的生存观念做出了强烈对比,在对比中将都市生活中的某些现象给予了深刻的批判。

阿来把虫草交易看成民族同化的一种机制,对其着墨不多,但给予了读者更多的思索空间。开春季节,"虫草"将是外界人进入草原的理由,他们进入草原是有目的、暂时的。这些人大多是来自四面八方专门挖虫草的外来人及收购的本土人等,这些人进入草原后,首先在语言交流方面产生距离,外乡人所持的是统领广大乡野的官方汉语,而本土人所持的是城镇四周甚至偏离城镇的藏语,在做虫草交易时,就需要一个既通汉语又懂藏语的交流媒介,在因出售虫草去都市的草原人和因得到虫草而介入草原的都市人的多面交涉中,草原人守旧思想会受到不同思想的冲击,最终将会造成两种情况:一种情况是草原保守的文明被都市人破坏。这种破坏将会导致草原民族可能失去自己的文明与传统习俗。在很大程度上可能沾染都市的恶习、世俗、冷漠等。另一种

---

① 阿来:《三只虫草》,《人民文学》2015年第2期,第32页。

情况是草原人走向都市,摆脱自己的守旧落后观念,主动接受现代化的理念。

文中将都市与草原两种人的生活现状给予了明确的区分。由于科技的日新月异,都市的生活理念很快蔓延到草原深处的新一代群体中,首先是桑吉的姐姐,她要穿时髦的裤子、裙子、各种各样的鞋子,这些就足以看出她已经脱下自己的民族服饰,而主动接受接踵而至的现代文明。虽然老一辈的草原人想坚守他们的风俗习惯、民族文化,他们对来自都市的陌生人持以担忧的态度,虽然他们努力地排斥,但在现代世俗理念的铁蹄之下,这种排斥几乎是杯水车薪。

排斥与接受成为草原人面临的矛盾,草原上的老一辈要保持草原的遗风,而新生群体已经自觉地走进了现代化的进程中。政府的现行政策提倡退牧还草是对草原人的关照,建设牧民新村让其舒适定居。文中这样写道:"即便是每户人家的房顶上,都安装了一个卫星电视天线,每天晚上打开电视机,都可以看到当地电视台播出翻译成藏语的电视剧,父亲和母亲坐下来,就喝着茶看讲汉语的成人们的故事。他们就是看不明白。"[1]

阿来说过:"我们讲汉语的时候,是聆听、是学习,汉语代表的是文件、是报纸、是电视、是城镇、是官方、是科学,是一切新奇而强大的东西;而藏语里头的那些东西,则是与生俱来的,是宗教、是游牧、是农耕、是百姓、是家长里短、是民间传说、是回忆、是情感。这就是语言景观本身,在客观上形成了原始与现代,官方与民间,科学与迷信,进步与停滞的鲜明对照。"[2]文本要强调的同化首先从语言开始,主动地接受现代媒体带来的科技信息,最终完全同化。其次是投资开发旅游业,在发展经济中形成多元化碰撞。文本中交代了"每年春暖花开的时候,大城市的游客就会在草原上出现,组团的,自驾的,当驴友的"[3]。这种同化势必成为不可阻挡的潮流,草原人是应该主动接受现代文化、迎合现代文明还是坚守传统文明?这将是这部小说所要揭示的深刻主题。

---

[1] 阿来:《三只虫草》《人民文学》2015年第22期,第128页。
[2] 阿来:《汉语:多元文化共建的公共语言》,《当代文坛》2006年第1期。
[3] 同上。

《三只虫草》可以看作草原民族从传统走向现代文明的一种必然结果，这是民族发展中的必然变革。如何坚守自己的理念呢？作者以桑吉这个小青年作了暗示。文本中他最后摆脱了世俗生活的种种诱惑，重新回到学校，接受现代教育。

四、政治机制下的贫穷问题

虫草不是遍地都有，其生长地在草原最深处，可见阿来在文中要叙述一个深沉的藏地现状。《三只虫草》的背后，阿来用文学的语言反映了如何解决"贫困"这样一个迫在眉睫的问题。虽然草原有得天独厚的自然资源，但是由于过度放牧、无限度地索取草原资源，人为的、草原自身退化等问题给草原人的生存带来了危机。针对诸如此类的问题，管辖所在地的乡政府修建了牧民新村，让草原人从帐篷进入瓦舍。正如桑吉给校长的信中所写："为了保护草原，我们家没有牛群了。我们家只剩下五头牛、两头驼牛和三头奶牛。"自然灾害、草原的日趋沙化、人们发起的草场地保护行为等，使草原人难免接受"贫穷"的考验。

如何解决这些生存危机？这又是面临的新问题。作者写道："如今退牧还草了，保护生态了，搬到新居点的牧民们没那么多地方放牧了。一家人的柴火油盐钱，向寺院作供养的钱，添置新衣裳和新家具的钱，供长大孩子到远方上学的钱，看病的钱，都指望着这短暂的虫草季节了。"[①]

新居里的草原人面临的又是生病无钱看医、衣着赶不上时髦、偷盗、辍学等多种问题交织并重。因此，挖虫草就成了解决这些生存危机最好的方式。于是虫草季节就打乱了他们本来的生活秩序，包括教育的、家庭的以及草原人的众多生活节奏。阿来阐释"贫穷"有两个目的：一是草原人解决来自草原生态危机而面临的新问题，另一个是以当下的贫穷突出了虫草的珍贵。文本是以"挖虫草"现象揭示了草原上存在的激烈竞争，这将是草原人与都市人、与本土人之间的互相角逐，

---

① 阿来：《蘑菇圈》，长江文艺出版社2015年版，第120页。

在竞争中将贫穷的现实性拓展出来。

首先是从教育机构的学校开始,说买来的电铃没用几天就坏了,学生们只好找来废旧的汽车钢圈做上课铃。能挣钱的虫草的季节谁都不愿意放弃,就连桑吉的母亲也希望他们一家多得到挖虫草的机会。于是草原人用固有的抽签方式决定谁能上山挖虫草。聪明的小桑吉用数学概率知识屡屡得逞,赢得了更多挖虫草的机会。虫草价值不菲,一根竟卖到30元,而且将赚钱的多少和一年的福气紧密联系在一起,给挖虫草赚钱赋予了更深刻的意义。桑吉一家仅仅几天就得到了收成不错的五六万元,这就是虫草带来的巨大实惠。

小说中阿来对虫草的去向做了交代:桑吉用三只虫草赎回了他们家装虫草的箱子,调研员用虫草当上了县长,并说虫草的功能是补气养神。小说中有些虫草商竟然是政府官员,他们将通过虫草这种自然药材的收购倒卖与官场纠缠在一起,进行着复杂的政治利益的角逐。但是小小的桑吉并没有被虫草赚大钱的世俗诱惑,重新回到了学校。如果说《狩猎》《银环蛇》《红狐》等小说揭示了动物生命的神秘性的话,那么《三只虫草》揭示了植物生命的神秘性,这种神秘性更多的是从人的欲望驱使下去发掘的。阿来是将人个体生命拓展到生物界,通过生物的本能去反观世界。如果说阿来小说《尘埃落定》讲述的是土司制度的瓦解,同时也探索了民族文化、宗教哲学、生命意识、命运认同等,那么《三只虫草》从写实的角度澄清促成人物行为客观性的另一面。正如别林斯基说:"每一个民族之民族性的秘密不在于那个民族的服饰和烹调,而在于他理解事物的方式。"① 《三只虫草》所揭示的藏区社会在现代化进程中的种种社会问题,譬如不良行为、生活方式的出轨、人物命运的起伏转折都归根于贫穷问题。阿来小说中的众多人物都是屈服于命运的,如《孽缘》中的丹巴舅舅、《鱼》中的秋秋、《旧年的血迹》里的父亲等。他们的身上都呈现了懦弱性的一面。

"每一个民族,由于历史、地理等种种原因,都有着自己独特的矛盾

---

① [俄]别林斯基:《文学的幻想》,载《别林斯基选集》,满涛译,上海文艺出版社1963年版,第22页。

和问题。"① 这几年少数民族享受到国家惠农政策的阳光普照而日渐富裕。作者在这里描写的现象真实与否,我们只是将它作为文学文本来读,作者的意图是将"贫穷"现象作为一种生活的画面去铺开,让我们自觉谛视草原深处的政治色彩与人伦风貌、价值观、世界观等,并把传承民族文化的使命交给一个充满智慧的小桑吉,从而让读者在他的身上看到了不同文化不同理念的相互碰撞,看到一个出淤泥而不染的草原新生代人。

善于塑造另类人物的智慧是阿来小说的独特之处,阿来常用另类人物的眼光告诉读者民族的文化意义、草原人的独特性与人生的种种机遇,以及社会发展中不断暴露的诸多问题。草原的神秘并不仅仅是挖虫草买虫草那么简单。

桑吉这个小人物身上闪烁着聪明、执着、坚强、智慧的火花,这恰恰折射出作者童年的影子。从这篇小说中可以看出,作者思考的贫穷问题不是关键,最核心的是人如何经受种种苦难的考验,如何在世俗诱惑中战胜自我,以及在信念中完善人格。善于用文学文本反映社会问题是阿来创作的长处,也是他小说的当下意义。在这部小说中,阿来不但反映了多种社会问题,也思考了多种社会问题,这将对社会的发展有不少的启示意义。

一部优秀的文学作品不光有思想的深度、语言的精练、表现手法的新奇,而最主要的是对当下这个时代的启蒙意义。读《三只虫草》这部小说,我们如同跟着导游走向草原最深处,了解许多人无法想象的另一片天空。阿来用他的小说,很好地突出了藏区社会在迈向现代进程中的没被发现的社会痼疾,这将是近期藏族汉语文学创作意义上的一个超越,相信阿来的小说将会对我们如何应对社会中的险恶与建构和谐社会起到一定的镜鉴意义。阿来的小说永远不是人们理解的单纯叙事文本那么简单,这就是阿来新作《三只虫草》的价值所在。

---

① 吴重阳:《中国少数民族现当代文学研究》,中央民族大学出版社2013年版,第75页。

死亡的告白书写

——洼西彭措小说集《乡城》的两重审美

在四川,洼西彭措是不可多得的一位"70 后"小说作家,他是土生土长的四川人,是巴金文学院 2012 年度签约作家。他长年供职于四川甘孜海螺景区,1991 年开始文学创作,其作品主要发表于《中华散文》《民族文学》《西藏文学》《西部》等刊物。2012 年出版了小说散文集《乡城》,这部小说散文集由 8 个短篇小说和 5 篇散文组成。

洼西彭措书写的是藏地隐蔽区,他在最容易被忽略的狭小的藏地空间中,时常发现一种人性的美,而将纯真的人性美加以思辨,以美丑对比方式去发现被生活忽略的丑恶的东西,并将其穿插于文本故事中,从而增强了故事的合理性与传奇性。洼西彭措小说中有一种跌宕式的起伏,建构起了文本的张力,也增强了故事的可读性。读洼西彭措的小说,不难发现,文中明显地飘逸出一种迎面扑来的藏地气息,而藏文化在其小说中的自然流入,使其小说故事叙事出人意料,给人留下无限的感伤和遗憾。文学是语言的艺术,自然也就有着它的美学特质,洼西彭措的小说有着他独特的美学思维。

一、崇高的悲剧美学建构

论及悲剧,《美学原理》论著认为:当作为个体的人不能支配自己的力量(命运)所造成的灾难却要由他来承担责任,这就构成了悲剧。

人生有无数悲剧,但最大的悲剧是死亡。论及人的死亡,主要有这么几种:自然界突如其来的巨大威力导致人的意外死亡,如地震、洪水、泥石流、砂涌、沼泽地等造成的意外死亡;人无法抗拒的疾病导致的夭亡,如脑出血、急性心肌梗死等;个人与他人之间的冲突导致的死亡;人得了抑郁症后无法控制自己而导致的自杀死亡;等等。总之,这一切的死亡都是非正常死亡,最容易构成悲剧。中国美学认为,悲剧(tragedy)是指具有值得人同情、认同的个体,在特定必然性的社会冲突中,遭遇不应有却又不可避免的不幸、失败甚至死亡结局的同时,个性遭到毁灭或者自由自觉的人性受到伤害,并激起审美者悲伤、怜悯与恐惧等复杂的审美情感,乃至发生某种转变的审美形态。

  洼西彭措小说《换季无声》写的是一个关于崇高的悲剧美的故事。小说通过一个可爱的藏族小男孩的死亡,书写了偏远藏区的草山纠纷案。在讲述这个故事时,作者把世俗、利益、交易等丑恶的现代观念流入笔端,将一个有情怀者置于十分尴尬的境地。小说中,妄想通过关系调到县城任教的妥麦,别无选择地进入了豪坝乡牧区小学任教。任教期间,他始终不甘心,试图利用女朋友格央的关系调到县城工作,但这一单纯的意愿最后也"石沉大海"。在无可奈何的教学生涯中,仅有的求学的那些孩子们的可爱天真,一次次撕碎了他的功利之心与现实欲望。每一个孩子对他寄托了不同的爱,尤其是天真的小孩子达洼梦想让他与自己的姐姐卓嘎定下美好姻缘,达洼在一次次的牵针引线的交往中,因为传统与现代两种观念的差异,妥麦和卓嘎无法走进彼此的心理世界,因为妥麦不甘心于目前的处境,他想着放弃豪坝,去大城市。在传统与教育两种观念的冲突中,达洼意外地从一个天真的孩子被人指认为转世活佛,但是命运竟然和这个可爱的小孩子开了个天大的玩笑。一次平息草山的纠纷中,小活佛达洼意外中枪死亡,达洼以个人生命换来了蒙坝和瓦西两地的和平。不难发现,小说中达洼是一个孩子,他是被指认的活佛,他的生命是有一种高度的,有价值的,他的死不是简单意义上孩子的死,而是一次和平拯救,他用自己的小生命,拯救了无数的大生命。倘若达洼不死,蒙坝和瓦西有可能发生大规模的冲突。中国美学认为:"崇高不仅表现为一种崇高的思想,更具体化为一种特殊的行动,是伟大心灵与壮烈行动、自然沧桑与社会动荡、现实挫折与理想追求的独特结合;崇高既包含着形式上的粗犷有力度,也包含了审美主体的道德完善,化一种世俗的不可能为可能,同时还隐含着汹涌澎湃的情感浪潮,从而成为人的一种生存和发展的方式与人生的理想境界。"[1]不难看出,达洼死于地区动荡,其实属于社会动荡,小达洼以自己的小生命平息了这一动荡。

在小说《祖父之死》中,作者把忠义与仁义、欺骗与背叛交织在一起,重在突出人与人之间最尖锐的争斗,在利益、金钱、女人的争夺中,最终导致了男人之间的生死较量。小说以孩子的视角写了祖父风流虔诚的一生,但因为祖父诚信,才被利用,最后悲惨地被枪决。那些害人的人最终都没有落得好下场,小说突出了"善恶必报"的世俗伦理。作者洼西彭措要披露人性的自私,这就好比霍布士所说:"人生来是自私的,残酷的,在'自然状态'里,'人对人是豺狼',互相残杀,以便维持自己的生命和安全。"[2]《祖父之死》揭露了人性的自私和残暴,这种自私与残暴也酿造了不少人间悲剧。

二、死亡的审美启示

洼西彭措的小说始终有一种感伤的情调弥漫其中,他的小说中有好人存在,也有坏人存在,但好人大多时候斗不过坏人,都成为坏人的牺牲品。洼西彭措是藏族人,他的每篇小说中始终凸显出传统文化与生活合理性之间的矛盾冲突,因为这种矛盾冲突阻止了主人公的进步,打乱了主人公正常的生活。

小说《换季无声》中,那个有着求学愿望的小男孩达洼,当他正埋头刻苦学习时却被指认为转世活佛,这对他来说,也许就是悲剧,这种悲剧是本民族文化和正常生活之间的冲突。同样,洼西彭措的短篇小说《蝴蝶的舞蹈》也是建构在"活佛转世"这一文化思想之上的一个短篇。这篇小说的构思是新颖的,创作是大胆的,小说更多的是从灵童转

---

[1] 朱立元主编:《美学》,高等教育出版社2006年版,第195页。

[2] 朱光潜:《西方美学史》,江苏文艺出版社2008年版,第200页。

世的消极思想角度来反映灵童转世仪轨对青年人美好爱情的毁灭。小说中的顿珠和格桑两个人一见钟情,就在两个人准备一起生活时,顿珠却被指认为转世活佛,一对美好的"鸳鸯"被逼解散。被指认为转世活佛的顿珠必须走进佛界,不得惦念女人。顿珠否认了这个事实,他认为自己只是一个深爱格桑的普通人,但面对活佛不能渡红尘生活约定的舆论声,已经造成了顿珠远离红尘的必然局面。而且格桑家的观念中也不允许女子嫁给活佛,为了不背叛爱情的誓言,顿珠离家出走,一个美好爱情完全被毁灭了。从这篇小说中可以看出,传统文化与现实生活的距离,走进佛界就意味着要摆脱现实生活,远离红尘俗世。这个小说的字里行间渗透着一种感伤之美,"文化、仪轨"在这里撕碎的是生活,是人间美好的姻缘。

洼西彭措的小说《雪地上的鸟》也可以看成一部生态小说。小说仍然披露了人性的善良与残忍,书写的是一次邂逅的爱情,当然这是一场还没有开始就已经结束的爱情。作者以第一人称的视角洞察和体验了夏洼这样一个地方人们的真实生活。这里与世隔绝,辽远偏僻,女人们柔弱善良,男人们普遍保守,这里有爱,更有人性的温暖,尽管老人们在这里虔诚超度,但终究感化不了男人们的残暴和自私。文中的那些男人连那群无处觅食的麻雀也没有放过。在这篇小说的结尾,作者是怀着无限的遗憾和愧疚,如同《复活》中的涅赫留多夫公爵那样,离开了那个被他无故伤害的女人玛丝洛洼。

朱光潜在《文艺心理学》中说:"悲剧常以死为题材,因在我们远族看,死是最大的灾祸,是最可恐怖的事件,所以,也是激动想象的最强烈的磁石。"[①] 由此,可以说洼西彭措抓住了人世间最巨大、最明显的悲剧——死亡,用以表达他个人的慈悲心肠与悲悯情怀。

在他的最短小说《山地断章·祖父与酒》中,嗜酒如命的祖父死了;在一百多字的《山村随笔》中,他也要写送葬的人,让人不得不联想起那些已经远去的生命。

他的中篇小说《雪崩》几乎是一篇以死亡警示人生的成长小说。小说充满着非常浓郁的悲剧意味。小说讲述的是旧社会乡城里的一个

---

① 朱光潜:《文艺心理学》,漓江出版社2011年版,第243页。

复仇故事,先是顿巴的母亲里应外合杀死了顿巴的父亲,多少年后父亲的贴身侍卫来复仇,逼死了顿巴的母亲,为了寻找逼死母亲的仇人,顿巴还俗落入乡城,在一路寻找仇人的过程中,顿巴成为乡城的头人。最后,顿巴找到了真正的仇人尼玛丹珠时,但并没有杀他,而是给予了更多的宽容,他们在一起友好地相处。当顿巴成为风生水起的头人时,他们曾经的一切恩怨都真相大白,原来顿巴与所相遇的亲人、妻子、发生过关系的朋友等都有着纠缠不清的血缘关系,小说出现了曹禺话剧《雷雨》式的结尾。

小说中书写死亡的意义,在于凸显在旧社会雪域高原地域人与人之间的复杂关系,旧制度、社会地位、金钱、世俗的欲望等,完全异化了人们的思想观念。小说中顿巴修建寺院,试图劝导人心向善,但这毕竟是一个漫长的工程。而雪域高原严酷的生存环境,造成了人类苦难的生命历程,在严酷的自然环境面前,顿巴一行人因忏悔之心去超度时被雪崩掩埋。显然从顿巴意外死亡中可以看出,危及人类生命的因素并不只是人性的恶毒,还有突如其来的自然灾难。因此,作者以悲悯之心写道:"两天过去了,朝圣路上冷清如故。贡嘎岭寺的两位僧人始终没有看到顿巴一行的归来。"①

小说《佛像》是对乡城历史发展中"悲剧史"的回顾,借蒙存绕等老人之口,讲述了乡城社会发展中宗教之间的冲突,讲述了乡城最大的寺——桑披寺十三位老僧抗拒改寺,遭受凌辱并投河自尽的悲剧故事。可以说一部小说《佛像》就是一部乡城的变迁史,同时也是乡城的感伤史。通过这样的讲述,读者就可以了解到康巴地区过去纷繁复杂的历史文化。小说《佛像》中作者在思考一个问题:寺院当下僧侣越来越少,谁将会成为最终的香火传递人,谁将会最终守候佛像?这不是一个简单的发问,而是关乎一个地区的发展和稳定。由此看来,《佛像》不但是历史的悲剧,更是对民族文化的忧思。

以过往的历史事实为素材,以悲剧为主要的艺术风格,是小说《乡城》创作的主要思路,而文化、死亡、神圣的风景、生存悲剧是洼西彭措小说的主要特色。洼西彭措在书写旧社会"人性恶"的同时,对

---

① 洼西彭措:《乡城》,四川文艺出版社 2012 年版,第 180 页。

人生死亡之因给予了深刻的理解和同情,死亡有因,死亡不是像弗雷泽所认为的"万一灵魂被阻长久不得返回体内,则人必将失去灵魂而死亡"①。他的小说中对死亡有一种思辨性理解,因而他的小说有着深刻的生命启示。

---

① [英]J.G.弗雷泽:《金枝:巫术与宗教之研究》,汪培基、徐育新、张泽石译,商务印书馆2012年版,第304页。

《格萨尔王》的意义

——从格绒追美的短篇小说《格萨尔王》
看康巴地区的格萨尔文化与人文精神

在青藏高原的文化血脉中,格萨尔文化作为一种文化圈,几乎笼罩着藏地三区。安多、康巴、卫藏三区都传承着格萨尔文化,由此形成了不同题材的书写格萨尔英雄事迹的小说。

在短篇小说的构思中,英雄史诗《格萨尔王》建构了小说想象的一种方式。格萨尔文化对康巴作家的影响,我们可以从格绒追美2017年刊发于《民族文学》上的短篇小说《格萨尔王出山记》中得以确证。这篇小说开头写道:"妖风四起,魔住进了人心,一些邪灵纷纷投生人间,雪域之邦陷入一片苦海。王室中,奸臣当道,族群妖孽无恶不作,生灵涂炭,还用森森白骨构筑成城堡,四处烽烟弥漫,兵匪横行,烧杀抢掠成为家常便饭。路上到处都是无家可归的逃难之人的哀怨声、哭泣声,天空变得阴暗,草原变得枯黄,人们脸上完全失去了笑容,凄风苦雨笼罩着人间。"① 绝望的人们向天神祈祷,祈求慈悲的菩萨拯救水深火热中的众生。大慈大悲的菩萨看到众生的深重苦难,心中大为不忍,便向极乐世界的阿弥陀佛祈求解救苦难的众生。阿弥陀佛发出一道佛光,告诉观世音菩萨,在三十三天神界,可以派一神子降生到人间去降妖伏魔,"给众生带来太平安乐"②。这样的叙述,让小说带上了神秘的色彩和传奇的

---

① 格绒追美:《格萨尔王出山记》,《民族文学》2017年第5期。
② 同上。

文风,这种风格与《格萨尔》史诗的文学特色有着一脉相承的关系。这样的取材也是源于格萨尔文化精神的召唤。由此可见,《格萨尔》史诗,作为一种活态文化,在安多地区发源之后遍布整个青藏高原,成为康巴作家汉语短篇小说的取材之源。

《格萨尔》作为藏地的活态文化,在安多地区一度传播到康巴,康巴地区长达300多年之久的部落相争的大地,被称为英雄史诗《格萨尔王传》诞生的土壤。《格萨尔王传》在其漫长的流传演变过程中,在康巴逐渐形成了"流传地带"的地理特征,那些可以考察的山名、水名、区域名及其本身并不统一的空间中,留下了格萨尔流传的文化痕迹。史诗中反映的高山文明、江河文明、农耕文明、游牧文明等,成为康巴地区宝贵的文化遗产。这里引起了格萨尔王出生地的传说和争论,也形成了"格萨尔藏戏"。康巴人认为,康巴文化就是以藏文化为主体,具有多元性、复合性特色的地域文化。格萨尔文化精神是康巴文化的精髓。人们认为,康巴地区在历史上之所以学者、高僧、名人众多,康巴汉子的豪迈形象之所以形成,以及康巴人开放的意识、"康商"的精明,都与格萨尔文化精神的浸润有直接的关系。康巴与卫藏、安多文化的区别除了多维文化的关系和人文精神内涵之外,还更为明显地凸显在康巴的格萨尔文化精神上。

因此,不难发现,在康巴,格萨尔依然成为一个相对完整的文化形态,其以博大的精神影响着康巴人的生活习俗,提升着康巴藏族同胞的宗教信仰,改变着他们的道德观和人生观,是康巴民族精神生活和文化修养不可或缺的重要组成部分。在康巴,人成为一种特色,这也许是与河谷交叉,水草肥美的地域特征有独特的关系。一方水土养一方人,也在康巴人身上得到了印证。

在文学创作上,康巴作家把文学创作的聚焦点投射到人的本位上,力图通过文学作品来呈现人的主体性。因此,他们的小说中会时常关注到人的命运流转、生死轮回、善恶对比等。相比其他藏民生活地区而言,康巴文学似乎远离神性,而将雪山的神秘、诸神的力量、佛的意念,搁置到边缘化之境,既擅长于讴歌人的生活史,又善于关注人的生存发展史。

康巴地区自古以来就在茶马古道上,扼守着川、藏交通要塞。由于受到特殊的地理环境和社会体制的影响,他们既不同于西藏地区的藏族,也迥异于川西的汉族。他们同样信奉藏传佛教,但他们又常常游离于宗教之外。在康巴,有一首歌曲名为《康巴汉子》,词为:血管里响着马蹄的声音,眼里是圣洁的太阳,当情歌就在心里,与你歌唱的时候,世界就在手上,就在手上……这几句歌词唱出了血气方刚的康巴男人,也唱出了康巴人的热情和豪迈、乐观和自信。

康巴作为地理意义上的人类生存空间,有着悠久的民族文化印迹。这里曾经是氐、羌、夷等多民族活动争斗过的场域。唐代以来,汉、藏、吐蕃文化融合与进步之势愈演愈烈。康巴人一方面受到吐蕃文化的影响,另一方面受到藏传佛教思想的熏陶,这个民族既经历了与吐蕃征战的流血牺牲,又接受了藏传佛教文化中最能打动人心的思想感化。他们既有丰富的生存经验,又有关爱生命、珍爱自然的人间情怀。康巴的文学作品,就善于在人的对比中凸显康巴人的此类秉承。尤其是康巴文学最善于在人与人的关系中呈现人性的复杂。尹向东、格绒追美的短篇小说最善于披露这一主题。

《风马》是尹向东以清末民初为背景的长篇小说,这个小说以宗教文化符号"风马"为题目,显然小说的书写思路与格萨尔王精神有着十分紧密的联系。在藏地,遇上藏历年,藏族人祭祀山神时把刻印有格萨尔王的马的图像的"风马"(又称隆达)抛向滚滚腾起的桑烟,此时这些"驾烟"奔驰的风马就代表了人们对格萨尔王的迎接。在藏地,人们赞誉格萨尔不光是因为格萨尔王降妖除魔、骁勇善战,为人间扫除不平,更主要的是格萨尔王的精神,它代表着一种正义的人性,时刻启迪着人们弃恶从善、改邪归正。小说《风马》中,作者把更多笔墨停留在对人性的深刻书写上,在极其动荡的康定地域中,人需要觉醒,需要张扬善性,需要以宽大的心胸来对待种族的恩恩怨怨。在动荡的社会时局中,任何仇杀都不会增进人与人之间的友好关系,而只能是让仇恨越来越深。

在论及阿来的长篇小说《格萨尔王》类的小说时,叶淑媛教授认为:"格萨尔王凝结了藏族的民族精神。在小说中,格萨尔王是慈爱的化身,更是伟大的战神,格萨尔王作为神子的时候,看到人间悲苦混乱的情形而激发了内心的慈悲之海,于是,他自愿下界,为众生降妖除魔,让众生永享安康。"①可见在康巴,格萨尔王代表着慈善与大爱。而在安多地区,格萨尔王代表的是永创第一、永不放弃、自强不息的中华民族精神。殊不知,地处于黄河上游的玛曲,每年要在大草原举办大规模的"格萨尔王赛马大会",在安多地区,格萨尔王代表的是一种积极进取、勇夺第一、旗开得胜的精神。总之,格萨尔王是中华民族优秀的传统文化,又是民族地区独具特色的地域文化,更是文学取之不尽、用之不竭的文学素材。综观康巴作家群的短篇小说,不难发现,康巴作家对格萨尔文化的理解是比较深刻的,他们用文学表达的是格萨尔文化中人性最善意的部分。

---

① 叶淑媛:《二十世纪以来民族志小说研究》,人民出版社2023年版,第171页。

重视人文的文学书写

——从尹向东的创作看康巴文学的"新人文主义"取向

总体来说,康巴作家群小说中对人的关爱、对社会复杂性的揭示、对历史病苦的揭露,远远超过了对雪山高原的赞叹和描绘。尤其康巴作家群中尹向东的小说,可以说是叙事写人十分完美的。对于康巴作家群的小说,学界评论者大多从其叙事风格、空间书写、民族特色等方面陈述其创作成就。以下我从一个读者角度,对部分康巴作家群的小说冒昧地用新人文主义的思路来解读。

西方人文主义是文艺复兴时期新兴资产阶级反封建教会斗争中形成的思想体系,是他们的世界观和思想武器,也是这一时期资产阶级进步文学的中心思想。人文主义主张一切以人为本,反对神的权威,努力把人从中世纪神学枷锁下解放出来,宣扬个性解放,追求现实的人生幸福,追求自由平等,反对等级观念,崇尚理性、反对蒙昧。在文化上,人文主义强调作为人应该具备富有文化内涵的生活,因为文化是古往今来智慧的累积。进入21世纪以来,康巴作家群的小说创作中明显呈现出全新的人文观念。

一、人性的关爱与人神的关系复原

康巴作家群中的藏族作家格绒追美是一位高产作家,他的作品中始终闪烁着神性的光辉。他描写的藏地风景色彩感非常强烈。在风景的描绘中,几乎每一个空间都充满了神性,每一个故事都充满了神性。他的小说在关心人物命运的同时,又肯定了人的主体作用,对人所具有的智慧给予了肯定和赞扬,比如发表于1990年《西藏文学》第5期上的三组小小说《普措》《盲女》《香巴》。

2017年5月,格绒追美发表于《民族文学》上的小说《格萨尔王出山记》中,更是肯定了人的智慧和潜力。在小说中他用神的眼光将人间一些邪恶的势力加以驱除,表现出强烈的人文关怀。

小说开头格绒追美写道:"族群妖孽无恶不作,生灵涂炭,还用森森白骨构筑城堡,四处烽烟弥漫,兵匪横行,烧杀抢掠成为家常便饭。路上到处都是无家可归的逃难之人的哀怨声、哭泣声,天空变得阴暗,草原变得枯黄,人们脸上完全失去了笑容,凄风苦雨笼罩着人间。"

这些描写体现了格绒追美强烈的人道关怀。接着他用浪漫魔幻的手法写到一位神之子降生到人间,驱除了人间的邪恶。

《格萨尔王出山记》中,他将格萨尔文化提升到了精神生活的空间,将说唱的聚会看成是人文与传承、文学与科学走向融合荟萃,将要开启诗史研究的新领域。因此,《格萨尔王传》说唱空间又成为藏人的精神文化世界。格萨尔成为历史中的英雄,成为人们最崇拜的天神,这种说唱既是一种文化的传播,更是给人的血脉注射文化元素的一种过程。在藏地,即使是没去一天学校的牧民,也能哼上几句调子,这是文化上的人文主义,恰恰吸取了西方人文主义思想中的精髓。当然西方人文主义的提出,有它深刻的社会历史背景和时间的跨度。康巴作家群在这样一个物质生活极其丰富的时代中,在一个信仰逐步丧失的世俗群体里,一些藏族作家在他们的小说作品中,再一次坚信了神的意义,从而把新旧两种时代中,人神的复杂关系做了澄清,明显体现了他们对神的信仰。

二、重新肯定了人的力量,体现了"以人为本"的思想观念

尹向东出生在康巴,康巴地区位于青藏高原东部,地处横断山系,自古就有"四水六岗"之谓:金沙江、澜沧江、雅砻江、怒江自北面南奔

腾而过；色莫岗、擦瓦岗、玛杂岗、米孜岗、米孜藏娘岗、绷博岗六岗巍峨耸立。境内山脉与河流均为南北走向，而被誉为"蜀山之王"的主峰贡嘎雪山海拔 7556 千米，雄伟壮观。冰川、湖泊、草原、河谷、森林，形成了康巴地区不同于安多地区那样广袤无垠的草原牧区，也不同于卫藏地区那样宽阔、富庶的河谷高山。这里高山纵横、河流密布、地势险峻、交通阻隔，正是这险峻的高山峡谷地域和相对恶劣的生存条件使康巴人具有强健的体格以及坚韧、强悍和善于开拓进取的性格。在藏族民间流传着这样的说法："卫藏人是热心宗教，康巴人是好斗士，安多人会做马生意。"于是安多的马、卫藏的山、康巴的人就成为藏地的显著特征。在康巴，人成为一种特色，这也许是与河谷交叉，水草肥美的地域特征有独特的关系。一方水土养一方人，也许在康巴人身上得到了印证。因而，康巴作家把写作的焦点投射到人的本位上，力图通过文学作品来呈现人的主体性。因此，他们时常关注人的命运流转，生死轮回，善恶对比。相比其他地区而言，康巴文学似乎没有远离神性，而将雪山的神秘、诸神的力量、佛的意念，搁置到边缘化之境，既长于讴歌人的生活史，又善于关注人的苦难史。

（一）在人与人的对比中揭示人性的复杂

康巴作为地理意义上的人类生存空间，有着悠久的民族文化印迹。这里曾经是氐、羌、夷等多民族活动争斗过的场域。唐代以来，汉藏和吐蕃文化融合与同化之局势步步紧逼。康巴人一方面受到吐蕃文化的影响，另一方面受到藏传佛教思想的影响，这个民族既历经与吐蕃争战的流血牺牲，又接受了藏传佛教思想中最能打动人心的宗教精髓。他们既有丰富的生存经验，又有关爱生命、珍爱自然的人间情怀。康巴的文学作品，就善于在人的对比中凸显康巴人的此类秉志。尹向东的小说尤其善于揭露这一元素。

尹向东在多元文化中，对人性的挖掘是深刻的，对人行为的观察是细致的。2015 年他发表于《西藏文学》上的短篇小说《间隙》就在人心对比中，彰显出康巴人的淳朴和耿直。小说写一个从河南流落而来的手艺人杨木匠与藏族姑娘曲珍的一段恩怨。杨木匠本着找一个媳妇的目的露宿在康定，他精湛的木工绝活赢得了曲珍的喜欢，在不断相处中,曲珍怀上了杨木匠的孩子,杨木匠表面上做手艺,到处混吃,但他心里始终思念着自己的家乡,他把一大笔钱藏在狗窝的间隙中,时刻等待攒够理想的数目后,带着曲珍离开。可是有一天,他突然发现那笔钱不翼而飞,这令杨木匠感到无比吃惊,他下决心找回那笔钱。从丢钱那天起,他就仿佛魂不附体,言行不一,脸上失去了往日的笑容。他日思夜想,暗发毒誓非要找到那笔丢失的钱,于是到寺院佛祖前诅咒,发誓,恶告。第二天钱原封不动地回到了狗窝,他后来得知,原来那笔钱是曲珍偷偷地捐资给朵玛的孩子治病,可能是朵玛目睹了他的诅咒后,将钱归还原处。

小说中将钱作为一种媒介,作为叙事的焦点,以钱为实物之镜,明鉴出两种不同的人性关系;一种是仁爱,另一种是自私和残酷。俗话说,金钱是人性最好的试金石。人性的复杂、虚伪和自私在金钱面前暴露得一丝不挂。尹向东的小说就是在人与人的对比中展现着文化观念的差异和人性的复杂。小说里,一个是想用钱拯救别人,一个是为了钱而企图咒死别人;一个代表了藏地淳朴,一个代表了世俗,这一点很像沈从文的笔法。沈从文就是在城市与乡村的对峙中揭发人生的复杂。尹向东是明显地继承了这一手法,来揭示人性的复杂。

(二) 以人的觉醒肯定人的智慧

这一点要从康巴作家尹向东的长篇小说《风马》说起。《风马》是尹向东近期以来创作的长篇纪实体小说。2016年由作家出版社出版发行,小说出版以后引起了很强烈的社会共鸣。《风马》以清末民初的社会为背景,描写了仁真多吉、仁青翁呷两兄弟从草原躲避仇杀来到康定的故事。此时的康定也正值刚刚进入现代文明的一个时代,这里的人第一次见到了电灯,第一次见到了飞机从天而降。但是,此时作为藏人生活空间的康定,每天仍然有许多新奇的事情发生,同时也是一个战乱动荡的时期。这些新生的事物也让两位来自牧场的兄弟大为震惊。战乱、动荡的时局又摆弄着他俩的命运,他们默默地奋斗着,想用自己的智慧在康定争得一席之地,以至于淡化了最初的仇恨。但是在动荡的社会和自然灾害中,他们最终像浮萍一样,所有的努力都化为了虚无。

尹向东在再现康巴人苦难史的同时,也描摹了人的生活苦难史。他在人的苦难中给予了人智慧和力量。小说首先让两位兄弟以智慧化了的原型出现在康定之地,哥哥更名为仁泽民,弟弟更名为仁立民。这种更名体现了人的智慧和强烈的自我保护意识。躲避仇杀,从某种意义上说就是人情感的觉醒。少数民族长期在他们的种族生活中会因领地的分界、牲畜的走失、贫富的不平等引起矛盾冲突,易结仇怨,之后冤冤相报,无法了结。躲避仇杀之举,一是想终结仇杀;二是想壮大自我然后东山再起。复仇与结仇源于当时混乱的社会秩序,尹向东写复仇的本真意义在于渴望一种公正完善的法律体系来维系草原混乱的秩序和传统的自治制度。他是用这个时代完善社会秩序,来影射土司制度土崩瓦解过程中混乱的局面,表达了对人生存的忧患,体现了他的人道情怀。

尹向东 2017 年发表于《民族文学》第 5 期上的短篇小说《猎手》也是以复仇建构了该篇的主题。小说中的主人公刀登背负着父亲被弑之精神重压,努力克服了自身的各种怯弱和见血晕倒的痼疾。一日,他终于找到了仇家,正准备复仇时,却意外地发现那个制造了仇怨又躲避仇家的达娃,也为着了结另一段仇怨的深谷而成了替罪羊。当大达娃提出要刀登以他作为复仇的对象时,刀登却失去了他所有的勇气,当他感悟到他连一只狗也没有勇气杀的时候他就已经觉醒了。从仇恨到心善的潜移默化,是因为他聆听了大达娃孤独的挽歌,在大达娃的思想中,人的孤独比死亡更可怕,人与其孤独地活着,倒不如一死了之。而仇杀与复仇只有给人带来孤独,给世界留下空白。小达娃孤身一人,隐喻了一段仇怨的结束。而刀登的觉醒实质是一种智慧的体现,放弃仇杀感受人与生俱来的相爱,与亲情相守一生,才是人生真正的意义。

尹向东告诉我们的是仇杀需要终结,终结更需要人的觉醒,需要人理智地对待生活。那些强大的日月土司,那些仗势欺人的管家等,他们在动荡的时局中也最终会成为别人的挽歌,走向覆灭和丧身,爱情、理解、自强、智慧才是人活着的真实意义。

三、对女性品德的赞扬和对女性地位的肯定

藏族汉语小说中,对女性的全面书写是缺失的、零碎的、粗略的,

女性被搁置在边缘化的场域中。康巴作家群对女性地位的肯定和对女性生活的关注恰恰弥补了藏族文学对女性书写的缺失。在藏区,女性是家中最主要的角色,甚至许多女性承担了男性应承担的职责,她们放牧、挤奶、拉扯孩子、操持家务,任劳任怨,经常身陷繁忙的家务劳动中,并且平心静气无所奢求。藏地女性的这种朴实品德在康巴作家群的作品中受到了高度赞扬。

南泽仁散文《遥远的麦子》中的母亲勤劳、善良,默默承受着生活的重压,但是劳作的辛苦、精神的寂寞、生活的单调让母亲越发坚强。选择自己想要的生活方式成为母亲的精神动力,对孩子的无尽牵挂又让这位离婚再嫁的母亲显得有点无奈,一个无比坚强的母亲形象在南泽仁的笔下,刻画得如此动情、催人泪下。

贺先枣的《雪岭镇》就刻画了一个内心无比坚韧的扎西拉姆的形象。她一个人拉扯两个孩子,为谋生而想尽办法,对于自己远出未归、长期失去联系的丈夫,并不放弃等待,她凭着对爱的坚守,完全靠自己的坚强与信念,战胜了生活中的各种苦难。

尹向东长篇小说《风马》中,八斤的女人桂枝是八斤从坟地里拾回来的。这女人干家务是一把好手,尤其对自己丈夫八斤的放纵、浪荡、赌博等一切不良行为的包容,真正体现了一个藏族女人的气度和厚道。当然《风马》是以清末民初为背景,小说主旨表征着在那样极其动荡的康定地域中,人需要觉醒,需要善性的张扬,需要以宽容来了结种族的恩恩怨怨。在动荡的社会时局中,凭仇杀不能改变人与人的关系,而只能是让仇恨越来越深。

总体来说,康巴作家群的小说,书写内容丰富广泛,作品的题材丰富多样,书写涉及全面,创作成就卓著,尤以创作长篇小说而著称藏地。近几年,先后有十几部作品获奖,这得益于他们的天资和严谨,得益于康巴得天独厚的自然景观和历史悠久、底蕴深厚的康巴民族文化。康巴作家群是由不同民族的同胞兄弟组成的创作队伍,这既体现了民族的团结,又促进了文化的交融、思想的碰撞。康巴作家群在藏地是有一定影响的作家群,凭近几年的走红程度,相信康巴作家群的作家们还会向社会交出满意的"答卷",我们期待他们的好作品问世。

第四辑

青海作家的精神向度

梅卓①小说的民间文化书写

在历史的发展演变中,为了生存的需求和丰富自己的日常生活,藏族民间产生了丰富多彩的文化。这些文化都是藏族人在日常生活中创造的,体现了藏民族的智慧、审美观和价值观。藏族汉语短篇小说书写的是藏族民众的生活,本身就具备着很强的"民间性"。于宏在论述藏族文学时说:"藏族文学在长久的发展过程中,积累了丰富的民间素材和民间艺术经验,因此藏族文学以民间形态存在的方式相对发达,对藏族文化心理以及艺术形式的影响也相当深厚,尤其是出现在民间文学中的那些传说与神话故事所反映和包含的一些题材,它们对整个民族文学的发展往往具有巨大的作用。"②在藏族汉语短篇小说中,书写了不少的藏族民间文化,主要包括藏族民间工艺、传说、神话、绘画、造像、石刻、塔建、帐房、歌舞、谚语等。这些民间文化构成了小说多样化的题材内容和生动的故事情节,十分形象地再现了汉语短篇小说创作的丰富性与文学性。梅卓的短篇小说中有丰富的藏族民间文化,可以说她的短篇小说是对民间文化的表达。

---

① 梅卓,藏族,青海化隆人。1966 年 7 月 10 日出生,中共党员,中国作协会员。1986 年参加工作,历任《青海湖》月刊诗歌、散文编辑,青海省作家协会副秘书长、副主席。现为一级作家,中国作家协会全委会委员,青海省作家协会主席,是享受国务院特殊津贴的专家。1987 年开始发表作品。1997 年加入中国作家协会。主要作品有长篇小说《太阳部落》《月亮营地》《太阳石》,散文诗集《梅卓散文诗选》《藏地芬芳》《土伯特香草》《吉祥玉树》,中篇小说《佛子》《青稞地》《庄园》《极地》《月亮下的铜扣腰刀》等,小说集《人在高处》《麝香之爱》等。
② 于宏:《试论当代藏族汉语文学的三维结构和双重品格》,中央民族大学 2010 年博士学位论文。

一、民间唐卡文化书写

绘画是艺术。藏族的绘画艺术历史悠久,品种繁多,艺术水准较高。青藏高原、周边雪域、神山圣湖、寺庙佛塔、骏马牛羊、格桑花、草原世界等都为藏族的绘画提供了广泛的艺术素材,也不断激发着绘画艺人的灵感。在藏族绘画中,最具代表性的是唐卡。唐卡藏语也称"唐嘎",原指一种可以悬挂的卷轴画。它在藏族地区出现较早,而且比较流行。有人考证,唐卡是源于吐蕃时期的文告和僧人讲经作法时随身携带的布画。画幅大小不一,小的只有四寸,大的则有几十米。唐卡以宗教人物和宗教历史故事、教义为主要描绘对象,多挂于佛堂、寺院中。唐卡的制作过程有一定的技术含量:制作时先将画布钉于木框上,用白亚胶作底,干后开始起稿、绘画、上色,画完后再用锦缎装裱、加轴。它作为一种藏族的工艺品,深受广大僧众、百姓的喜爱。

唐卡作为一种工艺的符号,在作家创作中做了艺术化的处理,成为小说叙事的主要线索,也承载着一种民间文化的传说。梅卓的中短篇小说集《麝香之爱》中就多次写到了"唐卡"文化。在《麝香之爱》这部小说中,作者用小说文本的形式,详细叙述了麝香形成的过程,作者以蛇对香囊的喜爱作为一种隐喻,演绎了一段美好的爱情姻缘。小说中有一段精彩描绘:"麝在丛林里看到蛇后,就张开香囊,散发出那种特有的香气,蛇是最容易被引诱的,蛇会被雄麝的香气引诱而来。它为了吸一口这种香气,连命都会搭上。通常蛇总是一下子就把蛇头扎进麝的香囊,而雄麝则等它的头一进入就立刻收缩香囊口,直到把蛇活活捂死。过一段时间后蛇身就会和蛇头分离,蛇头留在麝的香囊内。麝会慢慢分泌腺液,直到把蛇头整个融化,这就是蛇头香,是麝香的上等品。"[①]梅卓的小说处处渗透着藏族文化的意蕴。麝香的形成,何尝不是一种文化发生的过程,而这种过程也是作者在不断思索人生的一种过程,她把这种思考的结果用文字的形式呈现出来,建构成小说文本。《麝香》这个短篇中,作者以蛇的死象征了主人公吉美的死。小说以此命名

---

① 梅卓:《麝香之爱》,西藏人民出版社2007年版,第10—11页。

就已经深含着丰富的地域文化内涵。

《在那东山顶上》是梅卓以唐卡为引子建构的爱情小说,小说把唐卡描摹得出神入化。小说塑造了一位继承藏族传统唐卡绘画技艺的女画家华果的形象,她坚持画唐卡30多年。她丈夫卷走唐卡背叛而飞,她的情感受到巨大打击后,精神崩溃,画画的激情完全丧失。有一天,对绘画的天生喜爱驱使她走进了扎宝的颜料店,但是由于30多年的画画经历,她对颜料产生了厌倦和不适,专心于做唐卡颜料老板的扎宝设局将她带到酒吧里,给她讲本民族的服饰传统、给她唱仓央嘉措的情歌,对她进行感化和启发。生活的所迫、曾经对画画的痴迷,这些重新激活了她画画的兴致。小说以唐卡文化为主线叙述下去。小说中扎宝和罗西两个人合二为一,罗西就是扎宝、扎宝就是罗西,以及扎宝对华果表达爱的方式等都充满了传奇意味。这篇小说从绘画文化的层面叙述爱情,正是因为有共同的绘画爱好,使扎宝和华果之间产生了浪漫的爱情传奇。从这些爱情的叙述中可以看出,作者深受藏文化的濡养,其小说中作者把绘画与人物性格、内心世界、爱情观结合在一起,完成了爱情叙事。在这个爱情故事中,作者是通过绘画技艺达成了人与人之间心灵的沟通。黑格尔在《美学》中说:"绘画要描绘人物性格、灵魂和内心世界,只有通过动作去表现,而不是从外在形象就可直接认出内心世界。正是这一点,使绘画和诗发生密切的联系。"[①]当然这是人与画的一种灵性结合。在这个小说中,主人公华果对唐卡的喜爱,其实就含蓄地表露了她的内心世界。梅卓的小说不仅是作家精神层面对藏文化的重新建构,而且是藏族绘画文化在作品中的重新还原。

短篇小说《在那东山顶上》也是以唐卡文化为题材建构故事的短篇,意在告诉读者,虽然唐卡在现代社会里受到大众文化、流行文化的冲击,但是只要画师的意志坚定执着,唐卡艺术就不会失传。唐卡文化是藏族绘画文化中的瑰宝,它体现着民族精神,弘扬着民族的智慧,印证着我们中华民族绘画文化的"别一性"和多样性。小说的启示意义在于告诉我们,在文化快餐的时代潮流中,如何保护和传承我们的非物质文化遗产。正如张岱年所说的"任何一种文化系统,都有自己的主导

---

① [德]弗里德里希·黑格尔:《美学》,寇鹏程编译,重庆出版社2005年版,第345页。

思想、根本原则、价值观、思维形式;有与之相协调的经济制度"①。唐卡文化体现了藏族绘画文化的艺术审美,丰富了小说的内容,真正体现了民族文化的独特性。梅卓通过唐卡文化塑造出扎宝这样一个民族文化传承者的高大形象,同时也突出了这种独特艺术中所蕴含的创造者的艰辛和努力,唐卡是一幅画,同时也是一面洞察人心的明镜。

　　梅卓小说的独特之处就是在对藏族文化的描绘中去关注文化艺人的命运,这恰恰有别于中国当代的一些乡土作家。写文化其实表现了作者对民族文化的认可和关怀,尤其是在她的小说《秘密花蔓》中,作者梅卓把叙述视角聚焦在一个画师的家庭中,深刻写出了画师家庭中的悲剧和转折。"在藏族文艺中,唐卡的内容种类极其丰富,有佛像、菩萨像、神像、说法图、历史人物、宗教寺院、教义、风俗、医学民间传说、佛经故事、神话、寓言及重大事件。"②小说《秘密花蔓》中,唐卡作为敬献给寺院的礼品,它是神圣的、令人敬畏的。小说中的卓玛是一个独生女,父亲是传统的手艺人。其父亲为了传承手艺,只好将女儿许配给他中意的画徒洛桑,谁知女儿卓玛有更好的画画天赋,画画技艺超过了洛桑。父亲去世后,画画成为他们俩的终身职业,也改变了他们的命运。他们画唐卡赚到了一大笔钱,把家从乡下搬到了省城。在省城仍然以画唐卡谋生,可是进入城市以后,洛桑完全被世俗生活异化,他身上沾染了城市的恶习后中断了画画手艺,家中的唐卡全部被他变卖,他自己也遭遇绑架,最后设局骗走了卓玛唯一留存着的大唐卡。这篇小说中,梅卓在通过唐卡书写民间爱情悲剧的同时,也表现了对艺术创造者的同情。作为画师的洛桑,他无子女,一生专攻绘画,但他完全背弃了人的基本生活轨迹,最终毁灭了自己。

　　唐卡艺术的美,完全在于画师的调色、布局、装饰等艺术加工处理,这是民间文化艺术的创造技艺。梅卓小说通过唐卡艺术故事的书写,披露一种人性的善恶与美丑,我们从她的小说中能够看到,唐卡能成就一个人,也能毁灭一个人,甚至能成就和毁灭一个家庭。这就是作者在这种文化遗产背后所要呈现的生活哲学。通过阅读这些小说,我们发

---

① 张岱年、程宜山:《中国文化精神》,北京大学出版社2015年版,第255页。
② 察仓·尕藏才旦:《藏族文艺中蕴含的价值观》,西藏人民出版社2014年版,第175页。

现唐卡艺术塑造的是一种人性美,像华果这些藏族"艺女"在绘画道路上虽然经历了历练与苦难,但在她们的身上,仍然保持着对爱情和对文化艺术及信仰的执着。梅卓站在女性的立场上写日常爱情生活,但也站在民族立场上通过文学传播民间文艺。梅卓也在小说的故事叙述中传达出"唐卡"这种藏族绘画文化的艺术特性。主画的内容有"绿度母""莲花生大师"等,画好后还得请活佛开光非他物能比。从这些描绘中我们可以看出民间文化的神奇所在。

梅卓另一个短篇小说《唐卡》就是以藏族绘画艺术唐卡为叙述焦点展开的一个短篇。通过阅读这篇小说,我们就可以很快了解唐卡艺术的奥妙了。小说中最让人难忘的是唐卡艺术研究者桑杰才让冒死在悬崖上寻找唐卡残破碎片的情节。当他们在短短的六个月内找到了第一幅画于吐蕃时期的唐卡之后,他们用考古学的眼光,考察到唐卡珍贵之端倪。唐卡是中华民族文化的瑰宝,成为外国人最喜爱的文物,同人多杰打算用100多万元卖掉,却被桑杰才让拒绝。可见唐卡不仅仅是一种艺术品,它已经成为研究者的喜好,这种艺术已经代表着一个民族的智慧,成为一个宗教文化内涵的体现。作者在爱情叙述中,巧妙地展开了唐卡的绘画内容。从小说中可以看出,这幅唐卡画有绿度母、莲花生大师、观音菩萨等,体现着此类唐卡的珍贵。

唐卡之所以珍贵,是因为给它注入了宗教文化的元素。小说中也展开了唐卡外在布局的叙述:"这是一幅立式唐卡,长约三尺,四周按藏式规格用红、绿、蓝三色锦缎装裱,金银丝线分段,上下留有天地。"[①]这简短的文字交代了唐卡这种绘画艺术的规格、画色、颜料、装裱等。唐卡最常见的尺幅是条幅形,底边留有很大的空白,尺寸一般是长为75厘米,宽为50厘米。除条幅形唐卡外,还有横幅形唐卡,长为1.10米,宽约3.5米。根据制作唐卡所用材料,可以分为两类:一类用丝绢制成的叫作"国唐",另一类用颜料绘制的叫作"止唐"。从小说中就可以断定这幅唐卡为条幅形唐卡,制作所用材料为丝绢,显然是一幅国唐。

从国唐的种类看,主要有刺绣、堆绣、缂丝、打籽绣、织锦等五种类型。唐卡艺术的发展水平,代表了人类刺绣、绘画艺术的进步,也代表

[①] 梅卓:《麝香之爱》,西藏人民出版社后2007年版,第106页。

了人类在审美观念上的一次超越。早在原始社会中,原始人选择饰物时在光泽、色彩、形状等方面也有一定的审美标准。原始民族不但可以采取自然物为首饰,还能用自己的技术将其打造成美的规范,并以审美的视野衡量其价值的高低。唐卡是见证人类审美眼光的提升和对美的不断追求与改造的技艺。

当然唐卡是信仰与原始艺术相生的结晶。这正如梅卓在小说中写了画师对唐卡认知的语言:"桑杰才让端详着这幅构图对称、均衡,无论造型、设色,还是勾勒、用金都极为精微细致的唐卡。恍惚间,仿佛就看到了那位遥远的古代画师,站在一个晴朗的夏日里,把藏装的双袖挽起,净手焚香,朝天上叩拜之后,拿右手将白布绷在木框上,涂上一层胶制白灰,再用滑石磨平。这时空中出现了彩虹,吉祥的鸟儿歌唱着掠过树梢,白色云影带来微风,吹动着香气直达他的心房。画师充满了自信,那双天才的手已是挥动起来,开始勾勒作画。工笔重彩之下,弥勒——未来世界的佛陀早已端立其上,他细眉善目,棱鼻抿唇,眉心的白毫散发着慈悲的光芒,头戴五宝花幔,双耳垂肩,右手执永世转动之法轮,左手持生命不息之净瓶,金色袈裟飘逸垂向八瓣莲花宝座,而身后的火焰光环,正喷着孔雀蓝和夕阳红的波纹……"①

这是一个人类创造绘画艺术时的想象,创作的情景完全处在一种原始的自然崇拜状态,创作动机似乎是人神一体,创作智慧上得到了"神助"效果。在小说中,作者梅卓对唐卡这种艺术给予了许多神秘的想象,甚至给它注入了神性。梅卓的《秘密花蔓》中的唐卡更是带上了神性的基因,它不但成为敬献给寺院的礼品,而且成为一个神圣的、令人敬畏的艺术品。

从所有叙述唐卡艺术的小说看,唐卡的成功绘画者大多是女性,这表现了在原始的艺术创作中,女性的智慧高于男性。尤其许多作品中在表现唐卡画师的品行时,对女性给予品德的歌颂,对男性给予更多的谴责,这大概与原始性别崇拜有密切关系。因为许多唐卡的内容是以观音画像、莲花生大师、贡塘喇嘛肖像、米拉日巴传记等为表现内容。据考古学者调查,唐卡艺术起源至今有1300多年的历史,在历史的发

---

① 梅卓:《麝香之爱》,西藏人民出版社2007年版,第106页。

展中又历经盛衰、融合、传承后成为中华民族独特的绘画艺术。培养唐卡绘画技艺的传承者是唐卡文化得以存活的保证,在传统的观念当中,他们视唐卡为神圣的艺术,是专和佛像、天界、英雄人物打交道。这种传统观念决定了唐卡画师必须是虔诚的佛教徒,并且具有一定的品德修养。因此,唐卡艺术更表现了一种人的自我塑造。这也是汉语小说在叙述唐卡文化遗产时,将它与人的品德联系在一起的缘由。比如,《唐卡》中对洛桑的批判和对天才画师卓玛的赞扬。《在那东山顶上》也是对唐卡画师华果人生经历的追述。总之,从小说中描写的情况看,唐卡以其艺术的独特性成为一种民族装饰品,悬挂在寺院、经阁、大厅中,体现着人类绘画艺术的智慧。

21世纪以来,梅卓相继创作了《羊年的水命:转湖·洪水》《果密传奇》《麝香》《唐卡》等比较经典的短篇小说。和其他藏族作家一样,梅卓是善于借助藏族民间文化来建构叙事的作家,更为独特的是她的短篇小说有时仿佛是纯藏文化的书写,如《唐卡》《佛子》等。仔细品读之后,不难发现,她"善于借助藏族绘画文化拯救失落的现代爱情,同时又推进了对爱情悲剧性的深刻揭示"①。相信这是作家梅卓对民间文化的理解和表达。

二、梅卓短篇小说中的造像艺术

造像艺术起源于上古女娲造人的神话传说,这一原始的审美艺术创造,一直渗透到现当代的小说创作中。莫言荣获诺贝尔文学奖的代表作品《蛙》中,描写的姑姑退休之后,跟着郝大手造泥人的故事建构起源于女娲造人的传说。藏族作家梅卓的短篇小说《魔咒》中,达娃卓玛心爱的男人康嘎为了生意兴隆,而做了一次历时三天的盛大法事。在法事中,康嘎请了七位喇嘛,每天念一千遍吉祥经,他俩要在诵经声中磕一千个头,点上一千盏灯,做一千只朵玛,然后围着神殿转一千圈。小说中有一段造像的描写:"朵玛是青稞面做成的,圆锥状,正面镶嵌几点酥油,其中要做三只大于一般的大朵玛,宛若塔状,开门处刻着酥

---

① 王宝琴:《青海女性作家作品研究》,上海大学出版社2016年版,第193页。

油花,制造过程中用的完全是凉水,水一热就怕酥油融化了。一千只朵玛巍然而立在供座上,法事结束后,所有的朵玛都会送到畜棚喂给牲畜们。离开寺院时大喇嘛赠给他四只发财朵玛,这是用锦袋封好的拳头大的沉重的东西,里面装着金银等金属和五谷粮食、佛像衣饰上的碎片等。大喇嘛德高望重,学识渊博,对神山的风水了如指掌,他指点他们把四只朵玛供奉在神山的心肝肺处,告诉说,如此这般会得到神的特殊眷顾,效果尤佳。"①朵玛是由糌粑做成的用以祭祀的供食品,也可以喂牲畜。朵玛的制作继承了原始造像艺术的技巧。制成像后的朵玛还要镶嵌酥油花,装饰成精美好看的供品,替代着神灵的美食。朵玛和酥油花至今也被其他藏传佛教的教派广泛用作供品,表征着祈福方式。当然,作为供品,朵玛、酥油花不但体现了人类造像艺术的进步,体现着原始宗教中供奉神灵的审美观念,而且有着非常深刻的文化内涵。据史书记载,如来佛祖创建了雍仲苯教后改变了很多原始的信仰方式,包括改变了杀生祭神的方式。采用糌粑和酥油捏成各种彩线花盘的形式来代替原始苯教中要杀生祭祀的动物,减少了杀戮。作为现实生活的佛事活动中的朵玛,不断出现在藏族作家的小说中,体现着作者对原始艺术的传承和创造。

三、梅卓短篇小说中的印刷文化书写

如果说朵玛体现了原始造像艺术的进步,那么隆达与经幡则体现了原始刻板艺术的进步。在许多汉语小说中,隆达与经幡也是经常出现的宗教文化元素之一。隆达与经幡都代表着藏族人的祈福方式。走进藏地,到处可以看见飘扬飞动的隆达,隆达艺术表现了藏族雕刻印刷艺术的发展。龙仁青的小说《放生》中,藏族放羊的孩子次洛发高烧昏迷不醒时,孩子的父亲着急地请来了阿克普罗喇嘛,喇嘛认为孩子做了让山神不高兴的事,必须给"山神"放一次"次塔尔"(放生羊),"于是次洛的阿爸从羊群里挑了一只最好的羯羊,把羊拉到山头上的经幡堆旁。他们抛撒着隆达旗,呼叫着阿尼赛青神山的名字,祈求它护佑次洛

---

① 梅卓:《麝香之爱》,西藏人民出版社 2007 年版,204 页。

平安长寿"①。隆达又叫风马,在藏语中"隆"是风的意思,"达"是马的意思。隆达源于一种原始祭祀文化,是原始民族对动物魂灵崇拜而来。隆达体现了原始刻板艺术的发达。隆达的刻板图案中心大都为一匹矫健的宝马,马背上驮着燃着火焰的佛、法、僧三宝。四角环刻着可以排除消极影响的四尊保护神,它们是象征穿透力的龙、象征深刻圆满的金翅鸟、象征警戒状态的老虎和象征胜利的狮子。这种构图代表了金、木、水、火、土五行,寓意五行循环往复,生命经久不息。另外还有佛像、八宝吉祥图案等。隆达是僧俗信众精神世界与神灵沟通的一种媒介。藏民族认为雪域藏地崇山峻岭、大江莽原的守护神经常骑着风马在雪山、森林、草原、峡谷中巡视,保护雪域部落的安宁祥和,抵御魔怪和邪恶的入侵。小说中抛撒隆达的情节意味着藏族人祈求神灵降福,保佑人间平安,体现了早期人类对老虎、狮子、琼鸟和龙等图腾的崇拜。"隆达"在深层的含义上指人的气数和运道,或者特指五行。在祭祀中人们便虔诚地举行煨桑仪式,献上"隆达",高喊"拉加洛"向神灵传达愿望。这部小说,通过描写隆达,追溯了藏族人的原始信仰。

　　隆达是由雕好的刻板印刷而成的,在宗教文化的世界里,一张刻板制成并给它进行宗教"加持"(诵经仪轨)就可以印刷出数不尽的隆达。印刷隆达时所用的布、纸、油墨必须洁净,木版用过一次必须经过"熏桑"方可再用,印刷者须焚香净手诵着经,并应尽量选择朝东方向的房屋作为工作间,否则印出来的隆达会减损神力。隆达最早出现在宗教习俗中,成为藏族人独特的祈福方式,如转神山、拜神湖、撒隆达、挂五彩经幡、刻石头经文、放置玛尼堆等,这些祈福活动经常出现在小说中。小说中常见的隆达有两种:一种是抛撒的纸质隆达,另一种是悬挂的经幡。经幡的中心是一匹骏马,是神速的象征。四角画的是四兽图像,老虎、狮子、鹏鸟、龙四种形象,老虎象征着木或风,狮子象征着土,鹏鸟象征着火,龙象征着水。经幡、隆达的文化内涵延续了中国古代的《易经》文化,体现了早期人类在天象研究上的智慧。

　　从梅卓小说《魔咒》对湖边风景的描写和龙仁青小说的部分描写

---

① 龙仁青:《咖啡与酸奶》,花城出版社2016年版,第84页。

中，可以看出经幡是由白、黄、红、绿、蓝五种颜色组成，这就是人们所说的五彩经幡。藏族民谣中唱道：黄幡象征自现莲，红幡象征雨调和，青幡象征后裔长，红幡插在屋顶上，如红火永兴旺……在藏族人的心中，白色代表着纯洁善良，红色兴旺刚猛，绿色阴柔平和，黄色仁慈博才，蓝色勇敢机智。藏族汉语小说中五彩经幡的风景描写，充满了诗情画意，常为小说营造了一种奇特的风景，体现了汉语小说在环境描写上的匠心独运。

不难发现，汉语小说中出现的藏地文化元素都有着深刻的文化内涵，镂刻着原始宗教文化的意义，蕴藏着文化人类学的价值。

四、梅卓小说中的医药文化书写

青海作家梅卓以创作长篇小说、诗歌、散文而成名于文坛。小说方面，梅卓的短篇是卓尔不群的。从物性诗学的层面看梅卓的小说，不难发现她的小说更具传奇性与魔幻色彩之美。梅卓短篇小说中的自然物，具有藏地神秘的文化符号，如《唐卡》《麝香》《魔咒》等。她的小说无论是现实题材还是历史题材，都表现出藏文化的神奇魅力。尤其是在短篇小说中，以青藏高原之奇特文化物作为叙事聚焦点，体现了其小说创作的特别性与审美内蕴。

短篇小说《麝香》收录在中短篇小说集《麝香之爱》的第一篇。小说以"麝香"之物铺陈叙事，叙述时通过"麝香"之物性讲述了一个藏族女性寻求爱情的悲剧故事。爱情在主人公吉美和甘多两人之间展开。漂亮的吉美热爱画画，她在一次小镇的聚会上和浪漫诗人甘多相遇并一见钟情。后来吉美离开小镇前往大城市谋生，她凭借写作天赋挣来微薄的稿酬维持生计，但她一直坚守着自己的诺言，等待甘多的到来。她宁愿变成如同寻求麝香的蛇来追寻甘多，甘多也由于生活所迫，多年之后才辗转来到吉美所在的城市。在一次偶然的机会中两人相遇，但是甘多却告诉吉美自己已经娶妻生子。蒙受情感欺骗的吉美一怒之下选择死亡，故事以悲剧收尾，构成了悲剧美的效果。小说分为七个段落，虽然以《麝香》命名，但没有对"麝香"之物进行详细的描摹，而是巧妙地选取了"麝香"这一青藏高原特有物所具有的审美特质,来象征年轻一代藏族人对爱情的执着和坚守,也指责了现代世俗化生活对年轻一代人纯洁心灵的异化和解构。

从这一物的审美性质层面看,麝香这种物本身就具备着"物恋"的美感特质。这一特性也有着强烈的表征对象。梅卓恰恰选取了这一"特性"建构文本,由此具有更多的合理性与传奇性。"麝香"的形成中,包含着巧合、机缘和奇遇,因而才倍显珍贵。作者在文本中通过叙述人的口吻将其表达出来:"麝香也分好几种呢,最上等的是蛇头香。知道是怎么来的吗?麝在丛林里看到蛇后,就张开香囊,散发出那种特有的香气。蛇是最容易被引诱的,蛇会被雄麝的香气引诱而来。它为了吸一口这种香气,连命都会搭上。通常蛇总是一下子就把蛇头扎进麝的香囊,而雄麝则等它的头一进就立刻收缩香囊口,直到把蛇活活捂死。过一段时间后蛇身就会和蛇头分离,蛇头留在麝的香囊内。麝会慢慢分泌腺液,直到把蛇头整个融化。这就是蛇头香,是麝香的上品。"[①]对麝香形成过程的描写,作者关注了"麝香"这一自然物所包含的文化质素、"物恋"的本性来建构文本。这一自然物性中包含的机缘是蛇对香的痴恋,蛇飞蛾扑火的精神,扮演了东方的"殉身"意象之美,这恰恰与人的爱恋、执着相契合,去建构和叙述人间美好的爱情。因此以"麝香"为物的表达,就具有非常奇特的爱情之美。

当然关于麝香的形成还有一说为"蚁香"。蚁香一般在夏天形成,雄麝的香囊发痒得无法忍受时,其努力找到蚁洞,当找到后就张开香囊对准洞口,洞内蚂蚁闻到香味后迅速窜进香囊,进入一定的数量时,囊口收缩,将蚂蚁圈在香囊内,过一段时间后蚂蚁全部融化变成蚁香。这种麝香仅次于蛇香。梅卓在小说中对蚁香没有进行详细的描绘。我们不难发现,麝香的形成,体现了一种生物界的物链循环过程,麝香的形成,更是需要蛇、蚂蚁等付出生命的代价,人类对麝香的发现,其实体现了一种医药文化的进步。梅卓就是通过这样的表达,发现了物性与人性之间的微妙关系,来表现民间生死不渝的美好爱情,并且使其爱情叙事具有一定的合理性,也符合生活的基本逻辑。

---

① 梅卓:《麝香之爱》,西藏人民出版社2007年版,第10—11页。

诚如王宝琴所说:"梅卓擅长从女性的角度触摸情感、叩问人性、感悟人生、感知社会,呈现出女性视角下的历史叙事。在对部落历史、雪域神话、民族记忆、英雄传奇等一次次地追述中,她以藏族女性特有的心理状态去观察青藏高原的奇异风情、宗教体验、神秘思维、征兆梦魇,并用神秘性和诗化的语言艺术,吸引着读者进入文本,激发神奇的想象,获得阅读的审美感受。"[①]

[①] 王宝琴:《青海女性作家作品研究》,上海大学出版社2016年版,第190页。

回归"物"的隐喻

——才朗东主短篇小说《石头糖》的艺术解读

《石头糖》是青海藏族作家才朗东主创作的一篇新乡土短篇小说，最初发表于《西藏文学》2019年第4期，后又被《小说选刊》2019年第10期转载，并刊登于第一栏目《我和我的祖国》首篇。《小说选刊》将此篇作为首篇刊登，不难想象其用意的非凡。这个小说展现了新时代里一个普通藏族牧民的人性美与人情真的雷锋精神，这也是对中华民族美好品德与民族精神的再现和书写。

小说本着关心他人、珍爱生命、乐于奉献的时代主旋律开启了故事叙述。全篇把助人为乐作为故事的主线，讲述了一个藏族青年和一名支教的汉族女教师由陌生到相识，再到相爱、表白的一段诗意化的爱情故事，体现了藏汉两个民族的爱情观。通读小说我们可以发现，达洛、桑杰侃卓这些朴实的牧民身上闪现着"不忘初心，牢记使命"的时代光环。从艺术层面而言，这个短篇小说的叙述视点、叙述角度、结构设置等打破了汉语短篇小说的传统叙事方式，呈现了藏族作家在汉语短篇小说创作上的用心。

一、"初心"美的回应

《石头糖》这篇小说的叙述视点是围绕石头糖这一物象展开的。小说中的石头糖，表层上是生活中的冰糖，它象征着新时代的甜蜜生活,同时它承载着一个爱情的私密,也暗含着一种婚姻文化。在中国民间传统的婚姻习俗中,冰糖作为必不可少的定亲礼送给女方,以示婚后的甜蜜日子。可以说这个小说中的石头糖便是对民间文化的一个引申书写,它是这篇短篇小说最突出的亮点。赵昊龙说过,短篇小说当然更具有短、平、快的优势,但是篇幅的限制使其施展不开,难以比较充分地书写时代的风貌。我们习惯的思维定式认为:短篇小说善于写事,长篇小说善于言情,而《石头糖》这篇短篇小说是在事件中书写了诗意化的爱情,既继承了长篇小说创作的宏观场面,又不失短篇小说的聚焦式叙述。

小说开头写到一个满载村民的去乡镇采购东西的货车上,由一群小女孩在闹剧中说出了石头糖,由此引发了货车司机达洛对"石头糖"爱情故事的回忆。小说以此为开首,牵出故事之后,节奏上由温情的气氛一下子转入了紧张的氛围。接着小说从一个藏族老师请求达洛带女教师去医院救治的事件拉开序幕。在牧区乡下,交通不便,治病求医已成为难解之事,这是对现实生活的真实写照。再写了行程中虽然三个人在不同的两种语言中展开了一些简单的对话,消解了彼此的陌生之后,小说的主旨就落到了救人和助人的两条线索上来,在温情的故事中提升了叙述的艺术向度。

生活中我们所做的每一件事都是因为兴趣爱好,或是为了实现梦想。但是在实现人生目标的过程中,难免遇到困难和挫折,我们是放弃还是坚持,这是对一个人"初心"的考验。这篇小说中年轻的汉族女大学生罗红为实现自己的理想来到牧区支教,在藏区开启了她的人生"初心"。

"支教"可以说是教育者的一种奉献精神,而且到藏区支教,更体现了奉献精神的伟大和执着。这也是符合我党提出的"教育兴国"的根本方针。而桑杰侃卓和达洛两个藏族人将突发疾病的罗红送往医院救治,更体现了新时代人性的善意和藏地牧民对教育事业的关爱。小说把这种关爱书写成一种爱情生活,更具有诗意化的效果,彰显了藏族作家汉语短篇小说创作的时代性与"别一性"。

二、诗意化的人性美

这篇短篇小说在叙述形式上完全借鉴了解放区作家孙犁小说《山地回忆》的艺术手法,以对话的形式拉开故事序幕。小说开头,先是达洛与乘车女孩之间的对话,这个对话增加了故事的欢乐气氛,同时也引出了一段达洛与罗红的爱情故事和一段治病救人的故事。在讲述中,作者进一步写了汉、藏两种语言交流的困难,记叙了两种不同语言之间对话的乐趣,并用藏汉翻译偏差的幽默缓解了治病路上焦虑、紧张的心情,也突出了主人公达洛的天真与可爱。

评论家张莉说过:"短篇小说对人类内心复杂生活的探究,对人类精神生活的抵达是那些属于飞短流长的故事所不能比拟的。"从文化层面而言,这个短篇小说通过日常对话集中表现了新时代里汉、藏两种文化的差异,从而由差异走向了认同,并把两种不同的爱聚焦到一起;从时代性层面应和了"不忘初心"的时代呼声,在简短的叙述中体现了藏族人乐于助人、天真朴实、敢于奉献的美好品德。

把一个病人送到医院救治,很容易做到,但放下自己的事,无微不至地去陪护、照顾一个素不相识的人,这是很难做到的。这篇小说的第二场对话是在医院陪护中展开的,先是达洛与桑杰侃卓之间的对话,对话中突显了支教老师罗红的美好品德。之后是达洛、护士、桑杰侃卓三人的对话,小说将医院作为叙述空间,把对话和叙事双线展开,先是写达洛为罗红买书的事,将对话场景转移到新华书店,通过对话反映了以罗红为代表的知识分子对民族文化的热爱。后又回到医院开始了第三回合的对话,这一对话开启了罗红与达洛的二人世界,作者在这里寻找到了二人"和而不同"的人性美。

在医院中,二人发生了语言与生活习惯差异方面的交流,达洛学会了日常汉语,罗红也理解了藏族的一些饮食习俗。从不同的生活习俗中,作者暗示了两种文化的碰撞,并没有去书写由于文化观念不同而产生的矛盾,而是突出了两人对文化的认同。达洛没有给罗红买鱼,这是他坚守了自己的宗教信仰。但在买小米粥时,达洛学说汉语,表现了他对汉文化的积极学习和尊重。小说最后一个回合的对话还是在路途上展开,这时的罗红已经康复出院。作者通过买苹果一事,突出了以女性为主的藏地劳作方式和新型牧民思想观念的转变。从买苹果的事件中又折射出一个新的达洛,他不再是那个老实的小车司机,而是一个有经商理念,努力寻求发家致富的带头人。

故事的结尾处,罗红被送到学校,在二人告别时,故事就落在了石头糖这个独特物性上。石头糖既是生活甜蜜的象征,又是民族融合的象征,同时它代表了一种特殊的爱意。总之,这些陌生的语言交流呈现了仁爱与善良的初心,不但增强了故事的趣味性,而且增进了汉、藏民族一家亲的和谐,使小说在叙事上达到了诗意化、情意化的效果。

三、艺术美的建构

小说作为一种现实存在,必然有它的艺术结构,当然小说的结构是一个审美思维的运作法则,是美感的抒发方式。一篇小说的好坏决定于它在结构上的安排,这将最终关系到如何叙述多个故事,叙述方式如何安排等,这是思维的高度运作能力,常常体现出小说不同的艺术价值。

在《石头糖》这个精短的故事中,作者通过故事讲述呈现了巨大的信息量。一方面呈现出新时代里经济发展与藏区社会的新变化;另一方面体现出新时代汉、藏两种民族的人性美与人伦美。如果把这两个方面聚焦到一个平铺直叙的结构中,作者从正面描写藏族个体户与汉族教师之间的爱情,从中反映了新时代里农村经济发展与牧民生活的富裕。为了让"不忘初心"这一主题的意义表现得更加深刻,作者从明、暗两条线索展开故事,叙述方式上采用了插叙手法,彰显出这个短篇"双视"变幻的艺术审美。

在明线的叙述中,作者围绕达洛和罗红两个人的爱情发生史这一轴心,把叙述场景巧设在车里、医院、回来的路上、别前别后等几个不同场景中。在对话中,作者非常注重细节描写,尤其是去医院路上的对话、买饭、回来时买苹果和梨、餐馆里的相聚等几个场景中的对话。

在去医院的路上,两个人是初次见面,通过对话罗红已经认识到了达洛的朴实与幽默。买饭的细节描写其实是说两个人生活习俗的差异与互通,在简单的对话与买饭的情节中,作者展示的是藏族民俗文化与禁忌,同时也让罗红领略到了藏族民间弹唱艺术。因此,这貌似平淡的对话背后又体现着丰富的民族、民俗文化的互通与理解。在康复回来的路上,作者刻意叙述了一个买果子的细节,从这个细节中,我们可以看出藏族生活中"女主外"的劳作方式。作者在写达洛这个货车司机勤劳果敢的同时,也体现出藏族妇女的勤劳。回来的路上,罗红所说的草原游牧生活,也是达洛怀念的理想生活,文中说:"他有时也怀念以前游牧的日子,觉得那才是他需要的生活。"罗红睡着并且靠在达洛的身上,这其实暗示出两颗心已经默默地走在了一起。

小说的暗线便是对达洛离开罗红后的生活的真实刻画。达洛是一个从游牧生活中过渡到商业行当的新型牧民,这个人物性格中既有藏族人的淳朴和善良,又有乐于助人、热情好客、善解人意的中华传统美德,他是"不忘初心,牢记使命"的践行者。小说暗线是沿着达洛经商这一思路叙述下去的,先写他拉着村人去镇子上运货,大家都笑着谈起达洛的爱情,后来在叙述医院的场景时作者有意识地将明线中断,延续了暗线。货车上大家谈论达洛收到回信的事,作者通过"笑"传达了牧民在新社会、新时代里的喜悦。这是暗示着原始畜牧业向新型乡村过渡的一种欢庆。作者更是用一条藏汉爱情的明线叙述,表现了新型乡村的温暖。在最后一段叙述中,作者有意识地将明线中断,说达洛在镇上盘下杂货店的事情,在杂货店里又与罗红多次相遇。达洛经营杂货店的叙述,其实是要告诉读者,达洛从以牧业为主体的生活进入了以经商为主体的生活。这是社会的发展,是民族和谐的象征。从达洛的事业中,可以看到新型牧民生活的光明前景。

总之,短篇小说《石头糖》以其温情的笔调,欢快的抒情方式,诗意化、情意化的对话语言,书写了民族的和谐,呈现了人性的美好,凸显了新时代"不忘初心,牢记使命"的价值主题。从艺术成就而言,这个短篇完全建构了藏族汉语"物小说"的写作范例,是继万玛才旦、次仁罗布、龙仁青等作家之后的又一藏族作家汉语"物小说"的典型力作,为我们书写时代主题,反映美好生活提供了一种范式。

地域、时代、代际与新边塞诗的美学探求

——论曹有云诗歌的美学特质

新时期以来,中国西部涌现出一批有思想、有追求、有才华的少数民族青年作家。"70后"藏族诗人曹有云就是其中之一。曹有云20世纪70年代初出生于青海省兴海县,是土生土长的青海人。他在青藏高原勤勤恳恳地写作诗歌30余年,可以说,他是中国西部青藏高原上具有"青海经验"的诗人之一,也是新时代西部较有成就的诗人之一。21世纪以来,他相继出版了《时间之花》《高地大风》《边缘的琴》《心灵的织锦》等多部诗集,获得过第十届全国少数民族文学创作"骏马奖""茅盾文学新人奖"等多个文学奖项。曹有云的诗呈现的是西部的野性文明,而这种野性时常在他的诗歌中表现为一种力量,彰显出现代新诗少有的气势,由此建构了一种大气象、高格调的诗歌美学范畴。

曹有云以青海高地为坐标,忠实于生命与生活体验,不断转换写作视角,建构了具有宏阔气质的新诗特征。相比其他少数民族诗人而言,曹有云打破了民族诗歌较为单一、纯粹的主题,他把中国传统文化、草原文化、藏地民间文化等多元文化集成起来,开启了当代少数民族诗歌抒情、咏物、叙事的多重思路。同时,他把古希腊、古罗马、古印度史诗叙事方法与东方《格萨尔》史诗中的民族英雄形象结合在一起,刻意参照中国古代诗人屈原、李白、苏轼等的"江山情怀"抒发模式,在此基础上,创作出个性十足的现代汉语诗。这些诗歌把诗人生命中最强劲的动力与"70后"自强不息的中华民族精神结合在一起,始终给人以无穷

的鼓舞和激励。

在意象选择上,曹有云以西部独特的高原物象为主要意象,在高原物象中追忆历史,以原始思维探求原始文明本真,在西部境域中,以一种博大的胸怀直面人生。在创作方法上,他学习昌耀经验、效仿海子个性,并在此基础上开拓长诗,建构起了劲健阴柔、情景交融的意象世界,书写出走向世界的西部青年人志向。因此,今天探求曹有云诗歌创作的审美经验,将会对西部新边塞诗有着十分重要的启示性意义。

一、地域、地貌与阳刚美的诗性建构

曹有云生于西部,成长于西部。西部是中国古代的兵家必争之地,西部也是古代边塞诗歌生成的主要地域。中国西部生活着多个少数民族,各民族之间的交融互通,催生出多彩多姿的民族多元文化。从地理景观而言,西部有着绵延不绝的冰川、雪山、草原、大漠。连绵不绝的高山丘陵堆垒出奇美壮观的自然景象,这些自然景象呈现出一种崇高的美学特征。中国美学认为,"崇高"是审美的主要范畴之一,是一种庄严宏伟的美,它以巨大的力量和慑人的气势见长,是属于一种惊心动魄的美。崇高存在于自然之中。大自然具有崇高特征的美景,最容易催发人的想象力。

西部独特的地域自然风景,使踏入西部大地的诗人们总会情不自禁地发出来自生命的赞叹。昌耀说:"高原雄风何其威风乃尔!／是大自然的慷慨赐予？／是一种道德精神伟力正君临天下？"[1]海子说:"我是在我自己的远方／我在故乡的海底——／走过世界最高的地方／喜马拉雅,喜马拉雅"[2]阿来说:"天啊／我能向谁描述／双脚以及内心的行程。"[3]可见,西部广袤、奇特的地域景观时刻影响着立足于西部大地的每一位诗人。曹有云说过:"我出生在青海湖以南一个农牧业交融并存,汉、藏、回等多民族杂居共生的村庄,村子距离被誉为中华文明摇篮

---

[1] 昌耀:《昌耀文集》,作家出版社2010年版,第70页。
[2] 海子著,陈可抒评注:《海子抒情诗全集》,四川人民出版社2019年版,第385页。
[3] 阿来:《阿来的诗》,四川文艺出版社2016年版,第119页。

的黄河不到两公里远。就是在这条伟大河流的岸边,在这博大神奇的'摇篮'里,我度过了天真烂漫的童年时代和书声琅琅的少年时光。也许就是在那时,黄河雄浑沉郁的涛声和它不分昼夜地流动,感发了我关于诗歌声音、节奏、韵律、色彩、形式、质地的鲜活感觉和若水般真善美的无上境界,使我在很早时就体验到了诗歌作为一切文学艺术形式的古老源头的万千气象。"①可见,西部的自然景观堆垒出西部的高山文明,流经西部的黄河飘逸成西部的江河文明,正是受西部高山文明与江河文明的熏陶,曹有云将其诗的情感移植于奔腾不息的黄河、蔚为壮观的高山、雄奇秀丽的岩石,甚至大漠,使其诗表现出一种豁达和明朗,并从中提纯出催人奋进的精神向度,比如,长诗《大青盐颂》《诗歌的闪电》《黄昏与黎明》《海鸥,海鸥》等。

  西部的地理环境、严酷的自然条件和独特的游牧生活方式,使人的生存处境变得异常艰难。生活在西部大地上的诗人们,主要以江河、高山文明为精神依托,以民族史诗中的英雄形象、历次战争中献身的民族英雄人物为榜样,塑造出与严酷自然环境相抗衡的生命强者。当然,生存地域、自然景观、人们的生存方式不断进入曹有云的视野,流注于他的笔端,促成了曹有云诗歌"阳刚"美的主要元素。由此看来,曹有云用诗歌不断地书写和提示着西部大地上最坚强的生命,这些顽强的生命活力正是诗人自我的隐喻。比如,在诗歌《隐喻中的狼》中,诗人说:"我在岌岌可危的草原十万次目击／一只狼／一只血气方刚,精明强悍／依然活着的苍狼／疯狂咬嚼人阴暗的头颅／撕碎坚硬的符号编织的空洞的栅栏／纵身越过一个人梦的荒原。"②狼是野性的文明,是自然界中最灵性的生命物,狼对生存环境的不屈服,对人类捕杀行为的蔑视等足以凸显诗人对自然生命的歌咏与对生命永恒的向往。昌耀曾说:"在大西北的大自然中,一片地平线,一片蓝天,那么单纯,甚至单调,但当你坐下来与它对话时,你就会感受到大自然最原始的那种动力合在一起。"③

---

① 曹有云:《河流,诗歌,遥远的路——在 2016 中国潴度·青海国际诗人毡房圆桌会议上就"水、河流:人类的生命之源与诗歌"》的主题发言,2016 年 7 月于青海黄南。
② 曹有云:《时间之花》,作家出版社 2009 年版,第 67 页、第 70—71 页。
③ 沈苇、武红编:《中国作家访谈录》,新疆青少年出版社 1997 年版,第 236 页。

从地貌而言,西部的青海跟海明威笔下《老人与海》中描写的环境有着相似之处。海明威在他的小说《老人与海》中塑造了一个与自然生命搏斗到底的"硬汉"形象圣地亚哥,与圣地亚哥拼搏的是辽阔的海域,是时刻可将人吞食的鲨鱼,是随时让人死无葬身之处的海啸和狂风巨浪。在这样的险恶环境中,圣地亚哥拼搏到底,从死神手中夺回一副鱼骨。而诗人曹有云生存的境域就如他在《高处的可可西里》中所写的那样:"雪片塞满遥深的山谷/乌云压顶,踢踏冰川/雪崩万丈,掩埋诗人"[1] 在这样险恶的生存环境中,诗人是百般自信,他说"高处的可可西里/乃一庄严寂静之巨人/胸怀万年稀声/洞明如水之智慧"[2]。

在西部生存,真的需要有"阳刚"精神,否则西部辽阔的美景便成庸俗者抒发寂寞、表达孤独、抱怨生命不公的唯一理由。从曹有云诗中,我们甚至见到了走向世界的中国西部青年形象。正如曹有云自己所说:"我至少二十多次走进昆仑山,每次走进昆仑,走进可可西里,面对那一望无际的亘古荒凉,我就会陷入一种无尽的寂寞和孤独。"[3]在寂寞和孤独的折磨下,普通诗人只是绝望,只是杞人忧天,只是哀怨世道的不公。诗人曹有云却表现出一种悟道,彰显出无尽的聪慧,而以此抗拒孤独,如虎狼似的蔑视灾难与凶险。

西部阳刚精神,表现了西部人遭遇痛苦时不消沉,能在巨大困难面前保持乐观态度,敢于游走,敢于探险,敢于与自然灾害相抗衡的生命能量及高度的人生自信和抗"忧"的生命本能等。曹有云的独特在于从日常写作中开拓了长诗,这超越了一般抒情诗的高度与深度,尤为神奇的是他在长诗的叙述中建构了"硬汉"形象。比如,在《水德颂》一诗中,诗人说"你先于人/从岩石中醒来/往高处更高处生长/而你往低处更低处行走/你终究高居云端/和辉煌的创造者同在"[4]。总之,与其他诗人所不同的是,广袤的大漠与辽阔的草原提供给诗人的不是寂寞,不是孤独,而是一种胸怀,一种生存的勇气。而正是这种胸怀提升

---

[1] 曹有云:《时间之花》,作家出版社2009年版,第67页,第70—71页。
[2] 同上。
[3] 曹有云:《代序:青藏高(原)大陆上的诗歌书写》,载《边缘的琴》,作家出版社2013年版,第4—5页。
[4] 曹有云:《高地大风》,江苏凤凰文艺出版社2017年版,第217页、第264页。

了诗人的道德品质与人格精神,使诗人超越了自私自利、薄情寡义的自我后,开始以重情、重义的中国传统美德"修己",从而表现出对友情、亲情和自然的珍爱与守护。

总之,用诗歌书写性情,塑造自我人格的完美与自我对孤独的超越始终是古代优秀诗人的自觉,李白有"桃花潭水深千尺,不及汪伦送我情"。从古代诸多的诗歌中看,中国古代的诗歌中书写的好人,必须是一个"性情"之人。一首好诗,必然是"重情"之诗,而这并不是简单意义上的感情书写,其不断体现着一种超越了功利,从而抵达纯真、厚爱的友情世界。中国新边塞诗,理应书写和表现这种美德。

二、代际、文化之阳刚美的诗性放怀

曹有云是从日常生活写作中脱颖而出的"70后"诗人。"70后"出生于20世纪70年代,他们于80年代末至90年代接受中学或大学教育,90年代至21世纪以后步入文坛,有不少人至今仍是文坛中坚力量。《沧浪诗话》中有问答:"唐诗何以胜我朝?唐以诗取士,故多专门之学,我朝之诗所以不及也。"[1] 如果说唐代以"诗"取"士",高考制则是以知识取"士",以才学取"士"。

在代际交替中,"70后"赶上了比较好的机遇:一是1977年高考制度的恢复,这对他们来说是赶上了知识改变命运的机遇。通过高考,"70后"找到了自我价值认同。高考使很多"70后"学子的贫寒身份得以改变,他们中的佼佼者一下子脱离农门,跨进大学。在大学中,他们的人生观、价值观发生了巨大变化。显然,走入"仕途"的他们,通过题海战术,储备了知识,具备了有针对性的写作技能。诚然,优胜劣汰的高考竞争机制,提升了他们的逻辑思维与发现问题、辨析问题的能力及思考生活的方式,同时也为文学写作奠定了基础。

从代际特征而言,"70后"人大多上有父母,下有一个子女(或男或女),而在众多兄弟姊妹家庭中长大的"70后",他们的父母大多从旧社会一路走到新时代,经历了苦难生活的考验。"大跃进"、人民公社等成

---

[1] 陈超敏评注:《中国古典文化大系:沧浪诗话评注》,上海三联书店2013年版,第152页。

为他们的生活印记,并且他们肩负抚养众多子女的义务,这些生活困境成就了他们艰苦朴素、不辞辛劳的生存本能,也深深影响了"70后"。因此,今天的"70后"大多是有理想、有抱负、能吃苦、有韧性、积极进取的一代人。曹有云是"70后",这个特殊的代际特征,养成了他顽强坚韧、乐于进取、勤于笔耕的生存本能。

从文化基因而言,影响曹有云创作的首先是中国传统儒家文化。曹有云曾说:"作为一名藏族青年诗人,向几千年来的优秀汉语诗歌传统学习是再自然不过的事情,我自小就十分喜欢阅读古诗,古诗中那严谨的格律、优美的音韵、真挚的情感、深邃的意境都深深浸染着我、打动着我,对我迄今为止的诗歌写作提供了极其丰沛的养料。对于《诗经》,对于屈原、李白、杜甫、李商隐、苏东坡等诗人的作品总是爱不释手。"①品读曹有云的诗,不难发现儒家诗教传统对其影响十分深远。

在中国古代,诗被赋予可以"安邦定国""兴、观、群、怨""美人伦""美教化""言志抒情"的无上功用。好的诗歌,除了具备这些功用之外,还应兼有《诗经·蒹葭》那样催人奋进、引人向上的豪健力量。曹有云的诗,明显有一种"雄健""有为"的崇高美,这是源于儒家"积极入世""知其不可为而为之"的进步思想。这种光辉,不但体现了他个人自强不息、积极向上的拼搏精神,而且也成为新时代青年人积极进取的精神指引。曹有云的诗,尤其是他的长诗的确具有"生命不息,奋斗不止"的精神向度。这类诗大多是以"时光流转"为线索,思考时间的永恒与生命的短暂,在时光的轮回中书写和传达出了"70后"的生存焦虑。同时他站在"青海"这片高原之上,目见四季轮回中高原景象的猝变,在时光的流转中,书写着生命的律动与时光的流失。《黄昏与黎明》是此类最具代表性的长诗,在生命的时光中"黄昏"和"黎明"是人的"精神世界"与"行为世界"的两种过程,"黄昏"是人进入精神世界的开始,是黑夜的预告。进入黑夜,人将从白昼中退场,也将拥有更广大的时空自由,黄昏后人会在一片狭窄的"黑"的空间中去体悟那个虚幻的"梦界"。于是诗人说"黄昏/我匆匆走过山冈/强力甩掉梦魇般/

---

① 曹有云:《代序:青藏高(原)大陆上的诗歌书写》,载《边缘的琴》,作家出版社2013年版,第4—5页。

穷追不舍／蛊惑心魂的魅影"①。梦会带来忧伤,也会留下美好,但一切都是虚幻,梦与现实保持了一定的距离,梦有时是苦难生活的昭示,是过去生活的隐痛,有时又表征着人对现实生活的美好追求。"黎明"是白昼的开始,是真实世界的面对,是没有选择的自由的"行为世界",这也是一切生活的初端。从黎明起,人便进入日常生活。因此,诗人在黎明中发现了燕子的呢喃、发现了万物的遒劲,发现了诗,发现了写诗的人(包括中外活着的、已故的)无穷无尽的力量,诗人认为这是战胜苦难生活的希望。

  从时间本身而言,"黄昏"和"黎明"是生命中的末与始,黄昏给予人的是紧张的归属感,是奔波一天歇息的预告,更是生命接近暮年的昭示;黎明又是美好一天的开始,是生命中最美时光的到来。因此,在长诗《黄昏与黎明》中,诗人本着黎明是"使命",黄昏是"宿命"的这一哲理,书写了时间的永恒与生命的短暂,在"白昼"和"黑夜"这样一组对应的天象中,肯定了生命的伟大,启迪了"生命不息、奋斗不止"的人的本能,这对成长在新时代里的青年人而言,是一种激励和鞭策。

  曹有云是一位藏族诗人,藏文化对他的影响是毋庸置疑的。他30余年的诗歌写作,是在青藏高原、大陆、群山、诸水之间的自然写作。他曾说:"我的民族,藏族,是一个古老沧桑的民族,一个勤劳乐观的民族。他们酷爱自由、崇尚歌舞一般热烈奔放、美好幸福的生活,世代流传着'会走路就会跳舞,会说话就会唱歌'的古老信条……我是听着《格萨尔》英雄史诗朗朗上口的唱词的诗教和恒河沙数般的歌长大的。也许这就是诗教文化天籁般的启蒙。"②由此看来,曹有云诗歌中融入了大量的藏地元素,如《鹰》《佛的眼睛》《春天之神》《隐喻中的狼》等。诚然,西方文化的基因也成为他诗歌创作的重要组成部分。他的诗歌继承了惠特曼的汪洋恣肆和波德莱尔直面现实的勇气,也学来了赫尔德林虔诚质朴的神性与T.S.艾略特的深思,帕斯的抒情与思辨,阿多尼斯忧愤深广的道义、责任等,这些西方文化元素成为诗人诗歌风格的积淀,他通过诗歌《霍金的

---

① 曹有云:《黄昏与黎明》,《昭通日报》2022年6月28日,第4版。
② 曹有云:《代序:青藏高(原)大陆上的诗歌书写》,载《边缘的琴》,作家出版社2013年版,第4—5页。

教导》《黑洞:托马斯·特朗斯特罗姆》《爱荷华的太阳》《印第安人的大土包》《变化:阿多尼斯的启示》传达出自强不息的西部青年精神。

三、择物、咏托:"阳刚"美的诗感传达

有解诗者认为,一首现代诗,即是一个独立的审美意象。西部有丰富的自然景观与奇珍物产,这些自然物构成了西部文学的"博物志"意义,也成为西部本身与西部标签,从而也建构了西部文学独特的艺术魅力。综观曹有云的诗,不难发现曹有云最善于在众多的自然物象中选取与人生命属性相同的自然万物加以歌咏,并在物与人的共情关系中接通人性。因此,他笔下的"物象"经常幻化为时光之物、生活之物、自然之物、生命之物。

中国美学中的"阳刚"美范畴类似于西方美学中的崇高与壮美,从本质上讲,其表现为人与客观世界的矛盾斗争,是现实与实践的对立、抗争。阳刚美也是西部诗歌最为突出的美学特征,其大多流露于中国古代的边塞诗中。中国古代的哲学家们善于观察宇宙天象,他们从万物中看到了"阴""阳"二仪,也就构成了中国美学的阳刚与阴柔之美,而历来的艺术家们对阳刚与阴柔两种美学特质有不同的框定标准,如诗中李杜与韦孟,词中苏辛与李温等。

姚鼐在《复鲁絜非书》中探讨刚柔之美时说:"自诸子而降,其为文无有弗偏者。其得于阳与刚之美者,则其文如霆,如电,如长风之出谷,如崇山峻崖,如决大川,如奔骐骥;其光也如杲日,如火,如金镠铁;其于人也,她凭高视远,如君而朝万众,如鼓万勇士而战之。"① 由此看来,姚鼐所形容的阳刚之美是西部地域中频频出现的雄壮物象,如巨石、险峰、雪山、雷电、长风、崇山、峻崖、大川、雄鹰、黄昏等这些组成西部文学的意象群落。透过这些意象,方能品读出西部诗歌的"宏阔"与"雄伟"。康德在《论秀美与雄伟的感觉》一文中认为,高山、暴风雨、夜景、男子、条顿民族都以"雄伟"胜。曹有云善于择取西部地域中的这些崇高美的意象,并以此为寄情主干,不断传达着他诗歌雄壮的一面。他的

---

① 朱光潜:《文艺心理学》,漓江出版社2011年版,第225页。

诗中频频出现了英雄、昆仑、雪豹、鹰、暴风雨、老虎、光芒、雾霾、寒夜、地球等蕴含"雄伟"特征的意象,传递着他的理想精神之光。

可见,西部高原上这些镂刻着"阳刚"美的物象群,不仅是西部的自然特征,更熔铸成了西部人的精神之光。立足于西部的大多数男性诗人,必然要传递出这一美学之光,否则,西部的诗便失去了灵魂。

曹有云2012年出版的诗集《高地大风》的命名,本身就传递了西部的地貌与气候。诗集中,诸多诗篇并不是简单意义上的言志抒怀,更多是诗人在西部地域中的人生历练与生命体验,提示出的是人如何在艰难环境中持守与抗拒,彰显着西部人的生存本能。比如,他在《雾霾》一诗中写道:"雾霾无边似乎也无尽／犹如这爆发的时代欲望／你们万箭齐发,言语狂欢／但没有一支朝向你,射中你／比它久远深重,冥顽不化的／饕餮心魔。"[①] 诗人引入的"饕餮心魔"正是人所积累的生命经验。此诗中雾霾、饕餮更呈现出粗粝与俊朗,不断强化这首诗的阳刚之美。而在《鹰》中,诗人说:"鹰总在高处,更高处／总在冷静俯视／那蝼蚁终日劳碌不休／为区区琐碎财货而死／鸟雀叽喳蹦跳／终究为食而亡。"[②] 可见咏物是曹有云诗歌创作的基本经验,他站在西部,择物取象,不断传递着野性、壮美的诗情。

咏物是中国山水田园诗最突出的特征,中国咏物诗的雏形可以追溯到《诗经》中的《桃夭》《螽斯》等篇,之后便有《楚辞·橘颂》,唐以后咏物诗大兴。清人俞琰在《咏物诗选自序》中说:"凡诗之作,所以言志也;志之动,由于物也。感于物而动,故形于言;言不足,故发为诗。诗也者,发于志而实感于物者也。诗感于物,而其体物者,不可以不工,状物者,不可以不切,于是有咏物之体,以穷物之情,尽物之态。而诗学之要,莫先于咏物矣。"[③] 曹有云把中国古代诗歌的"咏物"传统挪移到他的诗歌创作中,强化其诗歌的朦胧况味,提升了新边塞诗"借物言志"的美学传统。

他的诗《鹰》是一首典型的咏物诗,诗中的鹰象征着西部人的精

---

① 曹有云:《高地大风》,江苏凤凰文艺出版社2017年版,第217页、第264页。
② 曹有云:《边缘的琴》,作家出版社2013年版,第293页。
③ 陈伯海主编:《历代唐诗论评选》,河北大学出版社2003年版,第839页。

神,鹰敏锐的视角,盘踞高空的本能,以及独行意识等都是西部人自由精神的象征。可以说雄鹰带给了曹有云一种视野,一种高度,一种桀骜不驯的诗风。这一点我们能从其长诗《大青盐颂》中得以印证。这首诗是曹有云艺术成就较高的一首抒情长诗,全诗充满着人道的关怀与人性的况味。"盐"是人们身体中不可或缺的物质元素,也是风云历史的见证,它代表着战争,代表着生命,代表着智慧,代表着日月江河,代表着国威。中国历史上曾经留下了关于盐的生死之战。而今,我们对盐无限量拥有,标志着国泰民安。在《大青盐颂》中诗人写道:"这坚硬、洁白、芬芳/剔透通灵的精美元素/定然是先于我们的存在/它昼夜哺育我们/塑造我们的形体/强健我们的身体/凝聚我们的魂魄/并不断新陈代谢/纯净我们的生命/引领我们向真,向善,向美的/崇高天体毅然攀升,攀升。"[①]可见这里的盐传递出中华民族的骨气与特质。

总之,曹有云以青藏高原文化为依托,继承了中国古典诗歌宝贵的精神传统,他在现代诗歌写作中融入了古代边塞诗的书写经验,进一步拓宽了中国当代诗歌的艺术边界。从美学特质而言,曹有云诗歌的确呈现了历史之美、山河之美、文化之美、人伦之美。他的诗全方位、多层面、多角度、全景式地传递出新时代西部人的精神气象。可以说他的创作无疑给青年人的精神世界注入了一种力量,一种与困境拼搏的斗志。他的诗既能在"雄伟"意象中呈现壮美,又能在"秀丽"意象中呈现阴柔。

博大、广泛、高远、宽泛、多题材、宽视野、高格调、大气象等无疑是曹有云诗歌闪现的光泽。他的诗是在民族史诗光荣梦想照耀下的精神写作;是高原多民族多元文化熏陶下的民间写作;是自《诗经》《楚辞》到艾青、昌耀等民族博大精深与诗教文化滋养下的人文写作;是自《荷马史诗》《神曲》到特朗斯特罗姆等世界优秀文学经典激发下的对话写作;是面对格尔木与昆仑山赐予的纯洁心灵的质地写作,正如他所说的——这一切,还都在遥远的路上。

---

① 曹有云:《大青盐颂》,《北京文学》2019年第5期。

在高原物象群落中言志咏怀

——曹有云诗集《心灵的织锦》之美学观察

让它／像一株五月的蒲公英／蓬松、透明、轻盈／在微风和阳光中／匀速呼吸,旋转／独立不改／周行而不迨／人们啊,是时候了,它已千疮百孔,疲惫不堪／你一定要拿出全部的爱心／就像善待婴儿一样精心呵护／千万不要粗心大意,更不可肆意妄为,让它成为粘挂在巨大的黑洞边缘／一粒僵死无光的尘埃。(曹有云诗《人们啊——致地球》)

新时代以来,在以高原、雪山、湖泊等为特征的中国西部,活跃着一大批年轻诗人。他们扎根西部大地,以独具特色的地域文化为依托,用审美的眼光择取高原物象,书写着他们的生命体验与成长经历,具有富足"青海经验"的藏族诗人曹有云便是其中的佼佼者。

诗集《心灵的织锦》收录了曹有云近年来创作的百余首诗歌,分为"高原物语""星空之下""心灵的织锦""金色的风"四辑。"高原物语"一辑中,诗人择取了诸多西部自然物象来抒发自己孤傲而自强不息的精神追求;从"星空之下"一辑可以看出,诗人从自我情怀的书写走向关爱世界和人类,唱响了构建人类命运共同体的高歌;"心灵的织锦"一辑中,诗人以生活经验来思考生命之志,表达了爱之艰难和忧伤;第四辑"金色的风",诗人从季节的差异来思考万物生命的更替轮转,流露着关爱地球的深情。整部诗集主题旨意明确,书写思路清晰,每一首诗都十分凝练,凸显出新时代少数民族诗歌书写的美学风范。

《尚书》云:诗言志,歌咏言,声依永,律和声。一般说来,长年身居于西部旷野地带的诗歌写作者,以书写寂寞、孤独心境,表达苦闷和无奈的居多。而在《心灵的织锦》中,曹有云把西部得天独厚的自然物象、独特的地域文化与自我意识有机融合,建构出具有崇高特质的美学气象。

诗歌是高度凝练的语言艺术,是自然事物在人头脑中映射之后激发的某种感情的表达。曹有云长年生活在青海,那里绵延不绝的雪山、多发的风沙灾害、严寒酷冷的气候,历练出他坚韧不拔、耿直豪迈的气质。在这部诗集中,曹有云萃取雪山、牦牛、雪豹、鹰、狼、红柳、酥油花、青稞酒等西部高原上的典型意象,建构出独特的意象群落,书写中表现了雄浑、壮阔的意境,也体现出一种豪迈、乐观、积极进取的精神特质,这种精神也映照着诗人所建构的富有"阳刚之美"的美学世界。

在中国美学中,阳刚之美与阴柔之美是主要的表现形态。阳刚之美折射出一种时代精神,表现为一种壮美;阴柔之美则侧重于艺术上的柔和、曲线等。在诗歌《野牦牛》中,诗人写道:"海拔四千米 / 野牦牛从云端庞然而降 / 把坚硬的山脊踩踏成柔软缥缈的曲线 / 还背负着大烧饼似的热太阳 / 奔向远去。"不难发现,诗中的野牦牛象征着人对生存环境的挑战和不屈服。而在《喜马拉雅》中,诗人说:"一只乌黑的蚂蚁,终究未能登上你 / 雪白的额头。"诗人仅用三行诗,即表现出人在大自然面前的渺小与脆弱。而在《戈壁》中,诗人写道:"近在眼前,迫在眉睫 / 我们这个疲惫的家园,未来的惨淡光景。"诗中所渗透的忧患意识来源于诗人对人与自然关系的认识,抒发了其与客观世界的抗争精神。正因为这种忧患意识和抗争精神,曹有云的诗始终弥漫着对抗、搏击以及生生不息的生命意志和高强度的精神张力,表现出"天行健,君子以自强不息"的豪健人格。他的这种"刚健有为"的内在精神和诗学风格,恰好体现了赓续千年而不绝不衰的民族精神。

诗歌是文学艺术桂冠上的"明珠"。从艺术审美的角度而言,它有着教化与启智的价值。在编排上,《心灵的织锦》逻辑性很强,尤其是在第一辑建构出强大、雄浑的西部意象群落之后,又写出了个体生命与自然之间的深刻关系,并以诗歌缅怀和追忆离世的亲人、朋友等。可见,整部诗集在"阳刚"的精神骨感中弥漫着一种"阴柔"之气,从而体现出一种和谐之美。在第四辑"金色的风"中,诗歌涉及月亮、风、星星、地球、疫情等意象群,并对其加以升华,将抒情重心聚焦于构建人类命运共同体这一宏大主题上。不难发现,诗人自始至终都没有忘记对文艺作品审美功用的强化和提炼。

《心灵的织锦》既是整部诗集的题目,又是单独的一首诗。曹有云在这首诗的题序中借用了诗人昌耀的诗句:"我们这样扪摸辨识你慧思独运的诗章／密不透风的文字因生命介入而是心灵的织锦。"从诗集命名来看,曹有云的诗歌无疑是经验之作、创新之作、心灵之作。阅读这部诗集,不难发现,诗人在诗歌之路上,既学习借鉴了普希金、惠特曼、聂鲁达、博尔赫斯等域外诗人的丰富经验,又继承了昌耀、海子等杰出中国诗人的优秀品质,在西部这一雄浑博大的境域中编织属于自己的"心灵的织锦"。

第五辑

DI WU JI QING JI GAN SU

情系甘肃

活在人间的乡土情怀

——缅怀雷达老师

今天,雷达老师虽然仓促地离我们而去,但他的音容永远留在了文学爱好者的心中。清明之日,长歌当哭之后,忽然想起2013年《格桑花》第2期上转载的他那篇散文《还乡》,节哀默读之后再一次体会到他内心的脆弱。"胡马依北风,越鸟巢南枝",人和鸟兽一样,有强烈的归属意识,这种意识是本真的,它来自我们的乡土情怀,来自我们对乡土的感恩与谱写。伟大的人物常常是在离开乡土之后才去写乡土。那些离开乡土的恋乡者,曾经在乡土中成长、体验、经历、磨炼,最后又漂泊异乡。俗语云:树高千丈,叶落归根。许多离开家乡寄居"他乡"的恋乡者,最终一定会回归乡土,寻找属于自己的精神家园,此乃人之常情。

人往往到了中年以后容易产生童年生活的追忆,会情不自禁依恋那曾经为了理想之梦舍弃的乡土。雷达老师与我们一样,从离开乡土的那一刻起,就被那片朴实的土地抛弃了,多少年过去,那份家业已不属于他,可他还是想念那里的一草一木。他的根永远留在那儿,血脉在那里汹涌,那儿有安葬祖辈的山丘……那儿有他同一血缘的亲人,也有他不能抛弃的友人。

想起散文《还乡》,仿佛深信雷达老师六年之前的预感,从那一刻起,他就已经踏上了"还乡"之路。从《还乡》中,我们能感受到雷老师强烈的还乡意识,这也是生命对恋乡者的提前预告吧!文中的他是下定决心要还一次乡。在短短的文字中,我们能看到老师的良苦用心。

他遭遇了火车硬座车厢里憋尿、拥挤、狼狈和无可奈何。这一切就是为了还一次乡。有时候，回乡意念形成在转瞬之间，脚下的路却需要一步步走完。他刚下火车，就搭车去了乡下，在颠簸的乡间泥泞路上，他明显地感受到了被现代新型城市异化下农村人的世俗和冷漠。而在童年的记忆里，唯有黄土地的面貌没有变化，那孩童时的天真已经随着新农村的建设改造走向世俗化。《还乡》里雷达老师写了自己在火车上经受的种种旅途艰难和困顿，遭遇人流如潮的挤压和郁闷……网络媒体的辐射、尿憋忍痛的等待等种种痛苦，正如他所说的那样："我被如潮的人流挤压并固定在一个角落，膝下、头顶、后背全是湿的，人味儿、烟味儿、汗酸味儿塞满车厢，好像划一根火柴，就可以引爆。"而这种紧张的挤压，其实已经把一些意志脆弱者的思乡情怀挤压得面目全非了。雷达老师还是宁愿为寻找乡情的真谛而去承受、去面对，原因是他旅居都市，他的血脉、精神丢在故土，他自愿去寻找一个完整的自我，去还原内心的良知与本真。

如果说雷达老师的《还乡》散文写的是生活还乡的话，那么先生的这一次永别就是精神的还乡。从文章的题目看，这份真情早已滞留于他的心头。他把这个题目起为《还乡》，这并不是简单意义上的"回乡"。还乡，所还的是人间真情，这已经超过那种因某种事情，而迫不得已回乡的直白表达。唐代诗人杜甫当年因多次进谏民苦，被肃宗放还鄜州，名则是让他还家探亲，实则为贬谪流放。诗人到家后写了一首纪行长诗《北征》。杜甫当年的归乡实属无奈，而雷达老师是自觉地去寻找生活与生命的真谛。

作家、评论家们都一样，时常在经受了最沉痛的感情伤害之后，才能写出最打动人心的力作。雷达老师已经为我们留下了不少的力作。

这个世界在变，城市也在变，人间的情感观念也随之而变，但亘古不变的是儿时记忆的真情与乡音。当我们的潜意识停留在儿时的记忆中时，会觉得那份真情永远不变，每时每刻我们都会把亲人的面貌定格在想象的那个情境当中，却忽略了时代与观念变化对其造成的潜移默化。鲁迅曾在他的记忆里，记着那个戴银项圈、手握钢叉、风度翩翩地站在月光下少年闰土的可爱模样，谁知二十多年后回到家乡，见到曾经的闰土后不由得感慨万千地写道："我似乎打了一个寒噤；我就知道，我们之间已经隔了一层可悲的厚障壁了。我也说不出话。"[1]

在雷达老师的《还乡》中，似乎也能找到类似于鲁迅当年那种沉重的心情。当然，人之七情六欲基本一样，作家的创作激情在一定场景下是相通的。雷达老师也是身不由己地在外奔波了二十多年，他没有撇下乡间真情。当他做出决定回头寻找之时，一切来得那么强烈、那么突然。像雷达老师这么一个有知名度的文学评论家，可以想象得到，等待他处理的事一定会堆满日程，但是他把一切都放下了……他在开头说："往西，回阔别二十多年的故乡看看。这念头来得突兀，又执拗得不可抗拒，连一分钟也等不得了，我像急于找回什么东西似的，当晚跳上了西去的火车。"促使他改变旅途的就是这份普世情怀。接下来他经历了种种行程中的折磨，艰难地来到阔别二十多年的故乡，除了故乡可爱的自然景观外，一切并非他想象得那么美好，他写道："奇怪，他们管自己走路，对汽车和车中的'乡贤'并无兴趣，不复多年前对汽车的好奇。"作家通过一个小小的视角洞察到，他要寻找的人性中那份纯真、热情已经没有了。观念的改变，世俗生活的异化，使故乡人对面前的一切都已司空见惯了。

新的时代，故乡人的生活发生了巨大变化，在逐渐变得富裕的同时，骨子里的真情也慢慢地丧失了，面对离别二十多年的同乡也没有产生新奇和亲近。当雷达老师走进自己的家之后见到一切更是那样的苍凉。他写道："我望着炕沿下一些叫不上名字的碎娃，我的后裔，他们用黑乎乎的眼珠盯视陌生客的傻憨，恍惚觉得，他们中间的一个就是我。"在家中，雷达老师通过天真孩子的憨厚，找到了天真的自己，也深深地感受到：人性中冰凉的一面在那些纯真的孩童心里已经变得支离破碎。

人世中，怀乡的方式是多种多样的……包括对故乡草草木木的依恋、对童年琐事的怀念等。作者通过家乡的美食气味来抒写他对故乡的异样情怀。我们身在故乡，我们的童年时光在故乡度过。我们的梦境中出现最多的是故乡的印迹。但命中并没注定每一个人都必须在故

---

[1] 鲁迅：《呐喊》，人民文学出版社1979年版，第63页。

乡生活。真如作家刘震云在西北师范大学演讲时所说:"一个人要成长,就必须要远行。"古人也是提倡读万卷书,行万里路。可是行万里路后我们丢失了属于自己的那一份家园,让我们与故乡之间变得陌生,直到年老之时,我们该魂归何处? 此时,雷达老师已经安静地回到了故乡,因为他是一个"忠实"的还乡者。

  雷达老师已经远去了,我们今天缅怀他,是因为他给我们留下了不少的精神财富,他身上闪烁着最朴实的乡土情怀,他对文学作品所说的公正话语,以及他和每一位文学同仁之间平易近人的相处,都成为这个时代最缺乏的精神食粮。我们从《还乡》的文字里,明显感受到了他无限的人格魅力。

  身在故乡,心里就踏实得多,人生中所有的不平事都以暂且搁置。当离开故乡,客居他乡时,心里时常挂着装满"乡井"的包袱,难以歇息。坎坷与艰难是人一生最难忘的经历。雷达老师最坎坷、最艰难的时光是在故乡度过的。他在《还乡》中说:"一切曾被生活欺骗过的人,都会产生一种回归乡土的冲动的。"归来,我们面对的是亲人,但亲人的态度、眼神常常会让归乡人感慨万千。

  雷达老师面对了这一切:首先是共同语言的缺乏与情感交流的困难。他写道:"好像几十年的沧桑,用几句话就全说完了,总是我问得多,他们答得简短。或者简直就是'嗯'、'啊'、'对着呢'、'好得很'之类。"虽说真情存在,但心之距离却日渐遥远了。其次是亲密关系的陌生。生活在两重境地,时间就会改变一切,包括伦理与观念、感情与话语等。雷达老师在乡间真正要找回的并不是吃、喝、笑甚至醉生梦死,而是失去的真情,与亲人推心置腹的交谈……但是故乡人以那种招待外客式的宾席,以摆大方、比酒量的粗俗和豪放让他心灰意冷。他历经旅途的颠沛流离来到故乡,最后却满怀遗憾地离开了。他似乎稍有绝望地写道:"我荒诞地想,我跑了几千里,莫非专为喝几杯酒而来,好像我的任务就是喝酒。在乡村人的眼中,即使是自己的亲人也照样成为他们保密的对象之一。"老师的那一次还乡中,我们明显地感受到现在乡村生活富裕了,人们却很少关心知识、文化,很少懂得文学的精神秘籍。

2012年雷达老师的生活"还乡"为我们呈现了人性的裂变,我们值得深思与重建属于自己的精神家园,珍惜身边的亲人。《还乡》的最后,雷达老师用冷冷的文字透露出了对亲人的缅怀,缅怀中仿佛对富裕了的农村生活产生了感激。因为他生活的根基不在故乡,所以他还是离开故乡……那一次他是把真情留在乡间,把感伤藏心头。这一次,雷达老师又把朴实的乡土情怀留在人间,把一颗虔诚的心带回了故乡……

坚守文学的土壤

——从往事中回想完玛央金与甘南文学

2015年我在西北师大图书馆翻阅20世纪90年代的《民族文学》时，无意中读到了几首完玛央金的诗，那些诗虽然不长，但思想深邃、见解独到。我作为甘肃文艺评论家协会成员与甘南作协会员，在《民族文学》这样的权威期刊上见到故乡诗人时，心里有一种说不出的喜悦和自豪。完玛央金是我第一个认识的甘南女诗人，我认识她的时候，她已经成名了，起先我是在甘肃籍作家的散文集《三河一江吟唱》里读到了甘南籍部分散文家对她的赞誉，之后我就记下了她。

清楚地记得，那是2000年，我写了一篇很烂的散文投给《格桑花》，两个多月杳无音信，我当时十分沮丧，在我大学时代做的创作之梦快要烟消云散时，一个好的消息又让我重燃希望。那是冬天的一个早晨，外面飘着雪花，我蜷缩在床上，连头都不愿意往外探，突然听到有人敲门，来者问清了我的姓名后，告诉我，完玛央金叫我到《格桑花》编辑部去一趟。我立刻想起了自己投给《格桑花》的那篇稿子。于是，我顶风冒雪，踏着自行车来到了文联办小院，编辑部在二楼。到门口时，我轻轻敲了一下，就听到一声亲切温和的"请进"声，推门进去，她正在改稿子，看到我后，立刻放下手中的活，从身后搬来一把木凳子放在火炉旁，我感到一股暖流侵袭全身。炉中的火红里透亮，室内温暖，我还未坐稳时，一杯热茶就放到了我的面前，我当时真的有点受宠若惊。片刻过后，她递给我一本《格桑花》，说你的文章发表了，写得不错，一会儿到隔壁领稿酬。此刻有种说不出的喜悦和自豪感油然而生,顿时心里涌起无限感激。我们交谈了一阵,她又给我几本《格桑花》过刊,临走时还送了我一本《完玛央金诗选》。之后我不间断地从很多刊物上读到了她的诗和散文。

今天之所以回忆这些文字,我的确对甘南的这位女作家有几点敬佩和感激,以后的日子里,我们除了很少的面谈之外,更多的是从她的作品中走进了她的生活。对于完玛央金,我至今产生了如下清晰的感想和感激的话语。

一、谦逊和蔼与平易近人成就了她,也成就了许多后起的甘南诗人

完玛央金从不埋没一个初学写作者的希望,到她手中的每一份好的稿件,她都细心捕捉其中的闪光点,仔细体验其中细微的情感,然后安排刊期,最后给予稿酬激励。相信甘南后起的年轻诗人都会对她充满着敬佩和感激。古语云"其身正,不令而行,其身不正,虽令不从"。她是和阿信、桑子、牧风等诗人树起甘南文学的创作之旗,引领着年轻一代的扎西才让、王小忠、唐亚琼、杜鹃等甘南文学的新秀,履行着探索、创新、不断掘进的文学征程。她心灵深处闪现的是谦虚、和蔼、平易近人及母亲般的文学关怀。她从不低估初学者的实力,从不嘲笑某篇"形神兼散"的作品,并给他们以"文学母亲般"的鼓励。

从审稿到稿件编排,她克服了诸多不便,把平台腾出来,划一片天地给初学者,然后以"文学甘霖"浇灌。一个作家的成长,就好像一棵刚出土的树苗,在它正需要些许的滴水浇灌之时,它就会活下来一直长成参天大树;如果你断了水源,它就会枯死。她根本不像大学里以自己高水平衡量和要求学生的那些老师。在这里可以这样说,作家首先是人格,然后才是作家,完玛央金的确是二者兼具的作家。她首先是不断掘进的,从《跟着你》到《我们的村庄》,从《完玛央金诗选》到《触摸紫色的草穗》,再到小说《弟弟旺秀》《遥远的高原》……她的创作从诗歌到散文,从散文到小说,几经转型,足以体现其在创作上的探索和掘进,足以彰显其创作天赋。从人格而言,美丽、聪慧、慈祥、平易近人、谦虚和善等说绝不为过。

相信甘南文学的后起之秀都受到了她的鼓励和启迪。

二、热爱生活的秉志成就了她也成就了她的诗歌

常言道"世道不幸,诗家幸",中国现当代文学领域中许多功成名就的作家,都历经了生活的苦难和人生的坎坷。诗人完玛央金可以说是一个"含泪写笑的诗人",这一点往往得益于诗人坚强的毅力和冗杂的生活体验。完玛央金笔下把生活的艰辛写得十分乐观,而把生活的苦难写成理想的诉求,她能把人生的遭遇置换成某种愿望抵达。

从她的诗中我们能读出女性的骨气、坚毅和生活的辛酸。辛酸的背后不是诋毁和报怨,而是一种掘进与拼搏,一种乐观和阔达。我想这一定源于诗人博大的胸怀与顽强的毅力。我们试看诗人2001年5月发表于《民族文学》上的《我们的村庄》这首诗中的几句:"在田野上寻找自己／哪一个机缘／是冥冥中的启示／为诸多的行动忏悔。"从这几句能读出诗人仿佛无意之中进入生活的某一"阴圈"中,仿佛找不到真实的自己与真的生活。如何面对生活已经成了诗人无法回避的现实,而历经的坎坷又成为一种无法言说的沉重。这种沉重在诗中,诗人将其置换成忏悔,这既是一种醒悟更是一种反思,但这一切归因于现实生活。因此诗人说:"只是为了休整自己的树木／让她透出一番丰收的模样。"可见诗人很快就走出了生活的"阴圈",进入生活的真实。诗人又说:"你已经顿悟了／微笑着看我忙碌。"这又是被他人理解和读懂的诗人。接下来诗人写到了大景时,她挥笔就起:"头顶的夜幕／仍然是繁星闪闪／白云从我们爱的山峰／轻轻游过。"从绵绵细雨到阳光普照,这不仅是一个天象的变化,更是诗人情绪的波动与灵感的跳跃,的确彰显了其诗歌的刚硬与柔和。但是正如车尔尼雪夫斯基所说:诗歌首先是生活,然后才是艺术。一切艺术的内容都是现实,艺术又高于现实。这就使诗人又不得不进入苦涩的现实之中。诗人在第二节中以低落的情绪写出了"那个想高飞而又不能远离尘世的／属于我们两个人的夏日黄昏／你没有带走／留给了常常无助的我／这一笔财富／供养着我和我的诗歌"。诗人把生活中的遭遇看成一种勇气、一

种经验、一股力量、一份热爱,这就给悲情注入了"暖流"。善于书写悲情也善于"轻构"悲情,使她的诗歌意象具备了灵动与跳跃,由此也丰富了其象征性。如《女孩》这首诗,诗人说"一条小路踏出来了/一带青草倒了又倒/杨树再也没有长出枝叶/在山坡上站立/陪着女孩清清瘦瘦的身影"。我们不难发现,诗中的女孩因失去亲人而显得异常孤独,这显然是一种悲情写真,但诗人将其融入生活哲理中。小路的出现,就要让小草付出生命的代价,这又何尝不是在暗示,孩子的长大,何不是让母亲付出生命的代价?由此很自然地生出了悲情,透过悲情折射出一种"悲壮"。

完玛央金就是这样,时常把人生的悲剧置换成一种强大的生活毅力与创作的灵感。在遭遇诗歌创作无法超越极限的艰难时刻,没有博大胸怀的人是最容易倒下的,完玛央金却坚强地走下去了,走进了生活,走进了文学世界。当然读者若要走进诗人的心里,还需研读其更多的诗作。在这里我却要在她的散文中"走马观花"一下,也许是对她的一次辜负和误读吧!

三、"自然意象圈"成就了个体与生活的完美统一

可以说诗歌建构了完玛央金(因为她最早因写诗而成名),散文却完全解构了她(这种解构是别人对其散文的理解)。从《三河一江吟唱》开始,完玛央金的散文一度受到众多读者的好评和肯定,其散文中的亲切感完全超越了其诗歌。诗人敏彦文喻称"完玛央金是甘南文学的保姆"。完玛央金除了一本散文集《触摸紫色的草穗》之外,还在《岁月》《民族文学》《散文》《飞天》《格桑花》《芳草》《甘南报》等众多报刊上发表散文达几十万字。相对于诗歌而言,她的散文更胜一筹,她的散文里处处充满了"笑",充满了"阳光",这可能缘于益希卓玛之遗风。诗人完玛央金在她的散文中努力发现美,努力展示人的阳光面容与生活细节,并回忆自己在过去岁月中的朝朝暮暮。尤其是散文《舅舅家》,作者把笔触定格在一碗鸡蛋面的记忆上,通过一碗普通的鸡蛋面,回忆了清贫生活中的人情味。一个时代有一个时代的特征,我们对时代感

触最多的也是人情。这个时代的农村,喜鹊消失了,农村里的货郎不来了,春官(报来年收成情况走乡串村的说唱艺人)绝迹了。我们怀念那个时代的人情,我们又仇恨那个时代的落后和贫穷。《舅舅家》《牛姓娃娃》等给我们重新打开了那个时代的生活空间,发掘出了那个时代里贫穷人的道德本质,成为这个时代里的反差,真是让人扼腕叹息。而那种美,更多的是以血脉流淌的方式浸注在故乡神奇的土地里,流淌在与亲人热烈的拥抱中,流淌在与朋友相握的指尖上。

  20世纪90年代初,完玛央金的两篇散文《栅栏与原野》《就是昨天》被收编在《三河一江吟唱》中。栅栏与原野本身建构成一组相对的事物,栅栏是人们通向远处的阻挡牌,原野是一片莫大的自由空间,是作者的人生追求之目标,栅栏是作者心中的某种隔阂,栅栏隔断了作者与外界的交往,限制了作者自由。栅栏的拆除是作者对人情世故的重新认识,作者以深沉的忏悔之情写下了这篇文章,简短的文章包含着宽阔的胸怀。栅栏不仅是心与心的阻隔,更是一种理解和宽容。《回老家》是20世纪90年代写的一篇散文,文章重点突出了交通方式的变迁,突出了路途的艰辛,这让人想起了雷达老师《还乡》散文中坐吉普车回乡的那一幕。回老家意味着作者对乡井情怀,意味着乡土对故乡人的接纳。乡土、亲人、童年的趣事、童年的伙伴都成为我们挂在口头的话语,呈现在梦境中的彩虹。或感伤、或兴奋、或激动、或仇恨,这一切都成为作家完玛央金的人生体验与生活的完美统一。

  善于发现生活中美的质素是完玛央金散文的独特之处,完玛央金是一位以审美心态抒写自然与人伦的作家。生活中的每一个小小的雾霾,每一次邂逅或不愉快的旅途、错过的时光、人生的遗憾,她都在散文中作以恰当的置换,让它闪出美的光点。比如,她的散文《下葬》,虽然写一场沉重的葬礼,但作者并没有重笔去写哭丧、抬丧的悲情场面,而是从民俗的层面去精心打造,让人忘记了生命归宿的悲剧,增长了不少民俗文化知识。

  完玛央金的散文始终给我们展现出一幅自然意象圈(像《大峪沟》),然后把自己置身于自然空间中,建构成人与物的统一,形成动静相生的鲜活画面。

四、创作转型见证了她对甘南文学的热情

作为甘南文学的精神导师,她继承的是益希卓玛、尕藏才旦等老一辈甘南文学家的创作精神,坚守在甘南创作文学。她用诗歌书写人生的感悟,用散文抒发对自然与人文的热爱。尤其是在网络时代到来之际,很多喜欢她作品的读者被卷进了手机媒体的"文化超市",文化胃口变得千奇百怪。此时,诗歌和散文在甘南文坛上显得多么势单力薄。从甘南走出去的热衷关爱甘南文学的张存学、严英秀、雷建政和年轻的何延华、刚杰·索木东等实力派的小说家和诗人,他们多次抵达甘南、书写甘南、赞美甘南,给予甘南无限的乡土情愫。

完玛央金多次谈到甘南文学中小说文体的匮缺。当然,值得庆幸的是,小说作家在甘南土地上还有李诚、扎西才让、王小忠等。他们辛苦耕耘着,试图在打造甘南文学的七彩画廊。的确,甘南文学不缺诗歌、不缺散文,因为甘南有阿信、桑子、李德全、完玛央金、扎西才让、花盛、王小忠、唐亚琼等优秀的诗人一直在苦苦耕耘着。近几年来,完玛央金也自觉转到小说的创作中,她以其诗歌资质作为影响源,为甘南创作小说,独自品尝着创作道路上的艰辛,时刻都在召唤着"甘南文学"这支善于不断掘进的队伍。当然,甘南最值得欢喜的是,我们还有一个非常好的评论家安少龙和文化民俗学家宁文忠,这就使甘南文学在评论的指归下、在得天独厚的文化资源内去粗取精、去伪存真,沿着自己的绿色通道向"经典"迈进,向中国当代文学的优秀作品靠拢,并不断寻找叙事技巧与文化新视点,建构具备"藏族风情"的甘南文学。

如果说中国作家张存学、严英秀、何延华、刚杰·索木东,评论家蒋登科、孙强等为甘南文学发展营造了良好的外部环境,那么完玛央金就是甘南文学内部一位辛勤的"执蜡人",她的精神烛照着一大批甘南籍作家。在小说极其缺乏的甘南文坛上,她迎难而上、知难而进,义不容辞地肩负起了探索小说创作的重任,以自己的智慧,努力弥补甘南小说的滞后征程。近期以来,她先后发表了《弟弟旺秀》(《红豆》2016年第7期)、《遥远的高原》(《西藏文学》2016年第6期)、《一顿饭》(《黄

河文学》2016年第5期)三个中短篇。三个中短篇印证了完玛央金小说创作已经初见端倪。鲁迅的"揭出病苦,以引起疗救的注意"在完玛央金的小说《弟弟旺秀》中得以见证。《弟弟旺秀》给我们展示了一个干净的灵魂被毁灭的话题。朴实的农村孩子旺秀放羊、开出租车、到榨油房帮工,最后外出打工时被骗进了传销组织,后被解救回村。旺秀有一个勤快、懂礼能干的妻子,她在饭店打工,被称为饭店老板的招财宝。在家庭经济陷入拮据的困境中,妻子挺身而出,成为家中的好手。在妻子的沉默中,历经世俗化坑害的旺秀变得堕落、颓废,觉醒后又重新振作起来,完玛央金在旺秀的身上倾注了更多的希望。《遥远的高原》包括了《出差》《相亲》《巧娃儿》三个。《出差》的艺术特色在于小说结尾,整篇小说在平淡中凸显出了张力,抵达了逻辑结构上的完满。《相亲》更是截取了爱情的因素,显现了一对纯真、朴实的爱情姻缘。干净的爱、欢乐的友情几乎成为完玛央金短篇小说的新特色和新起点。这些创作经验是与她的诗歌、散文构思智慧一脉相承的,这是评论家安少龙所发现的。完玛央金的确是一位底蕴深厚,具备小说才华的资深甘南作家,她的小说值得我们期待。

  甘南文学值得庆幸,因为我们有一大批独具特色的诗人诗集(《大夏河畔》《阿信的诗》《甘南草原》《腾格里苍狼》);甘南文学值得期待,因为我们有评论家、民俗学家、文化学者,还有一批把文学作为精神食粮的莘莘学子。更为可贵的是,作家、学者以及爱好文学的作者,无论地位的高低,贫穷与富有,都在这一方土地上生根发芽。

文学的家庭使命
——论严英秀小说中的家庭伦理书写

在当代女性文学写作中,女性作家的写作自然回归到女性立场,书写爱情、婚姻、贞操、家庭、母爱、育儿等女性自身的身心体验。"70后"藏族女性作家严英秀的小说,多以中国传统文化观念为尺度,以"家"为叙述空间,从"家"的建构、夫妻关系的异化、子女的孝亲、养老等方面聚焦了走向城镇化进程中作为社会组织结构"家"及其家庭内部关系发生的突变,这样的呈现对建构和谐社会和美丽乡村都有着十分重要的启示意义。

新时期以来,在益希卓玛、完玛央金等女性作家的影响下,藏族文坛上出现了央珍、梅卓、严英秀、扎西措、何延华等一批优秀的藏族女性作家,她们在各自的小说创作中融入了不同的地域文化元素,试图在同一民族文化族系中实现超越。梅卓小说以民族民间文化为主要取材对象,凸显了其小说的传奇性与生态观;何延华、扎西措等作家,更多地将童年记忆与新时代扶贫攻坚的主旋律有机结合在一起,努力凸显新时代党的阳光政策关照下藏族牧民所走的致富之路。相比之下,严英秀的创作更多受到中国传统文化的影响,她的小说将传统文化与藏族文化有机结合在一起,凸显了21世纪藏族汉语小说与多元文化水乳交融的多向叙事。

严英秀是一个地道的藏族作家,出生于中国西部农耕文明与游牧文明交汇地带的甘肃南部,她的家乡气候温润,被域外人士称为"藏乡江南,泉城舟曲"。严英秀从6岁开始学汉语(之前用母语与家人交流),10岁后离开母语环境接受汉语教育,与生俱来的语言天赋较早地成就了这位藏族女作家。她二十出头便发表了高水准的诗歌《独守苍茫》,并产生了不凡的影响。20世纪90年代的求学生涯中受到三毛、琼瑶等作家的影响,开始了小说创作。21世纪以来,她在小说、散文、评论等多种文体的创作中取得了显著成就。先后出版中短篇小说集《纸飞机》《严英秀的小说》《一直很安静》《芳菲歇》,长篇小说《归去来》,散文集《就连河流也不能带她回家》《走出巴颜喀拉》等,同时出版了评论集《照亮你的灵魂》。2011年入选"甘肃小说八骏",至今获得过省内外多种文学奖项。

严英秀的家乡在甘肃南部的舟曲,她离开故乡之后,并没有完全背弃故土,又常常游走于故乡与省城之间,更多地将乡土伦理观念融入她的小说创作中,努力强化她小说的传统文化意识,尤其是小说中对家庭伦理的书写,对"后乡土时代"出现的"空巢""悖理""孝亲文化的日趋式微"[①]等家庭伦理道德滑坡趋势具有一定的"疗救"作用,同时对和谐家庭的建构具有一定的启示性意义。

一、"齐家"及"家和"意识的强化

家是中国乡土社会的基本构成单位,是乡土社会的组合群体。家也是人个体生存和活动的空间。中国民间所讲究的成家、有家、家庭等与"家"有关的生活群体构建起了国家,在此基础上,"祖国情"也就自然生成了。中国乡土社会认为有了家就有了祖宗、有了尊老爱幼的长幼秩序,也有了兄弟姐妹情同手足的血缘情结,由此也就产生了生离死别等悲欢离合的人情世故。当然"家"最初的起源是男女组合体,这个组合体的分工首先是合理的,前提是男主外、女主内的分工组合形式。费孝通在《乡土中国 生育制度》中认为,家的前提是男女必须是健康的。儒家传统的思想观念中对人的成长历程概括为:"修身""齐家""治国""平天下"。当人完成平天下,也就完成了人的使命。可见

---

① 周鹏:《新世纪乡土小说中的家庭伦理书写》,《当代作家评论》2021年第5期,第18页。

儒家观念中"齐家"意识的提出意味着人必须成家,必须依附于家。当然,家是一个比较复杂的人际关系网,在这个关系网中要以和为贵,家和才能万事兴,家和的前提是长幼有序,夫妻恩爱,兄弟姊妹常来常往。

严英秀的小说在强调"立家"观念的同时,特别注重"家和"的重要性,为此她在小说中写了一些"解构之家"与"和睦之家",将此作以对比,强化"家和万事兴"的重要意义。在中国传统的封建社会中,家和的前提来自男女双方的责任和担当。严英秀是很认同这一点的,她在小说《一直很安静》中塑造了一位品德高尚的古代文学老师焦一苇,他不凡的气度和扎实的学识赢得了学生的喜爱,而且他不平凡的人格魅力使大二学生田园暗恋上了他。一次偶然的湖畔邂逅,田园知道了老师的心思,并把老师递给她擦眼泪的手帕永远珍藏下来。而焦一苇始终没有忘记自己的职责和担当。作为老师,他没有忘记对学生诲人不倦的教导,他理性地处理了学生对他的爱恋,并为学生田园争取了留校任教的机会。作为丈夫,他无微不至地照顾因公致残的妻子,最后离开自己热爱的教学岗位,调到了一家闲散的文化单位。正是因为焦一苇有责任、有担当,无论走到哪里,这个家都充满着阳光和温馨。

在中国人的乡土观念中,子女是家庭和谐的基本前提。费孝通在《乡土中国 生育制度》一书中论述了"社会结构中的基本三角"并将这种意识框定到一个家庭中,他说:"婚姻的意义就在于建立社会结构中的基本三角。夫妇不只是男女间的两性关系,而且还是共同向儿女负责的合作关系。"[①] 严英秀小说书写人性的同时,注重表达人的社会性,她的小说中许多人物基本都是不背弃男女结合组建家庭,最终融入社会的生活轨约,她小说中也没有终极的"单身汉"和"独身女"形象,即使那些与群体格格不入的男性或者是半路丧夫的女性,他们也会最终找到携手的伴侣,重新组建家庭后开启新的生活。比如,小说《一直很安静》中性格孤僻狂妄的诗人高寒,被大家认为"资深光棍"的他最终和巩梅走在一起,将要开始新的人生。《仿佛爱情》中娜果半路丧夫后,拉扯着女儿艰难地过着寡居生活,但她最后考上博士遇到了丧妻的张教授,与其结成半路夫妻,重新开启了美好的人生。

---

① 费孝通:《乡土中国 生育制度》,北京大学出版社1998年版,第159页。

而在小说《手工时间》中,作者回归到费孝通的"社会结构中的基本三角"理论来强化"家和"的重要性。小说中杜芮的失眠与老公的贪睡形成了明显的反差,但是因为女主人公迟迟不能怀孕,使这个家庭关系一直处在紧张的状态中,后来的意外怀孕缓解了紧张的夫妻关系。小说中说:"我老公欢天喜地。"① 为此夫妻之间有了更多的呵护和照顾,再不是背对着背,一个呼呼大睡,一个失眠嫉妒,失去言语交流的夫妻关系。可能是因为身体本能所致,这个未出生就失去了生命的胎儿再次给和谐的夫妻关系蒙上了阴影。作品中说:"我老公很痛苦,我看得出来他很痛苦。"② 可见,子女成为维持家庭和睦的前提条件。雷蒙德·弗思说:"舞台上或者银幕上的三角是二男一女(近来也有二女一男)间的爱情冲突;可是在人类学者看来,社会结构中真正的三角是由共同情操所结合的儿女和他们的父母。"③ 为了进一步强化子女对家和的重要意义,作者严英秀巧设了杜芮的再次怀孕,她认为第一个胎死腹中的生命带走了孕妇胎体里所有的病源,带走了生命深处的毒瘤和原罪,伴随着的是第二个生命的安然降临,这个家也会走向和谐,重新铸牢了稳定的"三角社会关系"结构。

毋庸讳言,失去三角稳定关系,家也就失去了稳定的根基。为此,她在小说《沦为朋友》中进一步强化了这一事实。这篇小说中的女主人公梅沁少年时代父母离异,哥哥不幸溺亡,她饱受打击,变得孤独甚至自闭。后来她与大学时代的好友安好的哥哥安康见面后,二人情投意合,安康照顾妹妹安好的点点滴滴深深打动了梅沁,梅沁感觉到在安康的身上找到离世多年的哥哥的影子。正是出于感同身受的境遇,梅沁顺然接受了安康的求爱和婚约。但婚后的日常生活中,由于安好的过分亲昵和介入,让他们的生活充满酸楚、无奈、压抑甚至绝望,使他们的婚姻处于解构的边缘,最终他们选择了分开。与安康分别后,梅沁又重新踏上了另一段爱的旅程,这一次她遇到了京城著名的评论家于怀杨,当她准备和安康离婚的那一刻,于怀杨却逐渐地疏远了她,她独自承受着爱情的悲苦。

---

① 严英秀:《一直很安静》,敦煌文艺出版社 2018 年版,第 12 页。
② 同上。
③ [英]雷蒙德·弗思:《人文类型》,费孝通译,商务印书馆 1944 年版,第 78 页。

我们不难发现导致梅沁和安康之间家庭关系紧张的不是妹妹安好的介入,而是他们之间没有维系家庭关系的子女,他们组建的家庭只能是临时的,不稳定的。由此看来,严英秀强化的家和意识是符合费孝通所认为的中国乡土社会的基本结构理论的。

二、夫妻的出轨与反省

在书写人类情感的文学巨篇中,有诸多的作品写到了婚外恋的故事,如劳伦斯的《查特莱夫人的情人》,福楼拜的《包法利夫人》,列夫托尔斯泰的《安娜·卡列尼娜》等,这些作品中的主人公并不是不道德,而恰恰是人情感的合理性表现。因为人的情感是没有极限的,人对美的追求也是永远没有节制的,包括男性对女性的追求。从中国"男欢女爱"一词中可以看出,男性注重性、身体和感官享受,女性更重情、心理和精神抚慰。中国女性追求的是被爱、痴情、情感的专一等,所以在人类情感的天平上,女性所受到的感情伤害要远远大于男性,尤其是成家后的出轨比初恋对她们的伤害更为惨烈。因此,中国戏剧文学中出现了那么多"负心汉"与"痴心女"的形象。

严英秀的小说善于强化男权意识,她特别注重对男性人伦道德的强化和书写,试图凸显出男性在家庭中的主导地位。不难发现,一个家庭中男性的出轨或者负情都会不同程度地破坏和动摇这个家的和睦与稳定,很大程度上也会让一个家庭解体。史志瑾在论述鲁迅伦理思想时说:"鲁迅强调爱情的持久性,要求男女双方要经得起人生道路上的种种波折和考验。"[①]也许受鲁迅的影响(因为她任教中国现当代文学课程多年),作为女性作家的严英秀也追求爱情的持久,为此她以鲁迅的《伤逝》为样板,写下了男女出轨的小说《纸飞机》《仿佛爱情》《沦为朋友》等,向21世纪迈向小康生活的中国城市家庭发起了伦理道德的匡正和警示。

小说《纸飞机》中,作者开头写到了剑宁、萧波和儿子这样一个非常和睦的家庭,剑宁疼爱儿子,经常给儿子叠纸飞机,叠好纸飞机后儿

---

① 史志瑾:《鲁迅伦理思想与实践研究》,陕西人民教育出版社2000年版,第198页。

子坐在中间,爸爸扔过去,妈妈扔过来,一家人看起来很浪漫。但这样浪漫和睦的家庭生活中,仍然隐藏着很多的危机,首先是学生阳子喜欢上了剑宁,剑宁也对阳子产生了爱慕之心,他认为阳子有阳刚之美。看着享受天伦之乐的剑宁一家,阳子只好将自己的爱埋在心底,一藏就是八年。在这八年中,他们的儿子已经长到了十多岁,阳子也无奈地与马海岩结婚,但和剑宁生活在同一座城市中。可后来剑宁有了外遇,使这个高级知识分子结合的家庭解体了。阳子同情剑宁的妻子萧波,她约剑宁到一家咖啡店里,在初吻中杀了剑宁。作者设计了类似于英国唯美主义作家奥斯卡·王尔德《沙乐美》式"吻"与"死"的悲剧故事结束了小说。小说中阳子杀剑宁是因为他的背情和负心,也类似于杜丽娘那样为自己看错人而投江自尽,这既是对他人的毁灭,也是对自己的毁灭。

　　这个小说中作者将"家"置于世俗欲望中,小说中作为高级知识分子的剑宁进入世俗的"洪流"后,丧失了自己的为师尊严,最后被学生以"仇情"的方式杀死,死亡背后两个家庭的悲剧也就同时发生了。小说中"纸飞机"意象承载着剑宁一家的幸福,也营造着他的家庭和睦氛围,正因为阳子看到了老师剑宁一家的融洽和幸福,她只好把对老师的爱慕深深藏在心底,虽然她后来结婚生子,但她把自己的初吻永远留给老师,最后当剑宁出轨时她在初吻中杀了剑宁。

　　在小说《仿佛爱情》中,作者也设置了一个赤裸裸的男性出轨的事实。小说中娜果的前任丈夫和一个女人偷情,她的弟弟得知消息之后领着伙伴准备对不道德的姐夫施以颜色,谁知在打斗中闹出了人命。小说中说:"她,没有死,她唯一的弟弟死了,她青梅竹马的丈夫死了。在她丈夫被执行死刑的那天中午,她的父亲猝发心脏病,也死了——命中注定,娜果不会死。"[①]这一切皆因出轨而起,承受更大悲痛的是活着的人。娜果艰难地拉扯着这个负心汉的女儿,值得庆幸的是,她最后遇到了张教授,并与其组建了一个新家。

　　严英秀的小说中不光有出轨的男性,也有出轨的女性,这正如刘敬苇所说:"当现实婚姻生活并不符合她们的理想追求时,便会精神出轨

---

① 严英秀:《一直很安静》,敦煌文艺出版社2018年版,第12页。

或者肉体出轨。"①严英秀笔下的女性出轨是有节制性特征的,她们大多是情感出轨,而很少有肉体的出轨,基本上都是受"发乎情,止乎礼"的传统礼教克制。她笔下的女性是对家庭、丈夫、孩子都有责任感的,而且这些女性在伦理道德的钳制下,最终会悬崖勒马,重回家庭。比如,《被风吹过的夏天》是作者在藏传佛教文化"缘"之说的基础上建构的一篇小说,小说开头借抗战的历史事件为梦境拉开了序幕。而在故事的发展中,我们才发现梦中相依为命的何染和董一莲原来是一对情侣,从他们的相遇、相爱等曲折的经历来看,一切都是那么有机缘。但是小说最后,何染千里迢迢来和董一莲相约在一家酒店,董一莲在身体即将出轨的关键时刻却迷途知返,悬崖勒马。董一莲最后的清醒,却让何染失望地离开了她,从此这个曾经想着背叛家庭差点儿出轨的女性,却迷途知返重新回归于家庭。

不难发现,男女出轨在严英秀小说中只是一种设想、思考,真正出轨的男女双方都是没有好结果的,这其实是作家对人性和家庭伦理关系嬗变的各种思考。

三、不孝与孝的意识凸显

中国传统文化中特别注重尊老爱幼等孝悌礼仪。孔子说过:"父母之年,不可不知也,一则以喜,一则以惧。"②他在《论语》中也强调过"父母在,不远游,游必有方"③。中国古代的《孝礼》中说:"父母有疾,冠者不栉,行不翔,言不惰,琴瑟不御,食肉不至变味,饮酒不至变貌,笑不至矧,怒不至詈。疾止复故。有忧者侧席而坐,有丧者专席而坐。"④中国古典文学尤其是古典戏剧中写了许多"不孝子"的故事,也塑造了许多具有贤孝品质的女性形象,她们或是"祝发葬老"或是"千里寻夫",如

---

① 刘敬伟:《情感的纯真、反叛与执着——论严英秀小说中的知识女性书写》,《兰州文理学院(社会科学版)》2020年第1期。
② 陈晓芳译注:《论语》,中华书局2016年版,第45页。
③ 同上。
④ 陈晓芳译注:《礼记·孝经》,中华书局2015年版,第43页。

赵五娘、秦香莲等,她们的贤惠品德成为后世学习的典范。

进入 21 世纪以后,随着中国社会"孝亲"文化的日趋式微(主要表现在农村分工赡养老人及城镇出现的空巢老人现象),弋舟等中国当代作家对其做了更多的描写和呈现。严英秀是一个有着强烈"孝亲"意识的知识女性(我们可以从她的散文中得知)。21 世纪以来,随着中国社会城镇化的加速,年轻一代子女的敬老、养老等观念日趋淡化,因赡养老人而引起的家庭矛盾、夫妻失和等问题日趋凸显。严英秀不是道德伦理的教化者,她只能以文学作品的方式加以呈现。从她的散文《天之大》《我的表哥晋美嘉措》中,我们能够明显地感受到这一点。而她在小说《夜太黑》中表现了子女对养老的争议、推卸等有悖"孝亲"的主题。为此她也在长篇小说《归去来》中进一步书写子女的牺牲,以此来强化和提升新时代的孝亲意识,这对新时代重建伦理秩序有着不可替代的意义。

《夜太黑》是作者在借鉴巴金《寒夜》的基础上创作的一个短篇小说。小说以乔月和陈宏凯冬至吃饺子为引子,展开了一个比较复杂的家庭叙事。这个故事中夫妻因为赡养老人而产生了嫌隙,使夫妻关系遭遇了诸多的危机。小说中,乔月的大姐出了车祸意外离世,乔月的父亲将其原因归咎于母亲,他仇恨母亲和这个家,独自一个人居住在老屋里。无处可去的母亲,只好由女儿乔月赡养。因为照顾母亲,乔月和丈夫陈宏凯之间失去了自由的生活空间,为此,夫妻之间的矛盾也日趋激化,夫妻之间经常吵吵闹闹,快要到了离婚的地步。乔母无法想到,这个曾经在乔母眼中最相中的女婿现在却变成了"白眼狼"。当乔月为赡养母亲向陈宏凯提出离婚时,陈宏凯才无可奈何地选择了顺从。小说结尾中作者又引入了小曼一家赡养老人的情节。小曼和丈夫剥夺二老的财产,名义上是要赡养老人,实质上是逼迫老人无可奈何跟着他们过着寄人篱下的生活。小曼的养老观念,进一步潜移默化了乔月,在小说的结尾,乔月离家出走后,从她打给母亲的电话中作者进一步强化了孝亲的观念。不难发现,《夜太黑》是典型的家庭伦理的"反照镜"。从这个小说中,我们可以看出 21 世纪城镇化的加速进程中,快速发展的社会异化了中国传统美德,使一部分年轻人变得平庸、虚假和自私。严英秀小说正是以家庭为空间表露了那些自私、虚伪的男性。

每一个作为个体的人,都会在社会中承担一定的责任和义务,这是受法律的规约,也是迫于道德舆论的要求。就乡村伦理而言,这就是人们常说的人情味与烟火味。从父母与子女的家庭结构层面看,父母对子女负有多重义务,包括对子女的抚养、供子女上学、帮子女成家甚至立业,几乎自己无所诉求地把一生的心血都花在了子女的身上。正因如此,鲁迅认为:"觉醒的父母,完全应该是义务的,利他的,牺牲的。"① 作为子女,当父母年老时也应当有义务赡养父母,为父母牺牲,因此中国当代文学中将子女的牺牲作为一种美德不断加以宣扬,如《百鸟朝凤》《血盆经》等小说。

在文学创作中,女性作家自然有女性的立场,严英秀的小说中的女性大多是迷途知返的,或者是觉醒的,这些女性不但可以和自己有悖伦理的丈夫相抗衡,也可以同这个世俗社会相抗衡,如乔月、董一莲等。她在反思人性的同时,也揭示了这个社会的复杂性。严英秀也是一位很有理性的作家,她的小说中既写了子女的不孝,又写了子女为父母的牺牲。在长篇小说《归去来》中,她将赞颂的笔墨放在了文本的尾声中,写到江城遭遇的自然灾难,失去了女儿的桑蔚晨的爸妈都陷入了极度的悲痛之中,但长年扎根于江城乡土的爸妈拒绝了让儿女们接去大城市安度晚年的意愿,无奈之下,作为女儿的桑蔚晨夫妇放弃了大城市理想的工作,守候在江城照顾年迈的父母。小说最后作者用藏文化的生命观升华主题:姐姐的遇难,换来了桑蔚晨的意外怀孕,这对还没有完全走出悲痛的父母来说,是一个意外的惊喜。

而在小说《前后左右都是喜事》中,作者仍然塑造了一个十分和谐的家庭,这个家庭中的子女对父母都是言听计从的,当姐姐何卫红与教师顾一鸣的婚姻受到何母的反对时,子女们都支持姐姐,说服了何母,到最后何母接纳了顾一鸣。尽管后来何母阻止了何卫红与彭歆交往,何彭之间发生了情感误解,但子女们仍然坚持了父母的立场,最终促成了何卫红与顾一鸣的婚约。中国乡土社会伦理结构中认为,女子对父母的孝,不仅是行为上的孝,还表现在言语上,对父母言听计从其实就是心理上的孝,说白了就是不惹父母生气。顺应父母相中的婚姻实际

---

① 鲁迅:《鲁迅全集》(第一卷),人民出版社2012年版,第145页。

上也是免去了父母对子女的担忧,减少了父母的心理负担,这其实是最大的孝,这就需要子女们付出一定的牺牲。

总之,严英秀小说中的家庭伦理叙事大多是以夫妻关系为视角加以观照。尤其是21世纪以来,社会经济的飞速发展异化了一部分人心,也动摇了"后乡土时代"留存的传统文化、文明伦理秩序。她的文学书写无疑对损坏伦理的不道德行为赋予启示和救疗,这对建构和谐社会、促进家庭和睦与美丽乡村建设都有着十分重要的意义。

一曲深沉的乡土悲歌

——评严英秀散文集《走出巴颜喀拉》

《走出巴颜喀拉》是藏族女作家严英秀的最新散文集,该书入选《当代藏族女作家散文自选丛书》,也是严英秀继《就连河流也不能带她回家》之后出版的第二部散文集。严英秀的这两部散文集体现了她的创作体悟与文体转向,从中也可以看出她的心路历程。《走出巴颜喀拉》由19篇散文构成,内容可以概括为:难以回归的乡情之梦,深沉持久的亲情牵挂,以及岁月沉淀的成长思考。与此相对应,散文集也形成了乡情、亲情、成长三大主题。

著名社会学家费孝通先生认为,从基层上去看,中国社会是乡土性的。乡下人离不了泥土,在乡土上生活的人们互帮互助,从童年起就在土地上建立了一种美好的友情,这种友情更多的是一种乡土情愫。因此,对童年的怀念不仅仅包括过去的时光和伙伴,更大程度上也是对乡土与人事变迁的回望。在乡土意识中,乡土历经的沧桑最终就是人历经的沧桑。

散文集中的《怀念故乡的人,要栖水而居》写出了栖水而居的人对故乡的怀念。离乡多年的严英秀而今居住在黄河穿城而过的兰州,但她的情感诉求时常回归原乡。她的故乡甘肃舟曲在2010年8月8日遭遇了特大山洪泥石流,很多人来不及再看一眼亲人,就从此阴阳两隔。灾难带给人们的伤痛与生活日夜相随,回忆、书写只能让人得到精神上的宽慰。不过从故乡的救灾过程中,作者感受到了全国人民和祖国母亲的关爱。因此,这篇散文的宗旨最后落到这一点上:因为世间有爱,我们才能"栖水而居",故乡才能"栖水而居"。

中国文学的传统从整体而言是抒情的,对散文而言,"感情"更是其精神血脉。在严英秀的散文中,亲情是重要的主题,也构成了散文集《走出巴颜喀拉》情随事迁的独特意蕴。与《就连河流也不能带她回家》一样,《走出巴颜喀拉》重视对亲情的重叙和书写,对母亲的深沉怀念和记忆成为这部散文集中多篇作品呈现的主要内容,如《从此,天地邈远》《小病小记》《远方的幸福,是多少痛苦》等。

《远方的幸福,是多少痛苦》是一曲母爱的悲歌,编织在母爱网络中的还有大姐、姨夫、姨妈等亲朋好友和左邻右舍,作者通过日常生活以及当中的朴素情感构建起中国农村最淳朴的乡土社会。《从此,天地邈远》表达了作者失去母亲后切身体验到的孤独和无助,是一曲厚重的母爱倾诉,同时表现了作者的恋母、孝母情怀。《走出巴颜喀拉》讲述了作者在失去亲情后的自我拯救。"巴颜喀拉"作为一种不可抗拒的亲情境域,更是一个巨大的思念空间,"走出"便是一次拯救自我、抚慰伤痛的"旅行"。在与亲人们长久的相伴之后,顷刻的永别是最揪心的。"走出巴颜喀拉"是作者试图解脱伤痛的情感努力,但解脱后感受到的仍然是孤独,感叹自己"只是为了让荒原拥抱一个孤孤单单"的孩子。总之,作者从感恩层面书写了亲情,凸显了中国文学的传统,重续了中国古典文学中的孝道价值理念。

除了亲情、母爱之外,作者的成长之路也充满了温情。严英秀通过对过去时光的回忆建构起女性成长的叙事,并且将其渗透于散文和小说的创作中。散文《唯有旧日子给人安慰》叙述了她在师院的成长记忆。在绵密、细腻的文字中,作者以朴实深情的语言讲述师生、同窗、室友的三重情感,感情真挚而纯粹。《远方空无一物,为何给人安慰》表达的则是一种成长哲学,这是女性迈入成年后的反思。而在《这是一棵开花的树》中,作者借景抒情,充满诗情画意,用洗练的文字表达了对人生意义的追寻。作者把普世情怀升华为一种生命哲学,并连缀成一行行精美的文字,充盈着女性成长后的自信和美好。真如她自己所说"也许有一天,我们不再需要等待春天,我们的生命已经静静地长成了一座花开鸟鸣的大花园"。

总之,严英秀作为"70后"藏族知识分子和女性作家代表,她的散文集《走出巴颜喀拉》文笔细腻、语言优美、意境深邃,文字温情有高度,感情真挚接地气。她的散文在生命的体悟与成长的过程中,倾诉着人的社会意识与自然情怀,用真挚淳朴的笔调带领读者走向人类情感的"巴颜喀拉"。

论严英秀小说的写实文风与悲剧多元化表现

近几年,甘南文学创作成就丰硕,其长篇小说值得期待,严英秀的中篇小说增添了甘南文学的风采。严英秀是甘南籍人,这位女作家勤勤恳恳、深耕细作,在写作领域内成果丰硕,颇有影响。她的小说的确值得一读。

文学除了给精神生活增添愉悦之外,更伟大之处就是让我们走进不同时代的作家世界中,了解他们的人生观与世界观,从而启发我们如何应对生活中的种种险恶、灾难与悲剧等。文学在培养人的道德规范、维护人间真义的同时,也积极感化那些背弃伦理道德危害社会的另类人物,有十分重要的教育意义。严英秀试图从这一目的出发,积极进行文学创作。她的小说中常有乡村人的纯朴、年轻一代人的心跳、都市男女的心理刻画、城市生活的隐喻批判等。她是在继承沈从文创作风格的基础上重新塑造了甘南"新型乡镇"与"当代都市"两个世界,从而思考外来文化与民族文化的融合、都市人与乡土人之间不同理念的差异,在表现多重意义的主题时,常用现实主义的手法对人物命运进行审视。

一、严英秀笔下的都市真相

反映现实是中国文学自唐代新体乐府开创以来一直保持的传统美德,严英秀的小说也继承了汉乐府民歌"敢于哀乐,缘事而发"的叙事写实的优良传统,用诗意化的语言、情意化的对话来描绘一幕幕感人的生活画面,含蓄地写出甘南地域与当代都市生活中的一些人物,表现了当代乡土人与都市人相遇而对峙的矛盾冲突,从而渗透着她对故乡朴实民风的深深赞美和对当代都市人的无情批判。她非常善于思考当代乡土人的生存现状,时时关注着故乡人在时代变迁中的命运转折。

2010年8月8日发生在江城的特大泥石流,成为她心中挥之不去的阴影。她不断回忆江城遭遇泥石流的人们妻离子散、人畜瞬间消失、房屋转眼倒塌的残酷场面,来深深怜悯故乡人在平淡生活中遭遇的特大灾难,但她努力遏制自己悲痛的笔尖,尽量不去写泥石流的嚣张凶猛,人们惊慌失措、失声痛哭的残酷场面,常以对话、聚会、会餐、交流的方式暗喻泥石流带给人们的悲痛,用"轻构"手法娓娓道来,让读者去体悟这场灾难带给乡土人的巨大伤痛,从而揭示出人平安存活的意义。她是借泥石流的这股自然的外力,来批判都市观念对乡土观念的冲撞,如写泥石流中遇难的都市人黎帆时只写几句:"谁想到,这么快,现在,黎帆已经是下辈子的人了。"告诉读者外乡人在江城遇难的现实。她是在江城这片乡土上把现实主义推向深化从而进一步锤炼她的写实笔力。

严英秀的现实主义完成了两项内在的变化,首先她摒弃"美"和"爱"的虚幻性,坚持写自己熟悉的生活空间,是现实主义归于诚实;其次她描写熟悉的人物时,常把其与"民族"关系结合起来,是现实主义趋于开阔,这种坚实而开阔的现实主义,是甘南写实文学基本成熟的一个重要标志。在写实的背后,她对融入都市的故乡人在一定程度上是持批判态度的,她小说中的一些人,都是从故乡走出去的风云人物,他们是学术上有成就的博士、硕士或考上都市名牌大学的学子,他们成功后谋职寓居在发达城市,他们身上既有乡土的印迹,也有都市人的世俗理念,在血脉与观念落差不协调的生存理念中,他免不了沾染都市生活的一些恶习,因而对过去的感情、亲情、乡亲都有不同程度的失色与淡忘。她常以这些人物为焦点,提示我们认识民间疾苦,培养进步的人生观。

(一)对都市异地人乡井观念的再审视

在写都市异地人时,她的小说时时映射出一种浓烈的乡井意识,小说中始终含蓄地表现着现代人既向往都市生活又不愿意彻底抛弃生存土地的矛盾冲突。

陶渊明曾云:"羁鸟恋旧林,池鱼思故渊。"作为高级动物的人来说,这种思绪更为强烈,尤其是在离家之后。日常生活中,对于女性来说,终归要离开家到异乡生活,但是乡情始终是她们难以割舍的挂念。小说《雪候鸟》中的岳绒就是这样。她生在江城,长大后远嫁到异地上海,多少年过去,她依旧没有忘记江城的酸菜面、酿皮子、洋芋搅团等这些美食。小说是以一个文化回归的方式,关注江城人的生存现状,在这种和谐的小镇空间里寻找到达故乡的精神回归。吃洋芋搅团,对家乡来说是一个小小的消费,是离乡者的一次精神充实,是对故乡最虔诚的一种见证。"离别"在某种意义上说,就是一种牵挂,当牵挂远去的时候,心中则是一片天。司汤达说过文学要描写人,就应当充分描写人的自然本性,描写包括食、色等这些人的本能。

离别之后就是一个新的开始,离别就像迷茫大雾中的招手,隐隐看得见,却永远也走不到。岳绒嫁到上海,可以说是一种缘分吧,正如铁凝所说,世上没有无缘无故的爱,也没有无缘无故的恨,缘分有时候就会成为我们自责的唯一理由,成为我们精神最深层的自我安慰。

当亲人离去之时,我们手头无论有多么大的事都理应把它放下,否则你能安心地吃饭、工作吗?小说《雪候鸟》的开头,岳绒乘飞机抵达江城,是因为8月8日江城遭遇的特大泥石流,多少家庭妻离子散,一夜消失,这是多么惨痛的事,岳绒怀着担忧与难以预料事实的感知,十万火急抵达江城。

(二)世俗观念影响下的民族融合

读严英秀的小说,不难发现她与沈从文的小说有着千丝万缕的联系,无论是在人物形象的物色起名上,还是爱情悲剧的选材上,都继承了沈从文先生的独特遗风。从她的小说中,我们也同样能看到如同"边城"的两个世界,在这两个世界里,同样也能审视当代乡土人的纯朴与善良,以此鄙视都市人的冷漠与虚伪。她善于建构这种异类人的爱情,也善于解构这些异类人的爱情,在建构与解构的复杂过程中去批判都市人的欲望,赞扬乡土人的心灵美。

严英秀小说中塑造的人物,大多有浓厚的民族身份,作者在有意展开故事情节的同时,也似乎无意识地去考虑他们的生存问题,如婚姻问题、地域文化等。企图用外来的进步思想去改变故乡人的传统观念,努力引导他们适应当下社会。比如,《雨一直下》中的黎帆,他是汉族人,珑珠旺姆是江城少数民族,在江城的传统观念中藏族只能与藏族通婚,不能与汉族人做夫妻。小说有这么一段:"你知道吗?我们江城的藏族不能与外族通婚,我要和别的民族的小伙子谈恋爱,我阿爸就会把我赶出家门,阿妈也会气死。"在当代社会,江城的传统观念依然没有消亡,没有被现代文化同化,它禁锢了江城多少辈人的思想,破坏了多少自由恋爱,但是在珑珠旺姆这一代新型的乡镇人身上有了更高层次的认识,以她为代表的这一层人积极响应民族政策,主张民族融合,大胆寻求婚姻自由,提倡自由恋爱。小说有这样的情节:"阿妈,你何必拿个空架子呢?民族融合是大势所趋,别说民族,就是中国和世界,现在各方面也不是越来越一样,越来越走到一起了吗?阿妈,你也念过书,也是国家干部,一直在江城工作,也见过一些世面,你不能一辈子和你老家山寨里的那些人一个观念吧!"由此可见,作者在这个简单的对话之后要告诉我们三个层面的意义:一是传统观念仍然束缚着当下偏远山寨的人;二是有知识必须要走出去看看外面的世界;三是必须解放阿妈这一代人的思想,引领她们更积极地响应民族融合。当然,我们从珑珠旺姆这一代新型乡镇年轻人的身上看到了希望。

(三)家庭矛盾反思

严英秀通过小说批评世俗观念极强的年轻一代,他们大部分是从乡村走向城市,在城市里挣扎的年轻人。当今社会中伦理道德一步步丧失,就像太阳陷入乌云中一样,一点点变得灰暗,接下来就是暴风雨的降临。她的小说对青梅竹马含辛茹苦走到一起组建家庭,最后又不欢而散的人间姻缘给予了极大否定,并指出了这里面蕴含的人本问题,她试图用文学叙事批评和教育那些奔走在家庭边缘的夫妻双方,他们不和谐的家庭生活给老一辈人酿成的悲剧与伤痛。比如,发表于2011年《中国作家》(文学旬刊)第六期的小说《夜太黑》,文中陈宏凯与乔月这对不和谐的夫妻给老人造成的伤害。严英秀善于把笔墨延伸到家庭内部，扣住细小的环节，深刻挖掘造成家庭不和背后的原因。一部有价值的文学作品，在强调语言与主旨美的同时，应该多方面注重文学的社会价值与功用，她的小说对当下年轻一代的教育不仅仅在叙事当中，相信读懂她的人会深受启发的。

（四）以民族情怀观照现实生活

严英秀的小说，更多的是将人物聚焦在"家庭"这个小小的生活场景中。在这一基本的生存场中，人性的低贱与高贵，人格的灰暗与闪光，与所有书写以家庭为主题的作品并无本质区别。值得肯定的是，她无意识地让人物都带上了民族色彩，这些人物常有民族化的血性与善良，纯净与美好，还有慈爱和信仰，这恰恰是我们当下所需要继承与挖掘的优良传统。严英秀以她具备民族文化背景的熏陶、宗教文化的感染和汉语文化的修养，用文学作品给我们以民族化的观照。

她以一个民族作家的眼光来审视都市生活，然后以一个民族信仰的心灵去诠释都市人的诚信与友善，奸诈与妄为，并给予了恰当的遣责和批判。从严英秀的许多新作品来看，她力图感化那些违背孝悌的都市人，又试图从育人的层面出发，积极揭露都市人生，我想这是一个民族作家的独到之处。

她在小说中始终强调缘分，在缘分的定格下结交新朋友。爱情的不欢而散、人生的各种机遇与坎坷、人的命运变迁，都与缘分搅和在一起，让读者体验故事背后的生活哲理，比如，小说《雨一直下》《沦为朋友》等。在《沦为朋友》中有这样一个情节：梅沁给于怀杨写了封邮件。她感谢他终于懂得了爱情，拥有了完整的没有缺憾的人生。"于怀杨，一切相遇都是善缘，何况你我初见便是终生。"她是在"缘分"的力度下，让人物进行交流。严英秀的小说的确给予了人物更多民族化的观照，这是一个少数民族作家的闪光之处。

二、民族地区中的新乡镇人的悲剧

一个悲剧的时代，唯有用悲剧的情节方能深入地披露其社会底层的方方面面，也能呈现这个社会中的纠纷困苦及灾难频频的现实人生，从而以悲剧呼吁高尚的人道主义。

　　严英秀以乡土话题作为小说底蕴,以浓郁的地方色彩著称,又始终以她对故乡的热情态度去反思当下的风土人情、传统文化以及传统文明与现代都市中人性观念的变化差异为创作素材,去努力思考和发掘人内在的虚伪与丑恶,指责和批判生活于当代农村与现代都市夹缝中的新乡镇居民。这些乡镇居民,既向往现代都市的糜烂生活,又难以割舍故乡的一草一木,时常徘徊在离别与留守的双重矛盾中。她的小说更多地表现了这些人的柔弱心理。一部优秀的小说,应该给读者再现一些生活中异类的人物形象,以及与他们有关的如同"白马过青山一样"的凸显事件,并从这类事件中,让读者去反思青梅竹马的爱情、不期而遇的姻缘、没有结果的恋爱等。

　　在写实当中善于选取人物的悲剧命运,用悲剧故事刻画人物是她小说不露声色的苦涩风味。她也善于在得与失、忠诚与背叛、真情与假意、美与恶的矛盾关系中去关注人物的命运,为读者打开另一面人性的天窗,令人叹为观止。比如,《玉碎》这篇小说中的小姑是一个痴情女子,她有一个知心的男朋友,这个男朋友后来考上了上海的一所著名大学。文本中有一段这样写的:"小姑的大学男朋友上学需要小姑供,他的一切花费都是从小姑这里出的。小姑每个月都要给他寄钱。为了他,小姑每天下班时间都再找一些零工做。"可见这是多么感人的一种爱情现象,坚守、等待,并且付出了血汗的代价,可是终究还是一败涂地,没有结果。小说中又这样描写:小姑就病倒了。三天三夜,小姑全身发热,眼睛直直地干干地盯着哭得死去活来的奶奶。三天三夜,小姑不吃不睡,就那么躺着。小姑承受了爱情的折磨,一切心灵更严重的创伤,没有比坚守着的爱情毁灭的创伤更为沉重。小姑对这一结果的反应是三天三夜不吃不喝,二姑、郑洁、她的一家人的精神被这突如其来的抛弃击碎了。这段爱情的破灭,更多的是由于观念的差异,小姑的家人想要回血汗钱,但小姑誓死不让,谁知哥嫂去信提钱,钱被背弃她的男朋友退了回来。钱退回来了,小姑觉得她失去了人格与尊严,玉碎了,爱情支离破碎了,小姑的心也彻底碎了。小姑无法理解家人的行为,她不再是以恨伤爱,以德报怨的小姑,她觉得没有颜面活在人世间,于是更为巨大的悲剧再次上演了。小说这样写道:"那一阵儿,奶奶到底没有晕过去,奶奶晕过去的第二天,彻夜不归的小姑被人们从河里打捞出来。"

这段人间姻缘终究以死亡悲剧告终。致死小姑的主要原因是爱情的破灭,尊严的丧失。小姑是一个善良纯真的乡镇女孩,她是孤独的,她是不被这个家庭理解和接受的。她的身上有着乡土人的朴实,有着强烈的宗法观念与人格尺度,这一切都是新型乡镇人的性格特征。小姑以死宣告了自己对爱情的执着,她的爱情悲剧表现了都市生活与传统道德之间的一种冲突,是都市文化对纯朴人性的一种侵袭。

严英秀用写实手法叙述生活中这些典型的爱情,以及爱情背后发生的巨大悲剧。严英秀笔下的爱情是没有完美结局的,如小姑的爱情结局、黎帆的悲剧、珑珠旺姆的爱情、董一莲与何染的传奇爱情等。这一方面是受沈从文创作的影响,另一方面是源于作家个人的生活历练,避开揭示爱情背后更深层的意义不说,她是要以爱情的笔法告诉我们,爱情看似简单,但它对人造成的影响超出了我们的想象。她笔下的一些新乡镇人鼠目寸光,身上有着虚伪、冷酷的秉性,这些不良的习惯影响着他们的生活。比如,本篇中的郑洁也为虚伪性所控,玉镯一直是她心中日思夜想的装饰,最后打碎玉镯,陷入非常尴尬的境地。严英秀的小说刻画了现实生活中人性的懦弱、贪婪、虚荣及追求表面形式的自私心理。小说《玉碎》中,玉镯作为贯穿全篇的主线,是郑洁这一类新乡镇人的唯一精神追求,从他们对玉镯的追求中可以看出这些乡镇人的各种虚荣观念、狭隘的生活空间、容易满足的生活欲望及自私的心理本真。小说中所塑造的人物在少数民族文学作家中是不可多得的。

三、对悲剧的多元化呈现

悲剧是美的残缺,伟大的悲剧就是伟大的缺失。悲剧留给读者最明显的感观就是"遗憾"。读严英秀的小说,处处都有悲剧的情节,有时让人觉得遗憾无穷,有时让人伤心落泪,有时又不得不对生活进行深深的反思。可能是为了减轻读者思绪沉重的砝码,作者对悲剧做了较为合理的处置。

(一)用浪漫的手法"轻构"死亡悲剧

一个人的离去,对他周围的人来说,就是一个悲剧,包括家庭、婚姻、个人与社会。严英秀小说中悲剧屡屡发生、比比皆是。中国戏剧学院的谢柏良先生说,生存与死亡问题是悲剧起源的问题之一,在人生的红白喜事当中以为人活七十岁以上死去是生命的自然归宿,是所谓的得尽天年。当人死于非命,死于飞来横祸,不能得尽天年的死,被认为是死亡的悲剧。

小说《雪候鸟》中的秋子、《雨一直下》中的黎帆等,这些人都死于泥石流这一飞来横祸,他们给身边的亲人造成的悲痛要远远大于得尽天年的死亡。试想与我们面对面手拉手的人,一夜之间或者几小时之内就要阴阳两隔,谁还会有勇气承受这样突如其来的事实。但现实就是这样,说发生就发生了。就如小说《雨一直下》中的黎帆说找不见就找不见了,严英秀是用朴实的话语、浪漫的表现手法"轻构"这一悲剧,旨在努力减轻读者阅读时的沉重思绪。

《雨一直下》中设了两个情节,黎帆被泥石流冲走之后亲人们都陷入巨大的悲痛之中,可阿妈却说黎帆已经转世了,前天夜里给她托梦、谢她的超度……这些情节的设置极其传奇,不仅给活着的人心灵上以巨大的安慰,而且缓解了读者悲伤沉重的思绪,这当中折射出了人性的善良,抚平了生者心灵的巨大创伤,从而减轻了悲剧成分,使人难以看到泣血的心,无光的月。

严英秀善于发掘悲剧,也善于轻构悲剧,的确,读她的小说,你的心情经常会从悲剧中走出来。

我们再看另一个人物的轻构,本篇小说最后,珑珠旺姆这位医术精湛的医生,在医院发生的医闹事件中被重器击倒,作者也描述得非常浪漫,她把一个勤勤恳恳忠于职守的白衣天使,无缘无故地倒在医闹事件的事实写得那么浪漫:"她缓缓倒下去,院长的声音渐渐隐去,万千嘈杂的打闹声渐渐隐去,天地一片辽阔的静。她软软地倒下去,只有一个声音在耳边响起,像一首缭绕的古歌:旺姆,你听到家乡的雨声了吗?听到了吗?听到了吗?"在这简短细节描写当中,我们看不到死亡,但这就是一个医学博士最后的结局。我们这个世界粗暴、愚钝、蛮不讲理的污垢处处皆是,她是以美化悲剧提示我们爱与善的重要意义。她的小说常把酿成悲剧的缘由设置为飞来横祸,让人对死者怀念、对生命珍爱。

(二) 用传奇手法淡化异类人的爱情悲剧

对爱情悲剧进行传奇性的美化是严英秀的小说抒写爱情的亮丽之笔。她小说中的爱情,大多写的是从新型乡镇走出去旅居在都市中的青年人的爱情。他们虽旅居他乡,但身上不失乡土气息,他们同样有工作烦恼、家庭矛盾造成的压抑与绝望,可他们始终没有摆脱放弃旧家庭重建新家庭的不良欲望,正如阿来所说的,有时候,一个人的心会分成两半,一半要这样,一半要那样。一个人的脑子里也会响起两种声音。她在小说中塑造出这一系列活生生的人物形象,折射出了新乡镇知识分子家庭内部的种种不和谐,以及在社会压力下忍辱负重地存活在家庭圈子中的男女双方,他们身上既有着抚养孩子的良知,又有着重新寻求爱情再次组建家庭的不良欲望。他们也有一见钟情的传奇姻缘,有过相思相守、美梦几乎成真的经历,但是终究没有走出现实家庭的牢笼,没有抛弃作为父母的良知,因而这些美好的爱情不欢而散。这类爱情虽然也是爱情的悲剧,但终究不是那么感人,因为在读者的心目中痴爱的双方似乎丧失了人道主义的本色。读者也会掂量这种出轨式的爱情与原始爱情哪个更高贵的问题。但严英秀用浪漫与传奇手法对这类不现实的爱情悲剧进行了美化。

如小说《被风吹过的夏天》中,开头用倒叙的手法设置了一个可怕的梦,梦中的女主人公董一莲最后死在情人何染的怀抱中。把一对恋人安放在梦中,先加深他们痴爱的程度,再去给读者设置一个类似于罗密欧与朱丽叶的悲剧场面,然后进行美化,说出那是一场噩梦,我们顺着人物生活空间一直找下去,才发现男女双方是一见钟情的爱情传奇,也差点儿酿成"闪婚"的佳话。当双方一见钟情之后便相思成疾、海誓山盟,终于双方都没有抛弃情爱的冲动,他们相约在一家酒店,一个是千里迢迢赶到酒店的何染,一个是风尘仆仆背弃家庭前来赴约的董一莲,他们在豪华酒店里将要再次点燃"老夫聊发少年狂"的情爱时,但由于良心的谴责,董一莲遏制了自己的情欲,没有出轨。终于又结束了这桩一见钟情、海誓山盟的爱情。她是这样写的:"然而,她是爱他的。她怎么能如此地对不起这个千里迢迢地奔着爱而来的男人,她怎么能如此地亏待自己三个月来的相思煎熬,她怎么能如此地辜负在她心里已千山万水的这一份一辈子的爱?不!她要叫醒他,她要说,染,我愿意,我愿意把自己给你。她冲动地脱掉身上的衣服,但同时,伸手之际,她感到自己的空虚,自己的生硬和无力。终于,她泄气了。"

这里面有做人的良知,有乡下人的朴实,也有年华流逝的无奈等,众多因素交织在一起终结了这桩异类人的爱情。这是在乡下人与都市人相遇而对峙的矛盾冲突中,最后是乡下人的自尊自爱战胜了都市人无限膨胀的欲望。严英秀对人物的矛盾揭发是非常深刻的,在这一场爱情悲剧的画廊里,我们看到了朴实的乡土遗风,看到了人性美。

严英秀在铺开悲剧屏障的同时,又试图展示乡里人的本真与朴实,我们既看到了悲剧,也看到了人性美。这一结局安排,似乎超越了悲剧,达到了令人回味无穷的壮美境界。

总之,严英秀善于用写实手法抽丝剥茧般地揭示都市最深层的秘密,她用自己独特的视角去打捞都市生活中不该发生的那一段段孽缘,以及它背后隐藏着的巨大伤害,时时为我们敲响人命运沉沦与转折的警钟。她是善于建构悲剧也善于解构悲剧的甘南籍实力作家之一,她的创作为我们提供了不曾经历却期待已久的阅读经验。

论严英秀汉语文学创作的藏族文化气质

在中国当代藏族作家的汉语文学创作中,严英秀非常值得关注。她是一位独具特色的作家,2011年入选"甘肃小说八骏"。作为大学教授,她涉猎广泛,游走于小说、诗歌、散文、评论等多种文体之间,成就不凡。21世纪以来,她先后出版中短篇小说集《纸飞机》《严英秀的小说》《一直很安静》《芳菲歇》,长篇小说《归去来》,散文集《就连河流也不能带她回家》《走出巴颜喀拉》,评论集《照亮你的灵魂》等,获得过省内外多种文学奖项。

严英秀是一个地道的藏族作家,出生于中国西部农耕文明与游牧文明交汇地带的甘肃南部。她的家乡气候温润,被称为"藏乡江南,泉城舟曲"。这片桃花源般的土地,曾多次遭遇山洪、泥石流、地震等自然灾害的侵袭,但在党和国家以及全国人民的帮助下,全新的舟曲县城拔地而起,如今的舟曲是一个富有现代文明气息的诗意藏地。严英秀生在这里,长在城镇,是较早融入现代文明城市的藏族女性,虽然她缺乏一些藏族作家游牧草原的生活经验,但藏族传统文化理念深深烙印在她的心中,使她的作品处处渗透着藏文化的气质情韵,具体体现在诗意化的小说呈现和高境界的散文诉求两个方面。

中国文学从《诗经》起,就开始了对生命的观照和书写,关于生存和死亡的书写,向来是中国文学的宏大主题。严英秀的创作,可谓是将"生命"和"爱"这两大深沉的生存哲学命题贯穿始终,将中国传统文化和藏文化中特有的生命不死、众生互爱、宽容、救赎、慈善等价值观春风化雨般地嵌入现代人的悲欢故事中,构建了独具特色的新型都市文学风景线。

2010年8月8日,严英秀的故乡遭遇特大山洪泥石流,县城几乎被埋没于泥沙之中。面对如此意外和残酷的自然灾难,作家何为？从一些创作谈中,可以读到严英秀的痛苦、无奈、无法释然。几年后,她在《归去来》《雨一直下》《雪候鸟》等作品中,直面了这场绕不过去的灾难。严英秀别开生面地对生命和死亡进行了诗意化的重构。《雨一直下》中,不仅江城本地的遇难者,就连偶经此地的外乡人黎帆,也在藏族阿妈的执念里转世轮回。因此,严英秀的书写,从深层意义上讲,是一种充满了重建精神的救赎式的书写。

在小说《手工时间》中,杜芮的失眠与老公的贪睡形成鲜明反差,夫妻情感长时间隔膜,但是一次意外的怀孕,给这个冷漠多日的家庭带来了无限阳光,两人格外呵护这个小生命,夫妻之间有了诗意般的浪漫。然而,这个小生命未能出世就已结束,这对夫妇背负着心理的重担,度过了情感最艰难的时刻,终于迎来了又一个新生命的到来。也许,是那个失去的"旧生命"带走了所有病源,带走了生命深处的"原罪",第二个生命才得以安然无恙地降临到这个世界。

热爱生命是人的天性,生命书写是文学的天性。云格尔《死论》提道:"每个生命的经验均以死为方向,这乃是生命经验之本质。死乃是一种形式与结构,我们唯有在此形式与结构之中才被给予生命。"也就是说,书写生命,必然要书写死亡这个沉重的话题。但严英秀的小说,重构死亡的沉重与悲痛,对"生命过程"进行诗意化的书写,充满了东方悲剧的审美韵味。

散文是严英秀除小说以外重要的创作方向。严英秀以藏文化中所宣扬的仁爱、平等、人性、正义、尊严、和谐等人类一直追求的高尚境界为自己的精神诉求,创作了诸多具有"性灵"特征的散文美篇。以《就连河流也不能带她回家》为例,这部散文集中有很多直击人心的文字,最感人肺腑的篇章便是《天之大》。在这篇近两万字的长文里,严英秀以泣血之情抒发了失母之痛,用最悲鸣的基调抒发了母亲被病魔剥夺生命、自己却无力拯救时的无奈和愧疚。她把所有的伤痛汇集成一句话:"我不是要纪念你,我是想救出我自己。"

严英秀深谙时代精神，又自觉追溯民族文化传统，以不同的题材视角、不同的创作风格、不同的性别立场、不同的文化维度，多层次、全方位地书写了人的生命境遇和世情生活，创作了内容多样、风格独特的小说和富有民族文化情怀的灵性散文。她树立了从现代都市到返回原乡这条清晰的写作路线，并以藏族知识女性的精神情怀为坐标，打开了中国当代文学创作的又一路径。

城市、乡土，生命与梦想
——论严英秀长篇小说《狂流》的主题意向

长篇小说《狂流》(安徽文艺出版社，2022年版)是藏族作家严英秀2022年完成的首部长篇小说，也可以看成严英秀长篇小说的尝试之作。相比她前期的中短篇小说，这是严英秀在"四十而不惑"与"五十而知天命"的时间节点之年创作的一部长篇。创作这部小说时，作家严英秀的生活中适逢了子女的长大，父母的年迈与离世等多重人生境遇。相比其青春期的小说，这部小说对城市生活的庸俗，乡土伦理的变迁，人性的渐变与走向，悖理于表面的生活真相，生命的意义，以及对青年人将来的创业与发展有着更深刻、更理性的思考，可以说处处充满了社会学价值。

长篇小说《狂流》中以江城小镇与新型县城、孜州大学、广州等南北方城市为叙事畛域，深沉表现了新时期以来中国乡土社会的发展，诚挚再现了"70后"的生存观念与价值观追求。小说主要以"江城"这一地域文化为视角，书写了21世纪以来，中国乡村年轻人的成长与迷失。在这部长篇小说中，作者借助多部中短篇小说创作的经验，细致入微地探讨了青年人的真实生活处境与城市梦想之距离。小说主要聚焦于"江城"这一地域中打拼的几个文艺青年的成长历程，尤其是在叙述年轻人思想成熟的过程中，作者深入探讨了城市文明、电影文化、音乐文化、商业文化、流行文化等对新型乡镇的带动和刺激。20世纪90年代，中国社会迅速进入全球化，快节奏的城市生活、城市文明、城市的便利和荣耀,对中国传统乡土社会产生了较强的冲击和吸引,使年轻一代的乡村人涌入城市,对城市生活充满了向往和追求。作家严英秀以个人的生活经验为叙述积淀,以年轻人的爱情观为切入口,来剖析农村"70后"的城市梦想与精神返乡。

一、乡土观念的强势与被阻止的城市梦想

受快节奏的城市生活的吸引,中国农村女性长大后大多向往城市生活。其立足于城市生活的可能性主要有两方面:一是行走人间正道,也就是努力学习,考上理想的大学,大学毕业之后,在城市中找到合适的工作;二是找一个城市里有稳定工作的公职人员为丈夫,落户于城市生儿育女,就自然实现了她们的城市梦想。长篇小说《狂流》在写年轻女性的城市梦想时,紧紧扣住了"离乡与还乡""成长与创业""失败与成功""放弃与执着"等思想矛盾表现了她们的迷失与悲欢。这样的书写,不但对当代青年人的成长提供了不少经验与借鉴,也为城市与乡村和谐发展搭建了思路。在新时代全面推动"以城带乡"的发展思路等方面,有着十分重要的意义。由此看来,这部小说的创作价值不仅仅是成长、爱情、梦想等简单的故事叙述,它对以城带乡、城乡纽带搭建和城乡均衡发展都有着十分重要的参考价值。

21世纪以来,从乡村进入城市,在多维文化缤纷岁月中生活多年的作家严英秀,回望和检视了"70后"乡村人的成长史与追梦路,并以歌曲"狂流"命名形成近40万字长篇小说,其成为21世纪少数民族作家长篇小说创作上的又一高峰。诚然,作为一部长篇,背后一定会有广阔的历史背景。《狂流》的写作背景是改革开放以后至21世纪的二十年,这五十多年的时间里,中国社会历经了改革开放、迅速全球化、市场竞争机制、新媒体时代、商业文化和多元文化交汇并举的后乡土时代、新时代、新农村建设等几个重要的变革与转型。诸多的社会转型引起和带动了乡村社会的发展和变迁。陆益龙在《后乡土中国》一书中说:"改革开放首选从乡村改革开始,乡村改革的全面推进,带动了乡村社会会结构发生巨大变迁或转型。……与此同时,去集体化后的个体农民

和个体农户,其分散性又在一定程度上得以提高,而且,个体性增强也大大推动了乡村社会的流动性,从而意味着乡村及农民与外部世界的关系发生了巨大变化。"① 由此可见,乡村社会变化,最终影响到人观念的变化。

  穿越小说文本,我们从何卫红与顾一鸣曲折的爱情中可以看出新旧两代人生存观念之间的矛盾冲突。小说中何卫红与顾一鸣的爱情刚起步时就遭遇何母的反对,但在平凡的来往中,何母发现了顾一鸣朴实的人性光辉。顾一鸣的职业是红星镇的一名教师,这将是他终身的"铁饭碗"。除此之外,他还学得一手木艺制作绝活。他会用木料制作家具、桌椅、茶几等基本生活用具,这又是他吃饭的一条门路。有了这两大生活门路,他以后的生活就可以高枕无忧了。这一点对于刚刚走过改革开放前的何母来说,已经从精神上接受了顾一鸣。再加上顾一鸣老实、憨厚的言行,不断地打动着何母,使何母铁定心思接纳了顾一鸣,此时,顾一鸣已经成为她心中最理想的女婿了。当顾一鸣与何卫红订婚之后,他们中间又出现了彭歆。彭歆是来自县城的文艺青年,有着非常好的形象与素养,而且他以悠扬的歌声、出色的才华、端正的相貌和不凡的气质吸引了何卫红,使何卫红有了与顾一鸣解除婚约的念头。但此时她个人的选择遭到了所有人的反对,就连送信的邮递员张伯伯也不顾自己的职责规约,和何母联手阻断了何卫红与彭歆的来往。可见何母已经铁定心思地认准了顾一鸣。何母的观念代表了"60后"择婿的标准,那就是朴实、可靠的本地人。但为了彻底阻断彭歆与女儿情感的牵连,何母与张伯伯联手私自扣留了何卫红与彭歆的信件,致使他们互相误解,最后不欢而散。

  阅读小说,就不难发现何卫红移情别恋喜欢上了彭歆,这完全是她自己的选择。她的选择中,不能否定彭歆的家庭背景,他来自县城,这无疑是现代都市、城市文明对何卫红产生的吸引。何母亲手掐断了女儿何卫红与彭歆之间爱情发展的"火线",她的行为属于典型的乡土人的"恋女"行为。费孝通在《乡土中国 生育制度》中说:"父母

---

① 陆益龙:《后乡土中国》,商务印书馆2017年版,第224页。

把他们的理想交卸给子女,而且有权来监视他们子女的行为。他们代表社会来执行抚育的任务。"① 由此看来,何母的行为具有其合理性的一面。这其中更为主要的原因正如贺雪峰在《新乡土中国》中所说的"养儿防老"②意识的影响。因为彭歆来自县城,并且他的身份是外乡人,何卫红倘若与彭歆完婚,意味着何卫红以后会与家、与乡土之间的距离越来越远。相比之下,顾一鸣是土生土长的江城孩子,他有不愁生存问题的手艺绝活,也有稳定的工作,何卫红倘若与顾一鸣完婚,将预示着何卫红永远扎根乡土,能够关照父母,她的父母也可以享受乡土社会所谓的"天伦之乐"。从这一方面看,无疑暴露了乡土社会中老一代人的保守和自私。王开玉在《立体社会观察》一著中说:"由于多种原因,使得如今农村的空巢老人家庭成为一种普遍存在的事实。首先由于计划生育政策的实施,父母在五十岁左右,子女就已经成年,结婚后成立自己的小家庭后,原家庭造成'空巢'期前移;其次,一些家庭的孩子考取大学后留在城市里工作生活,不再回到父母的身边,造成空巢的家庭增多。"③当然,这是一个社会问题,谁都无法理解"空巢"老人的孤单和寂寞。

在中国乡土文学中,沈从文最早体会了这一社会弊病,他的小说《边城》也是一个空巢家庭前移的征兆。而沈从文在短篇小说《三三》中写到了一个来自城里的年轻人,他在三三家的磨坊上游钓鱼,后来三三喜欢上了那个钓鱼的外乡人,当三三铁定心思怀着希望去找那个城里人时,那个城里人却意外地病殁,三三进城的美梦落空了。从创作的地域特征看,沈从文是在"湘西"和"都市"两个世界中提取素材,书写两重世界里的人与事。严英秀与沈从文的叙事有一定的相似性,尤其是从民族身份上看,沈从文是苗族,他们同苗族人砸断骨头还连着筋,因此沈从文文本中的情感完全倾注于苗族人的身上,他关注和同情的是下层苗族人,如翠翠、萧萧、三三等。由此看来,小说中何母阻止女儿何卫红与彭歆的爱情,有她个人的合理性思考,她的思考是符合中国

---

① 费孝通:《乡土中国 生育制度》,北京大学出版社2010年版,第205页。
② 贺雪峰:《新乡土中国》,北京大学出版社2013年版,第210页。
③ 王开玉主编:《立体社会观察》,社会科学文献出版社2010年版,第137页。

乡土社会的逻辑的。

严英秀是藏族,她在都市调频广播中陈述她的十个问题时说:"从民族文化内涵的角度探析,我的文学都是藏族文学的血脉分支,是藏族文学的有机构成。时代发展到今天,任何一个民族的文学都不会是一成不变,千人一面的,所以,当代藏族作家的队伍中有一个看似很另类的我,也算是我为自己本民族文学的多样性尽了绵薄之力吧。而且,显然这是文学上的身份主义的突破,并不说明民族身份对我的创作没有影响,事实上,恰恰相反。一个人在母族文化的哺育和滋养中一点点成长,这样的浸染肯定会潜移默化地塑造、成就他的个性特质,这种影响或许是无形的,但却是巨大的。总之,我认为藏族文化中的许多共性,与我个人的性格、气质和精神追求非常契合。"(严英秀访谈)不难发现,这样的契合,让她不自觉地去同情藏族女性。《狂流》中何卫红订婚后,又喜欢上彭歆,之后便与何母发生了"智"的较量,当然这样的较量,并不是简单意义的母女逗趣,而是中国乡村社会变迁中女性婚姻意识的觉醒,是新旧观念之间的冲突。母亲的沉稳与何卫红的浮躁,恰恰代表了老一代人的守旧与年轻一代的嬗变,这一切都源于这个遽变的乡土时代,源于商业文化不断得以张扬的新型城市,这种血缘和地缘却让人变得浮躁、盲目、不知所措。这正是乡土社会转型中年轻一代的困惑和迷茫。

当然,这一桩婚姻中,作者刻意写出了顾一鸣当选为红星一中校长的事情,这也许就是给何卫红的城市梦破灭之后的一个变相补偿。虽然何卫红为她自己的选择挣扎了一番,但最终以失败告终,从此,她的城市梦也就破灭了,这一切就像命中注定一样,注定她生存的世界就是乡土。

二、城、乡观念之冲突与破败的城市梦

20世纪90年代成长起来的大学生,他们怀着远大理想与城市梦想,辛苦打拼下属于自己的一片天地,但他们缺乏对迅速发展的社会机制和日趋复杂的人性的考量与理性的判断。受女性性别特征的影响,

严英秀更擅长关注女性生活的方方面面。事实上,女性承担着生儿育女、繁衍社会生命个体的重任,可以说,她们以抚育生命的本能推动着社会不断向前发展。因此,后乡土时代的中国文学倾向于女性书写,这本身有其合理性的一面。

长篇小说《狂流》生成于甘肃这片土地,当然,其所涵盖的是甘肃社会的发展进程,乡村社会向城市转型过程中的艰难和庞杂,这首先表现在乡村人与城市人之间生存观念的冲突、城市身份的认同、城市带给乡村人的荣耀感与幸福想象等。小说几乎可以说是一代文艺青年的成长史与创业史,从他们充满激情的求学打拼中,我们能够看出乡村社会中青年人的成长与迷茫。诚然,在社会变革与转型中,社会制度无疑成为社会学家们关注的重要对象。马林诺夫斯基在《文化论》一书中结合社会制度定义说:"社会制度是人类活动有组织的体系。任何社会制度都针对一种基本需要;在谋一合作的事务上永久团集着的一群人中,它具有一套规律及技术;任何社会制度都建筑在一套物质的基础上,包括环境的一部分及其种种的文化设备。"① 长篇小说《狂流》中,作者主要通过何果儿与彭歆之间的爱情决裂来反映乡村社会与城市生存观念之间的冲突。小说中的彭歆始终是作者要塑造的城市青年,他第一次与何果儿相遇时已经是一个典型的城市青年,同时也是果儿的姐姐移情别恋的梦中情郎。多年后,他再次与何果儿相遇是在孜州大学的《西方美学史》课堂上,此时,他已成为名副其实的海归人才。从社会关系层面看,他已经是一个离异的男人。但他曾经的形象,他的才学,他的工作单位,加上他对何果儿一味"奉献"式地穷追不舍,使何果儿终于说服了自己。在逐步向他妥协的过程中,何果儿的心理始终是矛盾的,假如她和彭歆成为夫妻,她将如何面对姐姐,如何面对父母,此时她如同那个明代文言短篇小说中,带着从良妓女杜十娘,没有勇气回家的李甲。想当年李甲带着杜十娘坐在归乡的船上时说:"贱室不足虑,所虑者老父性严,尚费踌躇耳!"② 小说中,当何果儿与彭歆的爱情在班里公开后,何果儿困惑的是难以面对父母和姐姐,小说中写道:"可是,她怎

---

① [英]马林诺夫斯基:《文化论》,费孝通等译,商务印书馆1940年版,第17页。
② (明)冯梦龙:《警世通言》,中华书局2021年版,第327页。

么对家里讲？爸爸妈妈如何看待这事？每次想到这个,何果儿止不住全身战栗。她怕极了,她闭上眼睛就能想象自己的事会在家里引起怎样的震动。"①作者还进一步写到了何果儿的梦,说:"梦里,爸爸妈妈不打她,不骂她,他们只能用从来没有过的陌生眼神冷冷地打量她。而姐姐狂笑着,姐姐笑得喘不过气,说不成话,姐姐披头散发,手指着果儿反反复复地喊几个字:彭歆、果儿,你们好啊！你们好啊,果儿彭歆。"②由此看来,何果儿放弃彭歆的最主要原因,并不是彭歆告发了蓝思敏篡改个人档案之事,此事,只能成为何果儿放弃彭歆的直接理由,当然这背后更大的冲突还是城乡之间观念的差异。彭歆追求的是现实,讲究的是"胜者王侯败者寇"的个人利益,而何果儿本着的是道德底线,她持守着乡土社会中最纯真的人情,是"一碗酒"的生死之交,是永恒的友情。从另一方面看,更是她的恋母情结,假如她留在孜州大学,她就会远离乡土、远离母亲。这一切都成为她放弃彭歆的理由。

当然20世纪90年代是这部小说主要的叙事背景,小说命名为"狂流",这既是一首歌,也是一种流行文化,伴随这首歌的还有霓虹灯闪烁的城市,喧嚣声不止的酒吧、卡拉OK、录像室、露天电影院等日益勃兴的商业文化。我们从小说中明显地感受到流行文化、商业文化对年轻一代产生的吸引及带来的负面影响,同时,这个时代的流行文化与传统、保守的乡土文化之间存在不可调和的矛盾冲突。

从这部小说中看,作者以何果儿小学、中学、大学,直到成年后走向社会,而立之年后复归"家园"的经历为主要叙事线索,来表现"70后"一代成长中的妥协与乡土坚守,以及对纯真感情的执着,并借此讴歌了真情、真爱和理想主义的传统美德。随着主人公何果儿不断辗转的足迹,作者勾勒出了西北乡镇、县城、省城,及改革开放后南方重要城市广州、深圳和首都北京在三十年变迁中的典型形貌,充分展现城市化进程给普通人的生活、命运带来的影响。小说构建了"70后"的成长史、青春史,是一曲纯真年代的讴歌,是为所有人经历的美好时代唱响的一曲

---

① 严英秀:《狂流》,安徽文艺出版社2022年版,第228页。
② 同上书,第228、423、424页。

《青春无悔》,是满满的"70后"的青春回忆。我们知道,"70后"成长在一个驳杂、多变的90年代,他们不少人成为社会的体验者与尝试者。马拉、弋舟等"70后"作家的作品对"70后"投入了更多的关注和思考。

严英秀自己说过:"我是一个女性,我做不到超越性别,我必然地更为关注现实生活中我所熟悉的女性群体的种种生存境况和心灵遭遇。当然不光是我,你注意一下就会发现,凡是女性作家写得更多的其实都是女性的喜怒哀乐,女性的恋爱婚姻,这样的关注点几乎是注定的。"(严英秀解说词)

对于这部长篇小说的创作历程,严英秀在都市调频广播平台上也谈道:"这部长篇断断续续写了有五六年。慢是我的缺点,也是优点。人物塑造,命运书写,这些大的方面且不说,在经历三十年时间跨度的叙事中,我自认为做到了没有背离时代史实的环境描写,细节展现。不会有一处今天的流行词汇,从当年人的嘴里出现这样的情况。我这人比较认死理,读书、看影视剧,发现年代啊、地点啊、季节啊等等这些一般不会被太关注的地方有硬伤,就觉得特别遗憾。自己的作品里,就更是不会容忍。尤其,对于这样一部关于大时代的驳杂记忆与文化反思的小说。"可见作者是站在一个过去的历史长河里,遵循历史事实,追随着三十年清晰的时代记忆,完成了一个关于新时代中国乡土社会变迁史的叙事。从这部小说中,我们认识到中国当代"美丽乡村"所经历的复杂与艰难。

三、回归家园与重建故乡的永恒梦

可以把长篇小说《狂流》看作一部新时代的乡土小说,理由有二:其一,作家严英秀是土生土长的舟曲人;其二,小说中建构的江城小镇中有不少的乡村痕迹,包括江城中的风味小吃,江城朴实的民风等。这无疑表现了作家对江城的依恋和回望。

诚然,乡土小说的主题,原则上要书写主人公回归乡土的事实,但如何说清主人公回乡的理由,这将是考量作家处理小说情节的经验与手段。路遥的长篇小说《人生》中写到高加林最终回到了高家村,原因是他丢掉了省城的工作后,在城里遭遇了走投无路的人生困境,此时,他想起了乡村的亲人,想起了刘巧珍,想起了德顺爷爷等。他选择了回乡,他的回归实属无可奈何的人生选择。当他回到故乡时德顺爷爷在村口等他,对他的第一句开训便是:"你再也不要看不起咱这山乡圪佬了。"① 这是给他的最忠诚的告慰。由此可以看出,他回归故乡时,故乡的人还是能理解他,还是无理由地接纳了他,就连他曾经抛弃的巧珍也谋划着为他找一份安稳的工作。这使高加林的城市梦破灭之后,又重新认识了巧珍,但此时的刘巧珍已经成为他人之妻,根本不可能再和高加林"破镜重圆"。德顺爷爷给高加林的告诫是:"好好重新开始你的人生吧……巧珍,多好的娃娃!那心就像金子一样……金子一样啊……"高加林一下子扑倒在德顺爷爷的脚下,两只手紧紧抓着两把黄土,沉痛地呻吟着,喊了一声:"我的亲人哪……"② 可见,高加林就是从农村走向城市的尝试者,是怀着城市梦的失败者。他的回归是毫无意义的,是走投无路的回归。可以说,高加林是20世纪90年代路遥塑造的怀有城市梦的青年形象,他进城后的高傲自大、好高骛远等无疑暴露了乡村人的自负与轻浮。中国当代诸多的返城文学、乡土写作、非虚构写作中,作家力图找回文学对时代产生的启示,也努力表现出文学本身的意义。

在中国社会飞速发展的当下,不断提倡城乡之间均衡发展,努力建构城乡之间的"纽带"。而今,面对土地荒芜、搁置、丢弃,面对一天天被城市"掏空"的后乡村,文学何为?面对人流涌动的大城市,以及如何为人们挪移出喘息的空间,文学又何为?这必然成为作家们深入思考的话题。乡土文学理应施之于精神性的疗救和启示。

长篇小说《狂流》的神来之笔就在于结尾"回乡"的这一高格调书写上。这一点也可以与沈从文小说相媲美。沈从文小说中的女主人公大多怀揣着走出乡土的梦想,但她们永远也走不出故土,如《三三》中的三三,《萧萧》中的萧萧等。这部小说的最后,在大城市已经立稳足的何果儿突然选择了回归,直接原因是她姐姐在地震中为保护学生而献身。"她倾尽全力,终究未能抵挡一场从天而降的大灾难。"小说中

---

① 路遥:《人生》,北京十月文艺出版社2021年版,第212页。
② 同上。

写道:"姐姐没了,何果儿不能接受没有姐姐的世界,这是浓于水的血脉情,更何况她的父母拒绝了儿女们接往城市轮流照料的孝心。"但这还不能成为她回归乡土的唯一理由。诚然,何果儿的回归,也是她对"知识改变命运"的这一最普遍真理的认知,可能是何果儿经历了大城市艰辛的创业之后,认识到了知识对这个时代,对乡村发展,对农村人成长的重要意义。所以小说最后,面对一头扎根于江城,发誓要守候女儿灵魂(何卫红)的年迈父母,面对江城遭遇的"天灾",面对"一方有难,八方支援"的人间大爱,何果儿放弃了城市里的所有,坚定地选择了在江城做一名语文老师,重新开启了她的人生旅程。

  中国当代乡土文学中有不少作家写到了返乡者,但大多是在城市中创业失败的返乡者,如路遥小说中的高加林、扎西才让小说中的菩萨保等。当然创业失败,这是很多梦想城市生活者回归乡土的直接原因。因为土地永远是他们的后路,是他们"骑驴找马"的精神之本。贾平凹的小说《极花》结尾中,胡蝶被拐卖到了偏僻、落后、观念保守的圪壋村,但她为了不让儿子兔子没有娘,她重新回到了一贫如洗的圪壋村。由此看来,何果儿回归乡土,本身有着启示性意义。中国传统文化观念中认为"嫁出去的姑娘,泼出去的水",这意味着姑娘嫁出去,你回也只是短暂地回娘家,你的生存之地永远是"婆家"。长篇小说《狂流》中何果儿在城市中选择了自由恋爱,她不但没有回归于婆家,还将另一名文艺青年常翔东带回江城,肩负起了江城中学的美术老师的育人重任。鲁迅说过:"无穷的远方、无数的人们,都和我有关。"

  这部小说最后写道,当地震发生之后,大哥大嫂、二哥二嫂都赶来了,此时爸妈的眼睛看不见这团团围着他俩的一群女儿,他俩只是盯着他们之外的、不存在的那一个——盯着无穷的远方。小说中何果儿父母自始至终都是伟大的,他们就像海子所写:"远方就是你一无所有的地方。"诚然,何果儿父母看到的远方是与他们有关的一群人,何果儿看到的远方更是担当、责任、肩负和希望。小说最后,作者以何果儿怀孕这一意外的惊喜收尾,这是作者用中国传统文化中"好人终有好报"的文化意蕴有意升华了主题。

  总之,综观严英秀的文学创作,不难发现,严英秀在西部文学中是一个独特的存在,她以大学教授、藏族女性的身份开启了小说、散文、文学评论、学术论文等多文体的研究与写作。她的文学创作中,渗透着一股藏族文化气息,这是她独特的文学气息。她书写的城市题材中,处处渗透着藏文化元素,弥漫着藏文化的气质。她的创作无疑对乡村的发展、青年人的成长、家庭伦理关系、儿女情长、社会历史、城市人的生存观念、亲情关系、师生情谊等都是一个广阔的观照,的确具有重要的社会学意义。尤其是她的这部长篇小说《狂流》更具有"补史"的价值,相信很多年过后,它一定会成为一部记载新时期中国社会历史现状的大书。

当代少数民族诗歌的非虚构意义

——寻求诗集《桑多镇》的考古思维与补史价值

《桑多镇》是2019年12月由长江文艺出版社出版的汉语诗集。这部诗集是扎西才让围绕"桑多镇"这一极具地域文化特色的现代新型小镇而建构的一部序列组诗,其亮点在于以地域文化建构意境,以非虚构技法为表现特色,向读书界呈现了"桑多镇"这一新型小镇的历史渊源与人文关怀,充满着考古学的书写思维,且具有非虚构小说的叙事效果。《桑多镇》给少数民族诗人的汉语诗歌写作创建了一种思路,它的系统化的艺术建构方式非常具有前瞻性和思考性。

诗集罗列的"九卷"诗歌,呈现出了从传统文明向现代文明转变中的桑多镇地域特征与民族精神,继承了中国古代诗歌善于穿透历史烟云的艺术本能,全面表现了少数民族诗歌的独特性,从中也不难看出其所呈现出的当代少数民族诗歌的非虚构写作的意识和"勘史"价值。

一、历史考古与时空穿越

诗集《桑多镇》第一卷、第二卷的《镇志残片》和《小镇秘闻》两个篇目以考古的方式书写桑多镇的历史变迁,通过溯源桑多镇的历史遗迹披露出桑多镇传承的游牧文化与原始文明。诗人所表述的是多个民族、多种生活方式延续至今的桑多镇,诗集以考古思维还原了桑多镇的原始面貌,这样的书写方式体现了扎西才让的诗歌对文明历史的叩问意识。

第一卷中,诗人探究了桑多镇普通人所遭遇的生活历练,考证了土司的家世,也追问了头人的庄园,还原了桑多镇的历史本真。该卷中的"哨兵""七个女人""扎西吉"等都是土司家族制度运作下普通人的缩影,从诗中可以看出婚变、谈情说爱、离家出走、街斗、私情、土地的变迁都上演了桑多镇的历史。

《桑多镇》前两卷中,诗人用考古溯源的思维,写出了文明历史变迁与人事不凡的桑多镇,这样的书写最终要凸显桑多镇的民族文化精神。钱穆先生在《中国文化》导论中指出:"各地域各民族文化精神之差异,究其根源,最先还是由于自然环境之分别,这种自然环境的差异直接影响着人们的生活方式,并由其自然方式影响着民族精神。"由此可见,在《桑多镇》前两卷的书写中,诗人发现环境,考古历史,彰显民族精神,开启了少数民族汉语诗的"诗史性"价值。

二、生存考古与人类演进

在第三卷《小镇人物志》中,作者从渔猎文化的角度对小镇博物进行了思考。在《狩猎者》《老屠夫》《驯马人》等诗中,诗人通过人物的行为穿越到了人类最初的出猎状态:猎狗、盛装猎物的器具、白马、弓箭及出猎前的装备等,将读者带进了渔猎时代,在渔猎时代里考证了人类繁衍过程中的美丑与善恶。

中华民族历来就是一个善于劳作的民族,我们靠勤劳延续了生命,战胜了苦难,一路走到今天。在《持秤者》中,诗人所要书写的是桑多镇人的经商史,其凸显了人类早期交易史。《持秤者》中,通过"秤"写人心。正是因为在交易中人学会诚信,变得聪明。而在《伐木者》一诗中,诗人在讲人类最初与自然界之间的矛盾,《黑衣人》《孤儿旦正加》《荡秋千的老头》《死去的人》等诗中,诗人关怀到了人类不幸的遭遇,这是人类生存中的悲剧,诗人以诗歌写出了他们生活的苦难。

次仁罗布说过:"作家要寻找别人曾经的探寻领域,在那里发现隐秘的真实,将它以文学的形式记录下来。"扎西才让在别人曾经涉猎的原始文化圈中发现了桑多镇人真实的生存记忆,非常具有考古寻根意识。

三、从本源到当下的生活写真

从桑多镇繁衍的本源回到桑多镇人生活的当下,所有的表现就非常具有合理性,但诗人还是建构系列,还原文化图谱。于是便写下了第四卷到第七卷——《小镇风俗志》《小镇爱情志》《小镇诗人》等集,凸显了诗歌的民间性与文化性。

从第四卷开始,诗人回归到小镇的风物,开启了以"物"为视角的"物化诗歌"的书写。新唯物主义认为:"物的世界向人类推进,与人形成了'亲密关系的纠缠',人与物之间构成一种'平等的同志式的关系'。"在本卷中诗人书写的《紫斑牡丹》《黑羊羔》《七树杜鹃》《西山壁画》《桑多牦牛》《冬至那天的酥油灯》《藏戏》《燃灯》等体现了物的文化价值与人的生存观念。"七树杜娟"象征着桑多镇人的厚实与韧性,"壁画"还原了桑多镇过去的历史文明,"桑多牦牛"象征着安逸、憨厚的桑多人的秉性,"酥油灯"象征着信仰的虔诚与人性的善良,"藏戏"更是桑多镇人精神生活的折射。诗人穿过这些审美生活图景,直接回到了桑多镇的当下,并发现了桑多镇人独特的生存方式:他们敬畏自然,生活充满了浪漫与神性。在《小镇爱情》卷中,诗人通过《龌龊的你》《偷情者》《别人的时光》《在理发店里》等叙事,写出了桑多镇人生活的单一与人性的阴暗,强烈表现了自己的人道关怀。

从第六卷起诗人思考离乡与回归意识。在《扎西吉你能带我走吗》一诗中,诗人的离乡意识凸显得非常强烈,但因为爱情、信仰、文化的根脉他还是放弃了背井离乡的意念,于第七卷《坐大巴回乡》等诗中,表达了自己难以割舍的恋乡情怀。

回望当今少数民族诗坛,不难发现民族诗歌的非虚构写法给读者还原了一方真实的地域文化与人文风情。《桑多镇》正是以非虚构的思路把一个青藏高原边陲小镇的全貌呈现给读者,为我们彰显了非虚构文学的当代性价值。

总之,扎西才让是一个民族文化的勘察者和书写者。在《桑多镇》中,他重新回到了人类本源,通过对人类最初本源的探索和考证,为我们还原了桑多镇这一境域里人的生活样式与伦理变迁,向读者打开了桑多镇这一独特境域中的风土人情,为我们勘察和研究桑多镇提供了"以诗补资"的文学意象。

藏在民间伦理中的污垢

——从《桑多镇故事集》的人物命运看新型乡镇的弊病

扎西才让2019年8月出版的《桑多镇故事集》入选2019年度"中国少数民族文学之星丛书"。可以说这是中国当代藏族作家汉语新乡土小说写作的一个范例。桑多镇是政府机关坐落的小镇,其发展变化是21世纪中国农村向城市转型的一个见证,这是农村向城镇过渡的一种历史变迁。作者正是以这样一个变化着、过渡着的桑多镇为轴,来窥视中国20世纪90年代农村向新型乡镇转变的艰难和曲折。其创作方法、思路非常具有前瞻性。我们知道,鲁迅写过鲁镇,而桑多镇可以说是扎西才让对鲁迅创作经验的借鉴。扎西才让的精神领地是农耕与游牧等多元文化交替下青藏高原的"边地文化圈",因此,他的小说《桑多镇故事集》具有独特的民族性和边地性。综观中国当代文学,那些成为经典的小说讲述的就是边地故事,小地域里的人和事,观照的是小人物的命运,底层人的伦理道德问题,因为这些书写本身最容易被沉淀下来变成经典。

《桑多镇故事集》(作家出版社,2019年版)开篇以杨庄为引子向我们讲述了13个发生在桑多镇及下辖村的故事,从中展示了桑多、洛村等这些游牧文明与农耕文明交替的小村庄在进入21世纪的过程中所表现出来的历史阵痛。从小说涵盖的13个故事看,桑多镇人都想以各种方式进入新时代,可守旧、自私、狂妄自大等这些传统落后观念束缚着他们,使他们徘徊在现代化边缘上止步不前。本文通过四个典型人物的悲剧命运分析了新型乡村内部隐藏的症结,试图为中国乡村发展转变施以"疗救"的启示。

一、达珍——传统观念中毁灭的乡村女性

小说《达珍》中,作者挖掘出了一个深受封建传统礼俗毒害的乡村女性。这个人物的悲剧便是从儿时的过家家游戏开始的。过家家是小孩对大人性生活的模仿和想象,这源于他们对成人生活的好奇,这种好奇大多可能是由恋父、恋母情结引发的"俄狄浦斯情结"。小说《达珍》中有一个细节是旺秀建议去草房过家家,但"我"没允许,"我"认为那是破坏游戏规则,可达珍也同意进草房,这暗示了"我"还处在童年期,而达珍和旺秀已经从童年期迈向了青春期。在潜意识里,这是因为他们认识到了害羞。虽然小说中"我"十岁的家家没有过成,但过家家之事,却定格了达珍、拉姆草等人后来的生活(被村里人认为是男女不正当之事)路径。一次过家家的游戏,让达珍失了学,泡汤了婚约,同时也让旺秀、拉姆草等人"殃及池鱼"。不难想象,桑多镇人对女性贞操的警戒,他们容易相信言传,把流言放大、扩散,致使达珍这个天真女性不明不白地失学,又被解除婚约。

达珍是游牧文明孕育下成长的农村女性,她身上散发着藏族妇女的纯朴、泼辣,也凝聚着藏族男性的彪悍和粗犷,但是对游牧生活的独特情感和家园情怀,她最终没有离开所谓的"羊圈"之家的桑多,最后嫁给旺秀。曾经一同过家家的拉姆草嫁给了镇上的木匠,后来镇上又传出了拉姆草与旺秀的风言风语。后来木匠与旺秀二人之间也闹出了不少事端,最后达珍在背情、流言、嘲讽中疯了。小说中叙事主人公"我"是一个从桑多镇走出的大学生,而没有走出去的同代人却遭遇了诸多的不幸。"我"在小说中是一个良心受愧的存在者,因当年过家家之事也喜欢上达珍,同时处于一种良知的谴责中,想要保护、拯救达珍,但终究因为时机的不成熟和家人的反对使心愿落空。在年关将近时,达珍悲惨地死去了。这让我们想到了一个原版鲁镇上的"祥林嫂"。如果说封建礼教害死了祥林嫂的话,那么可以说传言、扎根在乡村的旧礼俗害死了达珍。从达珍的死亡中我们可以看出桑多人的生活是没有爱

情的,没有爱情的婚姻可以说是空白的,不受良知牵制,只是一种义务的存在和形式化的家庭维系。

爱情是美好姻缘的前奏,农村人同样也需要爱情。这部小说中作者在不断地写洮州花儿,可以说洮州花儿拉开了乡村人的恋爱史。没有民间文化,乡村人只能靠道听途说、询问、包办等方式谈婚论嫁,结果酿成了许多悲剧。不难发现,短篇小说《达珍》是扎西才让站在"良知"的层面上,完成的一个"超我"创作,小说中他不断地叩问自己的良知。弗洛伊德的精神分析学认为:"'超我'是把最严格的道德标准施加给在其控制下的无助的'自我',一般而言,'超我'代表着道德的要求,而且我们很快地认识到,我们道德的内疚感,这是'自我'与'超我'之间紧张状态的流露。"[1]小说开头,十岁的"我"过家家是最初的"自我",而到"我"长了胡子打算要娶达珍为妻,这是"自我"向"本我"的转变,而"我"考上大学时,完成了从"本我"到"超我"的转变,这时候,"我"就有了自己的道德,"我"开始因达珍的疯而受到了类似于"聂赫留朵夫"公爵的良心谴责,"我"的内疚感就更加强烈了。文中说:"我的心里没有任何金榜题名所带来的喜悦,一个人在夜幕下的桑多镇上溜达,真是像个游魂。"[2]小说中"我"的确就是一个良心受到谴责的鲁镇上的"我","我"所面对的是被乡村旧礼俗、流言蜚语毒害的"新祥林嫂"达珍。她是新型乡村底层传统礼俗的受害者,损害达珍的人,并不是小说中的"我",而是拿小孩过家家之事大做文章、散布流言,唯恐天下不乱的好事者,这是新时代诗意乡村建构中应剔除的"病结"。

二、菩萨保——堕落的乡村劳动者

菩萨保是桑多镇所辖洛村一个普通的中年男性,他是逃离城市失败者的农村典型。这个人是不接受孝道文化教化的。他逃离到城市打工,挣了一些小钱后落魄地回到了洛村,但在家里一贯横行霸道的他仍然难改心里的"病结"。作者从人物言行上披露出他的不道德行为。他

---

[1] [奥地利]西格蒙德·弗洛伊德:《精神分析学引论》,罗生译,译林出版社2014年版,第53页。
[2] 扎西才让:《桑多镇故事集》,作家出版社2019年版,第53页。

身上沾染着农村人好吃懒做、聚伙酗酒、施行家暴、花花公子的恶习和堕落之世俗气。他是洛村没有责任担当的一大批家庭主力的浓缩。作者并没有把他彻底写死，而认为这个男人还有些粗俗和节制。小说中说他压倒女人后问"服不服"，这有点浪漫江湖的叉架招式。另外他暴打了女人之后，到银行去存钱，而不是找狐朋狗友去酗酒，但他从银行回来后发现自己女人扔下孩子回了娘家时，才真正动了怒，作者说"他搬起石头砸开了锁"。可见夫妻之间还是有些误会的。由此可以看出，在封闭的洛村，男人与女人之间是缺乏心理沟通的，没有心理沟通最终就上演了人死家散的悲剧。

　　这个小说的写作中，作者以民间戏曲文化为背景铺陈故事，把菩萨保寻妻的场域设定在戏场中，意在说明靠单一的戏曲文化来教化和唤醒洛村人的堕落观念已是"杯水车薪"之事。欧洲文艺复兴时期西班牙著名作家维加就很重视戏剧与时代、与人民的血肉关系，也重视戏剧的教育作用。他认为："戏剧的教育作用首先来自它对现实的忠实、逼真的反映。他认为戏剧题材虽然多种多样，但总的来说有两个方面：一是荣誉，二是美德。这些题材都具有针砭时弊，歌颂真理的教育作用。"① 这个小说中作者有意用了"戏曲教化"这一原理，分明、暗线铺开故事。一方面可以看出桑多镇上的一些贤者是想通过戏曲文化匡正年轻人的美德修行；另一方面可以看出洛村人单调的生活，这种单一的精神娱乐，也恰恰给菩萨保提供了寻妻的时机，闹出了悲痛的故事。

　　小说中，事件的展开与戏曲的演艺几乎是同步的，戏曲进行到韩琪杀庙的情节时，正是菩萨保挤进人群寻找玉珍的时刻；当小说最后菩萨保与自己的岳母发生口角后与母女二人打斗之际，也是秦香莲告倒陈世美之时；菩萨保被自己的女人痛恨地杀死之后，剧中的陈世美也被绳之以法，在铡刀下尸首分离。故事中的菩萨保何尝不是新时代的陈世美，而玉珍何尝不是《铡美案》中的秦香莲。

　　从这一桩惨案中，我们看到洛村人家庭内部的矛盾冲突，其根源是出轨，处理问题方式野蛮、粗鲁。由此可以看出，洛村是一个严重丧失了人伦道德的村落。长幼不分，男女关系混乱，法律管制不到，是交替

---

① 马新国主编：《西方文论史》，高等教育出版社2005年版，第91页。

着是非、深藏着各种矛盾和恶习的农村"浓缩版"。从洛村人不断上演的人命案中可以见证：仅靠传统戏剧文化改变洛村的人伦道德，让洛村变得文明、和谐，已经是纸上谈兵之事。洛村人根深蒂固的陈腐观念源于贫穷落后。要整治像洛村这样的村庄，并不是一件易事。洛村的隐痛正是新时代农村的"病结"。作者以这种方式讲述，实属"揭出病苦，以引起疗救的注意"。小说中菩萨保狂妄自大、目无法纪、无视长辈、不念家舍、好吃懒做的恶习，正是现代农村男人无法融入城市的短板，这是农村需要剔除的"病症"。而玉珍母亲自私、好事、挑拨是非，不教育子女、不顾念子女生活、不尊重他人的行为正是农村个别母亲的传统与短见，这也需要剔除。

玉珍是农村传统观念与家暴的直接受害者，她处在家庭暴力中为自由苦苦挣扎；同时她也是难舍骨肉、逃出家暴的受害者。她一直挣扎在上有老下有小的生活矛盾中，是精神时常处于崩溃边缘的乡村女性代表。小说中的玉珍最后几乎是疯了，她痛杀了自己的男人，成为身背命案摆不脱法律制裁的受害者。因此，谢真元说："人类要消除家庭暴力，还妇女一个和平，没有暴力的世界，这一目标的实现，完善的法律固然重要，而受害者自身的精神觉醒，则更有积极的意义。"①

玉珍是家暴的受害者，同时也是坚守孝道的农村妇女。她缺少了父母的开导，丈夫的关心和体贴。最后为保护母亲才变成一个杀人的"暴徒"。玉珍的事件，真实地反映了西部农村深刻的家庭矛盾。由此可见，如何建构乡村和谐的家庭生活，这个悲剧故事就是一个非常好的经验教训。

三、喇嘛代——乡村道教文化糟粕的间接受害者

"喇嘛代报案"的故事起源是农村阴阳（李根旺）把自家房顶的水排到了喇嘛代家的院子。两家生起矛盾后，李阴阳不听村人的劝告和后镇长的调解，认为改排他处就是动他家的风水。在这个短篇中，作者

---

① 谢真元：《南戏〈白兔记〉与藏戏〈朗萨雯蚌〉主人公的悲剧命运比较》，《重庆师范大学学报（哲学社会科学版）》2009年第1期，第60页。

讲述了一个因风水导致人命案的故事。小说中备受委屈的喇嘛代最后与李阴阳的儿子发生冲突,在争吵中失手将他杀死,惹上了人命官司后逍遥法外。这个故事中喇嘛代所受的委屈,后镇长没有及时解决,也没有及时调解两家的矛盾,最后导致了一桩人命悲剧。这将印证出当代农村中存活着一些道教文化的直接受害者,他们打着道教的旗号欺压他人。同时,这个死亡故事给我们呈现了农村中以强欺弱、以富压贫的欺凌现象。"喇嘛代报案"这个欺凌之事发生的根源,表征着农村中传统道教文化与现代文化的冲突。

道教在中国发展的历史已有几千年,形成了自己特有的文化传统。中国道教文化的基本精神是养生之道、生存之道、生活之道。司腾飞在《中国道教文化》中说:"一个宗教盛行久了以后,必然会产生一些糟粕与包袱,所以常常必须注入新血液或加以改革,才能使它适应时代而历久弥新,也使它的理论及传教方式愈来愈完善。"①当事人李阴阳的行为是披着道教的外衣,不听后镇长的劝告,顽固地欺凌他人的"霸道"行为。从表面上看,他是农村道教文化的固守者,实质上他所继承的是道教文化的糟粕,是道教文化糟粕的直接受害者,应该给予其合理的引导和改造。喇嘛代是道教文化糟粕的间接受害者,他被害得无可奈何时才向后镇长说出要杀人的狂语,想以此逼着后镇长出面调解。后镇长虽然做了简单的调解,但并没有进一步落实,致使事态进一步扩大,最后导致了人命案。从长远看,道教作为中国传统文化,理应让其在民间生存,更何况对于汉、藏、回、土等多民族居住的桑多镇来说,道教中的求吉占卜、算命禳灾、丧葬踏坟等民俗文化完全不能禁止,这也是老百姓的所需。从政治层面而言,和谐文化建设是构建社会主义和谐社会,实现中国梦的基本前提。

中国道教文化对中国社会产生了深远的影响。在当今构建和谐社会的进程中,道教文化依然有其存在的价值。李阴阳的"霸道"行为就是受道教文化糟粕所害,而像后镇长这样的公职人员理应站在合理、公正的立场上,正确地开导这个道教文化糟粕的直接受害者,同时从道教文化的积极层面正确引导农村道教文化的传承者。李阴阳的行为,实

---

① 李刚:《中国道教文化》,长春出版社2011年版,第4页。

质上是对道教文化偏颇的理解,这是乡邻之间发生矛盾冲突的根本原因。如何处理好邻里关系,政府工作人员应该极早地教导李阴阳改变观念,领会道教中的"精髓",用做人之道教育好自己的后辈,把道教的积极精神散布在农村,这将对建构和谐农村产生良好的效果。

小说中的喇嘛代始终是对李阴阳这个道教的受害者处以礼让,直到后镇长不解决他们之间的矛盾、受尽委屈时,才动了李阴阳家的水槽。进一步激化了两家的矛盾后,喇嘛代先是杀了牛,企图以此平息事态,但并未如愿。后来在争执中李阴阳的儿子一次次口出恶语,最终两人在近距离的碰撞中闹出了人命。他真正去自首时,后镇长并未当回事,就这样让他逍遥法外了。喇嘛代的逃遁也是恐惧和无奈的选择。这个人究竟有没有落入法网,小说埋下了伏笔,最后借别人之口说他落网了。我们想,对于这样的受害者如何安排他的结局?小说结尾中,作者将后镇长化作李阴阳的代言人,说出了自己对道教文化糟粕的可信程度。作者以此警示人们,道教文化糟粕导致了农村乡邻之间出现不可调和的矛盾,只有去其糟粕,才能处理好新型乡村复杂的人际关系。

总之,在教道文化的影响下,那些受害者应该用科学的理念重新认识道教,也应该树立"取其精华、去其糟粕"的思想理念,学习领会中国道教文化的积极意义,科学理解道教文化中的精髓,不应迷信。从这篇小说中,我们发现科学与迷信之间,其实存在着不可调和的矛盾,需要科学地、理性地思考和解决,合理化解新型乡村中潜存的矛盾,才能促进农村向城镇的转变。

四、杨桑骥——乡土资源争斗中的牺牲品

杨桑骥这个人物来自短篇小说《阴山上的残雪》,这是《桑多镇故事集》中最具画面感、直观感的短篇。这个故事精练集中,充满着微型小说的韵味。这个小说书写的是一个生态伦理的大主题。从小说中出现人们跟风"摩托车"这一现象看,这个小说叙述的事应该是在20世纪90年代中后期。90年代中后期,乡村人对现代机械化交通工具充满了好奇,这可以说是一个时代的变化,凸显的是乡村时代观念的跟进。

小说的开头说考上金城大学的杨桑骥一时名扬小镇,成为人们茶余饭后的热议焦点,而就在这时,他的父亲杨慈善买来一辆新摩托车,吸引了村里好事者的眼球,这些好事者以此为借端,聚众庆贺、趁机酗酒。小说再没有进一步去说摩托车的事,这是有意设下伏笔,显然要讲的悲剧故事也就有理有据了。其实小说把悲剧起因的聚焦点没有落在杨慈善的摩托车上,也没有安排在大家聚众酗酒的事情上,而是以摩托车后面的"绳子"为伏笔开启了一个故事,读完这个命丧于"绳子"的悲剧,读者豁然明白作者为何开头以"绳子"为伏笔安排故事了。由此盘查下去,不难发现二杨(杨元旦和杨慈善)之间的矛盾是由开沙场、夺资源引起的。这似乎迎合了《西方文论史》所论述的一段:"而当进入20世纪以后,科学技术的迅速发展虽然使人类文明进入了一个新的阶段,但也引发了自然环境破坏、贫富差距加大、种族矛盾、地区冲突、霸权主义、毒品、艾滋病等一系列全球性问题。"①更为可怕的是20世纪以后,对自然环境的破坏行为十分猖獗,砍伐树木、河底取沙、捕杀猎物、污染水源等多种行为遍及四处。可以看出卢梭的"返回自然"口号重新被提起,引起了人们对改造现实、建设理想生活的新思考。扎西才让小说在这里叙述杨桑骥肆意破坏自然的行为就具有其合理性。杨桑骥的破坏自然的方式是开沙场,谋取利益。开沙场就是以掏挖沙山、开凿河底、破坏植被、私自索取公共资源为目的的行为,这是典型的"村霸"作风,也是掠夺公共自然资源而富裕自己的"恶习"。村人多是无可奈何忍受这样的行为。可见20世纪90年代农村资源破坏程度之惨烈。

谁来制止这些行为呢?作者突出了二杨冲突的幕后故事。故事的曲折性在于杨慈善设计陷害杨元旦,谁知自己的大学生儿子却落入了陷阱,丧了命。在这个死亡故事背后,隐藏的另一主题是"害人之心不可有"的训言。从发生的悲剧事件看,杨慈善的行为是卑鄙的、可恶的。由此可见,这个格萨尔传唱者并没有被格萨尔精神内化,他有着攀比、嫉妒、心胸狭窄、自私等典型农村人的"恶习"。作者开头有意说他是藏文版格萨尔的读者,这就有用艺术对此人教化和改造的意蕴。对于艺术,托尔斯泰强调说:"艺术不是少数人'享乐的工

---

① 马新国主编:《西方文论史》,高等教育出版社2005年版,第135页。

具'，而是'人类生活的条件之一'，是'人与人相互之间交际的手段之一'[①]。"可见像农村"暴发户"二杨之类的人是无法用格萨尔这样的文化艺术教化的。从二杨的对话中可以看出，二人之间的确存在很深的矛盾冲突，他们的对话暗示着两种隐患：一是农村暴发户之间潜藏着不可调和、难以排除的矛盾；二是农村中像二杨这样靠霸占公共资源的发家致富者不少。不难发现，开沙场的问题不是一个桑多村的问题，它折射出了20世纪90年代边地村庄中普遍存在的现象，这根本不是农村人自己能解决的。杨慈善将他人暗害、试图发泄心中不平之气，最终让自己的大学生儿子付出了生命的代价，自己也落入了法网，这是他咎由自取的一个悲剧结局。

这篇小说表现了扎西才让的自然情怀与时代焦虑，他把回望的目光拉伸到20世纪90年代的迅速全球化时期。商品经济、市场经济、竞争机制、先富后富等，都是这个时代最热门的话题，因此这个小说也很有讽刺意味。作者在小说中引入了20世纪90年代农村最时尚的交通工具——摩托车，用这一物象托起了叙事。摩托车在这里聚焦着人心、人情、科技、派头、仇恨、悲剧、嫉妒和羡慕等。因而，小说也充满了现实感和时代性。我们不妨回望从20世纪90年代摩托车的流行到现代摩托车的落伍，足见时代发展之快。在科技时代，最需要"医治"的是人心，不能让人成为科技的牺牲品，更不能让科技扭曲人性，成为破坏自然的工具。如何合理、迅速、科学地利用科技保护环境，维系自然生命体系，建构诗意家园与和谐人生，才能建构和谐理想的新型乡村。

总之，短篇小说集《桑多镇故事集》中，扎西才让给我们讲述的不是动听的故事，而是悲伤的故事，不是小故事，而是大故事。这13篇故事给我们讲述了边地桑多镇及辖村中的人心、人情、人的悲剧命运、人与人之关系扭曲的事实。这里的桑多镇是从传统到现代过渡的桑多镇，是潜藏着多元文化糟粕的桑多镇，是历史变迁中的桑多镇。这个故事集可以说全面展示了20世纪90年代中国农村进入21世纪的历史复杂性，充分表现了中国农村知识分子的时代焦虑与生活情愫。

---

① 马新国主编：《西方文论史》，高等教育出版社2005年版，第91页。

当代少数民族汉语诗歌创作中的另一盏明灯
——论扎西才让诗集《大夏河畔》的文化内涵

《大夏河畔》是扎西才让基于文学地理学理论观念创作的一部当代新诗集,这部诗集凸显了极强的文化人类学、文学人类学特征,不仅体现了中国诗歌"抒情言志"的古典本位,而且呈现了地域文化与文学世界、江河文明与高山文明、游牧文明与农耕文明、传统文明与现代文明的多元文化交汇,具有极强的民族特色和时代风味。这部诗集的意义在于其拓展了中国当代诗歌的书写场域,丰富了当代诗歌的内在特质,凸显了其文化的内涵。

大多数作家有一个属于自己的文学世界,如莫言的"高密东北乡",贾平凹的"陕西黄土高原",扎西达娃的"神秘西藏",史铁生的"遥远的清平湾"等。同样,甘南籍藏族诗人扎西才让诗歌中的"大夏河畔"也成为诗人的文学世界。诗人生活在大夏河畔,大夏河哺育了他,也成就了他。

从 2010 年诗集《七扇门》的出版,到今年"海子诗歌奖"的摘得,再到诗集《大夏河畔》的出版问世,这一切都印证着扎西才让全面走进了他的文学世界——大夏河。对于诗人自身而言,这种走进是自觉的,有意识的。在品读《大夏河畔》的过程中,只要略加思索,就不难发现其诗呈现了以下方面的独特性。

一、大夏河畔——地域文化圈中的人生思索

多少年来,诗人植根于大夏河畔,饮着大夏河的水、吃着大夏河的糌粑、喝着大夏河畔的青稞酒。当成为诗人之后,他开始思考群居在大夏河畔的藏人生活和大夏河人的生活场景。在这些思索里,诗人不仅书写了大夏河的蜕变与落后,而且表现出了他对大夏河的一腔情怀,他曾为大夏河流下了血和泪,流露了爱和恨。我们不妨走进一些诗歌,看看诗人笔下"大夏河畔"的文化圈究竟暗含了怎样的情思。

首先从诗人对生活的追忆与感悟中可以看出他对生活的痛恨,这种痛恨并不是严格意义上的指责和反叛,而是一种无可奈何的接受和认定。作为地域而存在的大夏河,构成甘南独特的三河一江之一,这是历史的积淀,自然的成形。而扎根大夏河畔的人将是自然界之中一个渺小的个体,成为自然界中的某一事物而独立存在,其无力改变大夏河的流向与命运,因此,他们把大夏河看成一种神秘的存在与高于精神之上的文化崇拜,这就是大夏河的独特意义。

扎西才让生活在大夏河畔,使他诗中的人物也自然生活在大夏河畔。当然"大夏河"是诗人要给世人展示的一个神秘世界,这个世界里有神、有魂、有木匠、有无情的天葬师、有婚嫁出去的女儿,更有阳光和雨露,诗人更对其充满了十分复杂的情感。从诗中可以读出,过去的大夏河畔埋葬着诗人的族裔,而今的大夏河畔又建构了诗人的理想,这就是诗人热爱又仇恨大夏河的理由。诗人在诗中这样写:"秋天,大夏河摧枯拉朽,暴怒地卷走一切,/我们在愤怒中捶打自己的老婆和儿女,/像极了历代的暴君。/冬天到了,大夏河冷冰冰的,停止了思考。/我们也冷冰冰的,面对身边的世界,/充满了敌意。"

这既是一个情景的设置,又是一个无法躲避的被历史改变的结局,更是一种传统与文明交织的时代到来时,诗人对大夏河情绪极度压抑之后的暴发。从社会进化论的观点看,适者生存,不适者淘汰。显然大夏河要遭遇历史车轮的碾轧,遭遇现代性创伤,遭遇被破坏、被改变的命运,这才使他暴怒。我们也一样,无可奈何地跟着大夏河的嬗变,被

动地接受着无法逃脱的哗变。不同的是,我们把释放情绪的目标对准了自己的亲人,大夏河却无情地展示了其疯狂和恼怒。从另一个层面看,这是我们向亲人的控诉,控诉着几千年的沧桑与哀怨。大夏河所遭遇的被四季主宰着的曲折轮回的命运,正是对我们自身的影射。因为在这一方水土之上,大夏河是我们的影子。其次,这是诗人对时光流逝极大的遗憾和伤心的书写。

这种遗憾和书写建构在对童年的写真之上。诗人在《达娃央宗》一诗中这样写道:"那年她八岁,我九岁。/当我压住她,她伤心地哭,/仿佛过家家是件无耻的事。/我压倒她的时候,太阳就在院子里。/别人也在院子里,站在一旁哄笑。/后来她嫁给了别人,那人叫我叔叔。/我答应着她,走向了更为遥远的过去。"

诗人连用了那年、后来、过去三个表示时间的词,就写完了人生的大半个时光。我想"达娃央宗"并不实指具体的一个人,可以是诗人所经历的一些童年琐事。

童年是幼稚的、短暂的、懵懂的。当人真正懂得面对生活的时候,童年又很快成为过去,童年的影子很快成为一种影射,成为一种无法摆脱的生活节奏。所以他后来又说:"我陪着她的男人在酒吧里喝酒,有人在旁边大笑。"在《达娃央宗》这首诗中,诗人设置了三个生活场景,并给出了三个时光切片,其书写出的历史是相似的,滋味又是特别的。三个时光场景同样可以用一个人的经历来组成三个相似点,每一个相似点都同时用另外两个相似点强力烘托,产生了更加奇妙的意境和无可奈何的落魄感。

在《说起母亲》一诗中,诗人这样写时光:"我的三岁,像个黑人小孩,/躲进非洲般的房子里不出来,/她放心了,开始做饭。/晚饭熟了的时候,我已经长大成人,/妻子就坐在我的身边。"

将近四十年的时光,诗人用做一顿饭的瞬间就写完了,其实不难想象,做饭的过程正是母亲劳累的过程,母亲做饭是为了儿女,母亲就是在劳累中度过了一生。在这首诗中,诗人选取了三个人,分别是"我""母亲""妻子",三个人的身上映射出了三个生活画面,这三个生活画面又围绕着一个人的生活层面展开,让一个人去思索生活,去怀念、去追忆流失的时光,最后落下一地的伤痕。

总之，大夏河在扎西才让的诗中并不是严格的地理意义之上的大夏河，也不是具体的河流彼岸，是艺术的文化圈，是生活的文化圈。大夏河是人生存的历史见证，是诗人思考生活的方式，是诗人的审美观和世界观。

二、桑多山——多重文明转型下的沧桑叙事

从"大夏河"到"桑多山"，这是地理学意义上的一种跨越，更是诗集一个情节的转变，一种叙事上的转型。从文学地理学的意义而言，地理往往成为诗人建构诗歌特色的影响源。屈原的楚地、李白的秦地、杜甫的蜀地、阿来笔下的"马尔康"等，这些地理的效应，成为诗人的文化基因，因此时不时地要出现在诗歌之中。杨义认为："地理是文学的土壤，文学的生命依托，文学地理学就是寻找文学的土壤和生命的依托，使文学连通'地气'……"

扎西才让将诗集的卷二命名为《桑多山》，又是对原始宗教文化的开启。如果说大夏河的文化基因是"江河文明"的话，那么"桑多山"无疑要从"高山文明"的基因写起。这种文明的特点是崇拜神山圣湖，颂扬弓马勇武，具有世界屋脊的崇高感、神秘感和原始性。从此可以看出，桑多山是一种古老文明的象征，更是一种民族精神的体现。诗人认为这种精神是自强不息的，他又以诗歌的话语给予了颂扬。诗人首先在开首《起源》诗中追寻一种农耕文明。他说："神变的猕猴受了戒律，/远离了普陀山上的菩提。/当善与向善的神兽灵肉相结合，/黑土里就长出五谷，/树叶就遮住了胴体。"

诗人认为农耕文明起源于高山文明。紧接着诗人在《途中》说："歌行者吟过的田野上，那些深秋沉重的／紫色草穗，深深地深深地一躬到底。"

这种从高山文明到农耕文明的转型，是一种历史的转变。当然这种转变是要历经时代的考验的，诗人就是在这样一种文明的变迁下，来思考当下的生活，又不得不面对现实生活。

我们知道以游牧为生的少数民族被称为马背上的民族，他们身上

有着大山的刚毅,有着坚石一样的信仰,有着纯朴和执着,这一点时刻感染着生活在桑多山下的诗人,但是这些精神也要被现实改变,也要离我们远去,这就是诗人所认为的。在《桑多山》卷中,我们可以看出桑多山从高山文明到农耕文明再到现代文明的转变,从而营造出的沧桑叙事和感伤情思成为此卷的主旋律。在此卷中,诗人用了"一袋烟的工夫、青稞黄的速度、什么也来不及想、什么也来不及说、什么也来不及做"等一系列的时间短语,暗示了人生的短暂、时光与生命的流逝之速。由此可以看出,诗人思考的不再是死亡过程,而是担忧死亡时间在生命中的迅速走来。我们读中国诗歌的时候,不难发现,每次提及人生命之时,诗人们总是充满了沧桑和无限感慨,如李白的"君不见高堂明镜悲白发,朝如青丝暮成雪",曹操的"对酒当歌,人生几何,譬如朝露,去日苦多"等诗句,都从多层面感发了诗人苍凉慷慨的思绪。因此,《大夏河畔》的情感基调整体上是沧桑的、深沉的。

三、桑多山——从感伤写真到信仰与崇拜

这是诗人对生存境地的探求和追溯,里面渗透了更多的神话思维。诗人生活的藏地,不但有得天独厚的地域文化,而且处处布满了神秘。《桑多山》卷中,诗人以山的镇定和亘古暗示了对信仰的坚守。人的生命的短暂与宇宙的永恒相比,显得多么渺小和脆弱,多么易逝。因此古语有"逝者如斯夫"之说。

在谈及人的生死问题之时,论及者都有一种恐惧和忧虑。诗人扎西才让也一样,他坚守在桑多山有两方面的原因。一是对信仰的坚守。诗人认为这是净土。他在《世外的净地》中说:"当我沿着大夏河又回到桑多山上, /我便再次目睹了这世外净土: /一座寺庙前, /晚课的钟声使山林更寂; /一轮月晕下, /修行的喇嘛已汲取了山泉。……我把寂寞掏出来, /我的寂寞与尘世无关。/但在这万物一脉的净土里, /我的寂寞是仿佛那些沉入桑多河底的沙子。"尽管诗人坚守着的桑多山在现代生活中几乎面临着被边缘化,几乎失去了传统的文明符码,但是这种流失又恰是另一种传统文明的复兴。因此,桑多山在尘世

中保持着它的独立性，这是人与自然共同坚守信仰的结果。二是对祖辈灵魂的坚守。本卷中有一首诗名为《清明节回桑多山祭母》。这首诗足以印证诗人对生命的担忧和对亡者的态度。祭祖，从另一层面而言是一种家风，是对以后香火的延续和传承。这就不得不涉及子嗣的问题、生死的问题。按照海德格尔的话来说，在没有感受到死亡之时，一个人实际上也就遗忘了存在，而存在则是提前到来的死亡。这正是许多作家通过对死亡景象的描写而触及对生命易逝的感伤。因此，《清明节回桑多山祭母》这首诗，其实也是诗人对死亡景象的描写。死亡是人与人永恒的离别，因此，感伤情思就自然流露出来了，带着这种感伤之情诗人连续写下了《那遥远的花香》《圆寂》等一些诗作，尤其是《那遥远的花香》一诗中感伤情绪更为浓烈。他说："告别父亲的那天，／我在琥珀医院捡到几枚针头，／在玛瑙疗养院里，／找到了母亲遗失多年的病历。／我甚至在珊瑚公园落满夜色的长椅上，／摸到了我的女人丢弃的羊骨做成的笛子。"

　　这些诗歌都与人之生死有关，因而感伤情思就自然流露于字里行间。可以看出这几句并不是简单地去写死亡，而是对死因的一种追问和探寻。诗人并不是被动地去面对亡灵，而是要主动探究死亡之因，他怀着巨大的悲痛在找针头、翻病历并不甘于接受如此宿命。当然，理解了生命的意义，就会更加珍爱生命，尊重生命，这是藏传佛教思想中最能打动人心的部分。

　　扎西才让是藏族诗人，因而藏传佛教文化在他身上刻下了深深的烙印。藏传佛教思想中最明显的特征就是万物崇拜。诗集《大夏河畔》就凸显了这一特性。集子以"大夏河"命名，实际上就已经隐含了诗人对水的崇拜，集中又以"桑多山"命名，更体现了诗人对"山"的崇拜。藏俗中有"羊年转湖、马年转山"的习俗，诗集也反映了藏族人对"水"的崇拜、对"山"的崇拜，当然因为崇拜才有了祭祀的一切行为。

　　扎西才让在其诗中也体现了崇拜的独特性。他首先由对人的崇拜上升到了对山的崇拜。比如，《桑多山》卷中的《桑多山上的柏树》《桑多山上的雪豹》《狩猎者》《头戴玛瑙皮帽的扎西吉》等诗中首先隐喻了对人的崇拜，凸显了桑多人的精神价值。接着又开始了对山的崇拜，诗人写了《晚风里的桑多山》《酒后雪山》《山祭》等。在诗集中,他把这些崇拜又落实到了对山神的崇拜中。他在《山祭》中这样写道:"我们手执火把,上了高山。／祭祀山神的夜晚,那些山顶的积雪,／又一次被火光照亮……／尽管我们小心翼翼地咳嗽,／还是惊醒了那些熟睡的山神、水神和树神。"

可以说,这一卷凸显了人从思想情感到精神价值的一种提升。

四、桑多镇——多元文化交汇中的"神秘地带"

如果大夏河、桑多山是藏传佛教文化的标志,那么桑多镇可以看成多元文化的交汇地带。这一点,可以从扎西才让发表于《西藏文学》(2016年第1期)上的短篇小说《来自桑多镇的汉族男人》中得到印证。小说写了一个汉族男人与藏族妇女杨白玛曲折的婚事。汉族男人历经周折最后与杨白玛走到一起组建家庭,其实隐喻了汉藏文化的结合,表征了汉藏可以通婚。杨庄乐意接受汉族男人,也恰恰表征了他们对汉藏通婚的认可和接纳。

诗集中的桑多镇,是一个摆脱了传统观念束缚而走向现代化的新型小镇。在现代化的进程中,这个小镇子超越了其封闭、守旧、落后的原始面貌而一跃成为新型小镇。作者在诗中将其称为"高原上的中国小镇",并且说:"很多年了,／小镇守留了那么多的牧人、匠人和马客,／也允许了一个有着浑圆臀部的外地红发女郎,／在夜里接纳了无数无家可归的浪子。"

在这些话语中,我们发现了这个小镇上多种文化、多元文明汇聚着、交织着,促成了民族的融合。

我们从诗人的情怀和孤独之中,可以感悟到桑多镇并不是与现代大都市接轨的小镇,它如同人一样,作为一个孤立的个体,存在于大夏河畔,几乎要处于被边缘化的境地。相对新型城市而言,它有着独立性和地域性,这就是作者在诗中不断地将其孤立性呈现着。他在《香浪节》这首诗中说:"那么多人,疲倦了,那么多的神,睡着了,就有一头牛,在草地上慢慢地走,却始终走不出它月下的阴影。"

这一头牛,不就是桑多镇的隐喻吗?桑多镇作为一个富有多民族文化与民族独特性的个体存在于大夏河畔,彰显着它的孤独。在桑多人的思想观念中,一切由神主宰,但在时代进程中,一切由现代科技所主宰。诗中的桑多镇,就是一座传统和现代相结合而组成的多元文明交汇交织的生存地带,其扎根在藏传佛教圣地,依旧保持着它的神秘性,这也就是诗人所说的"神秘的翁城"。当然这样的小镇并不是"乌托邦式的世外桃源",生存于其地域之上的一部分人,经常呈现出迷醉、贪婪、欲望满腹、堕落和欺弱的惰性。他们日益变得庸俗、卑鄙、阴险,几乎要丧失其善良的本性。这就是诗人在《午后》一诗中所写的:"奶牛一样肥胖又强势的女人,/把泔水倒入了幽暗的下水道。不知是谁家的孩子,/勇敢地/打飞了树上的小鸟。/当那个贪婪的妓女在某处平房里暴毙之际,/街道办的人还没有查出她的户口。"

可见诗人所说的"神秘的翁城",并不因其保有原始性和民族性而显得神秘,而是因其寄生了一批被"异化了的异类人"而显得神秘,是因一些丑恶之习气浸染而显得神秘。在这一点上,诗人给予桑多镇更多的关照和同情。这就是他在卷五《桑多魂》中要书写的《螺:海空——读吉祥八宝图并致尊者仓央嘉措之一》。在这一卷中,诗人开始对人的死亡、灵魂、罪恶、来世等进行发问和思索。

诗人最后又回归到其敬仰与崇拜之中。在虔诚的膜拜中,再次以"佛界"的胸怀看桑多镇时,小如弹丸之地,小镇的一切庞杂都在"大悟"中显得那么苍白无力。这使诗人又开始对人的死亡、灵魂、罪恶、来世等进行发问,最后再次回归到真实的生活中,正如他所要展示的"人生如梦,人生是在寻梦"的生活过程中。

总之,藏族诗人扎西才让的汉语诗歌集《大夏河畔》,并不是单调的抒情言志之作,他的创作源建构在文化人类学、文学人类学的理念之下,并用藏传佛教的思想体系诠释了人与神、人与自然、现代文明与传统观念的复杂关系,提示了现代社会中信仰建构的重要意义。这无疑呈现出了当代民族诗歌的时代特色和文学情怀,也弥补了当代诗歌创作中的缺失,拓展了中国当代诗歌的书写场域,丰富了当下诗歌的内在特质,成为当代少数民族汉语诗歌创作中的一盏明灯。

诗意的地域性表达

——读扎西才让小小说

文学对这个世界的影响总是春风化雨、润物无声的。在中国当代少数民族文学创作中,"70后"藏族作家扎西才让非常值得关注。他自20世纪90年代成长起来,到了21世纪,他秉持藏文化传统,以桑多镇为领地,建构了他的文学审美场,开启了诗歌、散文诗、散文、小说等多种文体创作,先后出版了《七扇门》《大夏河畔》《桑多镇》《当爱情化为星辰》《我的另类生活》《甘南志》等诗集,以及散文集《诗边札记——在甘南》和中短篇小说集《桑多镇故事集》,在《诗刊》《诗选刊》《诗探索》《小说选刊》《中华文学选刊》《民族文学》等刊物上发表文学作品,先后获得"甘肃诗歌八骏""海子诗歌奖主奖""德艺双馨文艺工作者""少数民族文学之星""骏马奖"等多项荣誉,成为21世纪有影响力的少数民族作家之一。

扎西才让出生于中国西部农耕文明与游牧文明交汇地带的甘肃省南部,这里风景秀丽,民风淳朴,地貌壮观,浓郁的藏传佛教文化、格萨尔文化与传统儒教、道教等文化交相辉映,堆垒出了诗情画意的"甘南"这块文学腹地。扎西才让以这片土地为依托,以桑多镇为轴心,以诗歌为主要体裁,用考古思维开启了对故乡甘南起源的历史考证和对民族多维文化的深沉表达,形成了以藏传佛教文化为传统的地域性文学书写,建构了自己的文学世界。特别要提及的是他的小说创作,他擅长以诗的思维和语言来精心完善文本,以此讲述甘南藏地人的日常生活,不断探求他们在新时代里的精神与气质。如果说意象是诗歌灵魂的话，人物形象必然是小说的生命。鲁迅在《中国小说史略》中说："小说亦如诗，至唐代而一变，虽尚不离于搜奇记逸，然叙述宛转，文辞华艳，与六朝之粗陈梗概者较，演进之迹甚明，而尤显者乃在是时则始有意为小说。"扎西才让以诗歌的技法创作小说，在小说中善于营造诗意化的结构、情意化的对话、地域化的人物形象，以此来呈现传统农牧村进入城镇化的过程中，新型牧民对旧有生活方式的眷恋和向往，表达他们对新时代、新生活的发现和迷恋。他给小说中的人物都贴上了藏文化标签，并赋予他们丰富的藏文化内涵，如嘉措、扎西吉、达珍、苏奴等。当然，好的小说一定要把人物写好。故事情节可以断裂，但人物一定要让人过目不忘。扎西才让以苏奴为中心的三篇小小说结构精致，意蕴深刻。苏奴是一个分体的人物形象，是桑多镇在历史发展中表现的三个片段，也是桑多人成长中的三个节点。《油画中的护灯者》中，作者似乎在描述一幅画的内容，实质是在讲述一个画家的悲悯情怀，画家的身世、画家的命运映射出了桑多人在20世纪80年代所经历的沧桑变化。在新时代里，属于他们的命运之灯散发出温暖的光。

弗洛伊德认为，文学的想象来自幻想或白日梦，用来满足内心隐秘的愿望。《苏奴的噩梦》中，作者借古典文学写梦的经验，书写了新时代桑多人复杂的心理矛盾。小说铺开的画面仿佛是20世纪90年代桑多人以伐木为生的生活片段，借此片段表现了年轻一代桑多人因无法融入城市而对旧有生活产生的眷恋。作者呈现的梦中生活是永远没有出头之日的，就像小说中苏奴给自己建造迷宫一样，只会越陷越深，越走越黑。小说中苏奴努力逃脱迷宫，象征着他难以和现实生活的抗衡，而盲目、紧张、逃避成为他直面世俗生活的态度。《苏奴的飞行》中，苏奴是富有人类命运共同体意识的顿悟者形象。小说中，作者把藏传佛教文化倡导的仁爱、平等、人性、正义、尊严等赋予了此人，给我们呈现出了一个既接受新时代洗礼，又有仁爱之心，懂得生活、珍爱生命、体悟人心的新时代的桑多人。如果用两个字概括扎西才让小说的话，那就是"造奇"。他的小说通过精致的结构和传奇的叙事，生动地表现了新时代藏族人丰富的内心世界。

甘南文学的多样化形式
——甘南的"札记"与牧风"散文诗"

除了小说与诗歌之外,散文诗和札记也是一种新的文体。一般意义上的札记指读书时摘记的要点和心得体会及见闻的单篇文章,汇集多篇成书可以称为"札记"。原西北师大学子扎西才让创作、民族出版社近期出版的《诗边札记——在甘南》,是其最接地气、最具特色的文学自由随笔,全面呈现了诗集《大夏河畔》中浮现的文化脉络。这部新作的面世,标志着新时期中国当代藏地文学全面走向经验化、多元化、文化化、多样化的发展态势。诗人扎西才让把"札记"这一文体进行了改变,使之成为一种新型的文学样式呈现给读者,意在凸显诗歌创作中文化地理学对文学创作的价值和意义。这也许是写作者如何借助于文学表现民族文化创作经验的参照,是可以借鉴并分享的。

这则20万字的札记以篇幅长短不均、结构形式自由、情感张力适中、节奏旋律优美、全面自由化的文字,以及散文诗化的段落真诚地谱写出了中华民族文化的独特魅力和民族情怀,呈现出了"后纯文学时代"美丽文学样式的建构。

一、《诗边札记——在甘南》

《诗边札记——在甘南》中,诗人扎西才让本着"以人为本"的创作理念,谱写了文化地理学意义上的人性美、人伦美。全篇分为七卷,可以将其概括为人物篇、地物篇、什物篇、创作篇四部分。人物篇中诗人重新塑造了扎西吉、德本加、卓玛草、孤独的男人、感冒的患者等一大堆扎根于民族土壤的同胞,给他们送上了人性赞美和人道主义关怀。地物篇可以说是作家扎西才让最美丽的誓言。作者位于桑多镇这个文化地理中心,因而所有的创作(包括小说和散文)都是围绕这一独特的"文化光圈"展开的,形成了以诗赞美人性,以诗坚守文学土壤,以诗感恩祖国的美丽誓词。什物篇是诗人最灵性的发现。在"桑多镇"这一得天独厚的文化圈内,诗人用审美的眼光发现了鹰、人类的猪、没人在意的石头等什物体内所闪现的灵光,传承了庄子"齐物论"的思想和《文心雕龙》中"物色篇"的创作理论,体现了诗人对自然的洞察力和思辨力。创作篇是诗人创作经验的再交流,在这个篇什中,诗人再次审视了《哑东》《顿悟》《桑多河的四季》等一些诗歌的创作场域与文化空间,诉说其呈现当代诗歌"别一性"的创作经验。

可以说,《诗边札记——在甘南》中诗人坚守了当代现实主义的创作传统并有所创新。在"札记"中更多地融入了对故乡的历史文化、宗教风物和民间生活的观察与思考,彰显和记录着他自身的生存状态和幽微情怀,从中找到了摆脱人生困境的方式。他以"札记"的形式为当代汉语诗歌写作者们提供了阅读、发现、反思、观察的有效路径。这部《札记》的诞生,是扎西才让对其汉语诗歌创作经验的一次汇总,是一次最接地气、最具本土经验的现代表达,成为中华文学的一种多样化形式。

二、甘南散文诗的引领者牧风

散文诗是兼具诗与散文特点的一种现代抒情文学体裁,它融合了诗的表现性和散文描写性的某些特征,在本质上它属于诗,有诗的情绪和幻想,给读者以美和想象;在内容上它保留了诗意的散文性细节;在形式上有散文的外观,不像诗歌那样刻意追求分行和押韵,但不乏内在的音韵美和节奏感。

甘南散文诗源于甘南游牧与农耕生产方式交汇下的文化土壤。甘南的散文诗还是有其发展的历史脉络的,1983年肖林栋、金详等人发表于《格桑花》第3期上的三篇散文诗,开启了甘南散文诗的创作先河,之后甘南散文诗零星地散布于《散文诗》《散文诗世界》《文艺之窗》等刊物上。与21世纪相比,20世纪八九十年代可以说是甘南散文诗的体验期。进入21世纪以后,牧风、阿垅、瘦水、杜鹃、扎西才让、花盛、王小忠、薛贞、薛菲、杨延平等一批青年诗人登场,他们也倾向于散文诗创作,由此壮大了散文诗的创作力量,推动了甘南散文诗的发展。2015年7月27日,在甘南文联及甘南作家的殷切关照下,全国散文诗作家云集甘南,召开了"第十五届全国散文诗笔会暨第六届中国散文诗大奖"颁奖会。这次会议对甘南散文诗的发展具有"里程碑"式的意义。会后,五湖四海的散文诗作家,都捧出了自己书写甘南的散文诗作精品,为甘南散文诗再添光彩。

牧风是甘南散文诗人的代表。他是诗人,曾在《诗刊》《星星诗刊》等有着多文体创作的经历,他专门致力于甘南散文诗的创作,20世纪90年代初期就发表了30多篇散文诗。进入21世纪以后,他的散文诗创作更加进入了专业化的创作时期,他的散文诗已经在全国引起了不少人的关注,作品频频出现在《散文诗》杂志上,迎来了冯明德等人的点评和推崇。2008年出版的散文诗集《记忆深处的甘南》荣获第四届格桑花文学;散文诗作品被中外散文诗学会主办的《散文诗世界》"每期一星"栏目重点推出,并得到海梦先生的较高评价。总之,21世纪以来,他以更多作品,多个荣耀与奖项推进着甘南散文诗的发展。

牧风说过,写好散文诗是不易的,要在狭小的方寸之间,去布展一种对生活的哲思和生命的体悟,以及揭示深邃的精神探求,实在是一种辛劳有余且乐趣甚少的高尚事业。牧风的散文诗创作完全立足于甘南厚土中的多重文化元素,如黄河、文人名迹、牛头城遗址、寺院、庙宇、草原、蓝天、白云、雪山等这些自然景观对其灵感的启发,这些自然景观建构了诗人牧风的审美旨趣。同时民歌、马、牦牛、羊群、酥油、盐巴、南木特藏戏、羚羊、红色文化、藏家姑娘、嘛呢石等这些独有的文化元素诗人可以信手拈来,缀成了一串串精美的文字,散发出了巨大的文化能量,表达着他的独有情怀。牧风打开了以甘南为文化根脉的书写场域,开拓了甘南具有"象征主义"的抒情方法,语言的极度跳跃使其散文散发出亮丽的光环,情感、情怀构成其散文诗的内在美,而诗行的语言构成了散文诗的形式美,独特的地域文化装饰了其散文诗主题的内涵美。格萨尔王的英雄精神建构了其散文诗独有的粗犷,亲情、友情、爱情建构了其表现的独有情怀。他的散文诗代表着甘南散文诗发展的一个高度,在甘南散文诗的土地上,他是一枝独秀。中国现当代文学研究博士生、文学评论家高亚斌,散文诗评论家黄钺,散文诗作家马东旭,中国散文诗研究中心特聘研究员周根等知名学者从不同的层面,评价过甘南散文诗,甘南的散文诗全面体现了甘南人的精神价值追求。

《记忆深处的甘南》是对美的追求和对往日的追忆,是其文学创作的宗旨。从牧风的散文诗中我们可以看到历史的厚重与沧桑、生活经历的感悟。不同的经历、不同的生活热情与人生价值观给了诗人写作的力量,使他在甘南这一方水土之上,见景感慨,闲暇便思。牧风的散文诗既传承了古老文化的神韵,又融合了现代浓郁的民族意识,它既是阳春白雪,又是民族情怀,正如牧风自己所说的:"我的母族是一个充满灵性和执着的民族,正踏着时代的脉搏与时俱进,显得更为昂扬向上,心胸就像草原一样开阔,头脑像高原湛蓝的湖泊一样宁静而清醒。"

牧风是一个有思想的纯散文诗写作者,他说过,散文诗唯有不断地汲取古老民族文化的养分,主动融入现代多元文化的氛围,主动担当起文学的使命,不断提高散文诗的现代汉语诗化水平,这是他所认知的散文诗的写作使命。所以在《青藏旧时光》(2019年河南大学出版社出版)中,牧风的文风变得更加沉稳和成熟。这部散文诗集中,牧风仍然没有忘记对甘南周边自然美景的洞察,他一次次深入青藏高原的腹地,感受自然美,体察新时代里的人性美,从而以一个生态学家的视野展开了对甘南边地文化的呈现。

《青藏旧时光》的最大亮点是以文化情怀为基调,在不同文化境域中表达不同的情感,在不同的景物中散发不同的哲思。法国哲学家阿伯拉认为,情感是创作的动力,并支配着对自然的描绘。他说:"因为我们关照自然现象时心情不同,我们把秋夜的星星称作明珠,有时称作眼泪;有时欢呼晚霞的美,有时悲悼落日的斜晖;有时觉得月亮分外光明,有时埋怨它撩起怀人的愁绪。宇宙间没有永恒不变的美,事物的美总染上我们的感情。"①细读《青藏旧时光》,可以发现牧风借鉴了西方的移情理论,把情感移入景物,使情与景相互渗透,使景物情化。从这部文集可看出牧风以散文诗的方式,诗化甘南的历史与文化,并把历史文化与游牧精神结合起来,深沉地表达了他的生命史观。

  总之,在甘南文学的画廊中,扎西才让和牧风是有创作方向的两位作家,牧风出版了散文诗集《记忆深处的甘南》之后,确立了以"青藏"为取材源的写作方向;扎西才让出版了诗集《大夏河畔》和小说集《桑多镇故事集》后确立了以"桑多镇"为取材源的写作方向,同时他们二人另辟蹊径地把札记与散文诗作为一种创作的选择,丰富和壮大着甘南文学的多种文体。牧风是用诗的语言创作散文诗,他于2019年出版了纯散文诗集《青藏旧时光》,2020年在他出版了个人诗集《竖起时光的耳朵》之后,他明确了以"青藏"为题材的文学"园地"。他的散文诗语言更加细腻和精练,抒情手法更加成熟;扎西才让出版了《诗边札记——在甘南》之后,又相继出版了以甘南为主要题材的诗集《桑多镇》《甘南志》,并用诗的语言创作中短篇小说。可以说他们既是"70后"甘南文学的引领者,更是甘南文学的探索者。

---

① 缪朗山:《西方文艺理论史纲》,中国人民大学出版社1985年版,第240页。

占有还是生存

——王小忠系列散文《小镇笔记》的启示意义

从20世纪80年代起,西方的文艺思潮在我国当代文学界内泛滥成风,中国当代作家在实行"显在写作"的同时,努力去模仿、应合,大有东施效颦的滑稽之感。90年代以来,文学似乎作为商品被纳入市场的轨道。于是在经济功利的诱惑下,作家们不得不根据市场的行情按需生产。精神追求的解体、世俗的理念甚至萎靡的潮流书写会带来什么样的影响?一个作家到底要写些什么?要对这个世界怎么说?我想这应该是他们认真去思考的问题。

近年来,科技的飞速发展势必要波及自然界。人们对自然界掠夺式的开发,严重破坏了生态平衡,导致了人与自然敌对关系的产生,并且日益恶化。甘南草原自然不会例外。面对这样的现状,我们还说什么呢?21世纪初期,走出大学校园的作家王小忠在近期的系列散文《小镇笔记》中关注到了人与自然关系这一深刻主题,令人欣喜不已。

《小镇笔记》可以说是王小忠散文创作的一个转型。他的散文写作路径由怀旧童年及寄居高原生活的真实写照渐渐进入如何建构人与自然和谐关系的思考。近期以来,他开始理性地思考人类生存与自然的矛盾,并自觉关注到生态空间,面对生态空间无限度侵染窘迫,他用文字委婉地流露着个人的忧患意识。

在系列散文《小镇笔记》中,他将文学艺术的魅力与现实社会相结合,试图用文字解决我们面对的世俗与文明、善良与丑恶、占有与生存等多重矛盾。在《小镇笔记》里他批评了人性失真的一面,如《火红的狐狸》写人在金钱面前完全失去了本性与理智的控制,最后导致了狐狸的减少甚至灭绝。众人皆知,自然界是一个完整的食物链,一种动物的消失就意味着这条链带的损伤。面对这一切,只有无奈地说:他的思考无疑是深远的,也是令人警惕的。

《鹿苑》一文的忧患意识更为强烈。在思考人与自然这一不可调和的矛盾冲突时,他说,"鹿是世界上珍贵的野生动物,全身是宝。自古以来鹿茸一直是皇室和达官贵族的长寿补品,不过现在不一样,只要有钱,它同样可以进入平常百姓家。……鹿茸生精补髓、延年益阳;鹿血大补虚损,补血养颜;鹿骨补钙护钙,防治骨质疏松;鹿鞭更是男士之宝……"

人体能量的补充,疾病的疗养,都需要生物界来供给。但人类在实现自身愿望的同时,却让自然界中的生物付出了代价,面对这些无法解决的矛盾,王小忠也表现出了他的迷茫。但他仍然立场坚定地用文学来努力维护这个自然界的平衡,在字里行间提倡和谐的同时也向我们提出了一个可怕的问题:"鹿死人手,而人会死于谁之手?"我们往往处在这样一个矛盾中:人为了满足欲望就必须努力地劳动,工作,创造,占有,最终实现了个人的欲望,同时也推动了整个人类文明的发展;然而这种潜在的发展却需要付出沉重的代价,那就是自然环境的破坏、生态的失衡。这一切他在文字背后给我们呈现出来,化用巧妙的语言,仿佛隐藏了他对人的卑劣性的深刻批判。

《小镇笔记》的另一主题告诉我们,人在潜在行为下导致的生态失衡若长期持续下去,我们将会与自然界形成强烈的对峙。人类以他的智慧和能力改造自然,但无法战胜自然,长期下去自然界会加倍报复这个世界。《小镇笔记》中,他对这一思考进行了十分深刻的描写。从他的《柳花菜》《乌龙头》《鹿角菜》《蕨菜》等一系列文章中,我们看到王小忠生活过的小镇是一个物产十分丰富的地方,但是小镇在传统文化回归的寻求下,人的饮食也在回归,那些注射了生长激素的所谓的绿色食品,打了催熟剂的反季水果,也逐步退出人们的餐桌。人们想重新寻找那些纯自然的真正的绿色食品,尤其是在金钱的驾驭下,生物界又一次面临更严重的破坏。

生老病死，消失灭种，本是自然规律。西方哲学家们认为，无论多么伟大的人与平凡的人，死亡对于他们都是公平的，他们把正常死亡与灭种看成一种自然规律。但他们也指出了自杀生命或人为地破坏自然，这是对生命个体和自然界物种无故摧残，是违背了自然规律的。现在，最可悲的是，人们意识不到自己这一可笑的举动，也根本不顾及给人类酿成的悲剧。

王小忠在散文《乌龙头》中指出这一贪婪的行为，他说："人们对吃的研究总是要做到精益求精，但却从来不会想到明天，或者后天某种生物的锐减，甚至从大家的生活中彻底消失。"我们饭桌上的美食是自然界给予的，但由于我们的贪婪和永不满足的欲望导致了生物被虐杀，更为可怕的是，人却看不到自己也正走向绝境。阿来在他的长篇小说《尘埃落定》中塑造了一个聪明的傻子，然后用傻子的眼光看土司制度的兴衰。王小忠在《鹿角菜》中所说的"想必等到唇亡齿寒的时候，返回到远古时代的鹿角菜一定会笑人类的愚笨"。其实，最可恨的是人类在金钱和欲望的驱使下，早就丧失了心智，不笨也由不得他自己了。

我们真的应该读一下那个意蕴非常深刻的《渔夫和金鱼》的故事了。作者在很精短的文章中道出了贪欲的危害，令人汗颜。克里希那穆提也说："你就是你自己的敌人，因为我们杀死了我们自己的保护神，一切为了钱，这其实钱无形中成了我们自己最大的天敌，这个身外之物让我们变得失去理智，甚至与身边的人反目成仇。"

古人所谓的"君子爱财，取之有道"，但古今能做到者有几？当然，在远离媒体的中国古代，我们能从充满诗情画意的诗歌中读到几百种不同的鸟，从造型艺术绘画中看到上百种花木，因为那个时代的人们大多没有被金钱迷惑，他们身上更多地体现出了纯真与质朴、重情意、淡世俗的美德。因此，才有韦应物的"相送情无限，沾襟比散丝"、李益的"明日巴陵道，秋山又几重"之佳句。讲和谐，恰好说明缺乏和谐。像《小镇笔记》中所说的一样，狐狸一只只被处死、鹿一只只被取血残害、植被干枯、苔藓消失、柳菜花被采尽、乌龙面临灭种，我们最大的敌人也许要到来了。"我们的敌人是谁？"一问中，我们不得不去思考人与自然固有矛盾的对抗,怎样面对"占有与生存"这个巨大的矛盾……

　　王小忠在小镇上当了近十年的教师,他对小镇已经很熟了。从他的叙述中得知,小镇有深厚的传统文化。在旅游事业飞速发展的今天,小镇的命运的确发生了天翻地覆的变化。他对二十年前的小镇是这样描述的:"以前的青砖小瓦的房子不见了,一种文化消亡的原因当然是另一种文化的突起。小镇的发展让人们改变了经济理念,就在这种理念的转变下,人们的贪婪私欲自然而生了,接踵而至的是伦理道德的丧失。是欣慰？还是伤痛？"

　　《小镇笔记》中除了对人与自然这一主题的书写和生存忧患意识的思考外,最值得注意的是,作者还开拓了甘南文学创作中"生态意识"这一主题,这是最有意义的,也是最有影响的,它势必会给甘南文学带来一片全新的天地。相信也对那些不顾及人类的、充满"占有"欲望的贪欲者和拿生态资源作为底本的暴发户起到警示作用。

发现与能指

——漫谈王小忠《浮生九记》写作的三个向度

2019年1月,作家出版社出版发行了青年作家王小忠的散文集《浮生九记》,这部非虚构纪实散文集的叙述手法与小说有着一脉传承的关系。因此,不少作家将其列入短篇系列小说集。避开文体不谈,这部纪实散文集突出交代了当代农村劳力的逃离、农村及小城镇的人心、人道、人伦,农村教育现状等诸多问题,具有强烈的现实意义,可以说这是披露问题的"问题散文集",具有极强的现实性和当下性。

这部散文集出版后,就被认为是非虚构作品。是的,我们在讨论这部作品集时,也不得不思考这样一个问题:这部作品集到底有没有虚构?仅从文本层面来看,的确难以确认。其实,在文学创作手法多样化的今天,虚构与非虚构并不重要了,关键是要写出生活的真实,指出生活的病苦,以引起疗救的注意,那才算发挥了文学的功用。从这个层面上来说,《浮生九记》无疑是对农牧结合地道德伦理等一系列问题的思考。作者从农牧结合地的生活秩序的破坏、精神家园的丧失以及记忆的真实与现实扭曲等方面进行叙述,其中凸显的担忧和关怀意识是值得研究的。

一、乡土蜕变与文明礼俗的破败

《浮生九记》最大的特点其实还是它的"非虚构"性。按非虚构文学的逻辑,我们对这里"浮生"的理解不能停在表面。其不同于李白诗"而浮生者梦,为欢几何?"①之中的浮生,也不雷同于清代人沈复撰写的《浮生六记》中的浮生。《浮生九记》关注的是当代底层人的生活变迁,坚持了文学与人道的创作立场,从人伦道德、个人思想方面对所谓"轴心时代"的当下社会给予了强烈的回应和观照。

《浮生九记》中的"浮生"是作者建构的"后乡土时代"的物象群。这些人大多是被现代世俗观念异化了,他们的身上体现出了后乡土时代的生活裂变与知识分子寻找精神家园的焦虑与迷茫。整部作品中,作家站在土地这个"根"文化坐标中,审视乡村的新变化,表达社会变化对游牧文明的解构,具有极强的时代性,从中表现出了他对新型乡村的经验书写和人性关怀。这个集子总共包括九篇文章,每一篇中叙述者都是站在"当代性"这样的一个节点上去发现问题、反映时弊。正如他所说:"这是我年轻生命对这土地的理解"②。不难得知,这里不是作家王小忠的理解,而是生活于土地之上的那一群耕耘者对土地的理解。

《兄弟记》是这个系列散文的重头戏,也是中国农业社会进入21世纪以后乡村家庭发生裂变的真实写照。从《兄弟记》中可以看出,刚刚过渡到21世纪的中国农业社会呈现出的深刻性与复杂性。如何来准确表现这种特征呢?作者以血缘为纽带,以家为叙述窗口,讲述了农牧结合地在当下社会中的发展变化。

家是土地上的坐标系,这是后乡土时代的浓缩版,是人心人情变化的聚焦镜,是农业社会的放大图。《兄弟记》中作者以家作为叙述空间,以我作为讲述视角来展开。从"空间诗学"来解读这个长篇作品时可以看出,"家"在这里并不是简单意义上的家庭,而是洞察新型乡土社会的一面镜子。加斯顿·巴什拉说过:"我的身体在家屋中得到庇护。家屋紧紧护着我,就像一匹母狼,有时候可以闻到她体味慈母般渗入我的心房。"③可见家对我们生存的重要意义,我们已经看到随着乡村文明的衰败,家也慢慢地失去其存在感。费孝通在《乡土中国 生育制度》

---

① (清)王琦:《李太白诗集注》,中华书局1975年版,第117页。
② 王小忠:《浮生九记》,作家出版社2019年版,第48页。
③ 加斯顿·巴什拉:《空间诗学》,世界图书出版公司2017年版,第77页。

一书中说:"血缘是稳定的力量。在稳定的社会中,地缘不过是血缘的投影,不分离的。……世代人口的繁殖,像一个根上长出的树苗,在地域上靠近在一伙。地域上的靠近可以说是血缘上亲疏的一种反映。"①从后乡土时代的农村现状而言,血缘只是渐行渐远地维持着一个家族的名分,成为伦理道德上的必需。地缘的概念和地域的情分完全被利益异化,攀比、排挤对金钱的占有等欲望已经魔随心生了。血缘关系、地缘社群的观念已经被彻底践踏,大批青年人挤进城市的现象让农村直接衰竭。空巢乡村、空巢家庭、空巢老人,已经成为后乡土时代农村捉襟见肘的事实,一个个村庄,坐落在颓废的土地上,唱着衰败的挽歌。

土地究竟能给劳作者什么?家庭矛盾复杂化程度的加深,以农耕为生计向以经济为主导的生产方式的变革,以及土地的荒芜、知识分子精神家园的丧失等,成为21世纪农村呈现出的新问题。在"后乡村"人的思想中,土地满足不了他们的需求,再加上城市生活对他们的强大吸引,盲目地奔向城市、争当老板、带头致富成为新型乡村人的时尚和追求,这种超前的"理想",打破了农村原有的生活秩序,破坏了以血缘、地缘为情系的诗意乡村。诚然,《兄弟记》就是立足于这样一个严肃的话题,思考着乡村的当代变局。

《兄弟记》中的三弟就是代表。他因不懂市场经济的变化规律,而在经济大潮中碰得头破血流,"看来在崇尚金钱的年代里,农民的本分将要被追求富裕的雄心彻底抛弃了。"②集体外出打工、讨工钱,在复杂的城市人流中,农村人是缺乏大智慧的。三弟在经济浪潮中落水翻船后又重新回到土地之上,苦苦经营着祖宗的家业。堂哥经营起了餐饮业,但在经营中丢了妻子,落得人财两空。

《兄弟记》中的叙事人"我"就是一个以农村人最理想的方式脱离了土地,这是农村人观念的转变,更是理想的选择。这些微不足道的进步与传统美德已经无法拯救一个乱序版的乡村。拐骗妇女等触犯法律的事成为农村常有的事,背馍走亲被大吃二喝的团拜风气取代,虔诚的守丧礼俗被喝酒打牌的恶习践踏。美好的人情变成了金钱交易。家庭

---

① 费孝通:《乡土中国 生育制度》,北京大学出版社1998年版,第70页。
② 王小忠:《浮生九记》,作家出版社2019年版,第8页。

利益的纷争,娶亲的高彩礼让人望而兴叹。我们可以看出农村这块精神家园对农村知识分子来说已经成为生命中的彼岸世界,难以回去。"更为奇怪的是在日益变化着的社会环境里,更多乡村人似乎找不到谋生的方向,也无法找到自我。"① 从《兄弟记》中,我们看到"我"在彼岸世界里深感茫然,而此岸世界给不了"我"任何精神上的力量。可以说《兄弟记》是直击当下乡村真实生活的寓言,呈现出极强的忧患意识。

《漫游记》是作者离开都市到草原深处的一次漫游。作为一个有写作激情的作者来说,每一次漫游并不是散心、郊游和消遣,而是一次写作灵感的获取与写作经验的汇总。在《漫游记》中作者发现草原生存者"以商辅牧"的生存方式转变,这个转变从根本意义上说是社会发展与时代的进步,是传统意义上以游牧业为主的生活方式的消解。这是新型牧商与传统游牧方式的一种混同。如果说乡村放弃坚守田地,让乡村自觉乱序,那么草原的裂变更是外界的入侵所致,他们受草原得天独厚的自然资源吸引和诱惑,受到世俗欲望的促使,把目标瞄准草原净土。对奇珍资源、名贵药材等的索取,使草原渐渐地被掏空,从而丧失了传统的游牧文明和富有经验的生存方式。

《漫游记》并不是简单意义上的漫游,这篇散文凸显了另一个宁静之地在新时代的裂变——如何保护草原,回到传统,追求人与自然诗意的栖居,这才是《漫游记》最人性化的思考。

二、自然之道与人伦之道的言说

今天我们西部人所说的城市,基本上还是变形的农村,城市的故事是农村故事的放大,《做珠记》便是明证。《做珠记》表现的是农村人的经商史,其中也不乏关于佛道、人道、自然之道的探索。我们可以从"物性诗学"的理论来探讨这一篇章。张进说过:"'物'不是由于被话语反映而被人读懂,而是因为物已经安置在人类的精神之中,成为一种'物话语',这种话语本身有物质性。"② 后工业革命时代是一个物质极其

---

① 王小忠:《浮生九记》,作家出版社2019年版,第31页。
② 张进:《活态文化与物性的诗学》,人民出版社2014年版,第165页。

丰富的时代,在这个时代里生活的我们,却感觉到无法说清的焦虑和迷茫,孤独寂寞的心驱使我们更注重身心修养,因此,对佛珠的喜好又成为人对精神生活的另一种追求。作者对"佛珠"这一"弘法之器"进行了概括:"静虑离安念,持珠当心上。"因此,对佛珠的喜好,又成为人对生命追求的另一种境界,从玩佛珠到贩佛珠再到做佛珠,人们又开始探索生活之雅趣、人生之道统,这种道统是通过观察而感知的。《做珠记》中作者以"观珠"作为时间线索推进,并不断地转换叙述视角,陈述珠所蕴含的"物道"与人道。

清代刘宝楠《论语正义》解释这"观":谓学诗可以论诗事也……世治之乱不同,音亦随异,故学诗可以观风俗,而知其盛衰。宋代大理学家邵雍的论述最为深刻:夫所以谓之,以观物者,非以目观之也,非观之以目而观之以心也,非观之以心而观之以理也。(皇极径世·观物,而是通过观物而观道。)从人们对佛珠的喜好而言,佛珠在提升人们生活雅致的同时,更加辐射了人心的奸诈与虚伪。从念佛的层面看,佛珠代表了人对信仰的坚守,是虔诚之心的表征之物。"拿起佛珠,就告诫自己心念纯洁,一心贯彻于善念之中,久而久之明心见性。心开意解是故持珠善念大抵如此。"①在五花八门的佛珠市场,包含着复杂的人性,求珠、念善本身是"仁义"的体现。但是在金钱欲望的促使之下,变成了交易。作者先是从魏文海的贩珠中观察到了人情之道,接着又从河沿路做珠摊上见到了佛珠之道,"自己以为好的,自然就是好货了",这便是人心之道、生活之道、自信之道、自我人格之道。这是"心观"的结果,这也就是宋代理学家邵雍所说:以物观物,性也,以我观物,情也。性公而明,情偏而暗。这里说的"性"是事物的本性。以物观物,即是从物本身的情状认识物,这种观物,相对来说是客观的,它能看出事物的本性。作者在沿河路的摊点上观察到的金丝楠木、小叶紫檀、黄花梨、乌木等,这是以物观物,见证了佛珠的高低贵贱之分。而老头所说的"人心所向"便是以我观物的结果。"以我观物"情也,这便有了人心所向。

《做珠记》从美学层面来看,体现了人类对美的追求,这也是对后乡

---
① 王小忠:《浮生九记》,作家出版社 2019 年版,第 71 页。

土时代生活富裕的披露,类似于古代所谓的"饱食思欲"。与其不同之处是对自然美的追求。对自然美追求安然落实到"天人合一"的思想理念之上,这就不得不谈到人与自然和谐共生的问题。人对不同审美情趣的满足,却让自然界奇珍植物付出了生命的代价,以自然生命来满足个人的行为其实是危害人类的行为。由此看来,《做珠记》是作者对广大农村的真实写照,并把它落实到人的行为观念与精神追求之上,既满足了自己的精神需求,也揭露了人的虚伪,但这一切行为损害了自然,损害了人伦道德。这是不符合人基本的生存之"法"的,这是生活理念上出现的偏差。做珠之道是对人道的发现与张扬,是对新时代人欲的披露与批判。

三、往事记忆与现实的沉思

从内容上看,《少年记》是一篇童年真实生活的记忆之文。我们从书写的内容与作者成长的时代断定,《少年记》写的是新旧世纪交替下真实的农村生活,从作者对童年趣事的叙述中,我们看到了 20 世纪 90 年代农村人对教育观念的认知,他们对子女既抱有望子成龙的期盼,但又无法改变落后的教育现状与松散的管理模式。这是 20 世纪 90 年代中国农村教育最值得思索的问题。《少年记》表达了作者对过去时光的留恋与对现实生活的质疑。

《支教记》是作者对曾经支教生活的一次深沉书写,在这篇纪实散文中,作者要表达的是人性的关爱与生活的况味。《支教记》中的感伤情调不仅仅是对支教学校艰苦生活环境条件的感发,更是对一个时代教育现状的反思。

《喂鱼记》是作者又重新回到藏传佛教中的"生命平等观念"下创作的一个纪实散文。喂鱼这个简单行为其实是一次生命的救赎。爱自然、爱生命是这篇纪实散文的"践行"与倡导,同时发现了生物链之间的生存斗争,人世中的矛盾与冲突,如何让人的精神迈向新的领地。

《堡子记》是他者口述的历史。这篇散文中,作者以记忆和想象的方式努力还原原始时代的生存印记:堡子村有着浓郁的农业文明的模式,通过这个村寨读者最容易见证原始人类在与自然界斗争中产生的智慧。在历史发展中,落后的、旧的习俗观念总要被新的、先进的思想和科技替代,这是新事物战胜旧事物的必然规律,也是社会向前发展的逻辑。堡子曾经居住过朴实的乡民,但堡子也遭遇过土匪的打劫,这里发生过的战争见证了原始文明之地所遭遇的野蛮重创,但也恰恰成就了堡子在民间的影响力。堡子并不是地理学意义上的一个布局,而是一个对过去历史进行考证的依据。堡子最后坍塌被无知的人们运到荒野,烧成肥料。这是现代人对文明的破坏,同时也是堡子的必然遭遇。余秋雨在《废墟》中写道:"废墟是课本,让我们把一门地理读成历史;废墟是过程,人生就是从旧的废墟出发,走向新的废墟。营造之初就想到它今后的凋零,因此废墟是归宿,更新的营造以废墟为基地,因此废墟是起点,废墟是进化的长链。"[1] 堡子既是少有的废墟,也是进入后乡村社会的"分水岭"。堡子的毁坏与营造,标志着进入后乡土社会以来,乡村人对过去历史遗迹的毁坏,更是对原始文明的践踏。

总之,《浮生九记》这部散文集把童年的美好与成年的迷茫呈现给我们,又把后乡土时代年轻人生活的艰难与焦虑展现给我们。《浮生九记》握住了"当代性"这样一把尺子,体现了纪实散文的当代性价值。它继承了在现实主义基础上的创作原则,观照了被主流作家笔涉较少的"乡村"这一底层空间,也反映了农牧区人民的生存矛盾与生活困境,发挥出了文学最大的时代功用。

---

[1] 陈微主编:《中国当代名家散文集萃》,内蒙古人民出版社2009年版,第192页。

回望乡土大地的窗口
——王小忠长篇叙事散文集《兄弟记》的人物意义新探

《兄弟记》是王小忠 2023 年 10 月出版的长篇非虚构纪实体报告文学集。在这部文集中,作家王小忠以客观的态度和严肃的立场,回溯了自 21 世纪以来,家乡甘肃南部地区农村向城镇过渡中的艰难和曲折。集纳以"家"为叙述空间,以几个兄弟的观念变化为思考据点,十分真实地根究了当今农村人的思想波动,引发了对传统文明的怀恋和回望。在传统文明被现代文明逐步淘汰的历史面前,"60 后""70 后"两代人,从奋斗、挣扎、拼搏和体验中,变得聪明理智,在不断老去、不断历练的人生中,逐步认识到知识改变命运的重要意义,他们将希望寄托于下一代,并且把一生的奋斗都砸在了后辈儿女们的成长上,这是他们最理智的选择,是他们从农耕文明中汲取的营养。《兄弟记》十分真实地展示了以男权制为核心的西部农村社会机制,并对其给予了深刻的沉思。

人口多,底子薄似乎成为 21 世纪前中国农村不容争辩的事实,也由此构成一个多子家庭必然解构的理由。费孝通在《乡土中国 生育制度》一书中说:"血缘是稳定的力量。在稳定的社会中,地缘不过是血缘的投影,不分离的。……世代间人口的繁殖,像一个根上长出的树苗,在地域上靠近在一伙。地域上的靠近可以说是血缘上亲疏的一种反映。"[①]《兄弟记》中的四兄弟,虽然各自安家立业,但生活中潜藏的那

---

① 费孝通:《乡土中国 生育制度》,北京大学出版社 2010 年版,第 70 页。

种明争暗斗的生存压力,始终不容许他们躺平在土地上无所事事,他们面对乡土大地、面对生活时做出了四种不同的选择。

"我"是文本中的主要叙述者,但"我"的身份是从土地上走出来的"成功人士","我"虽然生活在城市,但永远情系乡土。因为"我"的血流淌在故乡的土地里,"我"与三兄弟之间存有砸断骨头还连着筋的亲情,"我"无法回到乡土的怀抱中,但"我"又无法舍弃土地的养育之恩。于是叙述者成为一个世人皆醉,唯我独醒的觉醒者。那个以土地为中心,以父亲为主要凝聚力的"家",在新经济的冲击下,被彻底解构了。三弟守着旧家,负责操心父亲的养老送终问题。三弟有雄心,有野心,他虽然勤劳吃苦,但因没有远大理想,而变得十分浮躁。三弟是中国农村中吃家族老本、住老房的农村分配机制下的附庸,其代表着农村以"土地"为资本,试图追赶时潮、紧跟市场的创业者。但当下农村中,农民们舍弃庄稼,集体性地种植经济作物,试图发家致富,很多人因为太贪心和缺乏科学的经商头脑,被卷进市场大潮,亏损得血本无归。三弟就是其中的一员。

集中的大哥另起炉灶,开始了漫长的创业旅途。他是新农村中有理想、敢创业的新一代农民。他善解人意,为人大方,又有着同情、怜悯他人的传统美德;他也善于凝聚人心,从不计较鸡毛蒜皮之事。大哥形象隐喻着20世纪90年代中国农村中先富带动后富,最终实现共同富裕政策的践行者;二弟没有太大的出息,只是在大哥的"大树"下乘凉。"我"是一个跳出农门,生活在城市里的知识青年,不断地被弟兄们觊觎,并不断地被给予厚望,自然在他们的心中成为唯一的救命稻草,但也有无法言说的苦衷。"我"的成功人生中,凝聚着父亲的智慧,凝聚着母亲夜以继日的辛劳。所以在文本中,"我"变得理智、头脑清晰并且知书达礼。

集中的三叔、堂哥及族里的亲戚叔辈等组成了乡村社会的关联纽带。而在人际交往与日常琐事中,作家不断发现迈向现代化的农村所面临的困境:农村孩子们无条件在家门口上学,大人们不去思考教育质量,都集体性把孩子送进城里,在城里照顾孩子的老一辈人,集体报复性地偷东西;农村经济萧条,但高彩礼、高礼金、耍排场、嫌贫爱富、急功近利、就业压力等一切虚无的竞争,使农村人的生活陷入了困境。高消费与低收入之间造成的经济落差,迫使许多人盲目地创业,那些没有资金创业的人只好偷东西,这些自己意识不到的陋习,最终毒害了下一代人的成长,作者因此产生了无限的忧思。

《兄弟记》可以说是一部行走美学的报告文学。文集前半部分,作者不断徘徊于城市与乡土之间,人情味、人间烟火味都让作者不断地去怀念亲人,怀恋乡村传统文明,但在历史进步的大潮中,乡村大地不断发生着改变,生老病死,成功与破败等这些事实,只能让人无条件地去接受。

文集中的胡林生是叙述人的玩伴,他是党阳光政策沐浴下逐步走向成功的年轻一代,他勤劳,有智慧,觉悟高,服从国家移民政策的调度,舍弃一无所有的故乡,乘着国家扶贫攻坚计划的快车,到瓜州打拼出一片天地。在岁月的磨砺中,他变得更加坦白、直爽,也变得重情重义,慷慨大方。他和作者之间演绎了一场"阳关送别"的友情。

总之,《兄弟记》中,作者把思辨、感悟、世故人情、党的惠农政策等倾注于四兄弟和胡林生这几个人物身上,从家族内和亲情外展开了对新时代甘肃乡土大地的全景式书写,以人物构成了文本的叙述主线,回乡攀谈和访友调查建构了文本的言说方式。在这部文集中,人物是时代变化的坐标,人物也成为作家回望甘肃乡土大地的窗口,人物也成为地理意义上作家不断归乡的理由,更成为精神意义上的情感牵引。

美丽藏式的乌托邦建构

——何延华中篇小说集《寻找央金拉姆》的美学思维分析

在中国当代藏族作家的汉语文学创作中,何延华在少数民族文学界产生了一定的影响力,受到了不少读者的关注。相比其他藏族作家而言,何延华生活在多个少数民族集聚区的甘肃省东乡区,她时常将眼光延伸到青藏高原上的其他藏族地区,书写新时代藏族及其他民族青年人的创业史和致富史,并从他们的奋斗历程中,不断发现着人情美与人性美。在出版了中短篇小说集《嘉禾的夏天》之后,她又出版了中篇小说集《寻找央金拉姆》,这是 2023 年 8 月由作家出版社出版的小说集,是 21 世纪书写藏地和多民族地区题材最为轻灵的一部小说集。这部小说的字里行间,充满着温情和暖意,充满着诗意和阳光。整部小说集建构了一个充满诗情画意的"乌托邦"式的新时代藏地。从整体故事构成来看,何延华小说无意识地回避了余华小说《现实一种》的那种暴力冲突,建构了一种人性美的"新乡土"叙事。

可以说,她用小说复原了 20 世纪八九十年代的诗意乡村。她用温情的笔调与温暖的人性故事重新建构被城市掏空的乡土大地,塑造了那些回归乡土的城市创业失败者的形象,诠释着人与故乡的亲密关系及乡土中人的生命意义。诚如作家次仁罗布所说:"《寻找央金拉姆》是一部集中反映最底层人生活的作品,作家在字里行间倾注了满腔的爱,从而使它具有了温度与厚度。"① 我想这里的温度和厚度正是她用充满

---

① 何延华:《寻找央金拉姆》,作家出版社 2023 年版,第 15 页。

美好的眼光来回望乡土大地的感触,也正是她美学思维创作设计的结晶。从她的这部小说集中,我们在颓圮、几乎破败及人迹罕见的乡土大地上看到了金黄的麦穗,看到了丰收的喜悦,看到了劳动美的场面,也看到了强大的自然美对人心灵的启迪,看到了在"宇宙模式"的自然天成之下,人与自然的亲和,看到了审美人类学的伦理意识下充满人情关爱的藏地社会机制。同时,在这部小说集中,我们还看到文化艺术之美所彰显的信仰和力量。可以说这部小说轻化了我们回望当代日趋庞杂的乡土社会时的那份沉重感。在这样的书写中,我们感悟到了人类最原初的爱,感受到了人性最本真的温暖,也检视了新时代在国家乡村振兴、扶贫攻坚政策实施之后,乡村社会的"山乡巨变"。

进入审美学的领域,人会自觉地想起,毕达格拉斯学派所说的美是一种和谐。当然,这种和谐在小说中体现为乡土社会结构体制内的和谐;在审美学的领域中,更能想起康德所说的美是一种快感。可以说这部小说的可读性,就在于小说在创作过程中,十分注重美学思维的设计。小说很好地把自然世界的外在美与人的心灵美相映照,将自然美的"比德模式"与人格修养,审美人类学伦理意识与人伦道德,文化艺术美学与文本故事紧密结合在一起,从而创作出了新时代"美丽藏式的乌托邦"。细读这篇小说,就不难发现其渗透着诸多的美学与社会学价值。

一、自然美对人的心灵启迪

自然美是中国美学的重要领域之一,它对人的心灵有着启迪作用。自然美是自然事物之美,而小说文本的自然美大多是小说所描写的自然景观,还有文本中流畅的自然语言。对于藏族作家而言,他们的作品中自然美表现得更为纯粹、更为直观。因为许多藏族作家本身处在自然景观中,他们面对自然,书写自然与人的关系、书写自然的永恒与生命的短暂等。当然人们可以以他的智慧支配和利用自然界的威力,但人更应该对自然充满无限的敬畏感。中国美学认为自然美包含着人与自然深刻的统一性,当然自然界也会与人形成对立关系。自然界中的万物都是有生命的,春夏秋冬,花开花谢,大自然在人类面前,呈现出了无限的强大。人是自然万物的一个组成部分,自然万物的运动会使人产生强烈的行动效应,这也是《易经》中所说的"天行健,君子以自强不息"的自然效应。《诗经》中说:"昔我往矣,杨柳依依,今我来时,雨雪霏霏。"① 可见中国古人经常把出门远行的季节选在春天,他们认为,春天是一个美好的开始,春天充满好的希望。

  何延华的小说中塑造了大量的藏族女性形象,也塑造了多民族聚居区创业致富的男性形象,她常把这些人物的创业经历与春季联系在一起。小说《三月之光》中,以"三月"命名,就意味着一个美好的开始。三月是美好春天的开始,是自然万物开始复苏的时期。三月里的自然万物萌发着新的气象,始终给人以"生命在于律动"的提示和召唤。《三月之光》中的母亲学成裁缝师出嫁时,是三月春回大地的日子;母亲离开家去拉萨做藏袍也是三月;三月里"我"和哥哥去上学;在春天细润清凉的小雨里,父亲和母亲去青海撷虫草。何延华在小说中写道:"我对三月的印象是多么的深刻呀!在那荡漾着料峭微风的清晨,雷帝雪山山顶上首先披了一层金红的霞光。天空渐渐由金红变为浅蓝,再由浅蓝变成鸽子蛋般淡淡的青绿,田野河流中那超尘绝俗的宁静也渐渐地被世俗生活的喧嚣打破。清丽春光把村庄笼罩起来了……三月的白天,没有哪个农人,没有哪头耕牛,是闲的,就连天上的游风,也在匆匆赶路,好翻过三月的这座大山,追赶四月的踪迹。"②《三月之光》中她写到茵茵的青苗、出土的虫草、清凉的细雨,朝阳和草木等焕发着生命气息的自然万物,在诸多自然万物的启迪下,她小说中的主人公变得勤劳执着,奋发向上,很好地体现出了青年人的精神面貌。

  诸多的自然事物构成了自然美的形态,因受主客观条件的制约,自然美具有形态多变性与变异性特征,人有时候在强大的自然面前变得十分羸弱和渺小。何延华小说《狼虎滩》就是讲人在自然面前的渺小和无奈。小说中的菩萨保带着价值二十多万元的虫草,驾着一辆破旧的三轮车,送从檐台上摔下来的父亲去医院救治。在去往医院的路上

---

① 余冠英选注:《诗经选》,中华书局2012年版,第180页。
② 何延华:《寻找央金拉姆》,作家出版社2023年版,第156页。

他们十分着急,车上还载着德昆的老相好金花奶奶、接骨医生王有成、单身汉尕让等。因为大路不通,菩萨保只好取道蛮荒凶险的狼虎滩,路上他遇见了被当地称为天马的鬣羚,陷入沼泽地后做最后的挣扎。菩萨保要去救助,可是他面对的困境是要火速赶往医院救治父亲,需要刻不容缓地卖掉虫草,去送分娩的妻子到医院。时间上的不允许,使他犹豫不决。最后他打过猎的父亲德昆出于赎罪的心理,同意他停车到沼泽地救助天马。那强大的弥漫着瘴疠之沼泽地,处处布满着死亡的预告,菩萨保凭借自己的智慧拼尽了全力,救出了深陷沼泽的天马。小说的出奇之处在于当他陷入了沼泽地命悬一线时,灵性的天马伸长脖子,咬住他的后衣领,把他从死亡之境的沼泽地救了出来,可是他携带的价值二十万元的虫草却遗失在沼泽里。这一惊险的情节中包含着一些非合理性因素,如天马是动物,它不可能有人的意识,更不能领会到人遇到凶险需要救助,但作者设置这样一个惊险故事是要讲人所遭遇的生存困境。人常常在最危急、最忙碌的时候,会遇到许多令人意想不到的窘境,而这些窘境的制造者大多是强大的自然万物。比如,遭遇冰雹的一次侵袭,一场意外暴雨引起的洪水,一次无法预报的地震等都让我们感到生命的脆弱。小说的结尾写道:"恍惚间,他隐约地听到有人朝他喊'你放心去医院吧,你的虫草我们帮——'"[①]在这里,作者以佛教文化中"好人终有好报"的哲理美化了这一波惊险。

在中国《美生学》中,袁鼎生认为:"生命从天而来,向天而去,在天然整生中,呈现了回旋生元律。在大自然的自旋生中,生命、生物谱系、生物圈、生态圈的第次天发,呈现了回转性超旋生元律。"[②]小说《寻找央金拉姆》讲述的是只要有爱和信仰,人就能最终达到一种至善至美的境界。小说中的小女孩因感冒发烧未能及时救治导致了失语,这对一个幼小的孩子来说,是意外飞来的"横祸",但小女孩并没有绝望,她怀揣着求学的理想。出于对小女孩发自内心的爱,她的父亲在得知会唱歌的神医央金拉姆后,不辞路途的劳顿,骑马带着小女孩去桑科草原寻找传说中民间会唱歌的神医央金拉姆。路上,小女孩不小心落入水

---

① 何延华:《寻找央金拉姆》,作家出版社2023年版,第143页。
② 袁鼎生:《美生学:生态美学元理论》,人民出版社2021年版,第15—16页。

里,被父亲救了上来。走了很长的一段路,父亲将小女孩托付给前往黑措的拖拉机司机,在拖拉机前行的路途中,小女孩眼前不断闪现出了山川、河流、草原等各种自然景象,也聆听了各种"天籁"后,"唱"出了歌。由此可见,小说《寻找央金拉姆》中的"央金拉姆"是来自大自然的"天籁之音"。不难发现小说所用的美学思维是"音乐治疗"学。音乐艺术可以让人产生幻想,欢快的旋律可以缓解忧伤的情绪。中国古人认为,音乐不仅能表现心灵,它也最能感动心灵。古希腊常用音乐来治疗疾病,亚里士多德曾说音乐有"发散"(catharsis)的功效。从另一层面看,《寻找央金拉姆》表达的是追求精神的审美过程,在这个过程中,只要有爱和信仰存在,就能达到理想的"彼岸"。从美学层面上讲,治愈小女孩疾病的是来自自然的音乐,是自然美对其精神和生理的复合治疗,而这一神奇的"化疗"过程呈现了生命从自然而来、向自然而去的回旋生元律,这也使小说兼具了合理性与传奇性。

二、审美人类学的伦理意识与社会美启示

从审美人类学的伦理意识层面来观照小说《寻找央金拉姆》时,我们发现小说中有不少人性关怀的维度,诚如王杰所说:"审美人类学的特殊意义就在于它既有人类学的关怀维度,又以一种审美的方式把人性的最高层面表征出来,并且潜移默化地影响着我们的思维方式和价值参照。"① 在小说《寻找央金拉姆》中,当她的亲人无奈地接受她将终身成为哑女的时候,一个温暖的人性关怀者——收购牛羊的商人来到了他们家,商人建议他们寻找神医央金拉姆。小说中商人的建议虽只是出于一种伦理意识的关怀,但这个伦理的关怀来自小女孩一家人美好的人情。他们把商人留宿在自己家,并且给商人盛上茶,在如同亲人一样的攀谈中,商人说出了寻找神医治愈女孩的可能。而在父女俩寻找神医的路途中,他们并没有遭遇羁旅的困境。小说写到父女俩走出了黑乎乎的森林,进到一个村子,遇到了一户善良的人家,父亲先是彬彬有礼地敲门,当开门的女主人公说男人不在时,小女孩的父亲先是向

---

① 王杰主编:《审美人类学》,人民出版社 2021 年版,第 312 页。

后退了一步,说"打搅了。我去别的人家问问吧"①。简单的对话中,蕴含着对人类审美伦理的守护,蕴含着对一个女性的尊重。正是在人性温暖的交谈中,女主人把他们领进了家,给他们盛上了茶,端来馒头、烙饼、熟洋芋和鸡蛋,并且喂饱了他们的马。之后,她和失语的小女孩睡在一起,不断地疼惜说:"可怜的孩子!你的妈妈,该怎样的伤心,怎样的哭哟!一个多好的孩子呀!却是个哑巴。哎哟!""谢天谢地,我的孩子们都很健康!"②这家女主人对小女孩的关怀叹语中,发出了对全人类平安幸福的祈祷。当然人是社会的重要组成部分,女孩一家人是社会的组成部分,他们的审美伦理意识中体现着社会美。

社会美是人类基础性的生存活动,是以劳动为核心所形成的审美形态,社会美是人类最早、最基本的审美领域之一,是人类社会关系中最密切的审美形态,也是与人距离最近、人们接触最多、欣赏最方便的审美,其渗透于现实生活的各个方面。中国美学讲社会美时,更多地注重人际交往之美。何延华的小说在讲人际交往之美时,常回归于现代乡土社会中,去追忆和书写乡土社会中传统的人性美与人情美。从她的小说中,我们重新找到被城市掏空的乡村社会的人性美,她对人性美的书写视角来源于她的审美经验。她是用美的眼光来观望乡土大地在现代化社会中的破败和异化。她是回到"家庭"这一社会机构的单位中去回望和重建着社会美。

何延华是藏族,她熟悉藏族人的生活方式。她的小说中塑造的女性是以藏族女性为主兼有其他民族女性。在西部的牧区或半农半牧区,藏族妇女一般不出远门,她们在家埋头劳作,或在牧场看管牛羊。何延华小说中的女性身兼放羊、做家务、侍候老小同时在家门口打工挣钱等多重重任,她们任劳任怨。小说《拉姆措和拴牢》中,拉姆措责无旁贷、尽心尽力地照顾着大小便失禁的大姑子,甚至对她无微不至的关爱超出了关爱自己的亲人。她对大姑子不离不弃,百般呵护,在出门打工时,她"无奈"地把她带到工地上,边打工边治病。可以说,她在工地上给予了拴牢"宗教式"的关怀。她认为拴牢就是她前世的姐妹。这

---

① 何延华:《寻找央金拉姆》,作家出版社2023年版,第14页。

② 同上。

种亲情式的想象使她从精神层面和心理层面已经抛开了对拴牢的厌倦。好在她的付出最后得到了回报。在工地上她遭到地痞黑牛强暴时，这个不能控制自己大小便的大姑子从天而降，为她"解危"，但拴牢却被黑牛打死，从这一暴力冲突的悲剧结局中，可以看出拴牢也在默默地保护着她，对她也不离不弃。这些情节读起来都是非常感人的。从这一生命的回报中，我们看到一个生理不健全的拴牢对亲情的守候和呵护。小说中的拉姆措不是指代一个人，她是指一群关爱他人、操持家务、会挤奶、会放牛羊，能够包容他人缺陷的藏族女性。而拴牢是乡土社会中失去劳动能力，需要人百般呵护的"多余人"，但她们都懂得关爱他人、懂得自尊自省。通过拴牢，我们可以看出落入底层社会中的那些人最可爱的一面，能看到她们的身上散发着人性的光辉。

小说《寂静的雪山》可以说是一部底层女性奋斗史，小说中不断思考的一个主题是如何守候祖宗留下的土地。小说中的金梅奶奶与采珠互相包容互相理解。当没有劳动经验的采珠把成熟的麦子浪费在地里，缺少经商经验的她一次次错过了花椒最好的卖价时机造成了巨大损失，当她自作主张，把卖掉羊的钱投资给丈夫的服装店里打了水漂时，金梅奶奶并没有抱怨她，这使她在生活中不断历练、成长起来。当然，在采珠无微不至的关怀下，金梅奶奶靠自己的坚定信念战胜了疾病，重新和采珠一起扎根乡土，开启了她们的美好生活。小说的结尾，采珠的丈夫回来了，他们在自家的土地上重新发家致富。而在小说《三月之光》中，作者写到一个没有经商经验的父亲，想着以不正当的手段开饭馆赚钱，结果给一家人惹来了很大麻烦。小说中的儿子为维护母亲与妹妹的人格尊严闯下了大祸，一家人赔了十二万元后才息事宁人。这一劫难过后，父亲改变了经商理念，使他们的饭馆起死回生，一家人又重新迎来幸福。何延华小说中处处充满着人与人之间的包容、体谅，充满着人伦美与人性美。

三、地方性审美经验与藏文化的美学思维

地方性审美经验框定了何延华小说独特的艺术魅力与别致的文本

题材。审美人类学认为:"地方性审美经验形式是由地域风貌、气候特征、族群文化、历史传统、风俗习惯、语言特色和审美制度等多种因素,在几千年来日积月累的过程中相互作用而形成的,呈现独特的美学特色。"① 相比其他藏地,甘肃藏地的自然条件比较优越。自中华人民共和国成立以来,甘肃藏地较早得到了各族人民的开发,社会经济相对繁荣,民族文化也相对进步。目前甘肃藏地境内居住着多个少数民族。高原、山地、沟壑与沙漠、戈壁、草原相间成为其主要的地貌特征,而亚热带、暖温带湿润区、干旱半干旱区与高寒区相间构成了甘肃的主要气候特征,因为受气候的影响,甘肃藏地的畜牧业一直居于主要地位。其他少数民族居住区以农牧业为主要生产经营方式。甘肃地处中西交通的孔道,积极开展同其他地区的贸易,这都为甘肃地区在新时代里的进一步发展迎来了非常好的机遇。

与部分双语藏族作家不同的是,作家何延华所生活的藏地,是一个多元文化交汇碰撞的地方——甘肃省积石山县。这是一个多民族聚居的县,除汉族以外,积石山县生活着保安、东乡、撒拉、回、土、藏族等十多个少数民族,这些少数民族大多分散居住。相比逐水草而居的青藏高原的游牧民族作家的作品而言,何延华的小说更多彰显出了农耕文明的气息。也因甘肃地域文化的独特性,多元文化交汇并存的地方经验建构出了她小说的人性美与人情美。尤其是近几年,在党的阳光政策沐浴下,积石山县人民的生活面貌发生了翻天覆地的变化,一幢幢拔地而起的高楼,一条条通向省城的高速公路等,无一不凸显出她家乡的新变化。我们从小说《寂静的雪山》中品读到一排排果实拧成的花椒树,一茬茬熟透了的麦子,一麻袋一麻袋的洋芋,成片成片的苞谷和鸡、狗、猪等生命物,都不断凸显出农耕文明的气息。这片土地上的藏族妇女和其他民族妇女种花椒、药材等经济作物,男人们出门到外地经商,这些都不断传递着现代文明的气息,也足以见证这片土地上的人们不断更新的生活观念。但这一片土地上也一定限度地保留了藏族古老的传统文明和优秀文化,比如说对"神"的敬畏,对自然的崇拜,对信仰的追求等,都凸显着藏文化的气息,由此看来,不同的民族文化交相辉映,绘就了何延华小说的别致性与轻灵美。

---

① 王杰主编:《审美人类学》,人民出版社2021年版,第90页。

从她的小说中,我们能够感受到一步步走向现代文明的甘肃藏地,一个个不断接受主流文化熏陶的藏族青年。何延华的博士论文研究的是藏族作家阿来及其作品,她的"甘青藏区藏族民间叙事长诗研究"还入选2021年国家社会科学基金项目(一般项目)。她在撰写博士论文的过程中,学习积累了较多的藏族文献,并了解和掌握了西藏、四川、青海、甘肃等地独特的地域文化,而从她获批的国家社科基金中足以见证她扎实深厚的藏文化功底和学术研究水平。品读她的中篇小说集《寻找央金拉姆》时,不难发现佛教文化的美学思维成为小说创作的主要美学指向。从叙事角度而言,她是以藏传佛教美学思维来建构故事进行叙事,而其所建构的故事符合生活中的偶然性与必然性。比如,小说《酸卓玛和甜扎西》中,善于助人为乐的酸卓玛和甜扎西两人最后的幸福生活,《拉姆措和拴牢》中,拉姆措无微不至地照顾着生理上不能自理的拴牢,使拴牢在最后的偶然性事件中豁出生命保护拉姆措等都不断凸显出了佛教文化中"善报"的福音。

何延华的小说有着极强的故事性和传奇性。细读她的文本,不难发现佛经故事对其小说故事套路所产生的影响。她所建构的故事往往不但曲折感人,而且富有传奇性。比如,小说《寻找央金拉姆》与《流传千年的藏传佛教故事》集中的《找寻芥菜籽》的故事有着一定的相似性。《寻找央金拉姆》中,央金拉姆是一种信仰,是一个神秘的存在,而《找寻芥菜籽》中的"芥菜籽"是一种顿悟,这两个故事最初的目的都是爱孩子。从人物的取名来看,何延华小说中的一些人物,取源于"藏传佛教故事"。不难发现她小说中的"菩萨保"这个名字源于《流传千年的藏传佛教故事》集中的《亲见文殊菩萨》这个故事中的"菩萨"。并且她小说中所写的无怨无悔的人性关爱,有些来源于藏传佛教故事。《流传千年的藏传佛教故事》集中的《多珠千示死亡》的序言中写道:"爱是理性的牺牲,而不是感性的占有。爱是无怨无悔、心甘情愿的奉献,爱是美化外在环境、净化内在心灵的源头,爱是慈悲显现,也是修菩萨行、光披有情的甘霖法雨。"[①]因此,何延华小说中的每一个藏族农牧民都充满着慈悲情怀。

---

① 宇河编著:《流传千年的藏传佛教故事》,华夏出版社2010年版,第18页。

除《佛经故事》外,何延华小说从甘肃民间地域文化与藏族民间文化"藏戏"中不断汲取营养,完成和升华其小说的基本格调。她的小说《献羊》中,"献物"许愿,本是一种民间文化,而小说选取了"羊"这一独特的藏地文化符号。小说中的主人公是父亲菩萨保和儿子和平,这两个人物的骨子里带着浓郁的民间文化气息。小说中羊敬献的对象是"二郎神",这是民间供奉的"汉神",小说中福寿、双禧这些人都是汉文化地区的人。小说的神来之笔就在于她把这些民间文化与藏族民间文化"南木特藏戏"中《寻找智美更登》的故事情节相结合,演绎了一场"施舍"的故事。藏戏《寻找智美更登》,讲述了智美为了他人获得光明,不惜施舍了自己的眼睛,而小说《献羊》中,菩萨保把献羊的初衷从让神灵保佑自己的儿子和平娶上媳妇,改为挽救他人性命时,羊献成功了(二郎神领受了羊)。小说的主题得以升华,小说告诉读者,在一切"幸福"之事中,生命高于一切,由此可见,小说演绎了一个尊重他人生命的主题。

总之,何延华书写的是党的阳光政策沐浴下,从传统逐步向现代转型的藏北大地和一步步从传统走向现代的藏族群体,他们的生命中散发着诸多的人性光辉,他们勤劳质朴、真挚善爱。因此,无论是多民族聚集区域还是藏北大地,在她的笔下,都生成为一种美丽藏式的"乌托邦"。从生活逻辑而言,何延华小说中人物的一举一动都符合生活的逻辑,符合审美人类学伦理,可以说她的小说是真正源于生活又高于生活的文学艺术。

大山深处的祖国情

——从中国报告文学长廊中看《最美的青春》的创作价值

我们论及中国文学时，不能忽略文学真实性所隐含的价值。文学是源于生活而高于生活的艺术创作。在中国文学的所有文体中，报告文学是描绘伟大时代、书写人民史诗的重要文学样式，其保持了文学的"纯粹性"与"本真"，在寻求文学之真的同时，最大限度地发挥了"以文载道、以文明道"的独特功能，不断更新和强化着中国文学的社会价值与历史意义。

中国文学发展史中，报告文学在中国纪实性散文的影响下，从古代、近现代，一路走到当下，而今又成为紧跟时代步伐、真实书写新时代热点事件及塑造可歌可泣的英雄事迹与讲述中国故事的最好载体，它有着鲜明的政治立场与强烈的战斗激情。在强大的非虚构文学的创作巨浪中，报告文学进一步得到了长足发展，尤其是在书写领域、表现手法、文体等诸方面都有了新的拓展。有速写、素描，有故事、日记、游记……作者各自摘取亲身经历和所见所感片段，如实反映社会生活及人性善恶与美好，既亲切感人又生动活泼，不断彰显出文学为人民立身、为社会主义立言的创作功能。

近几年来，报告文学的书写者坚持"百花齐放、百家争鸣"的方针，自觉肩负起"举旗帜、聚民心、育新人、兴文化、展形象"的文学使命，努力书写着"自强不息、厚德载物"的中华民族精神。

进入21世纪以来，中国报告文学作者在力图表现"国之大者"的同时,又多维度地表现出了聚焦新主题、展示新气象、思考新问题、描绘新人物等迎合时代主旋律的文学篇章,展示出了非虚构文学对艺术的新追求,显现出中国文体发展的新动向。由此可见,在21世纪,中国报告文学不只是作为文体上的"轻骑兵",也成为富有力度的文学重器,重在突出对踔厉奋发的伟大时代的全景式的深度书写,向世界展现出可信、可敬、可爱的中国形象。

党的十八大后,中国社会出现了史无前例、彪炳史册的全面脱贫,迎来了奔向小康的新气象,也遭遇了新冠肺炎疫情影响的重大全球公共卫生事件。中国人的生命安全与身体健康遇到了前所未有的挑战。而摆在中国面前的科技革命等,使中国人民对百年未有之大变局有了新的认识。面对这样复杂多变的时局,我们更应该用文学讲好中国故事,讲好中国特色社会主义的故事,更应该用文学谱写出中华民族自强不息的英雄事迹。近期,中国报告文学作家自觉肩负起了这一历史使命,彭学明的《人间正是艳阳天》,张培忠的《诗在远方》,李朝全的《武汉保卫战》,欧阳默森的《江山如此多娇》,陈新的《月上》,丁晓平的《红船启航》等作品,聚焦了脱贫攻坚、新冠肺炎疫情、创新型国家建设、航天探月工程等厚重的历史事实,凸显了中国力量、中国创造和中国精神,全面生动地诠释了中国梦实现的伟大征程。

新时代是人民的时代,文学是人民的文学。中国文学的主角是砥砺奋进的中国人民,中国文学理应凸显自强不息的中华民族精神。

甘肃作家吴春岗的长篇报告文学作品《最美的青春》(甘肃文化出版社,2022年版)可以说是来自基层的祖国讴歌。集纳翔实地记录了一个来自甘肃南部、具有"江南水乡"的舟曲乡村女大学生为祖国繁荣而献身的感人事迹。作者将这个来自偏远乡村的普通女大学生放在"脱贫攻坚"这一宏大的历史潮流中进行书写和塑造,历经风雨和路途的颠簸,去现场踏勘了张小娟成长生活的园地和学习工作的境域。他多次走访了张小娟充满友情和关爱的社会圈后,以传记体方式如实书写了张小娟生存地域和她"铸梦"的大学摇篮,以及她"圆梦"的青春人生。在宏大的扶贫攻坚实践中,张小娟的先进事迹代表着"中国青春"的正能量,她的精神品格中闪现的是"安得广厦千万间,大庇天下寒士俱欢颜"的忧民思想,她的思想中体现的是中国古人"安邦济世,兼善天下"的胸怀与大爱。可以说她代表着新时代乡村大学生敢于拼搏、勇于担当、履行职责、不求回报的使命。

吴春岗在《最美的青春》中用感人、富有大散文化的文笔有血有肉地塑造出张小娟这个新时代大学生的典型,她是祖国的好儿女,母亲的好女儿,丈夫的好妻子,孩子的好母亲。我们从《最美的青春》中可以看出张小娟的献身精神体现的是走向世界的中国青年精神,张小娟的形象体现的是新时代可信、可敬、可爱的中国青年形象。

张小娟殉职后,获得了来自中共中央、国务院、中华全国妇联、甘肃省妇联、甘肃省人力资源和社会保障厅、甘南州委、共青团甘南州委、舟曲县委等授予的众多荣誉称号。为了进一步弘扬她"不忘初心、牢记使命"的奉献精神和讴歌她美好的青春,全国妇联、中央民族大学共青团、甘肃省妇联、张小娟先进事迹报告团等把张小娟的故事从甘南讲到北京;甘南州文化旅游局和歌舞剧院编创了以舟曲博峪"达玛姑娘"的神话传说为素材的音乐舞剧《达玛花开》,先后在甘南歌舞剧院、甘肃大剧院等大型公众平台展演;甘南州文联创办了"时代芳华张小娟"专刊,表现出了全国及甘南人民对张小娟的追思缅怀。

"满江红写怀岳飞,壮我山河扬国威"。由此看来,吴春岗的写作是非常有意义的,他的《最美的青春》以传记体的方式在书写先进人物和先进事迹的同时,将中国美好的人性、人伦道德等融入作品中,我们看到一颗璀璨的"红星"在扶贫攻坚大路上殒落,看到中国偏远乡村的巨变。可以说,吴春岗用《最美的青春》记录下了这个时代最美的"神话"。他贴近现实生活,翔实记录先进人物事迹的写作经验,不但为中国当代报告文学书写先进人物、记录先进事迹创立了一种范式,而且昭告着中国当代报告文学将深入大山深处,聚焦祖国山河之美、历史之美、人性之美的可能性书写。

随风潜入夜，润物细无声
——评吴莉长篇纪实散文集《哈尔腾之梦》

在中华美德中，有一种奉献叫"功在当代,利在千秋"。中华民族自古以来,就自觉地、无意识地散发着向心力和凝聚力,正是这种"初心",我们战胜了地震、洪水、暴雨、旱灾、疫情等无数个突如其来的灾难,见证了中华民族的坚强不屈。其实在我们的身边,还有许多不图回报的人,他们默默地把爱施于人类。山丹作家吴莉的长篇纪实散文集《哈尔腾之梦》给我们讲述的正是那些默默为人类无私奉献的人,他们在哈尔腾草原的践行,并不是简单意义上的山川美景的云游和消遣,而是远离家乡,去做"功在当代,利在千秋"的善事。

自"绿水青山就是金山银山"的理念提出之后,我们越来越深刻地认识到人与自然界怎样和谐相处,以及建构诗意家园的重要意义。诗意家园的建构,更需要我们深入自然,洞察自然界中出现的自然本身的异变、人为的破坏、草场的退化、微生物和奇珍动物的灭绝等。要改善生态,这些现象迫在眉睫地需要人类去扑救疗治。如果说王小忠的《黄河源笔记》是生态忧思呈现的话,那么,吴莉的散文集呈现的是一次亲临生态,"疗救"自然的纪实。作者在这里不是索求回报,不是古道热肠地劳作,更不是轻率的做作,而是很真实地为我们践行着维系生态平衡,改善生态良性存在和发展的善事。

中国当代作家毕淑敏在《离太阳最近的树》一文中,无奈地讲述了人类掏挖沙山,破坏红柳的可耻行为,对当代人来说非常具有启示性意义。在今天看来,防洪、治沙、种树、种草都是我们人为改善生态的行动,其意义并不在于当下,而利于千秋。我们从文学中读到了武威六老汉的治沙、黄河上游的保护、祁连山生态的保护与建设等,这些不凡的工程,见证了人类试图改善自然的意愿。《哈尔腾之梦》这部纪实散文中作者以切身体验为素材,平静地讲述了草原工作者种草、治理生态的艰辛历程。

无法提前预报的地震、突如其来的自然灾难等都证明了自然界的威力,人类应该与自然界和谐相处,自然界给人类供给各种生存能源,是人类的最佳伙伴,也就是说,只有维护好自然生态,人类才能生活得更加安稳舒适。种草、种树、治沙都是我们为自然界送去了爱的同时也为后辈子孙造下了福。我们从《哈尔腾之梦》中可以看出践行这一善事的不易。作家吴莉和她的团队义无反顾地做了,并且她悉心记录下了所有的经历。整部文章中,作者将沿路四五百公里的颠簸和困顿作了略写,而从安营扎寨后,如实地展开了笔墨。从作者的笔下,我们逐步了解了哈尔腾草原的自然环境和气候特征:这里雨多,海拔高,风大,氧气稀薄,在这种艰苦环境下工作,一般人是没法承受的,但作者吴莉却坚持下来了,我们说这就是北方女性的"初心"。

哈尔腾的风很大,而且这里野生、猛兽频繁地出入,通信设备落后,作者说打电话要到八十公里远的地方。写这样一篇散文的确不容易,我很敬佩作者,除了她的毅力和执着的精神之外,她有非常丰富的草原生态常识。在《哈尔腾之梦》中,她给我们诠释了苜蓿、马莲、星星草、披肩草、老芒麦等牧草的特性特点,从而诗意地书写,以物喻人、以情寄野的满腔热情,表达了作者虽是一位女性,但也有男子般的担当精神。她凭生态学知识,很快掌握了哈尔腾草原的土质特性,给我们解释:"哈尔腾草原属漏沙型土壤,盛不住水。我们种的星星草、老芒麦、披肩草见水就会安家立命,在适宜的条件下会生长,泛滥,甚至成灾。"没有生态学知识,不懂生态习性的人,不会记录得这样细致。

哈尔腾草原的大雨、沙尘、常年不化的积雪都给种草修复工作带来了困难。在"雨点砸着帐篷""废弃的艺术被毁了""又一辆车陷进了河里"等篇章中,作者专门凸显了哈尔腾草原的非正常气候。在"雨点砸着帐篷"的篇章中,作者因雨声担忧一只狗的去向,我们可隐约地看到一位女性内心的脆弱。这样艰苦的自然条件、特殊的气候并没有摧垮她的坚定信念，反而使她对这项工作更加热爱和投入，她说："我的梦应该在这里，而不在复杂多变、拥挤热闹的都市人群之中……"

从整部集子来看，作者边做边记，把种草修复生态的这一艰巨事业写得浪漫洒脱，充满了儿童夏令营般的田园趣味。我们可以看到，哈尔腾草原的特殊气象、极缺人气的生存环境，撒籽播种的辛苦劳作，完全被人性的温暖与野炊式的生活美化了。狗与人的和谐相伴，羊群的介入，自由野炊式的生活等把归家的思念和每日疲惫的身心诗意化了。而我们能感受到的是野营与劳作相结合的牧歌似的风景"协和"图，它充满了原始生活的意味。

中国现当代散文中书写劳动场面的卷帙浩繁，如郭风的《唱给镰刀们的村思》《犁痕》、张洁的《拣麦穗》、侗族作家杨代富的《割草》等，都是通过对劳作场面的描写赞美了美好的人性。《犁痕》中家乡的吹笛手，《拣麦穗》中卖灶糖的老汉，《割草》中的父亲等，他们身上寄托着作者对美好人性的向往。同样我们从《哈尔腾之梦》中也看到了王延云、曹国文、梁爷、李斌等种草团队成员的美好心灵。作者从他们的长途跋涉、细致工作、风趣话语中体悟到了新时代人性的美好。

从整部作品中我们可以看出，这个种草团队并不是奔着某种业绩或为了某种功利进入哈尔腾草原的，而是自愿为人类奉献"随风潜入夜，润物细无声"的爱。他们以"愚公移山"的中国精神，将温暖送给了自然生态，送给了哈尔腾草原的牛羊。黄恩鹏先生在序言中说："种草，也是对人生本质的检验，更是对自然生命灵魂的朝圣。"不难看出，这部散文集的主题是新时代作家对"西游记"主题的借鉴。《西游记》中唐僧师徒历经了九九八十一难，到西天取得了真经。《哈尔腾之梦》中吴莉和她的团队也经历各种超出乡间的劳作，把对自然的爱奉还给了自然，把造福的"真经"留给了后世子孙。

总之，《哈尔腾之梦》是一部纪实散文，也是一部文学化的生物学读本，是西北新时代的"沙乡年鉴"。从这部长篇纪实散文集中，我们看到了西北人的"侠士"精神和阔达心态，他们在治沙中表现出了中国当代西部美好的人性和他们品性中"刚强的革命乐观主义精神"。有了这部散文集，我们可以镇定地期待绿草如茵、遍地牛羊的哈尔腾草原了。

平淡背后的沉重

——略谈唐亚琼诗歌的多重主题与轻构

唐亚琼是我最熟悉的甘南新生代女诗人。她自读中学起,就一直坚持写诗,真是功夫不负有心人,时至今日,她的诗作已经达到了写景看不到壮景,抒情看不到悲情的艺术水准。这有别于甘南其他作家借景抒情、直抒胸臆的惯例。刘勰在《文心雕龙》中说:"岁有其物,物有其容;情以物迁,辞以情发。一叶且或迎意,虫声有足引心,况清风与明月同夜,白日与春林共朝哉!"说四季有不同的景物,不同景物有不同的形貌;人的情态随景物变化,文辞则因情至而抒发。唐亚琼诗作运用了这一创作理论,并且在此基础上含沙射影,呈现出极为平淡的艺术风格。她的诗通过对树叶、露珠、海棠等这些不显眼的自然景物的描绘打造出一种"轻构",在"轻构"艺术之下,即使是多么沉重的思绪、多么凄凉的环境,似乎都让读者感觉不到沉重与悲伤。在非常平淡的诗作背后,我们才看到诗人巨大的内心伤感。

生活中的唐亚琼活泼可爱,情感丰富、待人和善,她几次历经疾病的折磨之后,又遭遇婚姻上的坎坷,但始终还是那样沉着冷静、低调。这些生活阅历深深影响到她的诗歌创作,她的诗作在一些非常活泼的意象描绘之后呈现出一种巨大的伤痛与失落,表现出新生代高原女性对婚姻及生活本真的感悟和理解,折射出一种身陷情感长河而又无法自拔的苦闷和无奈。比如,她发表在《民族文学》上的诗歌《羊不会想你》,诗中说:"昨天没有想你／今天没有想你／夜里那些羊也没有想你／它们不怕黑／一只跟着一只／寂静的草地／吃草、喝水、睡觉／做梦,眼角沾着小小的泪珠。"

在这些平淡自然的语言背后却潜藏着诗人内心的巨大伤痛,尽管诗人努力克制自己不去想那些伤感的往事,但总是情不自禁地要身陷其中。诗人将这种情感通过此时无声胜有声的手法传递出来,这就强于赋陈其事而直言之的白描。悲剧之所以成为悲剧,就是因为它有着伟大的残缺,诗人内心最复杂的情感可能就是一种残缺。生活中让人思索不断的常是那些残缺与遗憾,只不过唐亚琼用平淡的语言、跳跃的意象表达出这种常人无法言说的感受,使其诗作触及以下方面同殊异类的主题价值。

一、爱情之上的爱情

对爱情的不断回味与留恋也是诗人用平淡话语抒写的另一话题。按照惯例,女子对过去的情感是比较痛恨的,但唐亚琼是比较异类的女诗人,过去的情感虽然对她影响较深,但时常成为她难以舍弃的怀念。在她的一些爱情诗中,她不断思索自己在爱情路上遭遇的挫折,也不断探求其深层的缘由。正是因为她有纯真的感情、不焦不躁的平静心态,她的很多诗歌才既有浓烈的都市风味,又有高原女性的纯朴与虔诚,时时透露出对人性的关爱和对生命本体的探求。

在生活中美好的爱情,有时会被双方家庭观念的差异践踏得支离破碎,走向终结。结婚之后面对的是关照双方父母与柴米油盐的细碎生活。有了孩子,爱情常会陷入被动的维持生活之中,一天到晚面对的是如何照看孩子,如何让双方老人都能满意,做好这些事,并非那么轻而易举,在这些琐事圆满的背后往往牺牲的是爱情与曾经的誓言。唐亚琼常把这些男女两性关系及来自家庭的种种思索通过平淡的语言表现出来,其背后暗含着覆水难收的情感背弃。比如,她的《路过》这首诗:"我们经过两个雨天两个雨夜／经过几只野鸭和一只挂在树梢的风筝／我们经过为数不多的时间／经过来不及说完的心里话／我们还经过雨后的河面／经过暗暗涌动的忧伤。"

诗人描绘的日常事务是细小的不起眼的,在这些众多小事的背后,暗藏着来自生活中的我们必须面对种种无法言说的矛盾,这种矛盾取决于主人公双方对生活的深度理解与默契程度,这种差异造成的伤害往往是无奈的。唐亚琼用轻描淡写的话语展示出来,在跳跃的意象背后你会体会到诗人撕心裂肺的剧痛。读唐亚琼诗歌常有三种明显的感受,先是欢快的节奏;接着就是活泼的意象;而后才是巨大的伤痛。尼采说过,一切文学吾独爱以血书者。唐亚琼的诗歌,可以说是"轻构"之后的血书吧!

　　细读她的诗,我们还会发现对过去之事纠缠不休是其一大特色。忘记过去的伤心事,会让我们变得快乐,但别人会笑我们没有勇气面对过去。唐亚琼是以诗歌不断回味过去,又努力地在寻找处在爱情生活伦理当中最全新的自我,又企图诠释促成过去感伤之事的缘由,表现出一种对生活真理与人性的深深思索。

二、自我觉醒与亲情的意义

　　唐亚琼之所以写出艺术水准较高的诗作,这源于她对生活观察十分细腻。在她的诗歌中表述的都是生活中十分渺小的细节,这些细节的背后潜藏着巨大的人生哲理。如《我父亲的牙齿》这首诗,诗中写道:"我父亲的牙只剩三颗/像三根快要倒塌的柱子挣扎着站稳身子/初十那天/左边的一颗牙落到了碗里/他把它夹出来放到桌子上/看着它/外面雪花飘飘扬扬/他就那样定定地看着那只牙/有烟渍、饭粒、口水/甚至他的体温/生活总是充满痛苦/他的周围坐着一群有牙齿的人/有一天/那些牙齿总会成堆成堆掉落下来/然后被扔到荒地里、房顶上、后院里/冰冷而无助/我的父亲又坐下来/用仅剩的两颗牙齿吃饭,津津有味。"

　　这些诗作中更多地表现出一种对亲情的关爱,对父爱呵护的渴望,对纯真爱情的理解和追求。她的情感是十分脆弱的,但她承受来自情感打击的能力是十分强大的,面对生活中的坎坷,她是勇敢的。她有一颗非常虔诚的感恩之心,即便是滴水之恩,她都要通过对极小事物的描绘体现在诗作当中。

如《他像我父亲一样》这首诗这样写道:"他带我到馆子里去吃饺子／带我定期去医院做检查／饭后他带我去散步／睡前给我热牛奶、洗脚、剪指甲、讲故事／他叫我臭蛋蛋／像我小时候的父亲那样叫我。"

她的诗的确道出了常人不经意的感情,她是用细腻的笔调毫不保留地抒发出了作为女人所应承受的痛苦,主动接受了从女人走向母亲的人生转变之后,被动地接受了少年、青年、中年时光流逝的无奈和遗憾等。她敢于用诗歌进行自我剖白,也敢于写出女人常害羞不敢言说的肌体部位,让读者不由得称赞作为女人的坚强和伟大。

唐亚琼始终以一种常人难猜的博大胸襟润泽着她的诗作,如她的一首诗这样写道:"苍茫的大地将是我温暖的怀抱／我属于任何一个人。"诗人有自我的认同,有广阔的胸襟、坚强的意志与高度的自信。从唐亚琼的诗中,我们看不到她对生活的绝望,她的诗歌背后始终有一种乐观的思想支撑着。

她的诗内容丰富,有个人的感伤失落,有生活哲理的思索,有年轮流失的悲伤等。诗的节奏整齐,每两句组成一节,传递出一个意思,释放出一层情绪。她的诗有丰富的情感与生活历练,在平淡的背后,是巨大的情感落差,一两句话就能表露出常人难以言说的伤痕。诗评论家安少龙老师说,唐亚琼的有些诗的主题开掘得异常深刻,给当代诗歌带来了一些新的思考。

唐亚琼对亲情的抒写更高一筹,在评论到父爱的时候,安老师说:"相信这些诗歌是能够经得起时间的考验而沉淀下来,可以进入咏父亲的经典之中。"唐亚琼歌咏父爱的时候,将父亲角色放在非常简短的生活画面当中,用一个小小的举动,或是一句普通的言语,传递出对父爱无尽的感恩。作为一个女儿,用诗歌歌咏亲情的伟大,她真是当之无愧了。

我们的生活中经常会有父亲母亲的关照,但我们却习以为常,总以为这是他们应尽的义务。通过唐亚琼对亲情的感恩与歌咏,真让我们自惭形秽。太多的生活历练中,需要父亲的呵护,父亲给了我们活着的勇气,成为我们的精神支柱,在她的诗中,我们真正看到了父亲的伟大。在女性与作为父亲的男性当中,我们看到的另一层关系,就像鱼与水的关系一样：有水，鱼才能活蹦乱跳；无水，鱼就会窒息而死。她的诗中，无论父亲是虚指，还是实指，都能证明她的精神生活中需要有一种强大的父爱来呵护，来看着她成长、做事、历练人生。她的生活中，父爱时刻成为她生活中不可或缺的屏障，也成为她生活中亮丽的风景线。如诗《给爸爸的信》中这样写道："膝下的雪／悲伤、冰凉／我来看你／借一炷柏香、几张发黄的冥币／纸钱转眼成为灰烬／无声的大地多么凄凉……"

这首诗中她用几句简短的悲伤话语表现了一个女儿对父亲应做的、只能做的事。安老师也这样说："一部优秀的文学作品，不仅要告诉我们在这个世界上发现了什么，而且还要指出这个世界缺少什么。"相信她的生活中不能缺少的是父爱。

三、疾病的认同与健康的提醒

从抒写爱情主题、表现自己纯真痴热的爱情观到真实再现与病魔做斗争的亲身经历是唐亚琼诗歌创作的转型期。综观她所有的诗歌，描写病魔的诗作大都出现于2010年之前，2010年以后她的诗风明显地发生了转变，更多地表现出了对亲情的赞美、家乡的思念、童年的追忆、年华失去的无奈等，其中流露出了她饱经风霜的人生历练，诗中更多地出现了细雨、落花、夕阳、积雪、泥泞、黄昏等意象。总体上看，写这些诗作时诗人情绪低落、思想极其消沉，有些诗的倾向性十分偏激。但本时期的诗作在描写平淡的日常生活背景下，隐藏着对生活哲理的思考、伦理道德的指责，也隐藏着对忘恩负义行为的批判与忏悔，时时提醒我们年轻、健康的重要意义。如她的诗作《一起走》中这样写："我们努力走着／不知要往哪里去／一直走着／时间在身后／路在身后。"

人只有健康，才能一直走下去，她的诗折射出了对健康的强烈渴求。她有不少诗写的都是与病魔做斗争的过程，背景选择在医院、病床，时机选在了病着的时候，这些诗如同一面镜子，既表现了她对健康生命的尊重与认可，也表现了对健康人生的建构。如2012年发表在《民族文学》上的《病》中这样写："糜烂的阑尾和爱你的勇气／一起被掏走／冰凉的药水／从血管走遍全身／我愿意,发烧到48.8摄氏度／在昏迷中／趁机说出:我爱你。"

此时的她,是把爱情看作高于生命,爱情成为她唯一与疾病抗衡的巨大精神支柱,我们可以说,爱情的伟大,主情者的伟大。

这些诗的背后表现出了强烈的生命意识,注意健康、保持乐观,这才是隐形的财富,什么是"病人床上卧,死人路上走"的真实意义。我们谁也无法预料灾难来临的准确时间,更无法预料平静生活当中隐藏着的凶险。她的诗中,常常表现出两种人,健康的人与在病魔中彳亍行走的人,病魔中的人更多的是自己。生活中的常理是这样的,当四肢残疾的人,看到健壮的运动员,会有说不出的渴望与羡慕。她的诗从多重角度反映了与病魔斗争的复杂过程,但又表现了在难以预料、突如其来的病魔面前的渴求和脆弱。如发表在2015年上半月的《散文诗》上的散文诗《诉说,或一封忧伤的信》中,她这样写道:排卵痛是一种什么样的病？长年的独居,我还没有忘记自己是个女人。三十多年来,我还没有弄清楚自己的身体。……B超照不出它的病灶,西药中药不能消炎止痛,身体里有千万个小小的我,奔跑着喊着爸爸,爸爸……

这几句话语表达出了被病痛折磨的无奈和对健康的渴求,诗人几乎奔跑在另一个世界的边缘。生活中的唐亚琼性格温柔,身材娇小,待人和善,但有谁能想象到这么瘦弱的身体,竟然承受了那么多病魔的侵袭。她历经了亲人离去的悲痛,目睹了一些朋友永别的残酷现实,开始有所感悟,并且时刻提醒着我们健康的重要性。一部好的文学作品,应给人以这一方面的启发,唐亚琼的诗歌的确做到了这一点。

四、泛爱与感恩的主题

从宏观的视角透视,唐亚琼的所有诗歌都承载着泛爱的价值主题,其诗大到爱自然景物、爱天体、爱动物、爱时光、爱青春、爱旅途、爱花木,小到爱父母、爱丈夫、爱孩子、爱弱者等表现出对一切有生命个体的泛爱,天真纯洁,柔情似水。这一切都源于她的家庭熏陶。她从小受到父亲过多的偏爱,在生活中她受到父亲的言传身教,将这些爱推广到自己的生活领地,用文学作品印证了自己泛爱的秉性。尽管她的心情沉重、情绪低落,但爱的成分在她的心底却占了主流,她把自己的爱写得既含蓄又虔诚。诗中时时暴露出一位性格温柔、感情炽热、知恩图报的新生代高原女性形象,她不但用泛爱注视着这个世俗社会,而且用爱见证着自己的人格与价值观,把"爱"一步步延伸到社会的方方面面。

爱之后,她的诗告诉读者的是感恩,这是做人应知的首要礼则,她用感恩的话题对忘恩负义者进行了无情的批判。她写感恩恰好说明我们这个世界需要懂得知恩图报。她后期的这些诗歌主题开掘得异常深刻,她写感恩时,时时没有忘记丈夫。比如,她的诗作《我很惭愧》写道:"我很惭愧/结婚至今没有给你买过一件衣裳/每月领回的那点稀少的工资/都换成一盒又一盒的药片/我很惭愧/没有长一张如花的脸庞/让你赏心悦目地度过一个晚上/没有在早晨/刚刚醒来的时候/把一杯热牛奶一盘煎蛋端到你面前/我很惭愧/三年了,日夜努力/也没能给你生个大胖小子/甚至一夜正常的夫妻生活/如今也不能陪你过完/我很惭愧/既不是一个贤妻/也不是一个良母/你为什么要对我那么好。"

这些诗中表现出了疾病缠身的无奈,更多的是她用诗歌表达了对丈夫的感恩之情。从她的诗中我们可以看到一个伟大的、人格高尚、对家庭负责对她体贴的丈夫。她之所以坚强与病魔做着不懈的斗争,是因为她找到了温暖的家庭、十分关爱她的丈夫、可爱的女儿、优雅舒适的居所,这一切都成为她的精神力量与乐观的因素。她近期的诗作中更多的是以"哀景写乐情",表现着、提示着泛爱、感恩的主题价值。

总之,唐亚琼的诗作体现出了甘南少数民族诗人的虔诚风度,又兼具现代都市女性的精神追求,全面宣扬了儒家孝的风范,对现代浮躁的年轻一代有着十分重要的启示意义。

宝剑锋从磨砺出,梅花香自苦寒来

——从羚城妩姆的诗集《追雨的雪》看甘南诗歌的底层力量

自 2015 年以来,我热衷于甘南诗歌的梳理。甘南是诗性的"高地",甘南自然景物最能激活人的灵性。甘南文学发展到今天,最大的可能是没有任何功利化的暗斗、打压、嫉妒与排挤。甘南这方土地上,文学与创作者是备受尊敬的。文学让甘南的一大批作家诗人拥有了尊严。

益希卓玛、尕藏才旦、丹真贡布等 20 世纪 80 年代的引领,道吉坚赞、阿信、桑子、完玛央金、李城、海日卓玛、敏彦文等 20 世纪 90 年代的垂范,牧风、扎西才让、王小忠、花盛、唐亚琼、杜鹃等 21 世纪后的崛起,都似乎昭示着甘南文学的不凡。当然我们不能忽略助推着甘南文学前行的外部力量:从甘南大地走向省城的雷建政、张存学、严英秀、刚杰·索木东、沙冒智化、丁颜等,他们坚持文学创作,不断"扩画"着甘南文学轮廓和版图。

近几年,尤其是 21 世纪以来在作家、诗人的影响下,以"70 后""80 后""90 后"为代表的底层力量正在崛起,诗人也不断浮出——"70 后"的薛贞、张润德、羚城妩姆、毛建军、杨玉娥(散文写作)、杨彦平,"80 后"的禄晓凤、刘金、黑小白等。羚城妩姆是典型的甘南文学爱好者,她一直默默地扎根于诗性甘南,虔心于诗歌创作,今天终于将《追雨的雪》呈送给读者,为甘南文坛再增亮度。

《追雨的雪》是羚城妩姆 2021 年 8 月出版的诗集,拿到这本诗集时我真的很震惊,也很欣慰。震惊的是看到了这样一位并不受外界读者关注的文学爱好者,能把多年心血汇集成一本厚重的诗集;欣慰的是近期甘南文坛上浮出了一位"70后"的女性写作者羚城妩姆和她的《追雨的雪》,这样一本以甘南独特气象为视角,真实书写甘南质地生活的诗集。我是一个忠实的文本读者,读过每一部诗集之后,就努力记下它的亮点。

将集名化词来看,"追雨的雪"是最确切的甘南独特气候的指向,作者正是循着这样一种独特气象写出了甘南大地的质地生活与自己的厚实情怀。集纳分"羚之城""信仰不是梦""遇上最美的你""把伤痛留给昨天"四个辑章,其实就是四种思路,也是这部诗集的四种意境。

一、生之本之羚城之意境

中国美学中众多的观念认为,美来源于我们对客观世界的"情"。完全附着于情的客观就是诗歌的意境。唐人王昌龄的《诗格》中说诗有三境:一曰物境,欲为山水诗,则张泉石云峰之境,极丽绝秀者,神之于心,处身于境,视境于心,莹然掌中,然后用思,了然境象,故须得形似;二曰情境,娱乐愁怨,皆张于意而处于身,然后驰思,深得其情;三曰意境,亦张之于意而思之于身,则得其意矣。

由此看"羚之城"是"物景"与"情景"交融的独特意境,这种独特意境就是甘南的独特地域,其最典型的特征是"雪追雨"的气象交融,及其在这之下的一种焦虑的快节奏生活。正如作者所说:"羚城的春雨/总是被雪追赶着/踏青有时会变成踩雪/青山处留下的踪影/有时是多彩的/有时是白茫茫的一片。"当然这样快节奏的生活时刻让我们处在了对春天渴望和对严冬的消解中。也正是这样一种独特的气象恰恰让我们独处、清静。当然这也与人世生活是暗相融通的,我们预计好的事,不会有预期的结果,我们对准的靶子也会远离目标,但你必须接受,因为这是甘南给我们的生存经验。因此诗作者说:总有一处是记忆中最美的温存/独有的/都无法感触。(《追雨的雪》)

在民族文化的地理学名词中,甘南被称为"黑措",即是羚羊出没的地方。作者将第一辑命名为"羚之城",它其实凸显了甘南地域的独特性与神秘性。老一辈藏族诗人丹真贡布曾以此命名其诗集"羚之街",而且较早地用象征手法呈现了新时期甘南大地的美好光景。羚城妩姆却以此为意境"扩画"出21世纪文化甘南、印象甘南、奇特甘南的壮美景观,我们能从《风景独好》《踏平了草原跳锅庄》《小村记忆》《多情的季节》《高原的夏季》等诗篇中得以见证。

《中国美学史》中说:抒情的诗,一般来说是抒发国家之情、山水之情。羚城妩姆抒发的是草原之情、生活之情、国家之情。

二、信仰之另一重人之境界

从第二辑看,她为我们营造出了和谐家园的氛围。这一辑的序语中,她写道:"血管里满满的佛音,告诉我,众生平等,要和睦相处。"我总以为,信仰体现出的是一种人格,这也是从中国美学的经验学习中得以体会的。生活中,有信仰才能虔诚,有节制才能待人相诚,与人和睦相处。

在这一辑中,作者着重突出了浓郁的甘南藏传佛教文化特色,这也是她站在"宗教人类学"角度上书写而成的诗作。藏传佛教是中国佛教文化的分支。正如葛兆光在公元4—6世纪的佛教资料中发现了信仰的指向,他说:"信仰的背后隐含着包括对现世的生活、自身的命运、家庭前程的关心,而且包括对于自己的来世、父母的来世乃至七世祖先命运的忧患,甚至包括一种对众生、对国家的希望"。《中国思想史》的作者在这里以诗意的手法塑造了一系列有信仰的活意象:包括朝圣路上的行者、老阿妈、桑吉曼拉等信仰的痴迷者和坚守者。为了进一步强化甘南的文化特色,作者专门用一系列带有民族民间文化特征的符号,营造了充满信仰的文化元素,包括念珠、经筒、隆达、经书、素食、放生羊、燃灯节、白海螺、砥圪等,以此突出充满"善意"的甘南。

在第二辑中我们可以看出甘南人的生存观念。远离现代化城市的他们不求大富,不念世俗,不求今生,只念来世,集体无意识地、自觉地、十分虔诚地为己、为他人、为儿女祈祷吉祥。作者写道:"有祈祷,但更多的是感恩／感恩众生相伴／让我懂得万物互补缺一不可／神山圣水前／合十的双手中／我的度母说：'众生平等，要和睦相处'"。哲学家冯友兰先生提出人生有四重境界：自然境界、功利境界、道德境界、天地境界。我们以此来断定作者所发现的信仰群体，他们超越了常人，抵达了他们的人生境界和无形的生态理念。

三、"缘"之因与情之情

这首集纳在第三辑中的诗，特别具有六世达赖喇嘛仓央嘉措的情诗风味。中国佛教文化中特别讲究前世、今生、来世。今生的美好是前世的修行，来世的美好需要今生修行。仓央嘉措写有"那一世，我翻遍十万大山，不为修来世，只为途中与你相遇"。我们把相遇看作"缘"其实从另一层面神化了人际关系。有缘、缘尽都从很大程度上启示我们珍惜相遇与厮守，也接受错过与永别。在这个序列的诗中，作者写下了"一去不返的岁月""夜晚爱过的人""孩子""失子之母""蝶缘""遇上最美的你"等诗篇，这些篇章中她将"情"因缘化，以溯"缘"的方式表现了人世之情，将诗歌表现的意蕴进一步扩大。仔细咀嚼起来真的是"言有尽而意无穷"。

从后记中我们发现，她完成这部诗集的主要动力是对生活的热爱，对文学的执着和对一些诗人朋友的鼓励，才使我们看到了今天的这部诗集，但愿这部诗集成为一个对诗歌怀有深情厚谊的甘南诗人羚城妩姆的自信，支撑她一步步走向文学的"雷音寺"。

透过《追雨的雪》，我们看到羚城妩姆几十年在羚城之景中默默地耕耘，细细地体会，相信她体味出了这其中的酸甜苦辣，相信她也经历了许多的不易和艰难，终于敬献了一个底层文学爱好者的最大可能。愿甘南更多的文学爱好者像羚城妩姆一样，大胆书写甘南，让甘南的"格桑花"开得更美更艳。

第六辑

文学经典的影视改编

《雪豹》观后

——现代抗战剧作的古典风格

由《特战先驱》改编的40集电视连续剧《雪豹》，是继抗战大片《亮剑》之后的又一精彩抗战力作。

作品上演后，给不少观众送上了一份新年贺礼。本剧涉及了众多人物，但导演皓威老师把他们安排得有头有绪，人物形象栩栩如生，情节线索脉络分明，人物结局都各有各的归宿。

剧中由文章主演的周文，是一个非常完整的具有传奇色彩的英雄形象。剧作在塑造这一人物形象时十分巧妙地运用了典型的古典手法，使其与以往的其他英雄形象大有不同。他是一个会日语，而且懂军事的传奇人物。这一形象融于剧中，使整部剧有许多强烈的古典风格。

一、用浓烈的儒学思想塑造人物

"忠孝"是儒学思想的一个方面，"忠孝节义，名垂青史"是儒家的社会哲理。忠于国家，孝于父辈，周文就是这样的人。

剧作开始时，周文为了保护同学陈怡而遭到了日本人的毒打，他回来一气之下持枪杀死了一个日本人后被扣押，因迫于形势被判了死刑，临刑前他父亲周继先凭借当时上海大户人家的关系网把他营救了出来，改名为周卫国，并把他送到南京军官学校学习。临别时，父亲对他谆谆告诫："倭寇驱尽日，我儿还家时。"卫国很尊敬地跪在父亲面前说:"爹,孩儿不能孝敬您,您多保重。"说完之后,他怀着沉重的心情离开了上海,踏上了南京求学之路。

道路在何方?自古忠孝难两全。他是因为不能尽孝而悲伤内疚,不能说他真是不孝之子。故事最后,他的父亲周继先中共地下党的秘密联络员身份被暴露,之后,被日本人绑到涞阳城下,让他劝儿子卫国投降,但他宁死不屈,跳城自尽。卫国看到这一壮举后真是疯了,不顾一切,去夺父亲的遗体,由于势单力薄,遗体被日本人夺去后挂在涞阳城墙上。这事更激怒了卫国,他如竹下君所说的像一只发狠的老虎一样,一下子杀了好多日本人,而且割掉头颅,给日军以其人之道还治其人之身。不久他又穿着日军的衣服,凭一口流利的日语混入涞阳城打死了很多日本人,夺回了父亲的遗体,这一举措很好地体现了卫国的忠国与忠孝。

二、具有古典武侠江湖义气的传奇色彩

我国古典武侠的大侠风度是讲究江湖道义的,剧作中的周卫国就是这样一个懂得江湖规矩,讲究江湖道义的抗日大侠。

故事开头,南京沦陷,他和警卫虎子失去了与部队的联系。在出城的过程中,救下了军医范小雨,并与小雨一起来到了虎头山。虎头山参谋长李勇过去对国民党有意见,当他查清卫国和虎子的来历后把他俩关起来,并派人看守,使卫国与虎子感到不快,二人因此又离开了虎头山。行至哨口处,二人又被日军征用,恰好这时清风寨朱子明出现,杀死看守日军,放走了服役人员,并声明:"老子坐不改名行不改姓,杀的是日本鬼子。"卫国觉得正合他意,于是打算去清风寨。但他不是直接去,而是遵循侠士道上的规矩去的。他知道,直接去,不会有好的结果,于是决定给朱子明点颜色看,晚上他摸进寨子,将朱子明手下的几十号人全绑了,然后直奔他的老巢。面对赤身惊起的朱子明,他依然很尊敬,要求入伙。使朱子明不得不心服,给了他二当家的位置。

一次,在日军突围中,他们遭到了日军伏击,后被八路军解围。在清查人数时,卫国发现朱子明不在,这时他不顾自己的安危,说:"他是我大

哥,无论发生什么事我也得去找他。"众人阻拦不住,他拿起枪又杀回去。

朱子明被俘,日军正把他绑在木桩上施刑,他陷入绝望,恰好这时周卫国出现,从鬼子手中救下了朱子明,从此义兄之间情义更深。

剧中还涉及另一个反面人物竹下君。竹下君是卫国在德国军校留学时的同学,他一直很敬佩卫国,卫国也曾经从他身上学到了剑术、日语等,二人的关系不错。但是卫国清楚,竹下君是日本人,正如卫国自己所说的"他是侵略者,是我们的敌人"。他学到了剑术后与竹下君划清界限,并誓曰:"将来在战场上势不两立。"

竹下君也几次想吃掉卫国,结果都失败了,到最后与卫国决战的时刻,两人相互对话,出来正面比剑术决斗。在这个时刻如果他们中任何一个略施一点伎俩,就可以用枪把对方杀掉,但他们俩都没有那样做,他们两人此时的较量就类似于金庸笔下的古装武侠《雪山飞狐》里写的苗大侠与胡大侠那样讲侠义,谁都不去背地里捅黑刀。出手前竹下君看到卫国只有一只胳膊,于是悲痛欲绝,也砍下了自己的一只胳膊,后被卫国刺死,但临刺前,卫国对他说:"你记得你们攻破虎头山的时候死在你们枪下的那个中国军官吗?我答应他,用你的人头去祭奠他。"

他们两个人关系不错,但是他们两人各为其主,尤其是卫国背负着全中国人民的仇恨和对自己战友的承诺。在他心里,这要远远大于同学之情,所以他不得不那样做。在这之前,竹下君与他的特战队抓了卫国的大学同学陈怡,军部要施刑拷问。竹下君向军部强令要求另行关押,并安排自己的师妹惠子照顾她,涞阳城被八路军攻破后,在志辉的营救下,惠子将陈怡送到了八路军根据地。卫国为了偿还竹下君的这份情义,最后也把竹下君的师妹惠子送回东京,真正体现了一个军人武侠般的江湖义气。

三、古典武侠的爱情色彩

金庸和萧逸笔下的古典武侠人物是非常重感情的,如杨过、尹剑平等。在他们心中尤其是爱情被毁灭之后,往往会一蹶不振。周卫国就是这样一个古侠式的抗日英雄。

他在南京上军校时得知大学同学陈怡与张楚结婚的消息后感情崩溃，陷入绝望。恰在此时，他父亲曾给他包办被他拒绝了的萧雅出现。她朴实温柔而又善解人意，在萧雅的不断关心和照顾下，卫国才摆脱了感情的折磨，重新爱上了萧雅。不幸的是，日军很快攻占了南京，萧雅落入了日军之手，为了维护自己的贞洁，她用卫国给她的枪结束了自己年轻的生命，卫国为他作为一名军人却不能保护自己的女朋友而撕心裂肺。那一幕，在他的心中刻下深深的印迹。一直到最后，他都是沉默不语，情绪十分低落，我们看到的是一个真正被感情烧死了而又复活的武侠人物。

为了唤醒这一典型人物的感情，故事最后又让他与陈怡走到了一起。陈怡依然那样漂亮，但是，此时的周卫国已经在战火中失去了一只胳膊，让人看了真是遗憾。看到了他们俩，我们仿佛又看到了古典武侠人物杨过与小龙女一样，小龙女的贞洁是残缺的。但剧中的陈怡是完美的，这究竟是缘分还是导演的特意安排，让人感到很神奇。这似乎就是《雪豹》这个剧作类似于古典的爱情色彩又高于古典的爱情特色的地方。

四、古典式的战争场面

《雪豹》把主要的战争场面设置在荒郊野外，以雪地、山林、草地为主战场，而且命名也很有特色。古典武侠的打斗场面也是这样安排的，像《水浒传》里的水泊梁山，《射雕英雄传》里的桃花岛等。《雪豹》在这一点上也继承了古典武侠的风格。本剧中的抗日据点主要有两个；一个是八路军的虎头山，另一个是朱子明的清风寨。剧中此命名，不但突出了根据地险峻神秘，也渲染了我军两袖清风的生活作风。

古典武侠的打斗场面大多是田园牧歌式的，没有现代的枪声、炮声，只有人呼马嘶，打斗起来除了音乐外，更多的是给人一种静感，而本剧中除了马嘶人吼外，更多的是枪声、炮声，这仿佛又是把静的战争场面转化为动的场面,使这部剧作变得宏大而非同寻常。

五、具有古典式的英雄人物形象

古典英雄人物都是智谋双全胸怀大志的,如周瑜、曹操等。但剧中的竹下君如果是周瑜的话,那么周卫国就是诸葛亮,竹下君也组织了特战队多次想吃掉周卫国但最终还是没有成功,竹下君也曾经悲愤地大喊过:"既生竹,何生周。"周卫国不但是精明的指挥官,还是一位懂军事会战斗、爱憎分明的特战英雄。在作战中他既能运用毛泽东《论持久战》的战争策略,也吸取了《孙子兵法》中"知己知彼,百战不殆"的作战原则、用人方法等。

每次作战前他先派刘三深入敌占区勘察敌情,摸清楚敌情后再部署作战计划。所以每次行动他都能取得成功。故事开头,他的哥哥刘远在南京军校学习时,共产党的身份被识破后被关押在军部。为了救哥哥出去,他找到了曾经认识的刘三,勘察好路线,然后把哥哥从下水道背了出去,临别时他对哥哥说:"不管发生什么事,我知道你是我哥。"救出了哥哥,眼看着他要暴露,但他沉着冷静地蹲在卫生间,机智地骗过了国军长官。

在清风寨入伙后打第一仗时,他指挥朱子明的人歼灭了日军一个中队。战斗中,日军一架坦克的链条被炸断,日军坦克手措手不及。当坦克落在卫国手中后,他就让手下人卸掉两个辅助轮,接上链条开着坦克冲进日军阵地,日军没有反应过来就归天了。我们知道:打仗,流血牺牲,这是多艰难的事。但周卫国遇到打仗,总是精神饱满,临危不乱,具有三国英雄周郎的风格。

在这里,我们对其事件和人物的真实性不去追究,但从艺术手法而言,这部剧作就是把一个有血有肉的男子汉放到枪林弹雨、硝烟弥漫的战争场景中去打造。在人物突出事迹的选择上,主要表现的是人物的抗日行动,这就让观众把更多的情感都投到了人物的身上。因为他们是为我们这个国家,为我们这个民族的正义事业而流血牺牲,体现了他们的生命价值和生存的意义。同时我们又看到了一个古典式悲壮英雄，战争一次次擦亮了他的眼睛，毁灭了他的感情，又使他成为一个疾恶如仇、是非分明的现代式抗日英雄。导演在拍这部戏时，把人物内心细微的情感世界与悲壮的战争场面完美结合，真正是把一个类似古典武侠式的英雄人物塑造成了现代抗日英雄，也让古典风格贯穿全剧。

反叛与尴尬

——张艺谋电影《满江红》的艺术结构观察

由张艺谋导演,沈腾、易烊千玺等人携手打造的影片《满江红》,上映之后获得了不错的口碑,最终拿下了2023年的票房冠军。电影是用画面和声音来讲述故事,表达艺术家对历史、世界、人性的看法。一部盘踞票房榜榜首的影片,诚然是有其可圈可点之处。

观完整部影片,就会发现三重对立的艺术结构,锻造成了整部影片的建筑美。一是虚实结合的故事编排,进一步强化了叙事的真实性。影片以南宋爱国将领岳飞抗金的真实故事为叙事主线,并在此基础上虚实结合,艺术化地强化了中国民众的国家意识与民族情怀。但如何重新讲好英雄流血的故事这也是一个难题。好在影片正面弘扬"精忠报国"这一民族之魂的同时,又虚设了寻找金人死亡与密信失踪的来龙去脉,不知不觉地将观众引进一场惊心动魄的断案中,在扣人心弦的案情水落石出后,完成了"英雄重塑"这一宏大主题。

二是让真假宰相回归影片,造成了视角上的迷局。绝妙之处在于影片择取了岳飞死后第四年,秦桧率兵与金人和谈时准备出发前的这一时间节点,又有意安排了宰相府副总管孙均威,逼假宰相复诵爱国诗词的这一闪亮环节。在激情飞扬的诵读中,虚设的宰相替身完全被诗词表达的凌云壮志感化。这个被感化的假宰相,超越了替身宰相之本我,而成为一名鼓舞将士"笑谈渴饮匈奴血。待从头、收拾旧山河"的号令者,他完成了《满江红》的复诵后自刭。至此,影片中这一个即将去和谈的尴尬场面,被"满江红"扭转成整装待发的战局。借此,影片也有意识地亮出了宋军的阵势,巧妙地完成"扬我国威"的目的。

三是以岳飞的词与秦桧的信,建构明暗两条叙事线路,艺术化地完成了故事线索串联与影片主题呈现。影片开头是以金国使者死在宰相驻地,其所携带的密信不翼而飞设下玄机,由此一来,查清密信的阴谋、追查凶手下落的明线就更有其合理性了。当然在卷入这场巨大阴谋的人物中,编导很合理地分辨出"谁是谁非"的人性真相,而将影片的另一主题"精忠报国"的岳飞精神与英雄不绝的历史事实有意结合在一起,强化了整部影片的艺术张力。

影片以英雄岳飞就义前书写的《满江红》为故事暗线,并取为影片名,在很大程度上吸引了观众。历史上"撼山易,撼岳家军难"的抗金威名家喻户晓,很显然岳飞笔下的《满江红》既是诗词艺术作品,又是一段风云争战的历史,这无疑激发了更多观众重温历史战场的热情。然而影片的创新之处并不是去表现金戈铁马、血雨腥风的战争场面,而是把"满江红"演绎成和谈出发前的号令,是《悬崖之上》里终将到来的黎明,是强权刮不尽、抹不掉的民族精神。影片在弘扬这一核心主题时,完成了以画面、声音、故事等传播经典诗词、重塑英雄形象的艺术使命。

当然,一部好的影片,绝对不能轻视演员的演技水平。《满江红》中演员自身的演技毋庸置疑,而绝版演员的阵容搭配真可谓匠心独运。如果说扮演宰相秦桧的中年演员雷佳音让更多中年人重回影院,去寻找自我代际"密码"的话,那扮演亲兵营副统率的青年演员易烊千玺无疑给青少年树立了理想信念与精神气度的榜样。

不难发现,《满江红》是继《妖猫传》之后,又一部以诗词为核心的影片,很好地体现了第五代导演的历史意识与文学情怀。诚如意大利史学家克罗奇所说的"一切历史都是当代史"。而我们如何艺术化地再现当代,又如何形象化地再现历史,2023年的《满江红》就是一个非常好的启示。

气球之轻与生命之重

电影《气球》是藏族导演万玛才旦自《撞死了一只羊》之后的又一电影力作,改编自他本人的同名短篇小说。影片把草原作为故事展开的主体场景,借藏文化的生命观来启示人类"重生命"意识的主旨意蕴。

这部影片的最佳视点是"真实",片中主要以三个天真的藏族孩童为配角来演绎故事。对于20世纪90年代的孩子来说,气球是他们生活中最亲密的"玩伴",轻薄的气球载着孩子们的梦想飘向远方,也可能随时炸裂,将梦想化为泡影。这部影片把气球这一独特物性与孩子们的顽皮天真结合起来,牵引出一个生命繁衍与限制繁衍的"共识性"话题,引发了人类对生命是否能再生的深沉思索。

影片命名为"气球",编导表达的是避孕与生育、家庭与繁衍,科学与信仰、动摇与坚信等诸多生存矛盾与时代困惑,而阐释出一段姻缘的哲理,因为有姻缘,我们才能和睦相处,由此建构出藏族人对生死的理解。这部影片就是给我们展示生命平等观,生命不死可以再生的生命哲学。本着这一理念,影片将达杰父亲意外离世的沉痛悲剧加以轻构,让死亡在一片诵经声中走得轻盈,没有泪水的拖拽。藏族文化中的生命不死观是藏族人坚信人死后灵魂还会再次降生,甚至会降生到自己家里。电影中通过上师的占卜,使达杰、尼姑——香吉卓玛(卓嘎妹妹)都坚信意外离世的父亲就是卓嘎怀上的第四个孩子,因此,这个小生命就备受尊重,有了这个小生命后,生育限制、生活的重负、收入的不足等都被达杰坚定的信念"揉碎"。在降生与拒绝降生的争辩中,丈夫达杰给了妻子卓嘎一记耳光,但之后为了守护这个小生命的顺利降生,他收敛了脾气,并对妻子发誓只要不拿掉肚子里的孩子,他可以戒酒戒烟,诚实劳作。然而对于这个小生命,远离尘世的香吉卓玛也相信上师,深信姻缘,她说:"既然生命选择了你的肉身,你拒绝它的降生,这对它来说是一件多么痛苦的事情。"影片中为了强化"姻缘",特意设置卓嘎躺在医院的产床上,就在医生准备"拿掉"小生命的关键时刻,达杰闯入手术室,表现出一脸茫然,儿子也深信那是爷爷,他哀求母亲让其降生,一个意外的生命算是保住了。至此,生命的厚重与前世姻缘化作一束精神的火焰,将一切杂念焚毁,迎来的将是一个"新长辈"。

  达杰是一个真正的男子汉。一个假期里,他怀着悲痛安葬了父亲,也没有让大儿子失学,并且还坚定地等待着又一个新生命的降生。影片最后,卓嘎乘坐"三马子"(拖拉机),离开牧场去寺院的那些时日,就意味着他要扛起既做父亲又做母亲的双重责任,这对于一个接近年迈的男人来说无疑是一种挑战,但这一切都是为了一个崭新的生命。

  影片为了进一步强化"气球"的意义,特意设置了一个卖气球的场景,使这个未能给两个孩子买上气球、一次次导致妻子怀孕曾被别人取笑的达杰看到气球摊时,依然坚定地走过去说:"我买气球,两个大的,红的。"在最后的镜头里,他骑着摩托车在草原上飞驰,挂在方向盘上的两个气球也跟着飞驰,仿佛那不是气球,那是现代的都市气息,是生命,是孩子们的期盼,是他的诺言,甚至是一次次取代了避孕工具而意外得来的生命。当它落入两个孩子的手中时,一个爆炸瞬间化为乌有,另一个飘飞到高空,给整个草原营造了"海上生明月,天涯共此时"的诗意天空。

  电影《气球》远离战火硝烟,用另一种全新的镜头,为我们讲述着信仰,讲述着生命的厚重。这部影片的价值是以藏族思维反思藏族人的生存观,并以一种全新的生命哲学强化了中国"孝"文化的共识性,也以此凸显了民族电影的大气象,提升了新时代少数民族电影的艺术格调。在新时代里,不只是战争大片、科幻片、动画片讲述生死,从《气球》中我们看到了少数民族电影讲述生命的新方式。

不知路途遥远，为何还要前行
——藏地电影《千里送鹤》的生命归途与亲情之路

《千里送鹤》是拉华加导演继《旺扎的雨靴》之后，第二部以儿童视角凸显藏地生活的影片，该影片于 2023 年入围第 36 届中国电影金鸡百花奖最佳儿童影片奖。

影片中父亲的主演尕斗扎西获得"第十三届金考拉国际华语电影节竞赛单元最佳男演员奖"。与前一部影片相比，这部影片的最佳视点在于通过儿童发自内心的爱，演绎了一个生命理应归于"群体"的生态哲学命题。影片把生物生存的内在特质与儿童无意识的爱有机结合在一起，完成了一部漫长旅途叙事的"行走美学"。

影片的纯度在于选取藏地作为主要的拍摄场景，以藏族少年为受伤的黑颈鹤和自己内心寻找栖息地为故事主线，串联起了亲情、送别、关爱生命之旅。影片以藏族人与自然生态的密切关系作为其推进的逻辑思维，将整篇故事切分为"送鹤前"和"送鹤后"的主副线结构并进，并用黑白和彩色作为主体画面加以切分。黑白返照出受伤的小男孩多杰和小黑鹤共有的迷茫；而彩色铺垫了人助小鹤完成的迁徙之旅，两种不同色度共同承接了影片的现实与浪漫风格。相比其他动画题材的儿童片，这部影片融入了更为合理的儿童生活逻辑。漫长路途出发源于孩子的爱和无知，这就使影片充满了纯真的美学特质。影片中两个孩子对小鹤的关爱是纯真的，因为在他们的成长中缺失了母爱，他们把对母爱的渴盼延续到了一只小黑颈鹤的悲剧遭遇中。鹤群迁徙中，小鹤

"父母"被藏獒吞食,留下了孤独受伤的小鹤,小鹤又被两个孩子收养,但鹤有它独特的生活习性。冬季将至,没有亲鸟的带领,小鹤无法完成迁徙,这是两个孩子必然面对的现实,在父亲"放回去"的责令声中,在孩子对鹤的喂养和认知中,小鹤显然是要完成迁徙,它应迁徙到哪里?在小鹤被丢失落入黑贩之手,在父亲与贩商的打斗中,孩子们不断认知着动物生命的意义。

在接下来的故事中,影片自然要接通"相信科学"的知识命题,此时,有文化、懂音乐的达热就成了两位孩子的精神导师,通过他的讲解孩子们又认知了救治小鹤最科学的方式——那就是帮助小鹤完成迁徙,这成为小主人公多杰的纯真梦想。因为相信科学,在达热科学的地理知识讲述中,漫长的路途让孩子们从地图中产生了想象,于是也自然产生送小鹤去云南的坚定信念。两个孩子知道,他们的父亲去云南卖虫草,他们想象中的云南可能就在不远的前方。此时两个天真的孩子,遥远的云南,生命的救赎,虔诚的梦想等没有任何生活逻辑的代名词,无条件地被串联在一起,简直像西天路上漫长的取经那样渺茫。孩子们给奶奶写下留言条,骑上摩托车坚定地去云南,这让观众紧握一把汗。

可是,在他们发自内心爱小鹤生命的背后,另有一重更深沉的,无条件的爱牵连着他们。这时影片又切换到了大人的生活场景,远在云南准备出售虫草的父亲,得知两个孩子骑着摩托车去千里送鹤时,他放弃即将谈成的生意,不顾一切开车南下寻找孩子。此时,影片设置的追逐场景不再是警匪打斗,取而代之的是对普世情感的呼应与投射。提心吊胆的沿路盘问,是一个父亲发自内心的真实。当在说唱艺人的身边偶然遇到两个孩子后,父亲和观众的心一起都踏实下来。

此时,影片中的非职业演员尕斗扎西扮演的父亲形象才豁显亮丽,开始时因为各种阻碍拧扭出了焦虑,使他变得少言寡语,冷若冰霜。原本心急如焚的父亲找到孩子时应将其责骂或轻扇一记耳光,这样可能更入戏,更符合一个严父的形象,也更具教育意义。影片在此处表现得过于冷静,这似乎弱化了一位严父形象。可能是因为孩子对小鹤的爱感化了父亲,更因为爱孩子,父亲无理由地选择了陪伴孩子送小鹤的漫长旅途。亲情如翼,心系千里,在父子共同开启的送鹤旅途中,孩子们不断地与父亲和解。小鹤安全地回归大自然后,影片把镜头切换成一片金色,给观众呈现了自然万物生态和谐的美学图景。

诚然,儿童影片在电影艺术层面上,并不一定完全是演给儿童看的;但在价值方面,儿童影片定承担一些社会功能,凸显其社会意义。这部影片中,选取黑颈鹤为聚焦点,有着深刻的隐喻意义:鹤不但给两个孩子带来了快乐,而且关联起了藏地文化。传说中鹤是格萨尔王的牧马人,是藏民的守护者。在千里送鹤的路上,孩子们遇到了格萨尔王的说唱艺人,可见影片要完成普及知识的旨意;影片通过送鹤的情节,把动物的生命救赎和藏地孩子的关爱连接在一起。影片的制片人、编剧马海泉多次赴青海地区采访、拍摄时曾在玉树看到一群奔跑的孩子,他们大多是失去父母的留守儿童,如同小黑颈鹤的命运一样,必须在父母的带领下才能完成生命的飞行。另外,影片从两个孩子与鹤的关系中,凸显了爱与生命的不同意义,呼吁了"保护珍稀动物"的生态价值主题。

总之,影片采用单一叙事场景凸显出藏地片的地域特色,而在电影视听语言上使用母语(藏语),并配备了精准的通用语(汉语)的翻译,既能适合使用母语交流的藏地群众观看,又能满足使用祖国通用语言广大观众的审美视听,进一步扩充影片的传播领域。可以说,这部影片对少数民族题材电影语言的设置和上座率,传播广度等都具有重要提示性的意义;而影片中个体生命离不开群体的故事讲述,对进一步增进民族团结,铸牢中华民族共同体意识也有着十分重要的启示性价值。

生活叙事话语下的欲望叙事及其意义

——以万玛才旦电影《塔洛》为例

  由青海作家万玛才旦编导，西德尼玛、杨秀措、扎西等人领衔主演的藏地题材电影《塔洛》，2016年12月在大陆上影后引起较大的社会反响。本部影片获得第52届台湾"金马奖"，并入围第72届威尼斯国际电影节"地平线"竞赛单元。这部影片究竟暗含了怎样的时代意义？

  世俗欲望一步步渗透到远离城市的草原时，草原上掀起一丝的骚动，掀起了"信仰坚守"与"建构信仰"最强烈的对话，能把这一话题用影片的方式再现给世人的是万玛才旦的电影。他编导的影片立足于民族的生存地带，去深深思考现代性与世俗化带给民族生存地域的复杂性与种种考验，以及坚守信仰、坚守传统思想的老一代人的艰难生存史和年轻一代欲望的彻底颠覆，这是他对本民族生存去向的深深思索。

  这部电影可以说是以"人道主义"为思想核心建构的一部影片，它的出现迎合了网络时代对"人道"的呼唤和对重建"信仰"的诉求，批驳了人在"欲望镜"下的悲剧命运和生存艰难。影片叙述了一个叫塔洛的中年放羊人的传奇故事，开首编导并没有交代他出生的详情，而是按其外貌特征和聪明资质来铺排故事。

  塔洛因留有一根小辫子，人们都叫他"小辫子"，忘记了他的真名。在核对身份证时，多杰所长发现他没有身份证，责令他去县城德吉照相馆拍免冠照。塔洛到达照相馆后首先遇到了一对即将结婚的年轻人拍结婚照，轮到塔洛时，摄影师德吉嫌这个风尘仆仆的年轻人头发太长，要求他到隔壁杨措理发店里梳洗。在洗头、理发的短暂交流中,他与理发师杨措产生了爱慕。晚上他们同宿在小镇的酒吧里,杨措给塔洛许诺,当他们有钱时就去广州、北京、拉萨等地游玩。这一许诺激活了塔洛的梦想,塔洛回来后,决心好好地放羊赚钱。可是偌大的草原上,他孤身一人,与羊群为伴,狂风卷沙、恶狼侵袭,时时威逼着他的生命。他靠扎草人、放鞭炮这些传统手段来驱赶恶狼也无济于事,终于有一天,十几只羊丧命于狼口。羊主人闻讯赶来,给塔洛几记响亮的耳光和几句有损人格的辱骂。这几记耳光激怒了塔洛,羊主人走后,他把羊全卖掉,拿着十六万元来找杨措。杨措花言巧语骗他剃掉小辫子。当塔洛要求到卡拉OK厅给杨措唱"拉伊"①时,遭到了杨措的拒绝,塔洛只好陪杨措去看演出,在演出场所又发生意外,他们又回到了卡拉OK厅。第二天,塔洛睡醒后,发现杨措和钱都不翼而飞,受骗的塔洛只好再次回到了派出所,他想要告诉多杰所长自己被骗的事时,多杰却要他背《为人民服务》,这时他思绪混乱,再也不能完整地背下去。所长拿出他的身份证发现他和剃掉小辫子的塔洛完全判若两人,所长又责令他重新拍张照。在去小镇的路上,他把自己置身于空旷的草原中,影片就此戛然而止。

从总体上看,这部影片并没有涉猎复杂的剧情与打斗场面,在平淡自然的叙述中,展现出令人深思的话题。

一、信仰的丧失与世俗的奸诈

塔洛是一个草原深处孤独的牧羊人,在他身上,镂刻着民族的生存印记。藏传佛教的思想中,珍爱生命、尊重生命、挽救生命的"人道主义"思想,深深影响着藏族人的人生轨迹,这就是银幕拉开之后,编导特设了塔洛喂羊羔的镜头的原因。当他带着淳朴与憨厚风尘仆仆地融入县城时,目睹了以杨措为代表的县城人完全抛弃了族群传统的生存方式,他们的活动场合聚集在酒吧,并且均已经沾染了世俗的野心。

以杨措为代表的旅居在小镇上的藏族人,他们的理想是走出草原、

---

① 藏族原生态民歌。

去看看外面的世界。塔洛与他们不同,他是一个忠实的牧羊人,他有理想,影片中编导并没有把他的理想与其善良的本性放在同一地平线上平行发展,而是用"性格决定命运"的这一特征展开叙事。塔洛的虔诚和善良恰恰促成了他的上当受骗,丧失了信仰与生存资本。塔洛是一个荒山野地里孤独的放牧人,为了给他确证身份,多杰所长责令他到县城照相馆拍身份照,他初到德吉照相馆见到一对夫妻,这就映射了他的人生坐标,他渴望带着漂亮女人去看外面的世界,盼望着他能脱离那个深山野地里孤独放牧的日子,但他恰恰忽略了世俗的奸诈与人性的险恶,在他多年与世俗隔离的生活圈内,他认为所有的人都像他那样淳朴善良。在塔洛的思想中,装备他头脑的知识是《为人民服务》和几首传统的原生态民歌,他将此作为与城市人交流的资本。当他想给城市人杨措唱"拉伊"时,杨措并不热衷,当他上当受骗来到派出所准备举报时,多吉所长不会想到他身上会发生案事,只记得他能流利地背诵《为人民服务》。此时,他的聪明恰好成了多吉所长的笑柄。以前"为人民服务"是他的终身信仰,是他权衡人格的标准,他被羊主人用恶语辱骂、被杨措用"施性"手段欺骗等这些生活经历中,他默默地对信仰发出了怀疑和叩问,甚至淡化了自己认定的信仰,因此,让他重提信仰时,他心中的信仰已经彻底丧失了。同时,他的身份也随着信仰的丧失完全丧失了,多吉所长又责令他去第二次拍照,试图重新找回原来的塔洛。走在路上的塔洛不知何去何从,这使他感到了世俗的奸诈和生活的迷茫,无奈之下,他把自己孤身定格在空旷草原中,独自思考世俗社会带给他的悲剧,影片到此结束。

  塔洛是被草原忽视的一个人,他是被草原遮蔽了的牧羊人,人们都毫不在乎他的生死,他成为下一个没有抵挡现代文明的诱惑而放弃了精神救赎的生活之中的年轻一代,他最终坠落到无情的尘世中,成为世俗社会的牺牲品。

二、生存的艰难与信仰的重建

  塔洛到底有没有亲人,影片特意遮藏了这一镜头,作者特意将塔洛这个人物置于广袤的藏族扎根的草原生态之地中,来窥视他的日常生活,他既不愿意离开祖先生存的草原之地,又梦想带着理想中的情人去看看外面的世界。离开草原意味着他要放弃"为人民服务"这一坚定信念。在别人的眼中,尤其是羊主人的眼中,他要成为一个忠实的放羊者,原先在塔洛的心中,"信仰"成为他的"人生哲学",在世俗化的现代社会中,"信仰"既成就了他,也挫败了他,"信仰"一方面规划他成为"牧羊人"的生活轨迹,另一方面也成为他以"信仰"之诚对待他人而上当受骗的可悲结局。尽管有信仰,但他还是没有摆脱尘世生活对他的吸引,他的内心深处伏藏着对性的渴求、婚姻美满、家庭的建构、子女的渴望等红尘琐事。这些生存需求被他周围所有的人都忽视掉了,甚至连他身份都无法得到确证,他们只承认塔洛是一个牧羊人。当然塔洛有着超出常人的记忆力,他善良、勤奋、大胆、执着,他身上具备的这些秉质无疑使他成为草原人眼中的"异类人"。

塔洛在世俗化的生活中感受、体验后,被深深吸引,这就是最后与草原诀别的本质原因。细看影片,就不难发现,塔洛离开草原的原因不仅仅是被扇耳光,这其中,编导特意安排了一个情节,十几只羊丧命于狼口之后,羊主人闻讯赶来,扇了他三记耳光,骂了几句刻薄的话,但最后走时,将一只死羊留给了他,这一情节可以看出主人对塔洛还是有宽容和理解的。在众多镜头流动中可以看出,塔洛离开草原的根本原因是孤独与恐惧,以及隐藏在内心深处的生活欲望。影片中,塔洛每天晚上睡觉前要放几挂鞭炮,其意在于驱狼和壮胆,但是狂风、恶狼、破旧的土屋等恶劣的生存环境时时威胁着他的生命。后来加上羊主人几句有辱人格的责骂也激怒了他,加速了他放弃草原的决心,最终成为一个轻于鸿毛的人。

三、荒诞的欲望与迷茫的生活

塔洛的身上,万玛才旦意在展示一个孤独者苦苦挣扎的民族生存史,这与张承志的《心灵史》,余华的《活着》《许三观卖血记》同样在情感方式上形成一线对照。

人在苦难中走向信仰,又因信仰而获得了对苦难的承担,从而毁灭了对幸福的终极追求。同样,万玛才旦在电影《老狗》《静静的嘛呢石》《寻找智美更登》这三部影片中,打造了人对信仰的坚守和对苦难承担的范例。弥足珍贵的是《老狗》这部影片,在简单的画面中展开了"欲望"与"坚守"的直接较量。老狗是贡布家养了十三年的一只藏獒,贪酒的儿子贡布将其廉价卖给狗贩子,贡布阿爸得知后,骑马长途跋涉、费尽周折地把它从狗贩子手里赎回来,于是由狗引起了意想不到的麻烦,很多狗贩子登门拜访,试图高价买回老狗,都被贡布阿爸一一拒绝了,并对狗贩子施于责骂。在"金钱"与"信仰"面前,贡布阿爸坚守信仰,而以信仰抵制了金钱的诱惑和世俗观念的侵袭。贡布阿爸对老狗一方面是出于深情,另一方面体现了佛教徒的虔诚,他宁可把老狗放回到神山也不愿意高价出售给狗贩子,这足以体现老一辈草原人骨子里深深镂刻的感恩和博爱的佛学思想印记。在藏传佛教中,将藏獒看成神狗,是藏族人的保护神,由此可见,这一思想观念在贡布阿爸心中是根深蒂固的。

在塔洛、贡布等年轻一代的身上,我们发现,世俗化的观念一步步逼近草原的时候,欲望又一次次触动了年轻一代草原人的心,他们在世俗面前经不起诱惑,从而放弃虔诚、丢掉信仰,成为时代的牺牲品。这就在于他们融进世俗社会的动机是偶然的、对世俗生活的理解是偏颇的、在世俗社会中实现欲望的方式是荒诞的。他们以为喝几次酒、抽几支雪茄、领着美女去唱卡拉OK、去酒吧玩乐,就是他们所谓的最理想化的生活方式,而恰恰忽略了世俗社会的复杂与人性的种种险恶。当然万玛才旦有他自己独特的叙事技巧,他的影片中,没有太大的叙事场面,没有壮观的场景设置,没有鲜艳的色彩装饰,更没有复杂的人物关系,而是运用"回忆性"黑白惯置的画面,在简单的交流与对话中,展示出人性的复杂与世俗之风带给草原的冲击。

从他导演的四部电影看,万玛才旦的思想是矛盾的,他在思索着人究竟应不应该有欲望?他要提示给我们的是当人类丧失欲望的时候,这个世界是停滞不前的。从他的叙述中,我们不难发现,当人具备了欲望的时候,容易丧失人的本性,轻易暴露出人性的丑恶。塔洛荒诞的欲望使他失去了信仰,放弃了责任和担当。《老狗》中贡布阿爸对信仰的执着和对生命的仁爱,又无法改变他贫穷的生活,更无法医治好儿子缺失的生育能力的疾病,这将是贡布一家在世俗中所遭遇的困境,也是编导在"欲望"与"信仰"的建构与解构中最艰难的思索。

四、在"都市"与"草原"的对峙中隐喻城市的复杂

在简单的生活叙事中,导演万玛才旦将叙事主人公定格于都市和草原这两种具有明显对比性的环境当中。影片《塔洛》的两位主人公,一个是来自大山深处的塔洛,另一个是从大山中走出去谋利于城市小镇的杨措。在藏文化里,草原作为另一方"土地"的隐喻,它虽然体现了塔洛生存的艰难,但也印证了藏族人与土地的密切关系。费孝通指出,"乡下人离不开泥土,因为在乡下住,种地是最普遍的谋生办法。"我们不妨说牧民离不开草原,虽然他们旅居于都市,但"以牧为生"是他们的生存之道,虽然风沙、狼、严寒、雪灾等生存环境的艰难,体现着他们生存方式的独特化与单一性,而恰恰是这一独特化建构了他们善良与淳朴、勇敢与刚毅、坚定与执着、任性与忍耐。塔洛受到羊主人的辱骂之后,他沉闷的个性被激活,一气之下将羊变卖,揣着十六万元现金步入城市来找杨措,想要实现他们走出大山的美梦,但最后被骗,成为一无所有的牧羊人。

影片中的两位主要人物都来自草原,但他们在当下的生存场域是不一样的,塔洛的生存地在草原,杨措的生存地在小镇,他们两人的交流和对话,其实是草原因素与都市红尘的交流和对峙。草原象征着人情的淳朴和厚道,象征着对信仰的坚守和执着;都市更象征着人性的丑恶和复杂,成为践踏信仰之地。这就是他在影片《老狗》中几次设置狗被偷、被贩卖到都市后与都市的对话和打斗,这些对话和打斗可以视为"草原"与"都市"的变相对峙,在对话中,都市的复杂化被暴露、草原人的淳朴性不断地得到确证。羊的变卖,隐喻了生存根基的"丢失",这也是导致塔洛被骗后面临的生活窘迫。当然塔洛进入小镇之后,他的生活欲望被女人、酒吧、歌厅等这些红尘元素激发,他从一个封闭在大山

深处的牧人变成一个有理想有梦想的年轻人,他的梦想是和自己喜欢的女人走出大山生活在都市里。这些梦想中不会抹掉他对"女性"的渴求和对建构家庭的奢望,从此,他将不再成为一个地地道道的"为人民服务"者。在这一点上,这部电影突出了以欲望叙事为突出特征的世俗化叙事,在两种叙事当中彰显了人性的复杂和崇尚"世俗"风气对人纯真本性的侵蚀,对信仰的摧残与精神的毁灭。

总之,万玛才旦在电影中经常展示一种别致的、民族化的藏地素材,他的电影素材没有《金沙江畔》《红河谷》《格达佛活》那么宏大,但是他有原汁原味的民族特色,善于在民族文化的独特元素中发现奇迹。他的电影没有现代媒体的超新技术,也没有高科技辅助的巨大场面,而是在民族场域中、在藏传佛教文化圈内寻找事关人类生存的大主题,他在简单的叙事背后勾勒出宏大的日常生活叙事,而且运用电影人类学、文化人类学的思维精心编制着每一部容易被他人淡忘的影片。他的影片中对于信仰建构的提示、精神驿站的寻找、民族文化的坚守,对生命的珍爱、人与自然关系的深度思考等方面具有先锋的意义。生活中如何宣扬博爱(如《寻找智美更登》)、信仰的重建(如《静静的嘛呢石》)、劝解善恶(如《老狗》)这些难以解决的话题,在他的电影中一一抵达了彼岸,这也是其电影在近几年国内外屡屡获奖的资本。

《撞死了一只羊》的亮丽风情

2019年4月26日由万玛才旦编剧并指导、王家卫监制的藏地题材的影片《撞死了一只羊》在全国公映之后,得到众多观影者的喜欢。这是藏族作家万玛才旦继《寻找智美更登》《静静的嘛呢石》《老狗》《塔洛》等影片之后又一最接地气的力作。2018年在多个国际电影节参展参赛,收获了众多肯定的声音——先获威尼斯电影节地平线单元最佳剧本奖,成为2018年唯一在三大电影节获官方奖项的中国电影,之后又获得了东京Filmex评审团大奖、法国沃苏勒三项大奖,并提名金马奖两项大奖,入围亚洲电影大奖最佳电影、最佳导演、最佳摄影、最佳原创音乐四项大奖。这部电影剧本是以藏族作家次仁罗布的短篇小说《杀手》和万玛才旦的短篇小说《撞死了一只羊》捏合而成的,足以见证了电影剧本与文学作品的密切关系。

万玛才旦不但是优秀的藏族短篇小说作家,同时身兼导演、编剧二职。他编导的电影大多是以西部藏地为背景,聚焦藏族人的生存境遇,从不同的层面呈现他们的价值观。他编导的影片叙述故事催人泪下,片中人物典型集中,非常具有"西部风味"。《寻找智美更登》宣扬的是一种"施舍"的大爱;《静静的嘛呢石》表现了对信仰的坚守;《老狗》表现了藏族老人与动物的亲和;《塔洛》表现了一个干净的灵魂被世俗欲望毁灭的悲剧;《撞死了一只羊》在表现人对生命尊重的同时,引发了人的自我忏悔与宽容心态。总之,自21世纪以来,他的电影深入了"佛性"与"人性"层面,通过对中国传统文化的"仁爱"思想来宣扬人间的正义,呈现"人性"中"善"和"爱"的这一亮丽主题,凸显了当代少数民族电影回归到人的精神本位上,对如何表现"人道"的一种创新。

《撞死了一只羊》中编导将电影镜头安放在气候环境恶劣、生存条件极其艰苦的20世纪90年代的藏地。在没有任何生命可能出现的空旷荒野中,一辆行走的卡车,无意中撞死了一只"从天而降"的羊,司机金巴承受了心灵的沮丧和忏悔,凑巧的是这个司机在前行的途中又遇到了一个复仇的康巴人金巴,搭上了他的顺风车。在卡车上,一个是撞死羊的卡车司机,另一个是为复十年之仇而前去杀人的复仇者。如何安排往后的叙述,编导回到了"生命平等"和"生命超度"这一善爱主题上。撞死了羊的卡车司机金巴到寺院去为羊的生命诵经超度。而前去复仇的康巴人金巴花费了十年时光找到了仇敌玛扎之后,发现他与十年前判若两人。五十多岁的仇人玛扎也为了曾经的过失完全变成一个心灵的忏悔者,他每天诵经超度,沉陷于巨大的悔恨与悲痛之中,最后那个康巴人放弃了仇杀挥泪而去。康巴人离去,这是对彼岸世界的精神追求,这种放下,消解了康巴人的英雄主义精神,但是受到民族文化的熏陶后的他,还是坚守了人性之道。

影片这样的叙述意在展示人性中的宽容和忏悔。一个伟人的演讲词中曾经这样写:一个敢于公开忏悔的民族是高尚的,无论他在历史上干过多少骇人听闻的恶行,只要良知未泯,真心悔过,这个民族就是让人心存敬畏的民族。影片《撞死了一只羊》中司机金巴、杀人者玛扎的身上都渗透着"仁爱"与"宽恕"这一民族文化精神。

俄国作家列夫·托尔斯泰的长篇小说《复活》中塑造了一个伟大的忏悔者,法国作家卢梭创作了一部伟大的《忏悔录》。这些完全可以成为中国文学书写"忏悔"主题的参照系。万玛才旦在电影《撞死了一只羊》中更是以电影的镜头,进一步宣扬了这一主题。人只有忏悔才会懂得尊重生命,才能宽容他人和收敛自己。这部电影让我们在一个身强力壮、十分具有"野性风味"的藏族司机身上,看到了人性的光辉与亮丽。

参考文献

（一）外国理论类

[1][印度]克里希那穆提：《自然与生态》，凯锋译，学林出版社2008年版。

[2][匈]卢卡奇：《小说理论研究》，燕宏定、李怀涛译，商务印书馆2012年版。

[3][意]克罗齐：《美学原理》，朱光潜译，商务印书馆2012年版。

[4][古罗马]卢克莱修：《物性论》，方书青译，商务印书馆2012年版。

[5][法]石泰安：《西藏史诗和说唱艺人》，耿昇译，中国藏学出版社2005年版。

（二）中国理论类

[1]宗白华：《美学散步》，上海人民出版社1981年版。

[2]杨义：《中国现代小说史》（全三卷），人民文学出版社1986年版。

[3]陶立璠：《民俗学概论》，中央民族学院出版社1987年版。

[4]童庆炳主编：《文学理论教程（第四版）》，高等教育出版社2008年版。

[5]甘肃省民族事务委员会编：《甘肃少数民族地方》，甘肃民族出版社1993年版。

[6]耿予方：《藏族当代文学》，中国藏学出版社1994年版。

[7]佟德富：《中国少数民族哲学概论》，中央民族大学出版社1997年版。

[8]费孝通：《乡土中国　生育制度》，北京大学出版社1998年版。

[9]梁庭望、张公瑾主编：《中国少数民族文学概论》，中央民族大学出版社1998年版。

[10]李文衡：《文学结构论》，敦煌文艺出版社1999年版。

[11]李泽厚著，傅敏编：《美的历程（插图珍藏本）》，广西师范大学出版社2000年版。

[12]杨广元主编：《文学文化学》，辽宁人民出版社2000年版。

[13]朱立元主编：《当代西方文艺理论》，华东师范大学出版社2003年版。

[14]丹珠昂奔、周润年、莫福山、李双剑主编：《藏族大辞典》，甘肃人民出版社2003年版。

[15] 李鸿然：《中国当代少数民族文学史论》，云南教育出版社2004年版。

[16] 陈望衡：《中国美学史》，人民出版社2005年版。

[17] 彭书麟、于乃昌、冯育柱主编：《中国当代少数民族文艺理论集成》，北京大学出版社2005年版。

[18] 朱志荣：《审美学理论》，北京大学出版社2005年版。

[19] 李兴阳：《中国西部小说当代史论（1976—2005）》，安徽大学出版社2006年版。

[20] 段德智：《西方死亡哲学》，北京大学出版社2006年版。

[21] 朱刚：《二十世纪西方文论》，北京大学出版社2006年版。

[22] 马学良、梁庭望、张公瑾：《中国少数民族文学史（上、中、下）》，中央民族大学出版社2006年版。

[23] 程文超、郭冰茹主编：《中国当代小说叙事演变史》，中国社会科学出版社2006年版。

[24] 丹珍草：《藏族当代作家汉语创作论》，民族出版社2008年版。

[25] 李泽厚：《中国现代思想史论》，生活·读书·新知三联书店2008年版。

[26] 陈黎明：《魔幻现实主义与新时期中国小说》，河北大学出版社2008年版。

[27] 王喜绒：《生态批评视域下的中国现当代文学》，中国社会科学出版社2009年版。

[28] 陈平原：《中国小说叙事模式的转变》，北京大学出版社2010年版。

[29] 刘阳：《小说本体论》，上海书店出版社2010年版。

[30] 周星：《乡土生活的逻辑：人类学视野中的民俗研究》，北京大学出版社2011年版。

[31] 赵昊龙：《小说创作论》，中国社会科学出版社2012年版。

[32] 李征：《都市空间的叙事形态——日本近代小说文体研究》，复旦大学出版社2012年版。

[33] 吴道毅：《时代·民族·地域：多维视域下的现当代文学研究》，中国社会科学出版社2012年版。

[34] 王泉：《中国当代文学的西藏书写》，湖南师范大学出版社2012年版。

[35] 杨彬、田美丽、沙媛等：《中国当代少数民族小说的审美特色研究》，中国社会科学出版社2012年版。

[36] 段崇轩：《地域文化与文学走向》，北岳文艺出版社2012年版。

[37] 王诺：《生态批评与生态思想》，人民出版社2013年版。

[38] 杨玉梅：《民族文学的坚守与超越》，作家出版社2013年版。

[39] 张晓琴：《中国当代生态文学研究》，中国社会科学出版社2013年版。

[40] 吴重阳：《中国少数民族现当代文学研究》，中央民族大学出版社2013年版。

[41] 梁海：《阿来文学年谱》，复旦大学出版社2014年版。

[42] 德吉草：《当代藏族作家双语创作研究》，民族出版社2013年版。

[43] 察仓·尕藏才旦：《藏族生死观与丧葬习俗》，西藏人民出版社2014年版。

[44] 察仓·尕藏才旦：《藏族文艺中蕴含的价值观》，西藏人民出版社2014年版。

[45] 丹珍草：《差异空间的叙事——文学地理学视野下的〈尘埃落定〉》，中国藏学出版社2014年版。

[46] 张岱年、程宜山：《中国文化精神》，北京大学出版社2015年版。

[47] 胡志红：《西方生态批评史》，人民出版社2015年版。

[48] 晓苏：《当代小说与民间叙事》，湖南人民出版社2015年版。

[49] 李勇编著：《美学原理》，中央编译出版社2015年版。

[50] 何联华：《中国当代少数民族文学》，华中师范大学出版社2015年版。

[51] 库慧君：《毕希纳在中国的"神性叙事"：王延松导演〈莱昂瑟与莱娜〉》，中国社会科学出版社2016年版。

[52] 杨义：《文学地理学会通》，中国社会科学出版社2013年版。

[53] 王宝琴：《青海女性作家作品研究》，青海人民出版社2016年版。

[54] 樊义红：《文学的民族性认同特性及其文学性生成：以中国当代少数民族小说为中心》，中国社会科学出版社2016年版。

[55] 张岱年、方克立主编：《中国文化概论》，北京师范大学出版社2016年版。

[56] 曾大兴：《文学地理学概论》，商务印书馆2017年版。

[57] 胡沛萍：《当代藏族女性汉语文学史论》，中央民族大学出版社2018年版。

（三）中国宗教文化类

[1] 钟敬文：《民俗文化学：概要与兴起》，中华书局1996年版。

[2] 谭桂林：《20世纪中国文学与佛学》，安徽教育出版社1999年版。

[3] 尕藏才旦、格桑本编著：《天葬——藏族丧葬文化》，甘肃民族出版社2000年版。

[4] 李安宅：《藏族宗教史之实地研究》，上海世纪出版社2005年版。

[5] 扎西东珠、王兴先编著：《〈格萨尔〉学史稿》，甘肃民族出版社2002年版。

[6] 罗成琰：《百年文学与传统文化》，湖南教育出版社2002年版。

[7] 蓝爱国：《游牧与栖居——当代文学批评的文化身份》，中国社会科学出版社

2005年版。

[8] 赵瀚豪：《甘南藏区民族文化研究》，甘肃人民出版社2005年版。

[9] 熊肖群：《走进西藏——雪域神灵》，花城出版社2007年版。

[10] 南文洲：《藏族生态伦理》，民族出版社2007年版。

[11] 何新：《诸神的起源·华夏上古日神与母神崇拜》，中国民主法制出版社2008年版。

[12] 宇河编著：《流传千年的藏传佛教故事》，华夏出版社2010年版。

[13] 孟慧英：《中国原始信仰研究》，中国社会科学出版社2010年版。

[14] 叶舒宪：《文学人类学教程》，中国社会科学出版社2010年版。

[15] 林惠祥：《文化人类学》，商务印书馆2011年版。

[16] 中国作家协会编：《中国当代少数民族文学翻译作品选粹·藏族卷》（全2册）作家出版社2013年版。

[17] 李德成：《藏传佛教史研究·当代卷》，中国藏学出版社2014年版。

[18] 曲杰·南喀诺布：《苯教与西藏神话的起源："仲""德乌"和"苯"》，向红笳、才让态译，中国藏学出版社2014年版。

[19] 张进：《活态文化与物性的诗学》，人民出版社2014年版。

[20] 廖东凡：《藏地风俗》，中国藏学出版社2014年版。

[21] 周炜：《佛界·活佛转世与西藏的文明》，光明日报出版社2000年版。

[22] 熊江宁：《雪域梵音：藏传佛教史》，中州古籍出版社2015年版。

后 记

我自小对文学情有独钟,文学也给了我不少的馈赠,让我从一个偏僻的山村,一步步走到了省城兰州。现在,村里人都说是我命好。我一直想着,命是什么,命就是永不放弃的拼搏,是人生不贪心,是没有功利、顺其自然的一种努力。大学毕业工作后,我最初的考研,并不是本着要得到什么,要干什么,而只是觉得有很多时间,不能让那些美好的青春时光像白花花的银子一样,一天天从治安室溜走(因为考研时我分配在一所中专学校,我当时的工作是给学生查勤,负责学生的人身安全,学生去上课,我就在治安室里蒙头睡觉)。于是也就产生了考研的想法,更让我受启发的是当时我们学校一位姓谢的老师考上研究生之后再也没有回来,从他的奋斗中,我看到了知识的另一股力量。

天生爱书本自然就与书籍结下了不解之缘。2011年我的考研梦终于实现,这也是我连续坚持四年之后才考上中国古代文学唐宋方向的研究生。在攻读研究生的学术路上,我遇到了治学严谨的杨晓霭教授。她以"礼乐"方法研究文学的治学思路,引领我突破迷津,让我从杂乱无章、漫无边际的学习中入了门。并且她的治学态度,她的为人处世、适应生活的能力等对我的人生更是一笔宝贵的精神财富。在她的言传身教下,我于2014年顺利完成了硕士学位论文。近几年,顺着她的学术之路,我又努力完成了《笛声里的唐诗》一著的编选和赏析,并依托敦煌文艺出版社出版。她的教学效果和影响力为我的学术之路和教学打下了坚实基础。

人如果天生爱好一件事情,这件事情也许会成就你一辈子。因为天生爱好文学,文学自然给了无穷的力量。在文学门类中,也许是受基础知识水平的影响,我更偏向于中国现当代文学,在攻读硕士研究生期间,我阅读了莫言的《红高粱家族》,张承志的《黑骏马》,阿来的《尘埃落定》,次仁罗布的《放生羊》等诸多当代小说。于是又产生了进一步学习的念想。2015年再次考博的那年,我的硕导杨老师去了另一所高校,我无可奈何地放弃了继续攻读唐宋文学方向的博士梦,只好改换为现当代文学方向。真是功夫不负有心人,我顺利地进入了中国现当代文学门类。我要感谢西北师范大学的博士生导师郭国昌老师,复试时,郭老师根据我个人喜好的方向,将我分给了韩伟老师。韩老师是文艺学博导,他年富力强,勤恳扎实,治学严谨,对学生更是关怀体贴。我非常感谢我的导师韩伟先生四年来的鼓励、帮助和指导。虽然我们同龄,但韩老师是博导,而且学问做得那么好。在他面前,我很惭愧也很拘束,这可能是他严谨的治学态度、他的人格魅力和所取得的学术成果令我产生的敬畏。

  读博期间真是一把辛酸泪,但有老师们的鼓励,我始终没有放弃。我是在职考上博士的,读博四年的时光里,我承担着单位的语文授课工作,同时兼任班主任工作,这对我来说,既是一种考验也是一种挑战。读博的四年中,我几乎牺牲了所有的周末,来回奔波在往返500多公里的路途上。我深深地感受到成人在职读博的艰难。曾经几次打算放弃学业,但是韩老师一直没有放弃我,他鼓励我写文章,教给我文学批评的方法,和他在一起时,他给我们讲作家的生活史,我们每次听完都觉得豁然开朗、收获满满。他的鼓励使我至今没有放弃学术研究之路。

  韩老师对学生永远是平易近人、关心体贴。这让我感到父辈般的温暖。老师是以一种长远的眼光、宽泛的视野潜心研究学问,更是以一种博大、宽厚的胸怀做人。对于学生他是以一种敏锐、严谨的治学态度要求我们。许多时候他引导我们观察学术热点与动态、积极撰写论文,这是他教给我们最好的学习方法,只有在写文章时,我们才能学到新的知识,产生新的观点,这样也会不断历练我们写文章的能力与发现问题的意识。只有在读书撰写时,我们的思辨能力才会进一步提升;只有不断地发表文章,我们在学术界的影响力才会慢慢地扩大。时光荏苒,我一直遵循导师教诲走着今天的路。

  我是藏族人,在博士复试时,我给导师们表达了意愿,我要做藏族文学。在读博前，我认识了扎西才让、牧风、王小忠等有影响力的藏族作家和评论家安少龙。读博期间，又在师大老师们的引荐下，我认识了作家次仁罗布、严英秀、何延华、诗人刚杰·索木东、沙冒智化。说实话，我喜欢平易近人的老师，更喜欢平易近人的作家，我喜欢次仁罗布的拥抱、喜欢完玛央金的朴实、喜欢严英秀的才气、喜欢扎西才让的热情、喜欢牧风的义气、喜欢索木东和沙冒智化的幽默、喜欢王小忠的率直。喜欢一个作家，自然也要去读他们的作品，这也许是宿命。我的博士学位论文研究的是新时期以来藏族作家的汉语中短篇小说。历经四年博士毕业，我有幸来到了兰州文理学院文学院。在兰州文理学院，我又与作家严英秀、评论家叶淑媛共事。我们不断交流，感觉又长进不少。

我知道，我不能愧对这份来之不易的机遇，更不能辜负曾经的努力，五年来沿着导师的文艺学之路，以李白的"思乡"为思考据点，立足于甘南文学，并且放眼于西藏、四川、青海、甘肃等地地域，关注到藏族作家汉语文学的创作成果，写出了我个人的理解和鉴赏，形成了今天的这部评论集子。

在以后的生活中，我还要在自己的研究领域进一步深入下去，专心致力于文学研究，不能辜负这份荣誉和老师们的心血，更不能辜负那些已经尊称我为评论家的藏族作家。每次他们把出版的新书签上字，送给我，我知道他们认定我是博士，并且是韩先生的弟子，他们希望我为他们的作品发出一点声音来。正如导师韩老师在《序》中所说："文学批评不是耍酷，不是挑刺，更不是讥讽和谩骂，而是帮助读者发现文本中的美好和诗意，帮助作家更上一层楼，写出更为优秀的文学作品。'温暖'的文学批评让人读来如沐春风，在愉悦的阅读体验中走入文本的意义世界。"我正是以这样的方式做评论。我敬佩每一位文学创作者，我从他们的作品中读到了人性的光辉，发现了文学的价值，欣赏着他们幽默的文字和独特的构思。与其说这是一部评论集，更准确地说，这是一部鉴赏集，不管学术界认知与否，我将不断努力发现文学作品的爱和光、美和价值。

这部评论集是我奉还给藏族作家微薄的回报，是我对文学的尝试和体验。有导师的鼓励在，有同仁们的关爱在，有作家的肯定在，我会一直努力去做，争取做好！

  在这里，特别感谢中国戏剧出版社为我搭建的平台。作为国家级A类出版社，能接纳我的拙作，真是受宠若惊。这里也特别感谢我的单位兰州文理学院给予的支持，感谢所有帮助过我的人，感谢为我校稿的同学们。

朱永明

2024 年 5 月 15 日晚于兰州